KB178375

한국 현대시와 비교문학

김한성 金翰成

서울대학교 국어국문학과를 졸업하고, 하버드대학교에서 동아시아지역학으로 석사 학위를, 서울대학교 국어국문학과에서 「김기림 문학 연구 : 비교문학적 관점을 중심으로」로 박사학위를 받았다. 현재 숙명여대 한국어문학부 부교수이다.

한국 현대시와 비교문학

초판 1쇄 인쇄 · 2024년 8월 16일
초판 1쇄 발행 · 2024년 8월 26일

지은이 · 김한성
펴낸이 · 한봉숙
펴낸곳 · 푸른사상사

주간 · 맹문재 | 편집 · 지순이 | 교정 · 김수란, 노현정 | 마케팅 · 한정규
등록 · 1999년 7월 8일 제2－2876호
주소 · 경기도 파주시 회동길 337－16(서패동 470－6)
대표전화 · 031) 955－9111(2) | 팩시밀리 · 031) 955－9114
이메일 · prun21c@hanmail.net/prunsasang@naver.com
홈페이지 · http://www.prun21c.com

ISBN 979－11－308－2169－6　93800

값 34,000원

• 이 저서는 2019년 대한민국 교육부와 한국학중앙연구원(한국학진흥사업단)의 한국학총서 사업 지원을 받아 수행된 연구임(AKS－2019－KSS－1130005)

학술총서 65

한국 현대시와 비교문학

Modern Korean Poetry and Comparative Literature

김한성

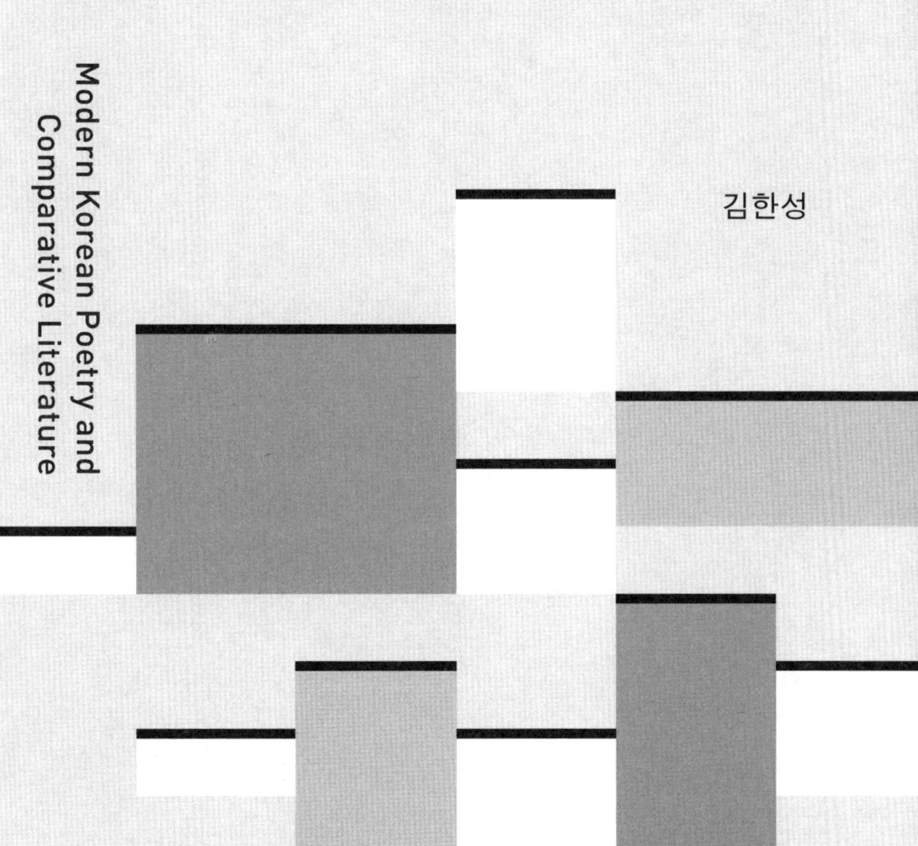

책머리에

한국 현대문학 텍스트를 보다 더 잘 이해하기 위해서는 동시대의 서구문학과 동아시아 문학 텍스트를 같이 놓고 견주어보아야 한다. 하나의 국민문학사 내에서 수직적인 계보로 이루어진 문학의 전통을 쉽게 무시할 수는 없을 것이다. 그러나 문학의 보편적 가치를 꿈꾸었던 한국 현대시인들은 동시대의 세계문학의 흐름에 민감하게 반응하였다. 식민지 상황에서도, 해방 이후 상황에서도 그들은 자신의 문학이 국민문학의 특수한 가치를 담보하면서도 동시대적 흐름에 뒤처지지 않게 노력하는 모습을 보였다.

이 책에서는 한국문학과 외국문학 간의 텍스트 사이에 벌어진 문화 접촉과 충돌의 지점(Cultural Contact Zone)을 상호텍스트성 개념과 연계하여 설명하려 한다. 접촉과 충돌의 지점은 메리 루이스 프랫(Mary Louise Pratt)의 용어로 그녀는 제국과 식민지 간 접촉과 충돌의 지점에 주목하여 제국 출신의 여행자가 식민지를 탐험한 기행문과 일기를 분석한다.[1]

한국의 현대시인들은 동시대 서구문학, 동아시아 문학과 접점을 맺거나 충돌하면서 상호텍스트성을 구현해왔다. 서구문학, 서구철학, 일본어에 대

1 Pratt, Mary Louise, *Imperial Eyes: Travel Writing and Transculturation*, London: Routledge, 1992.

한 그들의 해박한 지식은 그들의 시 텍스트와 서구 언어의 시, 일본어 시 사이의 문화적 경계를 무화시키는 역할을 하고 있다. 과거 서구 중심주의 비교문학 연구에서 평가절하되어왔던 제국과 식민지 간 접촉과 충돌의 지점이 지닌 의미는 점점 확대되고 강조되어왔으며, 이 확대된 지점에 대한 평가는 국민국가의 경계와 언어의 차이를 지우고 텍스트의 교호작용을 강조하는 '상호텍스트성'에 기반하여 이루어질 것이다. 현대시인이 구현하고자 하였던 세계문학과 한국문학의 교차점은 그들이 추구했던 보편과 특수의 상호 길항과 깊이 관련되어 있다.

1부에서는 1910~1920년대 한국 현대시문학과 서구문학, 일본문학과의 관련성을 중심으로 '조선문학의 세계사적 동시대성에 대한 인식'을 다루려고 한다. 연구의 대상으로는 주요한(1900~1979), 황석우(1895~1959), 이상화(1901~1943), 김억(1896~?), 김소월(1902~1934)을 다루었다.

2부에서는 '모더니즘 시단의 세계문학과의 상호 관련성 추구'라는 주제로 한국 현대시의 비교문학적 주제를 심화시켜보았다. 1930년대 주요 모더니즘 시인으로 평가받는 김기림(1908~?)과 이상(1910~1937)을 중심으로 다룬다. 이들이 동시대적 사조인 아방가르드, 모더니즘과 어떻게 발을 맞추어 국민문학과 세계문학 간의 접점을 만들고자 하였는지를 집중적으로 검토할 계획이다.

마지막 3부에서는 '국민국가의 건설과 시대적 보편성의 확립'을 주제로 산업화 시대 대한민국의 정체성이 확립되는 시기에 현대시인들이 서구 시인 및 동아시아 시인들과 어떠한 접점을 통해 국민국가를 건설하고자 했는지를 살펴본다. 이 시기에 살펴볼 주요 시인은 박인환(1926~1956), 김수영(1921~1968), 신동엽(1930~1969)과 김지하(1941~2022)를 대상으로 하였다. 그들이 이상적으로 생각한 민주적 국민국가 건설을 위해 어떤 시적 모티프를 외부의 모티프와 결부시켜 상호텍스트하고 있는지를 검토할 것이다.

이 책은 한국학중앙연구원의 총서지원사업의 결과물로, 필자의 박사학위논문의 비교문학적 방법론이 근간이 되었다. 책을 내면서 감사할 분들이 너무도 많다. 특히 몇몇 분들에게는 직접 감사의 말씀을 올리고 싶다.

우선 하버드대학 유학을 권유해주시고 도와주셨던 권영민 선생님께 감사드린다. 선생님의 추천이 없었더라면 케임브리지에서의 시간은 없었을 것이다. 당시 추천서를 써주시고 격려해주신 서울대학교의 안수진, 전영철, 정병설, 조해숙 선생님께도 감사의 말씀을 올린다.

하버드 캠퍼스에서 보낸 시간은 비교문학의 기틀을 잡게 해준 중요한 계기가 되었다. 석사논문을 지도해준 캐런 손버(Karen Thornber), 데이비드 왕(David Der-wei Wang) 선생님을 비롯하여, 데이비드 댐로쉬(David Damrosch), 데이비드 맥캔(David McCann), 멜리사 웬더(Melissa Wender), 주디스 라이언(Judith Ryan) 그리고 이영준 선생님의 가르침이 없었더라면 나의 문학적 방법론의 기틀은 잡힐 수 없었을 것이다. 자린 포스터(Zarrin Foster)와 그녀의 친구들을 만났던 것도 빼놓을 수 없는 행운이었다. 또한 서울대 박사과정으로 돌아온 제자를 따뜻하게 맞아주시고 가르침을 주신 선생님들의 지도에도 깊이 감사의 말씀을 올린다. 박사논문을 지도해주신 권영민, 박성창, 방민호, 신범순, 이미순 선생님과 박사 과정 당시 조언을 아끼지 않으신 김유중, 양승국, 유두선, 조남현 선생님께 감사드린다.

이 책에 수록된 몇몇 글의 초고는 학술대회나 콜로키엄에서 발표되었다.

토론으로 활발한 피드백을 주신 김진규, 정기인, 최진석, 허윤, 홍주영 선생님께도 감사의 말씀을 올린다. 난삽한 원고를 정리하게 해준 시간은 연구년으로 비로소 가능하게 되었다. 숙명여대 한국어문학부의 동료 선생님들께 깊은 감사의 말씀을 드린다. 늘 존경하고 사랑한다고 말씀드리고 싶다. 또한 푸른사상사를 추천해주신 이형진 선생님과 편집진께 감사드린다. 출판 과정에 대해 조언해주신 이행미 선생님께도 감사드린다. 마지막으로 어떤 선택의 길에서도 적극적으로 도와주셨던 부모님, 늘 지지해주시는 장모님께 감사드린다.

정아에게, 이 책을 헌정한다. 그녀가 없었다면 유학 및 귀국 이후 힘겨운 시간을 보냈을 때, 연구자의 길을 계속 걸을 수 없었을 것이다.

2024년 여름

김한성

차례

서론

세계문학의 시각에 서서

세계문학의 시각에 서서

1. 한국 비교문학과 상호텍스트성

한국 비교문학의 영역에서 선행 연구자 김흥규,[1] 김학동,[2] 김욱동[3] 등은 그동안 서구 비교문학을 한국문학의 맥락에 어떻게 접목할지 논의해왔다. 그들은 송욱이 『시학평전』(1963)에서 주장한 전신자와 발신자 간의 우열관계를 넘어 한국문학이 비교문학을 통해 어떻게 성장해왔는지, 한국문학의 측면에서 비교문학의 효용과 가치를 탐구해왔다. 앞선 연구자들이 이론적인 틀을 만드는 데 고심하였다면, 서영채는 이를 동아시아 문학의 전통과 연계한다. 그는 중국문학, 일본문학 텍스트를 참조하여 한국 문학사 내에서 문학 전통이 어떻게 중국문학, 일본문학과 발맞추어 나가고 있는지 조감도적인 시선에서 동아시아 문학의 틀을 꿰려 시도한다. 그가 「둘째 아들의 서사－염상섭, 소세키, 루쉰」에서 제기한 한 · 중 · 일 삼각형의 외심 구도는 근대라는 원심력과 한중일 국민문학의 구심력 사이의 길항관계를 치

1 김흥규, 『문학과 역사적 인간』, 창작과비평사, 1980.

2 김학동, 『비교문학론』, 새문사, 1990.

3 김욱동, 『근대의 세 번역가 : 서재필 · 최남선 · 김억』, 소명출판, 2010.

밀하게 조명한 것으로, 다수의 한 · 중 · 일 국민문학 텍스트 비교 분석에 적용 가능한 모델이 된다.[4]

이 연구는 민족 중심 문학연구의 공세적 배타성과 수세적 편협성을 탈피하여 최근 논의되고 있는 세계문학론의 관점에서 한국 현대시문학의 계보를 살펴보려 한다. 국민문학과 세계문학이 공존하는 이 시점에서 한국문학은 배타적 민족 중심주의를 걸러낼 때 한층 보편적인 국민문학으로 나아갈 수 있다.

외국문학 연구자가 중심이 된 기존의 원천 중심의 비교문학은 국민문학과 세계문학이 공존하는 한국 현대문학이 지닌 보편 지향의 의미를 설명하지 않은 채, 한국문학을 서구문학의 미달태로 인식하였다. 그렇다면 한국 현대문학이 내재한 보편 지향을 최근 논의되는 세계문학 담론과 관련해서 어떻게 설명할 수 있을까? 최근의 세계문학론은 비교문학과 국민문학이 더는 적대적인 구도를 이루고 있다고 보지 않고, 공존의 가능성을 모색한다.

파스칼 카자노바(Pascale Casanova)는 문학의 수도로 파리를 정점에 올려놓아 비대칭적인 '세계문학 공화국'의 구도를 전제로 놓는다. 그녀는 정치적 헤게모니와 문화적 헤게모니를 구분하여 2차 세계대전 후 미국 중심의 정치적 헤게모니 속에서 프랑스가 문화적 헤게모니를 어떻게 지켜내었고 유지해왔는지를 논의한다. 프랑코 모레티(Franco Moretti)는 뿌리 깊은 '나무'(국민문학)과 유동하는 '파도'(세계문학)를 교차시키는 비유를 들어 파도가 비유하는 비교문학적 관점을 국민문학의 나무보다 한층 더 긴요한 시각으로 인식하였다. 데이비드 댐로쉬(David Damrosch)는 세계문학의 기능이 국민문학의 방향을 굴절시키는 데 가치가 있다고 본다.[5] 모레티와 댐로쉬는 세계문

4 서영채, 「둘째 아들의 서사－염상섭, 소세키, 루쉰」, 『민족문학사연구』 Vol.51, 2013, 8~42쪽.

5 Moretti, Franco, "Conjectures on World Literature", *New Left Review*, 1, January-Feb-

학을 어떻게 독해해야 하는지 이론적인 접근에서는 상이한 관점을 드러내지만,[6] 이들은 모두 국민문학과 세계문학의 공존을 전제로 논의를 풀어낸다. 국민문학 없이는 세계문학 담론은 존재하지 않는다는 것이다. 일례로 댐로쉬는 『닥터 두리틀 이야기(*The Story of Doctor Dolittle*)』에 등장하는 두 개의 얼굴이 서로 다른 방향으로 향하는 동물 "푸시미 풀유(Pushmi-Pullyu)"[7] 비유를 통해 국민문학과 세계문학의 서로 다른 두 방향을 동시에 지향한다. 물론 이러한 세계문학 담론은 상당히 이상적인 이론이지만, 여러 문화가 교차하고, 다국적 인종으로 구성되어가는 우리 사회의 흐름과 분명 유사한 흐름을 지니고 전개되고 있다.

기존 비교문학 연구는 원천(authenticity) 찾기에 집중한 나머지 한국 현대시사가 지닌 세계문학적 보편성의 의미를 적확히 설명하지 못하였다. 기존의 비교문학이 한국 현대시를 서구 시 텍스트의 미달태로 만들어버린 결정적인 원인으로는 낭만주의 맥락에서 내려오는 전통적 '영향관계(influence)' 개념 때문일 것이다. 제이 클레이튼(Jay Clayton)과 에릭 로스테인(Eric Rothstein)은 『문학사에서 영향관계와 상호텍스트성(*Influence and Intertextuality in Literary History*)』(1991)에서 낭만주의 시대에 전통적인 영향관계를 다음과 같이 설명한다. "영향관계는 18세기 중반에 유행한 고유성(originality), 천재(genius)에 관한 관심으로부터 생겨난 개념으로, 이 개념에는 아직도 고유(origin)에 대한 의식이 내재되어 있다"[8]는 것이다. 전통적인 영향관계 연구는 텍스트

---

ruary 2000, pp.54~68; Casanova, Pascale, *The World Republic of Letters*, Trans. M.B. DeBevoise, Cambridge: Harvard UP, 2004, pp.1~44; Damrosch, David, *What is World Literature?*, Princeton and Oxford: Princeton UP, 2003, p.283.

6 Medina, Jenny Wang, "At the Gates of Babel: The Globalization of Korean Literature as World Literature", *Acta Koreana*, vol.21, no.2, 2018, pp.395~421 참조.

7 Damrosch, David, *op. cit.*, pp.283~284.

8 "Concern with influence arose in conjunction with the mid-eighteenth century interest

의 기원과 창조자의 천재성을 중시하기 때문에, 연구의 초점을 한국 현대 시인들이 아니라 그들이 참조하고 인용한 외부의 원천 텍스트에 두었고, 따라서 한국 현대시의 독자적 자장을 설명하려 하지 않았다.

전통적인 영향관계의 범주에 속해 있는 빌리기(차용), 메아리(에코) 등은 원천이 되는 텍스트가 빌려왔으며 메아리쳐진 텍스트보다 우월한 관계에 놓여 있음을 전제한다. 그 예로 송욱은 『시학평전』(1963) 가운데 「金起林 즉 모더니즘의 口號」에서 "이 나라(식민지 조선–인용자)에서 엘리엇트의 『荒蕪地』에 견줄 수 있는 훌륭한 작품을 쓰려고 한 것 같아 보이나, 결국 완전히 실패하고 말았다"[9]라며 김기림의 장시 『기상도』(1936)의 가치를 상당히 낮게 평가한다. 이는 영향관계가 지닌 위계의 관점으로 두 텍스트의 작품성을 비교분석하고 있기 때문이다. 영향을 준 엘리엇의 『황무지』가 영향을 받은 김기림의 『기상도』보다 우월하다는 전제를 내포한 것이다. 그러나 김기림이 『기상도』를 쓸 때 『황무지』로부터 '영감'을 받기는 하였지만, 두 작품은 서로 다른 문화권의 맥락에서 각기 다른 언어로 형성된 작품이기 때문에 작품의 우열관계를 재단하기란 상당히 어려운 일이며 유의미한 논의도 아니다. 해럴드 블룸(Harold Bloom)은 이런 문제점을 직시하여 두 작품을 두고 우열의 논리에 빠지지 않기 위해, 원천이 되는 작품의 우월성을 강조하는 영향의 개념을 수정하고자 하였다. 그의 저서 『영향에 대한 불안(*The Anxiety of Influence*)』(1973)은 기존의 위계질서를 전복(transposition)하고 있다는 점에서 비교문학 연구에 있어서 많은 점을 시사해준다.

해럴드 블룸은 『영향에 대한 불안』에서 선배시인(precursor)와 후배시인

---

in originality and genius, and the concept still bears the marks of that origin", *Influence and Intertextuality in Literary History*, Edit. Jay Clayton & Eric Rothstein, Wisconsin: The University of Wisconsin Press, 1991, p.5.

9 송욱, 『시학평전』, 일조각, 1963, 192쪽.

(ephebe) 사이의 관계를 "아버지와 아들 사이의 관계"로 놓고 아들인 후배시인이 선배시인의 영향을 어떻게 극복하는지 후배시인이 겪는 불안감의 결과를 시적 영향으로 설명한다.[10] 불안감이 발현된 시 텍스트는 선배시인을 극복하려는 후배시인의 투쟁 결과라는 것이다. 블룸의 논의는 선배시인과 후배시인 사이의 비대칭 관계를 극복하여 선배시인의 작품 속 정수를 후배시인이 체화하여 이를 그의 것으로 탈바꿈하는 헤게모니 간 역전을 염두에 두었다. 텍스트는 더 이상 선배시인의 것이 아니며 후배시인이 발전시킨 그만의 자장 속에 놓이게 된다. 시간이 지나면 후배시인은 선배시인이 되며, 또 다른 후배시인은 창조적 오독을 통해 선배시인의 것을 자신의 것으로 발전시켜나갈 것이다. 이런 텍스트의 순환구조는 그가 몸담고 있었으며 당시에 유행했던 예일학파의 탈구조주의의 여파가 미친 것이며, 동시에 시인의 상대적이며 주체적 태도가 영원회귀로 발현되었다는 점에서 프리드리히 니체(Friedrich Nietzsche)의 자장 속에 있다고 할 수 있다. 블룸은 후배시인이 선배시인의 작품을 어떻게 자기 것으로 소화하느냐에 집중함으로써 영향관계가 지닌 비대칭의 우열관계를 텍스트의 지속적 순환으로 내파하고 있다.

이렇듯 블룸은 선배시인을 향한 후배시인의 '불안'이란 심리적 관계성에 집중하여 서구문학의 전통을 창출하려 했다. 이러한 구도는 한국 시사 내에서 계보를 창출하는 데 상당히 유용하다. 실제로 많은 후배시인들은 선배시인의 작품을 참조하고 독해한다. 일례로 조강석은 선배시인 이

10 "We remember how for so many centuries, from the sons of Homer to the sons of Ben Jonson, poetic influence had been described as *a filial relationship*, and then we come to see that poetic influence, rather than sonship, is another product of the Enlightenment, another aspect of the Cartesian dualism."(*my emphasis*) Bloom, Harold, *The Anxiety of Influence: A Theory of Poetry*(second edition), New York: Oxford UP, 1997, p.26.

상(李箱, 1910~1937)과 그의 일문시 「애야(愛夜)」를 번역한 후배시인 김수영(1921~1968) 간의 관계를 '영향에 대한 불안'으로 설명하려 하였다. 이상이 지닌 수학적 알레고리를 김수영은 한층 더 발전시켜 나름의 리얼리즘을 창출했다는 주장이다.[11] 이 논문은 블룸의 논의를 적절히 활용하여 한국 모더니즘 시사의 계보를 창출하려 했다. 서구 이론을 창조적으로 재해석하여 한국 현대시 텍스트에 전유한 예시라 할 것이다. 이 저서 역시 해럴드 블룸이 수정한 영향관계 개념을 적용함으로써 동/서 간의 위계와 우열을 지우고 한국 현대시사 내의 비교문학적 계보를 설명하고자 한다.

나아가 한국 현대시인들이 한국어문학 밖의 영역에서 추구한 것은 서구 텍스트와 한국어 텍스트 간의 자리바꿈, 즉 전위(transposition)란 점에서 1960년대 텍스트의 전위를 정의한 크리스테바(Julia Kristeva)의 상호텍스트성(intertextuality) 개념의 적용 가능성을 생각해볼 필요가 있다. 상호텍스트성은 크리스테바 이후 바르트, 리파테르를 거쳐 데리다에 이르기까지 여러 논자들에 의해 자의적으로 사용됨으로써 논란을 빚는 개념이지만,[12] 크리스테바가 『시적 언어의 혁명』에서 바흐친을 통해 이 용어를 창안하였을 때에는 언어기호학의 용어였다. 상호텍스트성은 원래 소설(novel) 장르에서 "하나의 (혹은 여러 개의) 기호 체계가 또 하나의 기호체계로 전위"[13]하는 것을 지시했다. "모든 의미 실천이 다양한 의미 체계의 전위의 영역(상호텍스트성)이라는 것을 인정한다면, 우리는 그것이 지닌 언술 행위의 '위치'와 지

---

11 조강석, 「이상의 두 갈래 시적 영향 관계에 대한 소고(小考) (1) : 김수영의 경우」, 『한국현대문학연구』 제32집, 2010.12, 135~163쪽.

12 "Intertextuality is one of the most commonly used and misused terms in contemporary critical vocabulary." Allen, Graham, *Intertextuality*, New York: Routledge, 2008, p.2.

13 줄리아 크리스테바, 『시적 언어의 혁명』, 김인환 역, 동문선, 2005, 66쪽. 즉, 크리스테바가 정의한 상호텍스트성은 원래 영향관계(matters of influence) 및 원천에 관한 연구(study of sources)와 무관한 용어였다.

시된 '대상'은 결코 단일하거나 고정되지 않고, 파편화되어 있으며, 쉽게 정리될 수 없다는 사실을 이해할 수 있다"[14]는 것이다.

하지만 최근 북미 비교문학계에서 통용되는 상호텍스트성은 크리스테바가 기호학에서 내린 정의와 그 맥락을 달리한다. 프랑스에서 배태한 상호텍스트성은 대서양을 건너자마자 그 함의가 변화하여 '한 작가에서 다른 작가로의 영향관계를 연구하거나 문학작품의 원천이 되는 내러티브를 발견하려는 노력'으로 새롭게 정의되었다. 상호텍스트성은 기존의 용어인 원천 중심의 '전통적 영향관계'나 블룸의 '창조적 오독(creative misreading)'을 완전히 혹은 부분적으로 포함하며 혼용되고 있는 것이다. 포스트모던에서 나온 상호텍스트성 개념이 낭만주의에서 나온 전통적 영향관계와 이를 수정한 블룸의 개념과 혼용되어 사용되고 있는 현상은 혼란스러워 보이기도 한다. 따라서 윌리엄 얼윈(William Irwin)과 같은 보수적인 비평가는 "상호텍스트성이라는 개념은 기존의 용어인 영향관계나 인유를 단지 스타일을 살려 새롭게 부르고자 하는 말"[15]이라며 상호텍스트성이라는 용어의 허구성을 지적하며 비판적 태도를 보인다.

낭만주의 시기 영향관계는 인유(allusion), 빌리기(borrowing), 메아리(echoing), 각색(adaptation)을 모두 함축시키는 폭넓은 함의를 지닌 용어이기 때문에 이를 세밀화하는 작업이 요구된다. 그중 비교문학 연구에서 상호텍스트성은 영향관계의 하위항목 중 인유와 혼용되는 경우가 많았다.[16] 그레고리 매카첵(Gregory Machacek)의 구분에 따르면 인유는 주로 통시적인 관계, 즉

14 위의 책, 66쪽을 기초로 수정 번역.

15 Irwin, William. "Against Intertextuality", *Philosophy and Literature*, Vol.28 No.2, October, 2004, p.228.

16 인유와 상호텍스트성의 혼용 상황에 관해 Machacek, Gregory, "Allusion", *Publications of the Modern Language Association of America*, Vol.122 No.2, March, 2007, p.523 참조.

텍스트와 과거의 텍스트 사이에 일어난 영향관계를 일컫는 반면,[17] 상호텍스트성은 크리스테바가 주장했던 기호 체계 사이에서 전위에서 그 의미가 확장되어, 동시대 작가들의 텍스트 간의 영향관계를 일컫는 담론으로 확장된다.[18] 이 책에서는 한국문학과 외국문학 간의 텍스트 사이에 벌어진 문화 접촉과 충돌의 지점(Cultural Contact Zone)을 상호텍스트성 개념과 연계하여 설명하려 한다. 접촉과 충돌의 지점은 메리 루이스 프랫의 용어로 그녀는 제국과 식민지 간 접촉과 충돌의 지점을 'Cultural Contact Zone'으로 정의하면서 제국 출신의 여행자가 식민지를 탐험한 기행문과 일기를 분석한다.[19]

한국의 현대시인들은 동시대 서구문학, 일본문학, 중국문학과 접점을 맺거나 충돌하면서 상호텍스트성을 구현해왔다. 서구문학과 일본어에 대한 그들의 해박한 지식은 그들의 시 텍스트와 서구 시, 일본 시 사이의 문화적 경계를 무화시키는 역할을 하고 있다. 과거 서구 중심주의 비교문학 연구에서 평가절하되어왔던 제국과 식민지 간 접촉과 충돌의 지점이 지닌 의미는 점점 확대되고 강조되어왔으며, 이 확대된 지점에 대한 평가는 국민국가의 경계와 언어의 차이를 지우고 텍스트의 교호작용을 강조하는 '상호텍스트성'에 기반하여 이루어질 것이다. 현대시인이 구현하고자 하였던 세계문학과 한국문학의 교차점은 그들이 추구했던 보편과 특수의 상호길항과 깊이 관련되어 있다.

17 Ibid., p.525.

18 Culler, Jonathan, *The Pursuit of Signs: Semiotics, Literature, Deconstruction*, Ithaca, NY: Cornell University Press, 1981, p.103.

19 Pratt, Mary Louise, *Imperial Eyes: Travel Writing and Transculturation*, London: Routledge, 1992.

2. 한국 현대시의 비교문학적 계보

본론의 1부에서는 1910~1920년대에 한국 현대시문학과 서구문학, 일본문학과의 관련성을 중심으로 조선문학의 세계사적 동시대성에 대한 인식을 다루려고 한다. 이 시기에 중점적으로 연구할 현대시인은 주요한(1900~1979), 황석우(1895~1959), 이상화(1901~1943), 김억(1896~?), 김소월(1902~1934)이다.

「주요한과 예이츠의 초기 시에 대한 숙고」에서는 주요한과 예이츠의 시 세계를 심층적으로 살펴본다. 한국 현대시문학을 자생적 요소와 외래적 요소로 구분하여 분석하였을 때 그 출발점이 되는 작품은 동인지 『창조』에 발표된 주요한의 「불놀이」(1919.2)로 볼 수 있다. 「불놀이」가 지닌 형식상의 자유로움이 근대사회가 해방시킨 개인의 자유로움과 밀접한 관련이 있다고 보는 것이다. 대동강 능라도에서 열린 연등회를 배경으로 한 주요한의 「불놀이」는 서도민요인 〈수심가〉 가사가 부분적으로 들어가 있지만, 불과 물의 이미저리의 중첩된 활용은 외래적인 요소로 보인다. 특히 불과 물의 시적 모티프가 상당 부분 나타나는 W.B. 예이츠 시와 상당히 유사한 지점이 발견된다. 선행 연구는 주요한의 언급을 예로 들어 주요한, 미국 시인 월트 휘트먼의 유사점에 집중하였지만,[20] 주요한과 휘트먼의 시적 어조는 다소 차이를 보인다. 특히 「불놀이」의 시적 화자는 상당히 염세주의적 태도로 떠나간 님을 그리워하며 절망하고 있는 반면, 휘트먼 시는 대체적으로 당당한 예언자적 목소리를 부르짖고 있기 때문에 그 어조의 느낌은 현저히 다르다. 휘트먼과는 달리, 낭만주의와 상징주의의 두 요소를 모두 갖추고 있는 예이츠는 초기 시에서 상징주의 수법을 많이 활용했으며, 남녀

---

20 오세영, 『한국낭만주의시연구』, 일지사, 1997, 197~207쪽.

간의 이별의 정조를 염세적으로 형상화하였고, 이를 아일랜드 민족주의가 호출하는 노스탤지어와 연계하였다. 주요한과 예이츠의 시는 망국의 슬픔과 개인의 슬픔을 어떻게 연계시키는지를 고찰할 수 있는 비교의 근거를 갖추고 있다는 점에서 비교문학의 의미가 확보된다.

「황석우의 시에서 나타난 여성 형상화 : 모성성을 중심으로」에서는 황석우의 초기 시에 나타난 여성 형상화의 의미를 살펴보았다. 황석우는 상징주의 시론을 정리하였고 상징주의 시를 발표하여 초월의 정신세계를 그의 시에 담고자 하였다. 초월의 정신세계를 향한 시인의 강박관념은 여성 형상화에서도 여성을 성스러운 것, 영혼의 가치로 묘사하였다. 그 결과 그의 문학 텍스트에는 당대 시대를 살아가는 여성의 에로티시즘에 대한 언급이 결여되어 있다. 초기 시를 거쳐, 중기 시집 『자연송』(1928)에서 에로티시즘에 대한 언급이 조금씩 보이기는 하나 이는 여성의 에로티시즘을 자연의 순환 원리로 치환시킨 것으로, 여성을 제한적으로 인식하는 한계를 여전히 노출한다. 시인의 인식은 여성 형상화를 모성성이라는 왜곡된 형태로 이끌었으며, 이는 절대적 자유를 추구하는 그의 자유주의적 아나키즘이 젠더의 문제에 있어서만큼은 제한적인 요소를 내포하고 있는 문제점을 드러낸다. 이 글은 황석우의 문학에 구현된 상징주의와 자유주의 아나키즘을 읽을 때 드러나는 여성 형상화의 문제점을 인식하여 자유주의 아나키즘의 절대적 자유가 젠더의 문제만큼은 외면하는 지점을 지적하려 한다.

「이상화 시에서 드러난 남성 화자의 자기분열 : 「그의 수줍은 연인에게(To his Coy Mistress)」와 「어느 마돈나에게(A une Madone)」와의 비교를 중심으로」에서는 이상화(1901~1943)의 연애시 「나의 침실로」(1923.9)가 앤드루 마블(1621~1678)의 「그의 수줍은 연인에게」(1681), 보들레르(1821~1867)의 「어느 마돈나에게」(1857)와 비교된 맥락을 이해하고, 「나의 침실로」를 동서 비교문학적 시각에서 바라보려 한다. 송욱과 김춘수는 앤드루 마블의 「그의 수줍은 여인에게」를 인용하여 「나의 침실로」가 형이상학파 시의 미달태임을 주장하였는데, 그들의 주장의 근거에는 당대 유행하였던 T.S. 엘리엇과 신비평의 아우라가 자리 잡고 있었다. 이에 반해 조영복과 김학동은 「나의 침실로」를 보들레르의 「어느 마돈나에게」와 비교하여, 텍스트 해석의 편폭을 넓혀 해석학적 실증주의를 추구하려 했다. 신비평 중심의 비교나, 실증주의 해석의 추구 모두 이상화의 시를 한국 근대시사의 흐름뿐만 아니라 세계문학과의 비교로 읽는 데 상당히 공헌하였다. 여기에 고려할 요소를 덧붙인다면, 「나의 침실로」에서 시적 화자가 그의 침실로 초대하고자 한 주체가 신여성이지만 실제 저자의 삶은 구여성과의 관계에 놓여 있기에, 「나의 침실로」는 당대 유행한 자유연애의 정사(情死)를 추구하였지만 삶을 포기할 수 없는 시적 화자의 자기 분열적 텍스트로 볼 수 있다는 점이다. 이런 측면을 고려할 때 이 시는 「그의 수줍은 연인에게」와 「어느 마돈나에게」의 화자처럼 이루어질 수 없는 사랑에 빠진 분열된 자아를 노래하는 시로 비교 가능하다. 「나의 침실로」에 나타난 화자의 분열은 「빼앗긴 들에도 봄은 오는가」(1926.6)에 나타난 자기분열과도 연결되어 있어 남성 화자의 양가적 욕망이 한층 구체적으로 드러난다.

「김소월의 시에 나타난 여성성의 의미」에서는 김소월의 시는 여성적이다는 기존 견해를 재고하여 그의 시를 젠더의 관점에서 독해할 때 다가갈 수 있는 새로운 해석의 가능성을 제시하고자 한다. 그의 시는 대체로 남성 화자가 발화하는 시, 여성적 목소리를 드러내는 시, 남성과 여성 양성의 목소리가 교차하는 시로 분류할 수 있다. 중요한 점은 김소월의 시 가운데 한 성만이 살아남거나 존재하는 시의 결과는 대체로 죽음의 세계로 귀결된다는 것이다. 즉 누군가를 목 놓아 부르거나(「초혼」), 무덤에서 재생을 꿈꾸는 시(「무덤」)와 같은 작품에서 화자는 양성의 세계가 무너진 세계에 홀로 남아 있으며, 이런 경우 죽음의 가정법이 발동된다. 한 성만이 존재하는 불균형의 질서에서 화자의 절망은 최고조에 이르게 된다. 반면 양성이 모두 존재하여 앞날을 모색하는 시에는 긍정적인 일상의 힘이 나타난다. 시인은 성차의 이분법을 탈피하여, 양성의 공존을 지향한 우리의 일상을 줄곧 노래해왔던 것이다.

「한국 낭만주의 · 모더니즘 시단에 나타난 세대 간의 갈등 : W.B. 예이츠 번역을 중심으로」에서는 김억(1896~?), 김기림(1908~?), 김수영(1921~1968)이라는 서로 다른 세대의 시인이 조선과 같이 식민지 상황에 놓인 아일랜드 시인 W.B. 예이츠를 어떻게 전유하여 자신의 세대론적 관점을 드러냈는지를 서술하였다. 김억, 김기림, 김수영은 각기 열두세 살 차이로 김억은 1910~1920년대, 김기림은 1930년대, 김수영은 1945년 해방 후부터 1960년대까지 시단의 핵심적인 위치에서 번역가, 평론가, 시인으로서 활동했다는 공통점이 있다. 이들은 각기 시대를 대표하는 시인이자 번역가, 평론가로서 각 시대의 특정한 문제들에 대해 시, 번역, 평론으로서 응답했다. 이 글은 세 시인들이 예이츠의 번역과 해석에 공통적인 관심을 보였다는 데 주목하여, 한국 모더니즘 시의 내적 계보를 예이츠를 매개로 추적해보려 한다.

2부에서는 '모더니즘 시단의 세계문학과의 상호 관련성 추구'라는 주제로 한국 현대시의 비교문학적 주제를 심화시키고자 한다. 1930년대부터 1950년까지 모더니즘 시인 이상(李箱, 1910~1937)과 김기림을 중심으로 그들이 동시대 아방가르드 예술가들, 영미 모더니스트들과 어떻게 발을 맞추어 국민문학과 세계문학 간의 접점을 만들고자 하였는지를 집중적으로 다루었다.

「이상의 「오감도 시제1호」 다시 읽기」에서는 이상 문학의 기호학적 의미를 탐색하였다. 이상의 문학은 한자와 한글처럼 이질적인 것이 서로 함께 뒤섞인 기호의 공간이다. 니체가 『비극의 탄생』에서 이야기한 아폴론적 세계관과 디오니소스적 세계관의 결합과 같이, 서로 융화되기 어려운 것들이 함께하고 있는 상호텍스트의 공간이다.

이상은 「오감도 시제1호」에서 한글과 한자의 이질적인 기호들의 집합을 보여준다. 이 이질적인 기호들의 집합은 상호텍스트성이 지닌 역동성으로 수평 · 수직적으로 활발히 교차되어 새로운 문학적 의미를 창조하고 있다.

「김기림의 『기상도』와 T.S. 엘리엇의 『황무지』의 상호텍스트성」에서는 역사의식을 비교의 근거로 하여 『기상도』와 『황무지』를 비교하는 작업을 수행하였다. 김기림의 장시 『기상도』(1936)를 이해하기 위하여 엘리엇의 장시 『황무지』(1922)를 선행 이해해야 하는 이유로 몇 가지를 들 수 있다. 첫째, 장시의 구성을 교향악에 비유하고 있는 점에서 유사성을 보인다. 둘째, 김기림이 1936년 4월 동북제국대학에 입학하여 리처즈(I.A. Richards) 시학을 연구하기 이전, 시론에서 가장 많이 언급하고 있는 시인이 엘리엇이다. 셋째, 『기상도』가 『황무지』의 영향을 받았다는 기존 비교문학연구 역시 『황무지』에 대한 고찰을 필요로 한다. 하지만 이런 연관성에도 과연 『기상도』와 『황무지』를 과감히 일대일로 비교할 수 있는지 의문이 남는다. 식민지와 제국, 동양과 서양 등 비교 불가능한 몇몇 지점이 있지만, 『기상도』는 인간 문명에 대한 비판을 주제로 한 장시라는 점에서 『황무지』와 비교 가능하다. 이 글에서는 『기상도』와 『황무지』에 드러난 문명에 대한 관점이 두 텍스트 사이에서 어떻게 교섭하고 있는지 살펴봄으로써 『기상도』에서 드러나는 문명 비판과 역사 감각을 고찰해보고자 한다.

「김기림, T.S. 엘리엇, 니체」에서는 역시 역사의식을 비교의 근거로 하여 이 세 예술가들이 만나는 지점을 탐색한다. 구인회 동인 중 가장 학술적인 모더니스트였던 김기림은 그가 자주 인용하고 영감을 받은 T.S. 엘리엇 못지않게 니체의 영원회귀와 계보학적 역사에 대한 고민의 흔적을 드러내었다. 본론의 첫째 장은 김기림의 평론과 수필, 초기 시에서 나타난 니체주의 양상을 검토할 것이다. 두 번째 장에서는 김기림의 시 「아프리카 광상곡」을 T.S. 엘리엇의 『황무지』와 비교하여 두 모더니스트가 니체의 역사의식을 그들의 시에서 어떻게 형상화했는지를 검토해보려 한다.

구인회 결성 이전 1920년대 니체 수용은 분명 존재했고 또한 활발히 이루어졌다. 하지만 니체의 사유를 자신들의 문학 텍스트에 버무린 최초의 예술가들은 김기림을 비롯한 구인회 구성원들이었다. 김기림은 일본 니혼대학에서 문예비평론을 수학했으므로 아방가르드와 모더니즘 이론에 상당히 밝았다. 나아가 그는 시사적 안목을 니체 사유와 결부하며 예술적 형상화를 모색하였다.

「김기림의 글쓰기에 나타난 반파시즘의 기치」에서는 파시즘의 복합적 의미를 탐색한다. 파시즘이란 용어는 연구자들에 의해 각기 다르게 해석되어 협의의 정치체제로부터 광의의 수사에 이르기까지 무한한 범주로 활용되고 있다. 당대를 살았던 사람들이 실제로 파시즘을 어떻게 이해하고 그 용어를 구사하고 있는지 살펴보는 작업이 선행될 때, 오늘날 파시즘을 둘러싼 다채로운 논의를 이해하는 출발점이 된다. 이 글은 김기림이 파시즘을 어떻게 바라보고 있는지 작가론의 관점에서 검토할 것이다. 시 「전율하는 세기」, 「제야」, 『기상도』, 「아프리카 광상곡」, 「쥬피타 추방」에서 무솔리니 치하 이탈리아 파시즘과 프랑코 치하 스페인 파시즘을 풍자함으로써, 반파시즘의 기치를 높이 든 김기림이 일본 제국주의를 파시즘과 과연 어떤 함수 관계에 놓는지 살펴보려 한다. 일제 패망 이후에도 파시즘을 경계하는 김기림의 태도에서 그가 간주한 파시즘의 함의에 대해 생각해보고, 과연 그가 무엇을 우려하였고 이를 어떻게 극복하려 하였는지를 검토해보려 한다. 식민지 시대부터 해방기까지 파시즘에 관한 그의 언급을 하나하나 짚어봄으로써, 일제 말기 한일 관계와 해방기 남북 관계를 둘러싼 김기림의 시각을 새롭게 엿볼 수 있다.

3부에서는 국민국가의 건설과 시대적 보편성의 확립을 주제로 산업화 시대 대한민국의 정체성이 확립되는 시기에 현대시인들이 서구 시인, 동아시아 시인들과 어떠한 접점을 통해 국민국가를 건설하고자 했는지를 살펴본다. 이 시기에 살펴볼 시인은 박인환(1926~1956), 김수영(1921~1968), 신동엽(1930~1969), 김지하(1941~2022)로 그들이 이상적으로 생각한 민주적 국민국가 건설을 위해 어떤 시적 모티프를 동시대의 시인과 기타 예술로부터 상호텍스트하고 있는지 그 접점 지대를 검토할 것이다.

「박인환의 「목마와 숙녀」에 구현된 여성주의 : 버지니아 울프의 『등대로』(1927)를 중심으로」에서는 울프의 작품 『등대로』를 매개로 하여 박인환과 김수영의 차이점을 살펴본다. 필자는 박인환 사후 김수영이 드러낸 박인환 비판을 김수영의 (남성적)나르시시즘에 있다고 보았다. 나아가 김수영과 박인환의 시작(詩作) 세계의 현재적 가치를 판단하는 근거로 여성주의 문학을 들어 한국 현대시사에서 두 시인의 가치를 재고하려 한다. 김수영이 강한 나르시시즘과 특유의 위악적인 여성혐오로 비판에 직면한 반면, 박인환은 상대적으로 여성을 이상화하고 외경화하는 시작태도를 보임으로써 나르시시즘을 표출하지 않았다. 그는 시 「목마와 숙녀」(1955)에서 버지니아 울프의 대표작 『등대로』(1927)를 언급하여 예술가 릴리 브리스코로 연결되는 예술의 영원성과 인생의 유한함을 지적한다. 즉, 「목마와 숙녀」는 시인이 자신의 예술적 염원과 그 염원을 따르지 못하는 육체적 한계를 시작(詩作)화한 작품이다.

「김수영이 중역한 파스테르나크」에서는 김수영과 파스테르나크의 시세계를 비교한다. 김수영은 비교문학적 시각으로 연구가 상당히 많이 된 한국 현대시인이지만, 김수영 문학과 러시아 문학과의 연관성은 거의 논의되지 않았다. 김수영이 보인 동시대의 러시아문학에 대한 관심은 주로 번역으로 이루어졌는데, 러시아어를 읽지 못하는 그는 영문 번역을 중역하여 소개하거나 논평하는 방식을 택하였다. 김수영은 러시아에서 출생한 아일랜드 시인 조지 리비(George Reavey, 1907~1976), 러시아문학 영국인 번역자 만야 하라리(Manya Harari, 1905~1969) 등의 소개문과 평론을 번역하고 잡지 『엔카운터』, 『파르티잔 리뷰』에 영문으로 실린 러시아문학을 읽으면서 동시대 러시아문학과 사회를 이해하였다. 그 결과 김수영의 러시아문학 번역에는 러시아문학의 특성뿐만 아니라 당대의 영미 문학, 그리고 냉전 시대의 한국문학이 공유한 문제의식이 드러난다.

김수영이 중역하여 러시아문학을 소개한 점은 그의 번역관을 살펴본다면 다소 의외로 보인다. 그는 영어 원문이 없는 일본어 중역은 창피한 일로 생각하여 한사코 거부하였다. "… 이 소설의 텍스트가 없고, 일본 잡지에 번역된 것을 가지고 있어, 그것이 뜨악해서 번역을 못 하고 있다. 원본이면 된다. 일본 말 번역은 좀 떳떳하지 못하다—이것이야말로 사대주의라면 사대주의일 것이다"(「벽」, 1966)라며 그는 일본어 중역을 거부하였다. 이에 반해 영어를 매개로 한 러시아문학 번역을 문제 삼지 않은 것으로 보아, 그의 번역에서 영어가 상당히 중요한 역할을 하고 있음을 알 수 있다. 김수영은 '사대주의'라고까지 말한 일본어 번역과는 달리, 영문을 매개로 중역하는 것에 대한 부끄러움은 보이지 않는다. 김수영은 전후 한국이 일제 식민주의를 극복해야 한다는 명제를 냉전 체제에서 미국과 영어 헤게모니가 지닌 문제보다 더 우선순위에 놓았던 것이다.

김수영이 당대 러시아문학 소개에 집중한 이유는 냉전 시대 이데올로기 대립에 대한 실증적인 확인 이상에 있다고 보아야 한다. 그는 당대 러시아 문학가들 중에 노벨문학상을 수상한 파스테르나크, 파스테르나크와 동시대에 활약한 일리야 에렌부르크, 망명 작가 안드레이 시냐프스키, 그리고 해방기에 활약한 작가들 예프투셴코, 보즈네센스키, 카자코프 등을 언급하는데 특히 파스테르나크에 관심을 보였다. 이는 김수영과 파스테르나크가 문화적 뿌리를 탐색하려는 공통된 관심사를 지녔음을 보여준다. 김수영은 1958년 노벨문학상 수상의 계기가 된 『닥터 지바고』의 문학적 가치를 높게 평가하지 않았다. 대신 그는 파스테르나크가 셰익스피어를 번역하면서 남긴 「셰익스피어 번역 소감」을 번역 · 소개하고 파스테르나크가 지은 시 「코카서스(The Caucasus)」를 거론하면서 번역을 통해 러시아 문화의 뿌리를 찾고자 한 파스테르나크의 여정이 자신이 추구한 거대한 뿌리 찾기와 상응한다는 태도를 취한다. 파스테르나크는 러시아문학의 뿌리를 코카서스 지방이나 우랄 산맥 등 대자연에서 찾았는데, 김수영은 거의 알려지지 않은 시 「코카서스」나 「최초의 우랄」을 파스테르나크의 대표 시로 소개하는 번역 태도를 취했다. 이 연구는 김수영과 파스테르나크가 교차하는 문화의 뿌리에 대한 탐색을 김수영의 번역 텍스트를 중심으로 살펴보고자 한다.

「신동엽의 시와 음악 : 교향악적 시의 가능성」에서는 장르 비교 연구로 비교문학의 범주를 확장해보았다. 신동엽은 인류가 종합예술의 찬란한 시대를 가지게 될 것이라고 예견하였으며, 종합예술의 형태는 시, 악, 무, 극의 보다 높은 조화율의 형태로서 나타나게 될 것임을 주장했다. 이를 감안할 때, 시인 신동엽은 자신의 작품 가운데 후대에는 시와 극을 결합한 시극과 시, 악, 무, 극을 결합한 오페레타가 더 한층 높은 평가를 받을 것임을 기대한 듯싶다. 즉 그가 1951년에 토로한 교향악적 시는 그의 일생을 둔 거대한 목표였던 것으로 보인다. 이러한 목표는 『금강』(1967)에서 비로소 성취의 가능성을 찾게 되는 것이다.

신동엽을 높이 평가했던 김수영도 그의 시에서 "죽음의 음악"을 들었던 만큼, 베토벤, 차이콥스키, 슈베르트 등 죽음을 주제로 한 교향곡을 감상한 뒤 신동엽의 시를 읽으면 그 주조에 깔리는 정서와 거시적 구조가 지닌 필연성을 한층 더 이해할 수 있다. 『금강』이 지닌 교향악적 요소를 감안한다면, 왜 그가 거시적인 구조를 지향하며 시를 창작하고 발표해왔는지를 이해할 수 있을 것이다. 전후 한국 현대시사에서 장시 『금강』은 시와 음악의 결합 가능성을 보여주는 좋은 예시이다. 『금강』의 유구한 흐름만큼 장시의 거시적인 구조가 지닌 의의는 문학과 음악 예술 간의 결합을 통해 확보될 수 있었던 것이다.

「김지하와 베이다오의 시세계에 나타난 니체적 사유 : 교량을 통한 영원회귀를 꿈꾸며」에서는 김지하와 베이다오의 시세계를 니체적 관점에 입각하여 비교한다. 김지하와 베이다오는 위버멘쉬의 과정을 따르고자 한 시인으로 보인다. 그들은 인간의 정신적이며 육체적 한계를 인지하고 있었다. 그들은 저항과 저항을 연결하는 '교량'의 역할에 충실한 면을 보인다. 즉 그들은 자의 반, 타의 반으로 두 대립적인 가치 속에 자신의 존재 위치를 확보하는 시인들이었던 것이다.

서로 달라 보이는 이들 두 시인에게 니체의 교량으로서의 공통된 역할은 무엇이었을까? 두 시인의 사유는 니힐로 통용되는 허무로의 추구와 현실을 무한 긍정하는 영원회귀로 연계될 수 있다. 이 글의 두 번째 장에서는 김지하의 초기 시에 나타난 니체의 사유를 검토하며, 세 번째 장에서는 베이다오의 초기 시에 나타난 니체의 사유를 살펴본다. 두 시인에게 나타난 니체의 사유를 검토한 뒤 네 번째 장에서는 두 시인의 면모가 니체적 사유와 어떻게 결합하고 있는지를 검토할 것이다. 이들 시인은 상당히 다양한 스펙트럼의 시작(詩作) 세계를 보여주고 있기에, 비교의 대상을 저항의식이 주로 드러난 초기 시로 국한하였다. 두 시인은 니체의 사유를 인지하고 있었기에 인간의 무한한 욕망과 필멸의 존재인 인간의 한계 사이에서 나름의 균형 지점을 설정할 수 있었다.

이 연구서에서 다루는 시인들은 기존 한국 현대시사에서 상당히 논의된 시인이다. 한국시사의 맥락에 국한하여 연구사가 축적된 감이 없지 않은데, 본고는 이들 시인들을 당대 현실을 반영하면서도 외부의 보편적 가치에 민감하게 반응하고 있는 시인으로 인식했다. 이상이 「오감도 작자후기」에서 상당히 격정적 어조로 말하였듯이 세계와의 동시성에 민감하게 반응하고 있는 시인들인 것이다. 특히 1970년대 산업화 시대의 시인들에 대한 세계문학적 시선은 더 보강되어야 할 사안인데, 산업화 시대의 시인들이 민중, 노동자의 문제에 민감하게 반응했음은 사실이나 서구의 기타 예술, 문예사조의 동향에도 상당히 관심을 기울이고 있었던 점에 주목할 필요가 있다. 이 연구는 산업화 시대의 시인들이 그들 나름의 문학의 보편성을 강조하고 있는 시인이라는 점을 강조하고자 하였다.

이 연구에서 다룬 시인들은 단지 한국문학만의 시인으로 평가받아서는 안 된다. 그들의 가치는 번역되어 다른 언어권의 독자들에게 읽힐 때 새로운 가치를 창출할 수 있다. 실제로 북미에서 몇십 년에 걸쳐 꾸준히 지속되고 있는 김소월이나 이상(李箱) 문학의 번역은 이러한 가능성을 염두에 두게 한다. 번역된 텍스트가 과연 한국문학인지 아니면 한국어로 시작된 세계문학인지 생각해보아야 할 때가 온 것이다. 지속적으로 번역되고 있는 한국문학은 이제 한국문학 내의 테두리 안에 머무르는 것이 아닌 세계문학과 연관성을 지니고, 나아갈 기회를 갖게 된 것이다. 이처럼 한국 현대시가 단지 한국문학의 현대시가 아닌 세계문학의 현대시로 나아가기를 이 저서는 지향하고 있다.

1부

조선문학의 세계사적 동시대성에 대한 인식

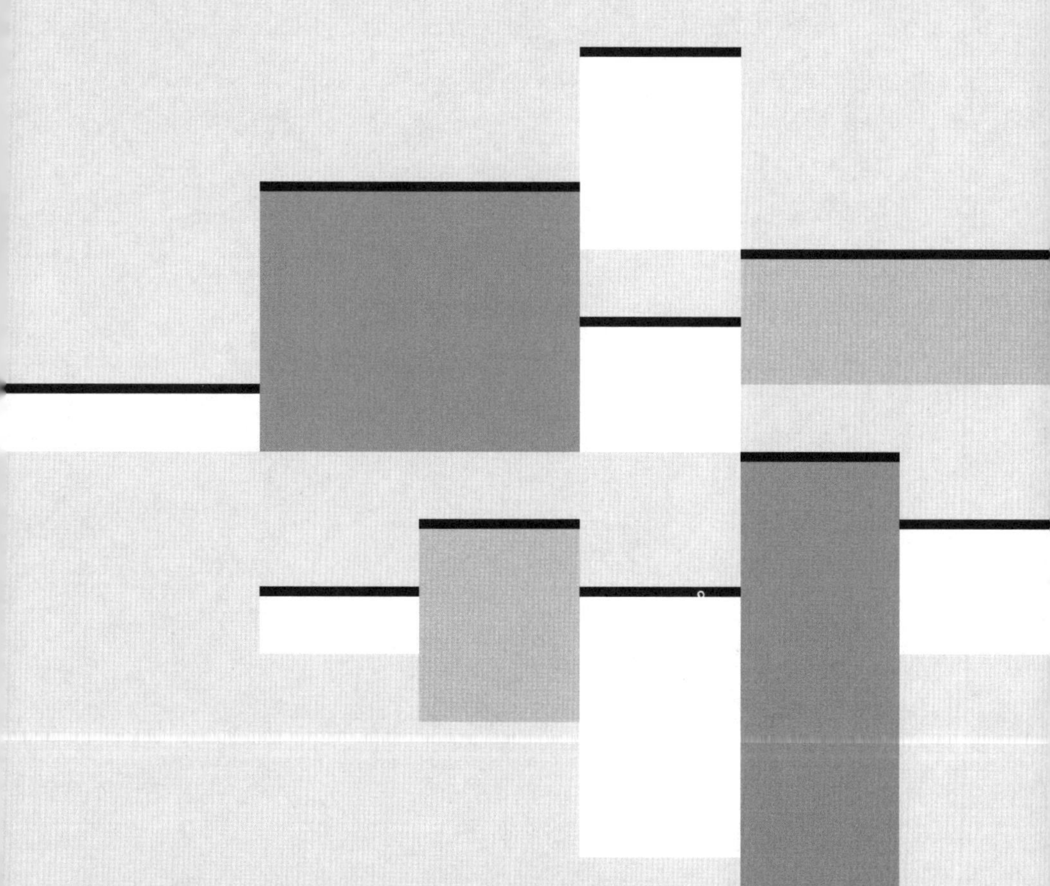

주요한과 예이츠의 초기 시에 대한 숙고

— 정체성의 균열을 중심으로

1. 들어가며

주요한(1900~1979)과 예이츠(1865~1939)는 제국과 식민지 간의 긴장을 '공간을 감각화한 시'로 풀어낸 시인으로, 그들은 개인 내면에 대한 발화와 국가/민족의 정체성 사이에서 분열하는 자아를 표출하였다. 이는 두 시인이 생각하는 바람직한 집단적 가치가 사회의 흐름과 유리되어 있고, 그들 내면의 자아도 사회집단의 방향과 항상 일치하지 않는다는 것을 의미한다.[1]

주요한과 예이츠를 비교할 수 있는 몇 가지 근거는 다음과 같다. 주요한은 「창조시대의 문단」(1956.7)에서 초기 시집 『아름다운 새벽』에 영향을 받은 시인 가운데 하나로 아일랜드의 예이츠를 거론한다. 그는 "취향이 끄을

---

1 주요한의 초기 시를 균열로 읽은 주요 선행 연구로 장석원, 「주요한 시의 발화특성 연구」, 『1920년대 문학의 재인식』, 깊은샘, 2001, 259~286쪽; 김은철, 「주요한의 삶과 시의 대응양식」, 『한국문예비평연구』 Vol.25, 한국현대문예비평학회, 2008, 29~57쪽; 정주아, 『서북문학과 로컬리티』, 소명출판, 2014, 233~252쪽; 김지선, 「『창조』에 나타난 초기 주요한 시 고찰-시적 자아의 양상을 중심으로」, 『동아시아 문화연구』 Vol.49, 2011, 한양대학교 동아시아문화연구소, 323~345쪽 등을 참조할 수 있다.

린" 시인의 특징으로 로버트 번스의 "민요풍"과 월트 휘트먼의 "야성적 건강미"를 특별히 거론하고 있지만, 예이츠 역시 기억에 남은 시인으로 평가한다. 그런데 예이츠에게 "愛蘭의"와 같이 민족공동체를 지칭하는 수식어가 붙어 있다는 점에서 식민지 출신 시인으로서의 공감대가 엿보인다. 그가 영향을 받았다는 타고르를 언급하는 경우에도 "印度의"란 수식어를 붙이는 모습에서 식민 현실에 대한 공감이 드러난다고 볼 수 있다.[2]

두 시인은 민족의 운명을 둘러싼 정치적인 격변을 경험하였고, 그 정치적 격변에서 시의 흐름이 변화하였다.[3] 주요한은 1919년 2 · 8독립선언 이후 동경을 떠나 상해로 이주하였고, 상해임시정부 기관지 『독립신문』 발행에 관여하여 민족의식을 고취하는 다수의 시를 발표하였다. 예이츠는 1916년 부활절 봉기를 맞아 아일랜드의 억압을 노래하는 시를 남겼다. 그는 게일 민족주의자와는 대별되는 영국계 아일랜드인으로서 예술과 정치를 분리하여 아일랜드 문예부흥운동에 힘썼지만, 부활절 봉기 이후 예술과 정치는 서로 분리하기 어렵다는 점을 자각하여 보편적 이상과 특수한 가치를 통일시키는 데 힘썼다.

나아가, 두 시인은 제국과 식민지의 대립이 초래한 첨예한 언어 현실에 직면하였다. 동경 시기 일본시단과 어울렸던 주요한은 3 · 1운동 발발부터 1925년 상해에 머무르기까지 일본어로 쓴 시를 남기지 않았다. 가와지 류코(川路柳虹) 등과의 친교에도 불구하고 일본 제국주의가 지닌 정치적 억압은 그에게 일본어 시작(詩作) 활동을 되새기게 만든 요인이 되었던 것이다.[4]

---

2 주요한, 「창조 시대의 문단」, 『자유문학』, 1956.7, 136쪽.

3 김기림은 선배시인 주요한의 시세계를 "리리시즘 → 신비적 상징주의 → 민중시인의 거상"으로 변화하였다고 본다. 김기림, 「주요한씨에게」, 『조선일보』, 1934.6, 28~29쪽.

4 그는 대일 협력 시기(1937~1945) 당시 일본어 시쓰기로 귀환한다. 주요한의 문학의 시기 구분에 관해서는 정기인, 「朱耀翰 문학 연구」, 서울대학교 대학원 석사학위논문, 2006, I쪽 참조.

예이츠는 영국계 아일랜드인으로서 영국과 아일랜드의 교집합에 놓인 정체성을 지닌 시인이었다. 그는 게일어를 수호하고자 하는 아일랜드 민족주의를 거부하고 영문학의 전통을 계승하였는데, 이에 관해 비판을 받았다.

마지막으로 두 시인은 일시적으로 파시즘을 긍정하는 실수를 저질렀다. 일제 말기의 주요한은 「동양해방」(1940)을 필두로 일본 군국주의를 지지하는 시와 평론을 발표하였으며,[5] 예이츠 역시 아일랜드 민족주의의 폐쇄성에 염증을 느낀 나머지 무솔리니의 파시즘을 찬미하였다. 두 시인은 일시적이나마 파시즘에 의탁했다는 점에서 현실 자각의 오류를 범하였다.

물론 일본 제국주의와 식민지 조선의 관계를 영국과 아일랜드의 관계로 등가성을 전제하고 비교하는 일은 상당히 어려운 작업이다. 비슷한 식민지 역사를 경험했다고 하더라도 동 · 서 간의 비교문학 연구는 여러모로 비교 불가능한 요건들을 다수 내재하기에 등가성을 전제하는 데 치밀한 검토가 필요하다. 언어의 문제, 종교적 차이, 주변 나라들과의 관계 등 여러 비교 불가능한 요건들이 충분히 제기될 수 있다. 그럼에도 『아름다운 새벽』(1924)까지 발표된 주요한의 초기 시를 『탑(*Tower*)』(1928) 출간 이전에 발표된 예이츠의 초기 시[6]와 동시에 놓고 바라보려는 이 시도는 한국 근대시사에서 지닌 주요한의 선구자적 의미를 예이츠에 비추어 보편적으로 평가해보고, 보편적 세계문학과 특수한 민족문학을 동시에 추구한 두 시인의 텍스트에서 나타난 균열이 지닌 의미를 설명해보고자 하는 것이다. 즉, 이 글은 제국과 식민지 간 긴장 속에 놓인 문학자의 자기 균열이 지닌 의미를 논의하려 한다.

주요한의 시에서 최초로 균열을 읽어낸 시인은 후배시인 김기림이다. 김

---

5 金炳傑 · 金奎東 편, 『親日文學作品選集』 1, 실천문학사, 1986, 132~151쪽.

6 엘만은 예이츠의 초기 시가 프랑스 상징주의에 가깝다고 본다. Richard Ellmann, *The Identity of Yeats*, London: Faber and Faber, 1983, p.xi.

기림은 '방황'이라는 키워드를 제시하였는데 리리시즘을 가진 민요풍, 신비적 상징주의, 문명비판이 담긴 이미지즘이 주요한의 시세계에서 방황하고 있다고 보았다. 김기림이 높게 평가한 것은 문명비판이 담긴 이미지즘 시 「특급열차」(1933.4)였으나, 주요한의 시세계에서 이미지즘 시는 그 이후로 거의 모습을 드러내지 않는다. 따라서 후배시인은 실망과 애정을 동시에 표현하였던 것이다.[7] 주요한을 바라보는 김기림의 시각이 흥미로운 이유는 예이츠의 시에서도 이 같은 방황이 드러나기 때문이다. 초기 시집에서는 신비로운 상징주의가 드러나며 『켈트의 여명』에서는 아일랜드 민요풍의 서사가 나타난다. 그리고 후기 시집에서는 니체의 역사철학과 결합한 특유의 역사관을 드러내며 문명비판의 시를 발표하였던 것이다.[8]

주요한과 예이츠의 핵심적인 공통분모는 두 시인이 모두 공간 형상화에 민감했다는 점이다. 주요한은 동경, 상해, 경성을 주유하며 시 창작 활동을 지속하였으며, 예이츠 역시 아일랜드의 더블린, 런던, 슬라이고 등지에서 창작 활동을 활발히 수행하였다. 두 시인이 문학 교육을 제국의 수도에서 받은 점은 제국과 식민지의 관계에서 많은 점을 시사한다. 그들의 문학 언어가 각각 일본어와 영어로부터 출발했다는 점은 제국의 교육 시스템과 관련이 깊다. 주요한이 사랑했던 평양의 대동강과 예이츠의 마음의 고향이었던 슬라이고는 동경과 런던에서의 문학 수업을 통해 한층 더 예술적인 언어로 형상화될 수 있었다. 물론 주요한이 모어와 제국의 언어 사이의 긴장에서 자유롭지 않았기에 한국어와 일본어를 넘나드는 문예 활동을 펼쳤던 반면, 예이츠는 언어의 구사를 둘러싸고 일관되게 영문학의 세계를 추구하

7 김기림, 앞의 글.

8 예이츠의 문명비판적 시 「Sailing to Byzantium」는 김기림의 평론 「모더니즘의 역사적 위치」, 『인문평론』, 1939.4의 서두에 인용된다. 이 글에서 김기림은 상징주의와 구분되는 예이츠 시작(詩作)의 변화를 인지한다.

였다. 식민지 조선 문인이 일본어로 작품 활동을 하는 데에서 발생하는 긴장에 비해, 예이츠는 영국계 아일랜드인으로서 언어 선택의 문제에서 좀 더 자유로웠던 것은 사실이다. 그러나 두 시인이 제국과 식민지의 여러 공간을 부유하면서 그들의 사유를 시로 풀어냈다는 점은 초기 시 비교의 근거가 되는 지점일 것이다.[9] 2장에서는 동경–상해–경성으로 부유하는 식민 주체 주요한 시에 나타난 균열을 살펴볼 것이며, 3장에서는 예이츠 시의 균열에 주목할 것이다. 4장에서는 주요한과 예이츠 모두에게 영향을 끼친 1913년 노벨문학상 수상자 타고르에 대한 그들의 평가를 중심에 놓고, 보편과 특수에서 길항하는 두 시인의 입장 차이를 점검해보고자 한다. 이 글은 제국과 식민 공간 사이에서 부유하는 두 시인의 균열된 정체성을 그들의 시 텍스트를 중심으로 살피고자 하였다.

2. 주요한 초기 시에 나타난 균열
:『아름다운 새벽』 수록 시편까지

한국문학사에서 근대시의 계보를 본격화할 때 주요한은 김억, 황석우와 함께 등장한다. 김용직은 주요한의 「불놀이」를 극찬하여 그의 선구적 업적을 다음과 같이 설명한 바 있다.

> …「불노리」는 그 형태가 새로웠을 뿐 아니라, 그 구조도 한국시의 새로운 地坪 타개에 기여하고 있다. 인용된 부분만을 통해서 보아도 이 작

9 주요한의 초기 시는 『아름다운 새벽』(1924) 출간까지로, 예이츠의 초기 시는 시집 *Tower*(1928) 출간 이전으로 기준을 삼았다. 주요한 시작(詩作)의 시기 구분으로는 정기인(2006)을 참조했으며, 예이츠 시작의 시기 구분으로는 Jeffares(1984)를 참고하였다.

품의 체험내용은 그에 선행한 것들과는 비교가 되지 않을 정도로 그 폭이 넓어진 편이다. 그리고 그들을 한 구조 속에 수용해서 질서화한 솜씨 역시 획시기적인 것이다.[10]

그는 「불놀이」의 내용(체험)과 형식(구조)사이의 적절한 결합을 극찬하고 있으며, 육당과 단재가 남긴 신체시와 구별되는 근대적인 지점을 발견한다. 나아가 주요한이 김억과 황석우와 구분되는 차이를 지적하여 『창조』에 수록된 그의 시가 지닌 문학사적 가치를 논의한다. 오세영 역시 "「불놀이」가 한 시대의 이념을 전형적으로 토로하고 있다는 점"에서 김억과 황석우의 다른 작품보다 문학사적인 주목을 받는 것이 당연하다고 본다.[11]

그러나 일본 시인들과 비교작업을 수행한 선행 연구에서 주요한의 「불놀이」에 대한 평가는 재고되었다. 선행 연구는 주요한의 일본어 시작(詩作)과 번역 활동이 그의 시세계를 어떻게 형성했는지를 상당히 실증적으로 고찰했다.[12] 특히 구인모는 주요한의 「불놀이」 창작이 주요한이 번역한 기타하라 하쿠슈의 「미친 거리」와 관련이 있다고 본다. 「미친 거리」에 나타난 주요 모티프들이 「불놀이」에서 "시각적 이미저리가 환기하는 리듬을 통해 하나의 풍경으로 완성시키는 형국"임을 논증하는 것이다.[13]

「미친 거리」와 더불어 「불놀이」는 주요한이 1918년도에 발표한 일본어 시 「미광」과 비교해볼 때 상당한 유사점이 발견된다. 주요한이 일본어 시

10 김용직, 『한국근대시사』 上, 학연사, 2002, 143쪽.

11 오세영, 『한국현대시 분석적 읽기』, 고려대학교 출판부, 2004, 4쪽.

12 주요한의 일본어 시와 한국어 시의 관계에 관해서 양동국, 「동경과 상해 시절 주요한의 알려지지 않은 행적」, 『문학사상』 330호, 2000.4, 249~271쪽; 구인모, 「한국의 일본 상징주의 문학 번역과 그 수용 : 주요한과 황석우를 중심으로」, 『국제어문』 45, 국제어문학회, 2009, 107~139쪽; 이주열, 「주요한의 시적 언어 운용 방식 : 일본어 시를 중심으로」, 『批評文學』 No.40, 韓國批評文學會, 2011, 237~266쪽.

13 구인모, 위의 논문, 129쪽.

작 활동을 선행하였던 만큼 『창조』에 발표된 그의 한국어 시는 일본어 시와 불가분한 관계에 놓여 있다. 특히 「미광」과 「불놀이」의 시적 화자는 자기 자신을 '배'로 형상화하면서 낭만성을 드러낸다는 점에서 공통된 모습을 보인다.

> 아아 지금 짙은 냄새의 침묵(沈默)의 그림자에 섞여서, 어디서일까 공포(恐怖)와 근심스럽고 우울한 목소리가 숨을 죽여 다가온다……. 그러나 내 肉身은 별들로 가득—나는 오로지 나의 빛나는 푸른 太陽을 내 스스로의 눈 속에서 찾으리라. 아아 나의 배가 삐걱인다. 즐거운 듯이. 지금 떠오르는 大地의 미광(微光)에 비친 정시(靜謐)의 시간은 밤을 틈타 내려와 쌓이는 어슴푸레 어두운 수련(睡蓮)의 화판(花瓣)의 무게에 짓눌려서인가 10월에 내리는 비처럼 가늘게 가늘게 겁먹어 떨면서 소리없이 내 마음에 넘쳐 내린다.
>
> — 주요한, 「미광」(1918.10) 부분[14]

> 아아 강물이 웃는다, 웃는다, 괴상한, 웃음이다, 차디찬 강물이 껌껌한 하늘을 보고 웃는 웃음이다. 아아 배가 올라온다. 배가 오른다, 바람이 불 적마다 슬프게 슬프게 삐걱거리는 배가 오른다.
>
> — 주요한, 「불놀이」(1919.2) 부분

「미광」의 시적 화자는 "즐거운 듯이" 삐걱거리는 배이지만, 「불놀이」의 시적 화자는 "슬프게 슬프게" 삐걱거리는 배에 올라 있다. 「미광」을 쓸 때, 주요한은 삐걱거리는 배를 능동적 생의 의지로 보았다면, 평양 성문 위에서 바라본 뱃놀이하는 배는 연거푸 슬픈 소리를 내며 삐걱거린다. 이는 수심가가 울려 퍼지는 서도지방 대표적 축제의 정조를 슬프게 형상화하고 있

14 일본어 시의 한국어 번역은 요코야마 게이코의 연구를 참조하였다. 橫山景子, 「주요한의 일본어 시」, 『한민족어문학』 35권, 韓民族語文學會, 1999, 121쪽.

는 장면인데, 괴상하게 웃거나 슬프게 삐걱거리는 모습에서 시적 화자의 분열된 자아를 확인할 수 있다. 이는 직전에 발표한 「미광」의 시적 화자에게서 보이는 불안정한 마음의 동요와 연계되는 지점이다.

주요한은 「불놀이」에서 "그림자 없이는 '밝음'도 있을 수 없는 것을―"이라며 인생은 항상 순행하는 것은 아니며 어려움이 있어야 성취도 얻을 수 있다고 굴곡진 인생사를 노래한다. 시 「외로움」에서도 "전에 슬픔의 바다에 잠기지 않은 자 또한 기쁨의 구름다리를 못 오르리라"라며 인생의 양면을 지적한다. 오세영은 「불놀이」의 분석에서 '불'은 생명을, '물'은 죽음을 각각 은유한다고 보았는데,[15] 이와 같은 이분법적인 구도로 시가 형성되었다기보다는 불과 물로 이루어진 이질적 메타포의 변주가 이 시의 총체성을 이끌어낸다고 보아야 할 것이다. 주요한은 「미광」에서도 "짙은 냄새의 침묵의 그림자"와 "빛나는 푸른 태양"을 삶이 순환하는 이치에 대한 비유로 활용한다. 이는 「불놀이」에 앞서 발표된 시 「눈」(1918)에서도 마찬가지이다. 밤늦은 인경 소리에 눈이 쌓인 어둠의 거리는 곧 "남모르게 밝아"오는 거리로 변화한다. 시적 화자는 빛과 어둠의 교차를 형상화하고 있는 것이다. 이는 주요한의 시에서 빛과 어둠을 동시에 내포한 '박명(薄明)'이라는 시어 기호가 상당 부분 되풀이된다는 점에서도 확인할 수 있다. 이처럼 동경 시기 발표한 시들에서 죽음과 삶, 어둠과 밝음을 아우르는 양가적 형상화는 상당히 빛을 발한다.

주요한은 1919년 5월 『창조』 편집을 김환에게 넘긴다.[16] 그가 동경을 떠

---

15 오세영, 앞의 책, 2~18쪽.

16 주요한은 『창조』 1호(1919.2.1)와 2호(1919.3.20)의 편집 실무를 책임졌다. 『창조』 동인에 대한 최근의 연구로 김영민, 『1910년대 일본 유학생 잡지 연구』, 소명출판, 2019, 403~511쪽 참조.

나 상해로 이주하면서부터 문학적 형상화 방식이 변화하기 시작한다.[17] 당시 상해는 조계지였고, 상해임시정부는 바로 이 프랑스 조계지에 위치해 있었다. 주요한은 상해임시정부에서 발행한 기관지 『독립신문』에 시를 발행하는 역할을 맡았으며, 민족주의적인 시를 발표하였다. 그러나 이들 시가 주요한이 펴낸 시집 『아름다운 새벽』에서 제외되었다는 점을 볼 때, 문학사적 가치를 크게 두기 어려워 보인다. 본인 역시 "그 무렵은 문예작품을 시험할 시간적, 정신적 여유가 없었다. 쓴다면 「독립가」라든지 군가 같은 창가 등이었다"라며 『독립신문』에 발표한 시를 시집에 묶을 만한 수작으로 평가하지 않았다.[18]

창가를 쓰면서도 주요한은 때때로 상해의 다문화적인 풍모를 형상화하였고 이들 작품은 『아름다운 새벽』의 「상해풍경」에 수록되었다. 「상해소녀」와 같은 이미지즘 시는 일본 유학 시절에 발표한 「여인」에서 보여주는 감각을 상기시킨다. 시인이 「여인」에서 여성을 "노출된 어깨로부터 귀밑까지/새하얀 曲線"으로 형상화한 감각은 "실크 스타킹 사이로 희미한 발목의 曲線"(「상해소녀」)과 같이 묘사되는 대목으로 이어진다. 프랑스 조계지 한 공원의 정경을 다룬 아래 시 역시 그가 초기에 남긴 이미지즘풍의 일본어 시와 상당 부분 닮아 있다.

---

17 선행 연구는 상해 이주 이후 주요한 시의 변모를 꼼꼼히 분석하고 있다. 조두섭, 「주요한 상해 시의 근대성」, 『우리말글』 Vol.21, 우리말글학회, 267~286쪽; 박윤우, 「상해 시절 주요한의 시와 민중시론」, 『한중인문학연구』 Vol.25, 한중인문학회, 2008, 203~221쪽; 박경수, 「주요한의 상해 시절 시와 이중적 글쓰기의 문제」, 『한국문학논총』 68, 2014.12, 443~483쪽; 박현수, 「상해시기 주요한의 시의 불연속성과 상해시학」, 『2019년 한국어문학연구소 국제학술대회 자료집 : 기미년 독립운동과 상하이로 간 사람들』, 2019.8.9, 32~44쪽.

18 주요한, 「창조시대」, 『신천지』 1954.2 (강진호 편, 『한국문단이면사』, 깊은 샘, 1999, 49쪽에서 재인용).

바람이 불기 시작하도다
떨어지는 물에 태양이 번득이고
그늘진 정자 밑에는 수병 하나, 갓을 젖혀 쓰고,
그의 애인인 금발의 소녀와 이야기한다.
화단 위에 꽃줄기의 던지는 그림자 길어지고
뒷문 가까운 좁은 길을 걸으면
성모원의 종소리 멀리 울려 오도다.
검은 막 친 테니스 코트에
유희하는 남녀는 잠잠히 움직이는 그림자 같으며
라켓 쥔 팔을 높이 들어 공을 받는 소녀의
자연(自然)한 아름다운 자세는 석양에 떠오른 조각인가 하도다.

— 주요한, 「불란서 공원」(1920) 부분

빛에 반사된 물방울의 단면이 이끄는 시각적 감각과 종소리가 시각화된 표현에서 감정이 절제된 이미지즘의 시가 연상된다. 나아가 시적 화자는 테니스 라켓을 쥔 금발 소녀의 역동적인 자세를 석양의 애수와 버무려 육체와 자연의 결합이 자아내는 곡선미를 상당히 감각적인 표현으로 묘사해 낸다. 아마 이것은 당대의 시인으로서 주요한이 보유한 최량의 감각이었을 것이다. 주요한은 1920년대 말의 정지용과 1930년대 초반 김기림이 지닌 이미지즘을 선구적으로 체득한 시인으로 충분히 평가할 만하다. 그러나 상해 이주 이후 주요한은 이미지즘 시에 천착하기보다는 민족을 위한 시와 정치의 결합에 더 많은 시간을 보내고 열정을 쏟았다. 이는 3·1운동과 상해임시정부의 수립, 그리고 안창호, 이광수 등과의 만남이 남긴 결과물이었을 것이다. 즉 그에게 문예는 정치활동 이전 청년 시절에 머물렀던 것으로, 문학적인 자아는 점차 사회적인 자아로 대체되기 시작한다. 동시대에 발표한 다음과 같은 시에서 그는 사회적 자아를 발현하는 정치시에 몰두하고 있다.

벗이여 그대가 아느냐
그대 한 사람의 통곡하는 울음이
온 대한 사람의 목을 메는 울음임을
그대 가슴을 쓰리게 하는 설움이
그대와 피가 같은 모든 무리의 사무친 설움임을

— 송아지, 『독립신문』 75, (1920.5.11.) 부분

시 「상해풍경」과 『독립신문』에 수록된 시에서 보이는 균열에서 주요한이 지닌 다양한 정체성이 나타난다. 상해 시기 그는 예술적 감각을 지속적으로 추구하는 시인 '주요한'과 조국의 독립을 노래하는 '송아지'로 분열되어 있었다.[19] 주요한은 호강대학의 학생으로 도시 상해의 국제적 문화를 누구보다도 진취적으로 향유하면서도,[20] 임시정부가 위치한 조계지 상해의 비참한 현실 역시 외면할 수 없었기에 송아지라는 필명을 사용한다. 그는 분열된 자아를 통합시키려 하기보다는 매개된 매체와 공간에 따라 분열을 지속한다. 권유성이 지적한 것처럼 상해 시절 상해에서 발행되는 『독립신문』에 발표된 시와 조선의 동인지에 실린 시의 성격은 서로 이질적이다.[21] 권유성은 조선 잡지에 실린 시를 "반식민주의적 의식이 무의식화하는 모습을 뚜렷이 보여주었다"고 평가하여 주요한 시의 분열에 대해 제국/식민지 공

19 『독립신문』 소재시의 필명은 송아지로 보아야 한다. 1920년 3월 1일자 7쪽에 「대한의 누이야 아우야」의 저자가 '요'로 표기되어 있는 것은 1쪽에서 이미 필명 '송아지'가 등장했기 때문이다.

20 양동국은 호강대학 재학 시절 주요한의 활발한 학생활동에 주목하고 있다. 양동국, 「동경과 상해 시절 주요한의 알려지지 않은 행적」, 『문학사상』 330호, 2000.4, 254~258쪽 참조.

21 권유성, 「한국 근대시의 경계 넘어서기와 정치적 상징의 형성」, 『배달말』 Vol.52, 배달말학회, 2013, 183쪽.

간에 입각한 해석을 수행하고 있다.[22]

주요한은 자신이 지닌 문학적 감각을 최량으로 통합하기보다는 다양한 매체와 공간을 매개로 자기 분열을 반복한다. 이는 1919년 3·1운동을 계기로 그가 일본제국의 수도 동경을 떠나 반식민지 상해로 이주했기 때문에 벌어진 결과로, 이 정치적 사건은 한 예술가의 분열 가능성을 다른 방식으로 지속시킨다. 시인은 정치적 격변을 경험하며 일본어 시와 한국어 시의 긴장관계에서 한국어 시 쪽으로 창작 방향을 옮기는데, 한국어 시는 결국 예술시와 정치운동시로 분열되게 된다. 「불놀이」가 일본어 시작(詩作) 활동을 자기 모방(mimicry)[23]한 한국어 시창작의 결과였다면, 이후 주요한은 한국어 시를 다양한 주제로 변화하여 쓰기 시작한다. 그는 민족주의 시에 자신의 이름보다는 '송아지'·'요'와 같은 필명을 사용하고, 예술적인 시에는 본명을 사용하여 보다 다채로운 모습을 보여주었던 것이다. 그러다가 상해 귀환 이후 후기 시세계에서는 후배시인 김기림이 아쉬워하였던 것처럼 민중시인으로, 저널리즘의 길로 자리매김하게 되었다.

3. 예이츠 초기 시에 나타난 균열 : 「1916 부활절」을 기준으로

예이츠는 영국계 아일랜드인으로, 17세기 그의 부계가 영국 요크셔로부터 이주하였다. 그는 제국 영국과 식민지 아일랜드 간의 긴장 관계에서 가톨릭 민족주의자들에게 정체성을 의심받았다. 더구나 영문학을 사랑했던 예이츠는 게일어를 보존하고 상용화하고자 하였던 게일 민족주의와 동행

22 위의 논문, 192쪽.

23 이 글에서 모방은 타자를 전유하는 이중적 분절의 기호로 사용되었다. 모방 개념 관련하여 호미 바바, 『문화의 위치』, 나병철 역, 소명출판, 2012, 187쪽.

할 수 없는 문제점을 지니고 있었다. 예이츠가 주도한 아일랜드 문예부흥 운동의 기치는 민족주의자들과의 긴장 속에 점차 기운을 잃게 되고 그는 점점 신비주의자이며 엘리트주의자로 나아간다. 게일 민족주의에 대한 거부감은 시 「1913년 9월」에서 단적으로 드러난다.

철이 들 만한데, 어찌하여 당신네들은
뼛속에서 골수가 말라 버릴 때까지,
오로지 기름때 돈 궤짝을 더듬거리며
한 푼에다 반 푼을 더하고
기도하다 벌벌 떨기조차 하는가?
인간은 기도하고 저축하러 태어났으니,
낭만적인 아일랜드는 죽고 없구려,
그것은 오리어리와 더불어 무덤 속에 들어갔네.

— 예이츠, 「1913년 9월」 부분[24]

시적 화자는 가톨릭 중산층을 지칭하는 1913년의 당신네들과 존 오리어리(John O'Leary, 1830~1907)를 대비한다. "당신네들"은 속세적 가톨릭 아일랜드인을 의미하는 것으로, 작고한 오리어리가 꿈꾼 낭만적인 아일랜드와는 거리가 먼 인간들로 그려진다. 오리어리는 종교를 정치에서 분리하고자 하였고, 게일어 사용에 무관심하였다. 아일랜드 문예부흥의 측면에서 오리어리는 예이츠에게 많은 영향을 끼쳤다.[25] 시적 화자는 낭만적인 아일랜드는 죽었고, 가버렸다며 과거를 그리워하는 모습을 보이는데, 예술지상주의

24 윌리엄 버틀러 예이츠, 『예이츠 서정시 전집 1』, 김상무 역, 서울대학교 출판문화원, 2014, 231쪽.

25 윌리엄 버틀러 예이츠, 『1916년 부활절』, 황동규 역, 솔 출판사, 1995, 118쪽. 존 올리어리에 관한 예이츠의 회고와 관해 윌리엄 버틀러 예이츠, 『윌리엄 버틀러 예이츠 자서전』, 이철 역, 한국문화사, 2018, 274~280쪽 참조.

자인 예이츠에게 돈과 관련된 속세적이며 물질적인 도구는 상당히 혐오스러운 것이었다.

위 시의 화자는 아일랜드 가톨릭 중산층과 게일민족주의자에게 혐오감을 드러내지만, 시인 예이츠는 아일랜드 자유국의 일원임을 자각하고 있었다. 그렇기에 그는 1922년 성립된 아일랜드 자유국의 상원의원직을 수락한다. 그는 아일랜드의 폐쇄적 민족주의에 혐오감을 드러내면서도 한편으로 탈식민을 위해 민족주의의 필요성을 어느 정도 인정하는 모습을 보이는데, 아일랜드 부활절 봉기를 노래한 시 「1916년 부활절」에는 이들 민족주의자에 대한 애매모호한 감정이 담겨 있다. 1916년 부활절 봉기로 인해 90명의 반란군 가운데 15명이 처형되자, 영국에 대한 아일랜드 민족감정은 들끓어 오르게 된다. 당시 1차 대전에 참전한 영국이 적국인 독일과 결탁한 이들 아일랜드 의용군을 처벌한 사건은 당연한 일이었겠지만, 그 아일랜드 민족주의자들을 처형한 결과 신페인의 자치주의 세력은 오히려 힘을 얻게 되었다.[26] 예이츠는 이들의 죽음을 상당히 애매모호한 방식으로 추모하는 시를 남겨 조국 아일랜드에 대한 사랑과 폐쇄적 민족주의에 대한 불신을 모두 드러낸다.

결국 쓸모없이 죽었단 말인가?
왜냐하면 영국은 행동과 말에 대한
신의를 지킬지도 모르니까.
우리는 그들의 꿈을 알고 있다.
그들이 꿈을 꾸고 죽었다는 걸 알면 충분하다.
지나친 사랑이 죽을 때까지

26 1916년 부활절 봉기에 관하여 테오 W. 무디 · 프랭크 X. 마틴 편, 『아일랜드의 역사 : 도전과 투쟁, 부활과 희망의 대서사시』, 박일우 역, 한울, 2009, 348쪽 참조.

그들을 미혹시켰던들 어떠랴?

— 예이츠, 「1916년 부활절」(1916.9) 부분[27]

시적 화자는 부활절 봉기를 이끈 아일랜드 혁명가들의 죽음이 무의미했을 수 있음을 이야기한다. 영국이 1차 대전 발발 이전에 약속하였듯이 아일랜드에게 자치권을 줄 수도 있었음을 언급하기 때문이다.[28] 이는 이 시가 1916년 부활절 봉기를 전적으로 지지하는 시로 보기 어려운 지점으로 작동한다. 시적 화자가 던진, 신념에 미혹된 죽음이 진정 의로운 죽음이었는가라는 회의 섞인 질문에서 게일 민족주의와 아일랜드의 문화적 고립에 유보적인 예이츠의 위치를 확인할 수 있다. 실제로 그가 추도한 맥도나, 맥브라이드, 코널리, 피어스는 예이츠를 조롱하거나 반대편에 선 게일 민족주의자들이었다. 처형된 봉기의 영도자 패트릭 피어스(Patrick Pearse)는 예이츠에 관해 "우리는 개인적으로는 예이츠 씨에 대해 아무런 반대도 없다. 그는 단지 영어로 글을 쓰는 3류 혹은 4류의 시인에게 불과하고 그렇기 때문에 별로 해롭지도 않다"[29]라며 영시를 쓰는 예이츠를 조롱한다. 피어스는 게일어를 민족어로 하는 아일랜드 민족주의를 지지한 인물이기 때문이다. 이에 반해 예이츠는 영어와 영문학이 아일랜드 문학에 끼친 가치를 적극적으로 인정한다. 그는 그의 정신이 셰익스피어, 스펜서, 블레이크, 윌리엄 모리스 등 영문학의 대표적 거장들에게 빚지고 있다고 고백하였으며, 자신의 모어는 게일어가 아닌 영어라는 점을 명확히 했다.[30] 그러나 「1916년 부활절」의

---

27 위의 책, 293쪽.

28 황동규의 각주에 따르면 "1913년에 이미 아일랜드 자치법이 영국 국회에서 통과되었고 다만 제1차 세계대전(1914~1918) 때문에 보류된 상태"였다고 한다. 윌리엄 버틀러 예이츠, 『1916년 부활절』, 62쪽.

29 박지향, 『슬픈 아일랜드』, 기파랑, 2014, 380쪽에서 재인용.

30 "Gaelic is my national language, but it is not my mother tongue." William Butler Yeats,

시적 화자는 순교자들이 보인 민족주의를 '지나친 사랑'으로 형상화함으로써 희생에 대해 다소의 냉소를 보이면서도 아일랜드 자유국의 일원으로서 자신의 위치를 자각한다. 그는 아일랜드의 수많은 신화들을 정리하여 이를 시로 창작하는 등 아일랜드에 대한 사랑을 줄곧 표현하는데 『켈트의 여명』에 수록된 「땅과 불과 물」에서 아일랜드 자연을 통해 삶과 죽음의 인식을 드러낸 바 있다.

> …나는 물이, 즉 바닷물, 호수 물, 안개와 빗물이 물의 이미지에 따라 아일랜드 인을 만들었다고 확신한다. 이미지는 마치 연못에 반사되듯이 우리의 의식 속에서 영속적으로 형성된다….아일랜드 인들은 마음을 고요한 물처럼 만들어서 주위에 모여든 존재들이 그들 자신들의 이미지를 볼 수 있게 한다. 그리고, 그런 고요의 상태 때문에 잠시 동안 더 명확하고 아마도 더 격렬한 삶을 살 수 있을 것이다.[31]

예이츠는 물의 이미지에서 고요함과 격렬함의 양가성을 읽는다. 그는 자연과 인간을 연계시키지만, 폐쇄적 정신을 상쇄시키는 신비로움과 보편주의 역시 추가한다. 아일랜드의 신화가 "유럽의 나머지 전역의 유사한 이야기를 합친 수를 넘어설 정도라고 생각한다"라며 신화의 힘을 거론하는 대목에서 아일랜드와 유럽을 연계하는 보편적 감각이 엿보인다. 예이츠의 시와 산문에서 드러난 신비로움과 보편적 태도는 그의 시를 민족주의의 폐쇄성을 거부하도록 이끌었던 것이다. 「1916년 부활절」에서 되풀이되는 문구

The Yeats Reader: A Portable Compendium of Poetry, Drama, and Prose, Edited by Richard J. Finneran, Scribner Poetry, 2002, p.429.

31 윌리엄 버틀러 예이츠, 「땅과 불과 물」(1902), 『켈트의 여명』, 서혜숙 역, 펭귄클래식코리아, 2010, 106~107쪽.

"A terrible beauty is born"[32]에서 예이츠는 민족주의자들의 과잉된 애국심을 비판적으로 환기한다. '순교한 그들의 사랑은 아름답지만 지나치다. 결과적으로 끔찍한 아름다움을 불러일으켰다. 그러나 나라에 대한 지나친 사랑도 어찌되었든 사랑이었기에 아일랜드 역사에서 그들의 역할을 완전히 배제할 수는 없다'는 예이츠의 인식이 드러나는 대목으로, 이 시를 이해할 수 있을 것이다.

예이츠는 아일랜드에 관한 정치운동 시편으로 그의 시에서 정치와의 관련성을 무시하지 않았다. 이는 널리 알려진 초기 시 스타일과는 구분되는 결과로 상징주의적인 초기 시편에서 그는 점점 현실자각의 시편의 세계로 나아간다.[33] 그가 특유의 역사관이 담긴 시집 『탑』을 발표하기 이전 시 「1916년 부활절」에서 시인의 현실인식이 점점 사회와 결부해감을 느낄 수 있다. 선동적 정치세계에 대한 비판은 식민지 아일랜드 출신 예이츠가 같은 식민 현실에 놓인 타고르를 주목한 데에서도 드러나는데, 두 시인은 문학이 선동적 글쓰기 이상이어야 함을 명확히 하였다.

---

32 이 문구를 황동규는 "무시무시한 아름다움이 탄생했다"(63)로, 김상무는 "소름끼치는 미가 탄생한 것이다."(293)로, 허현숙은 "끔찍한 아름다움이 태어났네"(48)로 다양하게 번역했다. 도진순은 이육사의 시 「절정」을 예이츠의 「1916년 부활절」과 겹쳐 읽는 대목에서 "terrible은 함의가 많아 '무서운' '엄청난' '끔찍한' '섬뜩한' '오싹한' 등 여러 뜻으로 번역할 수 있다"고 하였다. 도진순, 『강철로 된 무지개』, 창비, 2017, 116쪽.

33 일본과 식민지 조선 문단에서 예이츠가 신비로운 '상징' 시인으로 널리 알려지게 된 이유는 하쿠손의 『근대문학 10강』(1912) 가운데 3. 「상징주의」 편에서 인용되었기 때문으로 보인다. 하쿠손은 그가 『묘조』(1905.6)에 번역한 "He Wishes For The Cloths Of Heaven"의 일문 번역을 재수록하였으며 김억의 평론 「근대문예」는 하쿠손의 저서를 바탕으로 재구성되었다. 구리야가와 하쿠손, 『근대문학 10강』, 임병권 · 윤미란 역, 글로벌콘텐츠, 2013, 366~367쪽. 이 밖에 시 번역과 관련하여 김용권은 김억이 구리야가와 하쿠손과 고바야시 요시오의 일역을 참고하여 중역하였다고 주장한다. 김용권, 「예이츠 시 번(오)역 100년 : "He wishes for the Cloths of Heaven"을 중심으로」, 『한국예이츠 저널』 Vol.40, 2013, 156~162쪽.

4. 타고르를 둘러싼 민족주의와 보편주의의 두 입장

주요한이 1919년 3 · 1운동을 계기로 자신의 미래를 문예로부터 독립운동을 위한 문학 활동으로 전환하였다면, 예이츠는 1916년 부활절 봉기를 통해 정치와 예술의 결합을 자각하였다. 제국 치하의 식민 현실에 놓여 있던 두 시인이었지만, 민족주의에 대한 관점에서는 이질적인 모습을 드러낸다. 주요한이 탈식민과 민족주의를 연계하였다면, 예이츠는 탈식민과 민족주의를 구분하였다. 인도의 시인 타고르를 둘러싼 수용에서도 그들의 견해 차이는 단적으로 드러난다.

1925년 경성으로 귀환한 뒤 『동아일보』 문예면 편집을 담당했던 주요한은 1913년 노벨문학상을 동양인 최초로 수상한 타고르의 시를 번역하여 게재했다. 홍은택은 이 번역의 원전에 관해 "그(타고르－인용자 주)는 한국을 아시아의 여러 등촉의 하나로 언급했을 뿐이며 그것도 시라기보다는 짧은 메모에 불과한 것"으로 인식한다.[34] 타고르는 영국에 대항하는 인도처럼 식민 상태에 놓인 조선의 독자들에게 메시지를 전달했는데, 주요한은 홍은택과 김우조가 밝힌 대로 6행으로 구성된 원문을 4음보로 이루어진 4행으로 번역하는 자의적 번역 태도를 취했다.[35] 더구나 그는 "이 시가 「동방의 등촉」

34 홍은택, 「타고르에 대한 불편한 진실」, 『악어 : 시인들이 함께 만드는 계간 시평』 50, 시평사, 2012, 189쪽.

35 홍은택과 김우조의 선행 연구는 『동아일보』(1929.4.3) 2쪽에 제시된 원문이 다음과 같이 6행으로 이루어졌음을 밝히고 있다. "In the golden age of Asia/Korea was one of its lamp－bearers/and that lamp is waiting/to be lighted once again/for the illumination/in the East". 주요한과 조용만이 참여한 타고르 시 번역 비교와 관련하여 홍은택, 「타고르 시의 한국어 번역의 문제」, 『국제어문』 Vol.62, 2014, 270~272쪽; 김우조, 「타고르의 조선에 대한 인식과 조선에서의 타고르 수용」, 『印度硏究』 Vol.19 No.1, 한국인도학회, 2014, 39~67쪽 참조.

이었던 것이다"라며 시의 제목도 스스로 지어, 타고르의 메시지를 시로 평가하는 과감한 해석을 수행하였다.[36] 김우조는 주요한이 지은 이 제목에 대해 "'동방의 등불'이라는 제목이 메시지의 내용을 가장 핵심적으로 드러내고 있지만 제목을 붙인 것이 수용과정에서의 일종의 왜곡이라면 왜곡일 수 있을 것이다"라고 비판적으로 평가하였다.[37] 주요한이 상당히 자의적인 태도로 번역한 결과는 다음과 같다.

일즉이아세아의　　황금시기에
빗나든등촉의　　하나인조선
그등불한번다시　　켜지는날에
너는동방의밝은　　비치되리라

— 『동아일보』(1929.4.2), 2쪽

번역자 주요한은 원시의 "Lamp"를 '등촉'과 '등불'로 변주하여 번역하였고, 각운의 역할을 하는 '의'와 '에'를 반복시켜 우리말이 지닌 나름의 리듬감을 형성하였다. 이는 그가 "외국어의 직역은 결코 조선말이 못 될 것"이라고 주장한 번역 태도와도 깊이 관련되어 있다.[38] 그는 조선문학이 되기 위해서는 외국어의 틀을 완전히 벗어나 한국어의 맥락에서 변용되어야 함을 전제한다.

주지하다시피 위 번역은 마지막 행에서 상당한 의역이 시도된 것으로 주목받았다. 타고르의 원전에서는 '조선'은 동방을 비추는 다수의 등불 가운데 하나로 그려졌다. 그러나 번역시에서 조선의 역할은 동방의 밝은 빛 그

---

36 주요한, 『주요한 문집 새벽 1』, 요한기념사업회, 1982, 52쪽.

37 김우조, 앞의 책, 45쪽.

38 주요한, 「노래를 지으시려는 이에게」, 『조선문단』, 1924.10~12.(신두원 편, 『한국 근대문학과 민족-국가 담론 자료집』, 소명출판, 2015, 81쪽에서 재인용)

자체로 과장되어 표현되었다.[39] 이는 주요한이 타고르의 이 시를 민족주의의 뉘앙스를 풍기는 방향으로 번역하거나 편집하려 한 의도를 보여주는 대목이다. 그는 한 · 중 · 일의 언어를 자유자재로 구사할 수 있었고, 이를 자신의 위치에 맞게 적재적소에 활용할 줄 알았다. 조선의 독자들에게 보낸 타고르의 배려와 우호의 손길은 조선 독립을 응원하는 메시지로 재창조되었다. 실제로 타고르가 일본 제국주의를 비판하기 시작한 것은 중일전쟁이 격화된 1937년 이후로, 타고르는 1916년 일본 방문 당시 일본이 "무기력한 상태에 놓여 있었고 지리적 한계를 지닌 특정 인종들의 정상적인 조건이라고 생각되는 제약을 극복했다"며 나름의 존중을 표시하였다.[40] 그가 1916년 일본 제국대학과 게이오대학에서의 연설을 바탕으로 출판한 『내셔널리즘』(1917)[41]에서도 네 차례에 걸쳐 언급된 반식민지 상태의 중국과는 달리, 조선의 식민 현실은 언급되지 않는다. 물론 그가 일본인 청중을 고려했기 때문에 정치적으로 민감한 문제를 꺼내지 않았겠지만, 동아시아를 이끄는 리더로서 일본을 보고 있음은 자명하다.[42] 그럼에도 영국-인도가 지닌 제국과 식민지 관계에 대한 고려가 식민지 지식인 주요한이 수행한 번역의 정치학에 숨어 있음은 두말할 나위가 없다.[43]

이에 반해 예이츠는 주요한처럼 타고르를 도구화하긴 하였는데, 어떻

---

39 동아일보 지면에 실린 기사 제목이 「빗나든亞細亞燈燭 켜지는날엔東方의빗」으로 되어 있는 점을 볼 때, 상당히 자의적인 문구로 활자화되어 있는 것을 확인할 수 있다.

40 Amartya Sen, "Tagore and His India," *The New York Review of Books*, 1997.6, p.60에서 재인용.

41 라빈드라나드 타고르, 『내셔널리즘』, 손석주 역, 글누림, 2013.

42 "장벽을 부수고 세계에 맞서는데 일본이 동양에서 제일 먼저 앞장섰다. 일본은 모든 아시아의 마음에 희망을 불어넣었다." 위의 책, 28쪽.

43 식민지 조선(1920~1940)에서 인식하는 인도 관련한 주요 선행 연구로 이옥순, 『식민지 조선의 희망과 절망, 인도』, 푸른역사, 2006 참조.

게 보면 정반대의 방식으로 활용하였다고 여겨진다. 아래는 『기탄잘리』에 실린 예이츠 서문의 일부로, 예이츠는 자신이 타고르의 시집을 편집하여 1912년 서구 세계에 알린 이유를 설명하고 있다.[44]

> 나는 타고르 시의 풍요로움과 소박함을 생각해 내고는 이렇게 말했다. 「당신의 나라에도 선동적인 글이나 비평문들이 많지 않은지요? 우리한테는 그런 종류의 글들이 너무나 많습니다. 특히 우리나라가 그러한데, 이 때문에 점차적으로 우리의 창조적 정신이 시들어 버리게 되었지만, 어쩔 도리가 없군요. 만일 우리의 삶이 이에 맞서 끊임없이 이어 나가는 전쟁이 아니라면, 우리는 감식안을 잃게 될 것이고, 무엇이 훌륭한 것인지를 알지 못하게 될 것입니다.[45]

예이츠의 관점에서 바라본다면, 주요한이 수행한 「동방의 등불」 번역은 선동적인 방향을 내재한 민족주의 번역일지도 모른다. 1920년대 말 『동아일보』 편집자 주요한이 독립과 반제국주의 투쟁에 타고르의 메세지를 적절히 활용한 것과는 달리, 예이츠는 예술을 파괴하는 게일 민족주의자들을 비판하기 위해 타고르의 영적인 풍요로움을 호출하였다. 예이츠가 이끈 문예부흥운동은 『신페인 신문』의 그리피스, 『리더』의 모런, 『노동자들의 공화국』의 코널리 등이 이끈 선동적 게일주의자들과 적대하고 있었다.

예이츠에게 문학의 창조적 정신은 절대적인 것이었기에 정치적 민족주

---

44 "『기탄잘리』의 영어판은 타고르가 벵골어로 쓴 자신의 시편들에서 103편을 뽑아 직접 영어로 번역한 것이다. 초판은 1912년 윌리엄 버틀러 예이츠의 서문과 함께 치스윅 출판사(Chiswick Press)에서 한정판으로 발간되었으며, 이듬해인 1913년 맥밀란출판사(Macmillan & Co.)에서 재출간되었다." 라빈드라나트 타고르, 「일러두기」 『기탄잘리 : 라빈드라나트 타고르 시집』, 장경렬 역, 열린책들, 2010.

45 윌리엄 버틀러 예이츠, 「서문」, 위의 책, 11~12쪽. 번역자는 "warfare"를 전쟁으로 번역했다.

의가 문학의 창조성을 위협하는 경우를 용납하지 못하였다. 그렇기에 1916년 부활절 봉기를 예이츠는 "전적으로 모든 것이 바뀌어/소름끼치는 미가 탄생한 것"(Are changed, changed utterly: A terrible beauty is born)으로 결론 내렸던 것이다. 그는 유쾌하지 않은 아일랜드 민족주의의 흐름을 막을 수 없었지만, 선동하는 민족주의의 편협성에 저항했다. 그 결과 예이츠는 당대의 아일랜드 인들에게는 많은 비판을 받았지만, 영문학에서 가장 위대한 시인 가운데 하나로 후배시인들의 평가를 받았던 것이다.[46] 이에 반해 주요한은 한국 근대시사에서 선구자적인 「불놀이」의 시인이었지만,[47] 근대 시인의 지위에서 내려와 점차 저널리즘 편집인으로 변모하였다. 주요한 문학세계의 변화는 최량의 시인에서 문예운동가로 내려온 것에 대한 아쉬움을 던져준다.

5. 나가며

주요한은 『아름다운 새벽』의 후기에서 시의 건강성을 강조하며 데카당스를 비판한다. 그러나 이 시집이 그가 비판한 데카당스풍의 「불놀이」, 「상해풍경」 등을 수록하고 있다는 점에서 오히려 그의 시세계의 다각적 면모를

46 T. S. Eliot, "Yeats," *Selected Prose of T. S. Eliot*, New York: Harcourt Brace & Co, 1975, pp.248~57; W. H. Auden, "In Memory of W. B. Yeats," *The Collected Poetry of W. H. Auden*, New York: Random House, 1945, pp.48~51.

47 구인모는 주요한이 확립한 시의 가치를 다음과 같이 설명했다. "즉 정서와 사상적 차원에서는 세기말의 데카당스와 근대문명에 대한 비판을 근거로 삼고, 표현의 차원에서는 고도의 음악성과 시각적 이미지, 그리고 수사의 차원에서는 자국어의 전통으로부터 연원하면서도 자유시의 형식을 통해 이루어진 시야말로 진정한 상징주의 시이자 근대적인 의미의 시라는 관점이 바로 그것이다." 구인모, 앞의 논문, 118쪽.

드러낸다. 초기의 주요한은 이미지를 유연하게 자유자재로 활용한 시인이었다. 그에게 삐걱거리는 뱃소리는 슬픔을 주기도 하였지만 때로는 기쁨의 환희도 되었던 것이다. 제국주의에 저항하는 중국 소녀의 모습을 포착하는 동시에 테니스 라켓을 움켜 쥔 그녀의 손목에서 느껴지는 곡선의 아름다움도 묘사할 수 있는 것이 그의 시가 지닌 풍요로움이었다. "「자기」라는 것은 결코 한가지 「개렴」이나 「사상」이나 「주의」가 아니외다. 그 모든 것을 포함한 통일체입니다. 그 「자기」를 충실히 노래한 것이 이 노래들입니다"라며, 시인은 시가 지닌 다양한 면모를 시집 『아름다운 새벽』에 통일시켜 놓았음을 밝힌다.[48] 그는 다른 지면에 독립가를 쓰는 동시에 고향을 그리워하는 시편들과 이국적인 상해 풍경 시편들을 시집에 수록하여 새벽의 나라, 조선의 문학을 다양하게 창출했던 것이다. 그러나 모순적인 양면성을 효과적으로 포착해내었던 이 시집을 뒤로하고 주요한의 시세계에서 다양성을 찾기 어려워졌다. 동경과 상해에서 그가 추구한 다양성은 경성 귀환 후 획일과 단조로움으로 변모해갔다.[49]

신교도 전통을 신뢰했고 영문학을 사랑했던 예이츠는 카톨릭이 기반이 된 게일민족주의에 저항하는 삶을 살았다. 그는 아일랜드의 자연을 사랑하고 신화를 바탕으로 시적 형상화를 수행하였지만, 배타적 민족주의에는 타협할 수 없었다. 그는 애란극장의 성공으로 아일랜드 문예부흥을 이끌었지만, 존 밀링턴 싱(John Millington Synge)이 받은 시련을 계기로 배타적 민족주의와는 확실히 선을 긋는다.[50] 탈식민과 탈민족으로 향한 예이츠의 지향

48 주요한, 『아름다운 새벽』, 朝鮮文壇社, 1924, 168쪽.

49 구인모는 주요한이 변모한 이유를 가와지 류코의 '구어자유시' 철회와 연계하고 있다. 구인모, 『한국 근대시의 이상과 허상』, 소명출판, 2008, 273쪽.

50 Jonathan Allison, "W.B. Yeats, Space, and Cultural Nationalism," *ANQ: A Quarterly Journal of Short Articles*, Notes and Reviews, 14:4, 2001, p.59.

성은 그의 삶을 때때로 오욕에 빠뜨리기도 하였지만 대체로 그의 시의 예술성 가치를 이끌었던 것이다. "당신의 생각을 통일체로 만들어라"(Hammer your thoughts into unity)[51]는 그의 신념은 전반적으로 시의 수준을 유지하고 향상시키는 데 도움이 되었다.

최량의 시인은 다양한 이미지를 유연하게 다루는 균형 감각을 갖추어야 한다. 두 시인은 제국과 식민지의 긴장 관계에 놓인 여러 공간을 부유하면서도 나름의 균형 감각을 지니고 느꼈던 긴장감을 시로 표현해냈다. 그러나 주요한은 아쉽게도 제국과 식민지가 길항하던 상해를 떠나 민족주의 이데올로기에 몰두하면서 민족 본연의 운동을 예술보다 우위에 두었다. 반면 예이츠는 게일 민족주의의 폐쇄성에 저항하고 아일랜드 자연에 대한 사랑을 유럽 문학의 보편적 가치와 연계하여 후기 시에서 더 발전된 모습을 보일 수 있었다. 두 시인의 비교는 시가 지속해서 예술성을 유지하려면 양면성을 포용하는 균형 감각과 유연함이 끊임없이 뒷받침되어야 한다는 점을 일깨워준다.

51 W.B. Yeats, *Explorations*, New York: Macmillan, 1962, p.263.

황석우의 시에서 나타난 여성 형상화

— 모성성을 중심으로

1. 들어가며

상징주의 문학은 대표적인 고급예술로, 대중이 즉각적으로 반응하고 즐거워하는 대중예술과는 이질적인 속성을 보인다. 에드먼드 윌슨은 상징주의의 원리를 다음과 같이 설명한다. "사물을 평범하게 언급하기보다는 넌지시 암시한다는 것은 상징주의자들의 주요 목표 중의 하나였다"는 것이다.[1] 좀 더 부연하자면, "사물에 이름을 붙인다는 것은 조금씩 조금씩 추측함으로써 생기는 만족으로부터 시의 즐거움을 4분의 3가량 빼앗아가는 것과 다름없다. 사물을 암시하고 불러일으키는 것, 그것이야말로 상상력의 매력이다"는 설명이다.[2] 암시, 환기, 상상력 등 상징주의의 주요 키워드를 고려한다면, 이 예술사조는 지극히 개인의 감각과 정서의 문제에 몰두하고 있다.

---

1 상징주의 문학에 대한 정의로 에드먼드 윌슨, 『악셀의 성』, 이경수 역, 문예출판사, 1997, 27쪽 참조

2 위의 책.

상징주의 기치를 내세우는 문학가들이 대중과 소통하려 할 때 '상징주의'는 오히려 비판의 프레임이 되기 쉽다. 상징주의 작품에 암시는 의미의 불확실성이나 다양한 해석 가능성을 이끌어내기 때문에, 명쾌한 주제와 쉬운 언어로 이루어진 대중예술과는 대척점에 서 있는 것이다. 초기에 상징주의 시를 쓴 황석우 역시 이런 비판을 잘 알고 있었다. 그는 "금일의 일본의 자각한 민중계급의 저 상징주의에 대한 공격과 그 비난"의 속성을 나름 인지하고 있었다.[3] 상징주의 예술이 "일부 귀족적 천재 계급의 일종의 사치의 오락적 유희에 불과하였다"는 일반 대중의 비판적 인식을 적절히 이해하고 있는 것이다.[4]

『폐허』 창간호(1920.7)에 실린 황석우의 초기 시는 당시에 유행한 상징주의를 그 배면에 드리운다. 이들 시는 한국 시문학사에서 상징주의 작품으로 평가받아 종종 거론되고 있는데, 비교문학적 연구에서는 프랑스의 보들레르, 영국의 예이츠, 일본의 미키 로후, 하기와라 사쿠타로 등이 언급되어 황석우 시론과 시 텍스트와의 유사성이 치밀하게 검토되었다.[5] 그의 초기 시는 주제가 명확히 드러나지 않고 다양한 해석이 가능하도록 암시된 상징주의의 문법을 따르고 있으며, 저녁 · 침몰 · 죽음과 같은 시어들이 반복되

---

3 황석우, 「현 일본 사상계의 특질과 그 주조」, 『개벽』 1923.4.(여기에서는 김학동 · 오윤정 편, 『황석우 전집』, 468쪽에서 재인용. 이하 『황석우 전집』으로 표기)

4 위의 책.

5 최근에 제출된 비교문학적 연구로는 한승민, 「하기와라 사쿠타로와 황석우의 시 속에 나타나는 상징주의적 유사성」, 『人文學硏究』 10, 관동대학교 인문과학연구소, 2006, 225~240쪽; 허혜정, 「황석우의 시와 시론에 나타난 워즈워스의 흔적 연구」, 『동서비교문학저널』 No.16, 한국동서비교문학학회, 2007, 287~313쪽; 구인모, 「한국의 일본 상징주의 문학 번역과 그 수용–주요한과 황석우를 중심으로」, 『국제어문』 45, 국제어문학회, 2009, 107~139쪽; 허주영, 「"1910~20년대의 상징주의 수용 양상과 실패 요소 분석–황석우 초기 상징시에 나타난 상징을 중심으로」, 『국제어문』 73, 국제어문학회, 2017, 103~137쪽.

어 세기말 시의 느낌도 풍긴다. 여기서 흥미로운 지점은 황석우가 참조한 보들레르의 세기말 시 작품이 에로티시즘을 그 기저에 깔고 있는 반면, 황석우의 초기 시에서는 남녀 간의 에로티시즘과 유혹하는 여성의 목소리가 지워진 채, 정신적이고 고답적인 목소리로 대체되고 있다는 점이다.[6]

이 글은 황석우의 초기 시에서 상징주의 시의 에로티시즘이 지워지고 그 자리를 정신적 고답주의가 차지하고 있는 이유에 주목해보려 한다. 그에게 시어 기호 "여성"은 삶과 죽음의 비유와 긴밀히 연관되어 있다. 즉 어린 소녀와 어머니로 주로 형상화된 여성은 삶(모성), 죽음(음탕한 여성)의 이분법적 비유로 활용된다. 이는 시적 화자가 여성의 목소리를 통해 상징주의의 암시성을 강화하려는 의도로서, 문학작품의 예술성 강화에 여성 혹은 모성의 목소리가 활용되고 있는 측면을 보여준다. 이는 저자 황석우에게 여성성이란 예술성과 긴밀히 관련을 맺고 있음을 보여주어, 그의 시에 나타난 여성의 목소리는 궁극적으로 모성의 목소리로 귀결된다. 저자의 모성에 대한 강한 집착과 여기에서 파생된 결벽성이 그의 초기 시세계의 근본을 이루었던 것이다.

2. 황석우의 시에 나타난 모성성

황석우의 초기 시에서 시적 화자는 모성의 부재를 애달파한다.[7] 『삼광』

6 황석우는 「일본시단의 2대 경향」에서 블레이크와 예이츠의 시론을 참조하여 상징주의를 정의하였다. 『황석우 전집』, 386~387쪽. 나아가 조두섭은 황석우의 시론이 베를렌을 참조한 김억과 달리, 보들레르에 입각해 있다고 보았다. 조두섭, 「황석우의 상징주의 시론과 아나키즘론의 연속성」, 『우리말글』 14, 대구어문학회, 1996, 544~548쪽 참고.

7 이 글에서 황석우의 초기 시는 1919년 1월에서 시집 『자연송』(1929) 이전까지로 바라본다. 이는 김학동 · 오윤정이 분류한 습작기의 시편들(1919.1~1920.6)과 초기 시편

창간호에 발표된 세 편의 시 「기아」, 「신아(新我)의 서곡」, 「야유」는 연작시로, 고아와 다름없는 시인의 자전적 목소리가 노출된 작품이다. 첫 번째 시 「기아(棄兒)」에서는 부모의 부재와 어머니의 사랑을 갈구하는 시적 화자의 절규하는 목소리가 여실히 드러나 있다.

> 어머니, 당신의 말아(末兒)—아버지의 유복(遺腹)—나입니다.
> 나는 적영(赤嬰)입니다. 진나신(眞裸身)입니다.
> 어째 어째 나를 단 한 아들
> 묘장(墓場)에 이런 빙사(氷紗)에 내버렸습니까.
> …(중략)…
> 아-나신(裸身)의 아픈 진탕(振蕩)이어
> 한 가운데 한 가운데 떨어지며 날려 말(捲)리면서
> 어머님 전지全智의 어머님 당신의 말아(末兒)—애달픈 나입니다.
>
> —「기아(棄兒)」 부분(『삼광』 1호, 1919.2)[8]

황석우는 유복자로 태어났으며, 어머니 역시 그가 어렸을 때 세상을 떠난 것으로 알려져 있다. 그래서 그는 진경 누이가 마치 어머니처럼 그를 키워주었다고 하여 두 명의 어머니가 그의 삶에 존재했음을 『자연송』의 서문에서 밝힌다.[9] 위 시의 시적 화자에게 아버지는 존재하지 않은 대상으로 아버지의 세계와 시인의 세계는 분리되어 있다. 마지막 연에서 보듯, 시에서 어머니의 세계, 모성을 향한 애정이 강조되고 있다.

시적 화자는 '적영(赤嬰),' '진나신(眞裸身),' '나신(裸身)' 등의 시어 기호를 반복하여 자신이 현 세상에서 홀로 발가벗겨진 비참한 존재라는 점을 강조

을 묶은 『자연송』에 수록된 시들을 합친 것이다. 습작기의 시편들이 잡지에 발표된 간행물이라는 점을 고려하여 초기 시로 간주하기로 한다.

8 상아탑, 「丁巳의 作」(詩), 『삼광』 창간호, 삼광사, 1919.2, 8쪽.

9 황석우, 「이詩集을眞卿누이에게」, 『자연송』, 박문서관, 1929.

한다. 그는 보호가 필요한 존재로서, 이 춥고 어두운 세계에서 버려졌다는 절망감이 강조된다. 시 「신아의 서곡」은 자신을 키우느라 시집도 못 간 누이 진경에 대한 미안함과 고마움으로 점철되어 있다. 그의 많은 시에서 모성이 구현되고 있는 것이다.

여성 형상화가 모성으로 구현되는 대목은 빈번하게 나타난다. 『창조』 6호에 발표한 「눈으로 애인아 오너라」에서 애인은 모성을 의미한다. 이는 일반적인 애인의 개념과는 사뭇 다른 것으로, 상징주의 시의 특징 가운데 하나인 여성에 대한 에로티시즘의 결여가 드러나 있다.

> 아아 너는 나의 전 존재의 비서관일다,
> 아아 너는 나의 전 존재의 발동기(發動機) 일다
> 나의 생애는 너의 손에 의하여 기록되며
> 나의 객차 같은 실재(實在)는
> 너의 애(愛)의 화력(火力)에 의하여 닫는다.
> 애인아, 너의 눈은
> 나의 생명의 노정기(路程記)며,
> 애인아, 너의 입은
> 나의 생명의 오페라(歌劇)며,
> 애인아, 너의 언제든지 따뜻한 손은
> 나의 너에게 받드는 송가(頌歌), 애의 옥반대(玉盤臺)일다
> 아아 눈만으로, 눈만으로 애인아 오너라.
>
> —「눈으로 애인아 오너라」 부분 (『창조』 6호, 1920.5)[10]

이 시에서 '애인'은 생명을 상징하지만, 에로티시즘은 결여된 존재로 보인다. 시어 '애인'은 시적 화자에게 '여행할 길의 경로와 거리를 적은 기록,'

10 『황석우 전집』, 209~210쪽에서 재인용.

노정기(路程記)로 비유되며 오페라를 통해 생명을 주는 존재이다. 그러나 함께 사랑을 나누는 관계로는 보이지 않는다. 남성 지식인에게 애인은 생명력을 일깨우는 뮤즈로 보이지만, 생명력을 주는 방식은 정결하고 고결한 희생을 통해서 이루어진다. 즉 이 시에서 '애인'은 생명을 허여하는 모성에 국한되어 있다. 이러한 모성에 국한된 애인 형상화는 애인의 양가적 속성을 강조한 선배시인들의 작품과는 차이를 보인다. 『악의 꽃』에 수록된 보들레르의 시 「고양이」는 고양이의 양가적 에로티시즘이 상당히 효과적으로 형상화되어 있는 작품으로 평가되고 있다.

> 이리 오너라, 예쁜 내 고양이, 사랑에 빠진 내 가슴으로.
> 그 발톱은 감춰두고
> 금속과 마노가 어우러진
> 예쁜 네 두 눈에 잠기게 해다오.
>
> 내 손가락은 한가롭게
> 네 머리와 탱탱한 등을 쓰다듬고,
> 나의 손이 기쁨에 취해
> 짜릿한 네 몸을 만질 때,
>
> 내 여인을 마음속에 그려본다. 그녀 눈매는,
> 사랑스런 동물아, 마치 너의 눈처럼
> 그윽하고 차갑겠지, 투창처럼 날카롭게 꿰뚫겠지.
>
> 머리끝에서 발끝까지
> 묘한 기운과 치명적 향기가
> 그녀의 갈색 몸 둘레를 맴돌겠지.[11]

11 샤를 보들레르, 『악의 꽃』, 김인환 역, 문예출판사, 2018, 79~80쪽.

이 시는 촉각, 시각, 청각적 이미지가 모두 결합된 시로 시적 화자와 고양이 간의 긴장 관계가 양가적으로 형상화되었다. 마지막 연의 시어 "묘한 기운과 치명적 향기"는 강한 암시성을 내포한다. 시적 화자가 쉽게 파악할 수 없는 동물인 '고양이'의 매력이 여성의 에로티시즘과 결부하여 극대화되었다.

시적 화자에게 여성은 그윽하기도 하며 차가운 태도를 지녔으며, 남성성을 위협하는 날카로움을 지닌 팜 파탈로 여겨지기도 한다. 동시에 이성에게 손길을 허용하는 순종적인 모습도 보여 시적 화자는 이미지의 대상을 쉽게 파악할 수 없다. 시적 화자의 통제 불가능한 심리 상태는 사랑의 감정에 내재한 불확정성과 애매모호함과 상통하는 측면이 있기에, 시적 화자는 자신의 통제 불가능성을 대상이 주는 짜릿한 촉감의 매력과 연계하고 있다. 이 시는 짧게 구성되어 있음에도 불구하고 암시의 힘을 극대화하여 독자들에게 여운과 생각할 거리를 남겨주는 대표적인 상징시로 평가된다.

이 시는 여성을 향한 기존의 윤리의식을 전복한다. 반면 앞서 언급한 황석우의 시 「눈으로 애인아 오너라」는 "눈만으로, 눈만으로 애인아 오너라"[12]로 마무리된다. 시적 화자는 시각적 이미지(눈)를 강조하며 시각을 통한 영적인 정신성과 모성성을 강조한다. 그의 대표작으로 평가받는 「벽모의 묘」(1920)에서도 영혼에 대한 강조는 되풀이된다.

3. 고뇌하는 고양이 : 「벽모의 묘」를 중심으로

황석우의 대표시 「벽모의 묘」는 한국 근대시사에서 상징주의의 영향을

12 『황석우 전집』, 210쪽에서 재인용.

받은 작품으로 평가되었고 그 작품의 수준을 두고 치열한 가치평가가 논의되었다. 이는 유사한 시기에 동경에서 유학한 주요한의 「불놀이」(1919)의 수용 양상과는 사뭇 다른 지점을 노출한다. 주요한의 「불놀이」는 상징주의 사조를 대표하는 시로 상대적으로 높은 평가를 받았다.[13] 이에 반해 「벽모의 묘」에 대해서는 비판적 평가가 다수 존재한다. 이는 「불놀이」에서 암시된 불 · 물의 상징이 한국 고유의 전통인, 대동강 축제 때 연주된 수심가에 기반을 두고 있는 반면,[14] 「벽모의 묘」에 암시된 고양이 상징은 일본 상징주의 시단을 매개로 보들레르의 시에서 이식된 결과에 불과하다는, 문화 이식론적 관점과 무관하지 않아 보인다. 즉 한국문학사의 관점에서 볼 때 「불놀이」는 전통을 적실히 계승한 시인 반면, 「벽모의 묘」는 외국 상징시의 모방에 가깝다는 비판이 주를 이루는 것이다.

일례로 김흥규는 「벽모의 묘」를 "외국의 문예사조를 흉내 낸 것에 불과하기 때문에 역사적인 또는 문학적인 의의를 인정할 수 없다"고 평가절하했다.[15] 또한 김윤식은 "황석우가 표방한 상징시는 다분히 이론적 경직성에 닿아 있어 보인다"라고 평가하며, 「벽모의 묘」와 『폐허』 창간호에 황석우가 번역하여 실어놓은 미키 로후의 시 「해설(解雪)」과의 유사성을 지적한다.[16] 이런 평가는 황석우의 상징시가 미키 로후의 작품을 뛰어넘지 못하고 모작에 그치고 있다고 보는 것이다. 나아가 김윤식은 황석우가 "절대의 탐구에 실패하여 「자연송(自然頌)」 같은 기괴한 시로 전락"한 것으로 귀결되었다

---

13 "신체시와 근대시의 분수령을 이룬 문자 그대로의 획시기적인 작품." 김용직, 『한국근대시사』 상, 학연사, 2002, 142쪽; 오세영, 『한국현대시 분석적 읽기』, 고려대학교 출판부, 2004, 2~18쪽.

14 신범순은 「불놀이」를 수심가의 전통을 이은 작품으로 평가한다. 신범순, 「주요한의 「불노리」와 축제 속의 우울 (1)」, 『(계간)시작』 VOL.1 NO.3, 2002, 206~220쪽 참고.

15 김흥규, 「근대시의 환상과 혼돈」, 『문학과 역사적 인간』, 창작과비평사, 1980, 198쪽.

16 김윤식, 『김윤식선집 5』, 솔, 1996, 62~63쪽.

고, 시집 『자연송』을 낮게 평가한다.[17] 또한 김용직은 황석우 시 전반을 실패로 규정하며, 그 주요 이유로서 "구체적 표현 매체라고 할 한국어에 능하지 못했음"을 지적한다.[18]

그럼에도 황석우 시를 긍정적으로 본 초기 연구자로 정한모를 들 수 있다. "황석우는 상징적 구상화의 방법을 지향하여 초기 시단에 하나의 방법론적인 골격을 형성하고 퇴폐적 감상주의의 체질을 도입하여 초기 시에 퇴폐와 우울이라는 특성을 형성하게 한 시인인 것이다. 이러한 점들은 그가 중앙시단, 장미촌, 조선시단 등 전문 시지를 간행하였다는 기여와 함께 초기 시단에서 선구적 시인의 하나로 꼽히게 하고 있는 것이다"[19]라며, 정한모는 황석우 시의 문학사적 가치를 높게 평가한다. 또한, 조영복은 「벽모의 묘」에 나타난 "황석우 시의 불명료함과 관념성은 바로 이 서구적 관념의 전사라는 고뇌"에서 비롯된 것으로 보았으며, 황석우 시의 특성을 "근대시의 미학적 · 형식적 정제과정"으로 정리하였다.[20] 나아가 권유성은 "「벽모의 묘」는 1920년대 초기 새로운 문학인들의 이상을 실제 작품을 통해 실현해 보여준 첨단의 그리고 전형적인 작품"으로 높이 평가한다.[21] 그는 「벽모의 묘」를 미적 근대성이 최량으로 발휘된 1920년대의 시 작품으로 보고, 부정적인 선행 연구와는 차이를 드러낸다.

「벽모의 묘」에서 드러난 고양이의 형상화는 시적 화자를 매력적으로 유혹하는 보들레르의 고양이와는 사뭇 거리를 보인다. 「벽모의 묘」와 함께

---

17 위의 책, 64쪽.

18 김용직, 앞의 책, 167~173쪽.

19 정한모, 「20년대 시인들의 세계와 그 특성」, 『문학사상』 1973.10, 322쪽.

20 조영복, 『1920년대 초기 시의 이념과 미학』, 소명, 2004, 293쪽.

21 권유성, 「1920년대 초기 황석우 시의 비유 구조 연구」, 『국어국문학』 142, 국어국문학회, 2006, 257쪽.

발표한 「상여(想餘)」에서 말했듯이, 황석우는 잡지 『폐허』를 세상에 내보내는 것은 "마치 얽박고석의 못생긴 계집이 대낮에 어여쁜 사나이들의 앞을 나가는 것 같다"고 했다. 그리고 그는 비유를 한 의도를 덧붙인다. "그러나 추녀에게는 세상의 더러운 유혹에 용이히 빠져 넘어지지 않는 강한 의지가 있다"는 것이다.[22] 이러한 성차별적 비유는 상당히 도발적이며 불쾌감을 유발할 수 있다. 황석우는 동인지 『폐허』를 얽박고석의 추한 계집으로 비유하여 대상 독자로 상정된 "대낮에 어여쁜 남자들"에게 읽히고자 했다. 이는 『폐허』가 다른 동인지와는 달리 기존의 관념에 도전하고자 하였던 잡지임을 내포한다. 그는 무리하게 성차별적인 비유를 적용하여 『폐허』의 가치를 설파하고자 했다. 그만큼 『폐허』는 기존의 잡지인 『창조』와는 그 성격이 다르다는 '차이'의 목소리를 강하게 내포하고 있는 것이며, 이는 동료 문인들에게 '두려움의 대상'이 될 수 있음을 황석우는 확신하고 있었던 것이다. 팸 모리스는 페미니즘 관점에서 여성 외모의 아름다움과 추함의 차이를 설명하면서, "아름답지 않은 외모는 신이 여성들을 단지 남성의 요구를 만족시키기 위한 목적으로 창조한 것이 아님을 암시하기 때문이다. 복종을 거부하는 아름답지 못한 여성들이 남성들에게 있어 가장 두려운 존재가 된다"라고 보았다.[23] 황석우는 유사한 맥락에서 『폐허』를 추녀로 비유하여 기존 문단에 새로운 자극을 줄 것을 기대하였다. 추함을 긍정적으로 파악하고자 하는 데에서 황석우가 시를 보는 독특한 관점이 드러나며, 이는 순수한 꽃의 아름다움을 악으로 파악하고자 하였던 보들레르와 유사한 지점일 것이다.

시 「달의 탄식」(1929)에서도 절세미인과 추녀의 이분법의 비유는 되풀이

22 『황석우 전집』, 564쪽에서 재인용.
23 팸 모리스, 『문학과 페미니즘』, 강희원 역, 문예출판사, 1997, 46쪽.

되는 모습을 보인다. 달은 겉으로 비추어지는 자신의 외모가 "천상의 절세미인"으로 널리 알려졌지만 사실은 "흉참한 박색""석회 빛의 얽박 곰보"인 추녀임을 고백한다.[24] 미녀/추녀의 이분법은 그의 시세계에서 일관되게 나타난다.

"세상 사람들이 나를 천상의 절세미인이라 하여
시인, 철학자, 음악가들 가운데는
내 얼굴빛에 홀리고 홀려 정신이상이 되어
폭포나 강물이나 바다 가운데 몸 던져 자살해 버리는 사람이 한 둘이
아닙니다.
그러나 나는 이런 일을 당할 때마다 등에서 땀이 나도록
미안하고 미안해서 못 견디겠습니다
실상(實狀)을 고백하오면 하늘 위에
나같이 놀랠 흉참(凶慘)한 박색은 없습니다
내 얼굴은 석회 빛의 얽박 곰보
얼굴 가운데는 심지어 무슨 산이니 분화구니
시내 골짝이니 라고 이름을 붙이는
큰 혹(贅)과 구멍 투성이오
게다가 코도 뭉켜지고
눈도 없는 자기가 보기에도 찬 소름이 끼쳐지는 괴물
나는 곧 하늘에 시체를 벌거벗겨 내 너(曝)른
별 죽은 해골 덩이입니다.
내 얼굴에 빛나는 아리따운 광채는
마치 여우가 호랑이 가죽을 쓴 것과 같이
태양의 광선 자락을 얼굴 가리우는 장옷으로 쓴 것입니다
아아 이런 나를 보고 미인이라고 속는 세상 사람들이
얼마나 가여운지 모르겠습니다."라고

24 『황석우 전집』, 76쪽에서 재인용.

달은 공중에서 혼자말로 탄식하고 있습니다

—「달의 탄식」 전문[25]

달의 분화구를 '흉참한 박색', '얽박 곰보'로 형상화한 시인의 관찰력은 주의를 요한다. 그런데 왜 화자인 달은 자신의 외모에 홀려 투신한 남성 예술가들에게 미안하고 안타까운 마음을 드러낼까? 스스로 속아 자신의 목숨을 바친 것은 그들이지, 화자는 속일 의도가 없었다. 이런 점에서 시인은 외모가 얼마만큼 사람들을 속일 수 있는지를 말하고자 했다. 이 시에서 여성 화자가 느끼는 심정은 남성 시인이 뱉어내는 복화술의 목소리로, 실제로는 추녀 여성의 자조를 인위적으로 이끌어낸다. 이러한 남 · 녀의 구별, 미 · 추의 차이는 황석우 시에서 일관되게 드러나는 특징이다. 달과 밤이 보여주는 현혹의 세계는 태양과 기독의 질서로 치유될 수 있다. 「벽모의 묘」는 이런 관점에서 황석우 시의 정수를 보여준다.

「벽모의 묘」에서 형상화된 고양이는 유혹하는 여성과 거리가 먼, 정신세계의 자유의지를 강조하는 대상이다. 고양이가 보여주는 애정은 끓고, 삶는 애정이며, 이는 태양과 기독의 정신으로 소독된 애정이다. 태양은 헬레니즘적 세계관을, 기독은 헤브라이즘적 세계관을 대표하는 시어 기호로 둘 다 절대적인 마음의 안정과 구원을 의미한다. 화자의 마음 속에서 육욕와 음탕의 정서는 사라지고 태양과 기독의 정신이 승화되고 있다.

어느 날 내 영혼의
오수장(午睡場, 낮잠 터) 되는
사막의 위 수풀 그늘로서
벽모(碧毛, 파란 털)의

---

25 『황석우 전집』, 76~77쪽에서 재인용.

고양이가, 내 고적한
마음을 바라다보면서
(이애, 너의
온갖 오뇌(懊惱), 운명을
나의 열천(熱泉, 끓는 샘) 같은
애(愛)에 살짝 삶아주마,
만일, 네 마음이
우리들의 세계의
태양[26]이 되기만 하면
기독(基督)이 되기만 하면).

— 황석우, 「벽모(碧毛)의 묘(猫)」 전문, 『폐허』(1920.7)[27]

이 시에서 숲 그늘에서 쉬고 있는 '파란 털의 고양이'는 샘 속의 물, 나아가 바다의 무궁무진한 정신과 연결된다. 시인은 『대중시보』에 발표한 글(1921.5)에서 해를 바다와 연계한 바 있다.[28] 위 시의 5행 이후 주어진 가정 "~이 되기만 하면"을 고려한다면, 마음가짐에 따라 사막은 열천으로 바뀌고, 오수장(낮잠 터)의 좁은 공간은 무궁무진한 바다로 변화할 수 있다. 한승민은 이 시를 "보들레르의 시 '교감'의 영향을 받은 것으로서 물질세계와 정신세계가 마치 소리와 메아리처럼 화답하여 부르고 대답하는 것인 만물의 조응을 나타낸"다고 보았다.[29] 시 「만물조응」과의 연결 관계는 인정되지

---

26 이순선은 이상 세계를 대표하는 시어로 태양을 보고 있으며, 전미정은 "태양은 여성을 상징하는 봄과 함께 조화롭게 모든 생명을 길러 내는 공동의 일꾼"으로 바라본다. 전미정, 「에코페미니즘으로 본 황석우의 시세계」, 234쪽.

27 『황석우 전집』, 220쪽에서 재인용.

28 "희(噫), 일본이어 '바다'로 나가라, 바다에서 살아라. 곧 저 러스킨의 이른바 '정신적 정부'를 세우라. 나는 이 러스킨 씨의 부르짖은 바의 '정신적 정부'란 말을 고쳐 '해海의 국가', '해의 정부,' '해의 정치'라 부르려 한다." 『황석우 전집』, 465쪽에서 재인용.

29 한승민, 앞의 책, 235쪽.

만, 보들레르의 고양이 시편들과 이 시가 구분되는 점은 여성 형상화의 에로티시즘이 지워졌다는 점이다. 털이 지닌 촉각의 에로티시즘은 사라졌으며, 고답적이고 영적인 정신이 강조되었다. 시어 기호 '태양'과 '기독'은 1행의 '영혼'과 더불어 이런 영적인 정신세계의 질서 추구를 가속화하는데, 이는 종교의 순수성에 대한 시인의 집착과 무관하지 않다. 즉 시인은 보들레르가 고양이를 그려낸 에로티시즘의 방식과 달리, 고양이로 비유된 여성을 에로티시즘이 지워진 모성의 발현으로 치환했다. 에로티시즘이 아닌 모성의 힘으로 시적 화자의 마음은 우주질서의 태양, 영적 세계의 기독이 될 수 있으며, 이는 보들레르식 여성 형상화가 지닌 기존의 양가적 모호성과는 차이를 보인다. 그의 시는 단일한 메시지를 추구하는, 다소 직설적이며 계시적인 모습을 보인다.

몇몇 연구자들은 「벽모의 묘」에 나타난 태양과 기독을 향한 정신을 자유주의 아나키즘과 연계하였는데, 그가 보인 자유주의 아나키즘의 속성은 고결한 정신을 목표로 하고 있었다.[30] 이는 그의 푸른 고양이가 하기와라 사쿠타로(1886~1942)가 형상화한 '청묘(靑苗)'가 아닌 '벽모(碧苗)'임에 주의할 필요가 있다. 하기와라 사쿠타로는 일본의 보들레르라고 불렸던 대표적인 상징시인으로, 그가 형상화한 푸른 고양이인 '청묘'는 다음과 같다.

> 이 아름다운 도시를 사랑하는 것은 좋은 것이다
> 이 아름다운 도시의 건축을 사랑하는 것은 좋은 것이다
> 모든 상냥한 여성을 찾기 위하여
> 모든 고귀한 생활을 찾기 위하여
> 이 도시에 와서 번화한 거리를 지나가는 것은 좋은 것이다
> 거리를 따라 서 있는 벚나무 가로수

---

30 조두섭, 앞의 논문, 541~554쪽 참고.

거기에도 무수한 참새들이 지저귀고 있는 것이 아닌가.

아아 이 거대한 도시의 밤에 잠들 수 있는 것은
오직 한 마리의 우울한 고양이 그림자다
슬픈 인류의 역사를 이야기하는 고양이 그림자다
우리가 찾기를 그치지 않는 행복의 우울한 그림자다.
어떤 그림자를 찾기에
진눈깨비 내리는 날에도 우리는 도쿄를 그립다고 생각하여
그곳 뒷골목 벽에 차갑게 기대어 있는
이 사람과 같은 거지는 무슨 꿈을 꾸고 있는 것인가.

— 하기와라 사쿠타로, 「청묘(青猫)」 전문[31]

이 시의 화자는 고양이가 지닌 우울의 정서를 최대한도로 활용하고 있다. 화자는 제국의 수도인 도쿄를 내려다보면서 낮과 밤의 정경을 대조시킨다. 화자는 도쿄의 밤이 지닌 우울의 정서를 강화하는 데 고양이 그림자의 시각적 이미지를 활용한다. 슬픈 인류의 역사는 도시의 이면에 놓인 뒷골목 벽에 차갑게 기대어 선 거지로 표상되어, 도시화, 모더니티, 자본주의의 이면이 생생히 고발된다.

이에 반해 벽모의 고양이가 드리우는 건조한 사막 위 '수풀 그늘'은 끓는 샘과 같은 사랑(愛)으로 그 건조한 성격을 변화시킬 수 있다. 이 변화의 힘은 파란 털이 자극하는 정신적인 힘으로 벽색은 숭고함을 의미한다. 이 숭고함이 모성성과 연결된다. 시 「석양은 꺼지다」(1920)에서도 시어 기호로 "벽공색"이 등장한다. 공(空)은 하늘을 의미하는 것으로, 영적인 정신성이 한층 강조되고 있다. 벽공색은 벽색의 고답적 특성을 더 정치하고 선명하게 형상화시켜주고 있다.

---

31 하기와라 사쿠타로, 『우울한 고양이』, 서재곤 역, 지식을만드는지식, 2008, 48쪽.

그의 시에서 모성(motherhood)의 형상화는 고결한 정신을 상징하지만, 모성이 결여된 여성은 위험하거나 경멸적인 어조로 그려진다. 시 「별과 달」에서 보듯 여성의 타락과 음탕함은 죽음의 이미지와 깊게 연계되어 있다.

별들은
셈 빠른 여자의
날카로운 눈동자 빛 같고
달은
음탐(淫貪)한 여자의
길게 빼 물은 혀 바닥 같습니다.

—「별과 달」(『조선일보』, 1931.12.2.) 전문

이 시에서 화자는 여성을 별과 달로 비유하였지만, 그 비유의 대상은 결코 긍정적이지 않다. 별의 반짝임은 이해타산이 빠른 여성의 날카로움에 비유되었으며, 달의 모양은 창녀가 유혹하는 혀로 형상화되었다. 이처럼 그에게 모성적 정신이 결여된 여성은 대부분 비판적으로 그려진다. 그는 여성의 생명력을 모성성에 두었으며, 모성성을 최고의 고결한 가치로 평가했다. 그 결과 「벽모의 묘」에서 보들레르의 시에서 보이는 매혹적인 고양이 형상화는 지워졌다. 태양과 기독의 정신을 강조하는, 지극히 정신적인 고양이의 모습이 전면화된 것이다. 그러나 그의 시세계가 지닌 윤리적 경직성과 보수적 면모는 궁극적으로 그의 문학의 진전에 장애가 된다. 더욱이 고전적 모성성으로의 회귀는 상징주의의 다양하면서도 애매모호하게 해석되는 암시의 본질과도 어긋나는 지점이며, 아나키즘이 지닌 전위적 성격과도 충돌하는 지점이기도 하다.

초기에 드러난 황석우 시가 지닌 정신적 고답성은 나름대로 높은 평가를 받았는지도 모른다. 그러나 그의 시가 지닌 정신적 고답성이 모성성과 연

계되고 경직화되면서, 초기 상징시가 주었던 선명성은 사라지게 된다. 변화하는 세계에 발맞추어 나가던 시인의 전망은 자연시라는 몸에 맞지 않는 옷을 입으면서 자기 모순에 빠져버리고 말았다.

황석우 시의 한계는 1920년대 초 「벽모의 묘」와 같은 상징주의 시에 드러난 정신적 고답성이 『자연송』에 수록된 전원시에서도 그대로 되풀이되고 있다는 점에 있다. 1920년대 말에 이르러 어느덧 시대적인 흐름에 뒤쳐진 고답적 상징주의와 근대화 시기 극복대상으로 폄하되는 모성성과 맞물리는 상황 속에서 이후 황석우의 문학은 효과적인 타개책을 찾지 못했던 것이다. 김복순은 "계몽의 기획, 근대화의 기획을 역설하는 대부분의 서사가 어머니의 존재를 거부대상으로 그리고 있"다고 주장한다.[32] 나혜석의 「경희」를 분석한 이 글에서 저자는 구여성인 어머니의 존재는 근대성을 이끌어가는 신여성과 적극적인 연대를 이루기가 어려운, 한계를 지닌 존재로 보았다. 근대성과는 다른, 전통적인 가치로 여겨지는 모성성은 상징주의로 출발한 시인이 아나키즘으로, 이후 전원시로 이동해가는 발걸음에 남다른 역할을 하고 있다. 즉 시인의 정신적 고답성의 추구에는 자유를 향한 발걸음을 전제하고 있으며, 그의 자유의 목소리에는 사실상 그가 부재한 모성의 목소리를 내포하고 있다는 점이다.

황석우의 모성에 대한 강조는 그 예술적 강박, 고답성에 대한 추구로 이해되어야 한다. 벽모의 모성적 고양이가 일깨워주는 태양과 기독의 정신적 세계는 모성의 세계로 귀결되며, 이 모성의 세계는 예술성의 자율 세계로 귀결되었던 것이다. 모성성의 측면에서 황석우의 시를 새롭게 읽을 때, 상징주의자, 아나키스트, 전원시 시인에 상관없이 그의 시에 일관되게 나타

---

32 김복순, 「「경희」에 나타난 신여성 기획과 타자성의 주체」, 『나혜석, 한국 근대사를 거닐다』, 푸른사상사, 2011, 267쪽.

나는 정신적 고답성과 모성에의 지속적 추구를 해명할 수 있을 것이다.

4. 결론을 대신하여

황석우는 상징주의 시론을 정리하고 주요한과 더불어 상징주의 시 창작에 앞장섰다. 특히 그의 시 「벽모의 묘」는 프랑스 상징주의, 일본 상징주의, 한국 상징주의 문학이 만나는 흥미로운 예시가 되어, 고양이 형상화에서 나름의 차이를 보이는 지점을 드러낸다. 그는 상징주의 시에 앞장섰던 동시에, 자유주의 아나키스트로서의 역할도 활발히 수행하였다. 이는 민족주의로의 길로 경사한 상징주의 시인 주요한과 달리 아나키즘이라는 세계의 정치적 조류에 민감하였다는 면을 드러낸다. 황석우은 민족적 특수성에 경사하기보다는 늘 보편주의적인 길을 의식하였고 지향하였던 것이다. 그런 점에서 그는 세계문학자의 면모를 지니고 있다.

엘리트 중심의 상징주의와 대중 본향의 아나키즘은 서로 모순적인 예술사조로 간주된다. 그는 모성성에 대한 강조로 모순적인 두 예술사조를 나름의 방식으로 연결하고자 하였다. 이런 모성에 대한 강박관념이 황석우의 예술세계에서 관통하고 있는 지점은 상당히 흥미로워 보인다. 비록 그의 시세계는 모성에 대한 강박관념으로 다소 부자연스러운 모습을 보여주는 것은 사실이지만, 정신적 고답성을 추구하는 시인의 의지는 모성성의 범주 안에서 나름의 의미를 창출하고 있다.

이상화 시에서 드러난 남성 화자의 자기분열

—「그의 수줍은 연인에게」와「어느 마돈나에게」와의 비교를 중심으로

1. 들어가며

이상화(1901~1943)의 「나의 침실로」(1923.9)는 한국의 전통문화와는 이질적인 정사(情死)를 테마로 삼았다는 점에서 많은 관심을 받았다. 서지영은 1920년대 한국 사회에 대두된 정사의 문화사적 의미를 다음과 같이 평가했다. 그는 "정사가 일어난 실질적인 요인은 일본을 경유하여 유입된 근대적 사랑이 일부일처제와 결합하여 조선의 현실 속에 확산되는 과정에서 찾을 수 있다"고 보며, "근대 초기 일부일처 결혼제도 속으로 편입되지 못한 좌절된 연애들이 선택한 한 가지 방식"으로 정사를 설명한다.[1] 전근대와 근대문학의 차이를 자유연애가 가능한 시대의 문학으로 바라보는 시각[2]에서 볼 때, 1923년 9월 『백조』에 발표된 이 시는 새로운 시대의 도래를 암시한다. 선행 연구는 이 시의 문학사적 의미를 설명하기 위해 노력하였는데, 문

1 서지영, 「근대적 사랑의 이면 : '정사(情死)'를 중심으로」, 『한국문화』 49, 서울대학교 규장각한국학연구원, 2010, 298쪽.

2 권보드래, 『연애의 시대 : 1920년대 초반의 문화와 유행』, 현실문화연구, 2003.

학사적 의의를 세계문학과의 비교의 방식으로 설명하려 든 대표적인 연구자로 송욱, 김춘수, 조영복, 김학동 등을 꼽을 수 있다.

일찍이 1960년대 송욱과 김춘수는 이상화와 앤드루 마블(Andrew Marvell, 1621~1678)의 시를 비교하였다. 그들은 이상화의 「나의 침실로」를 마블의 「그의 수줍은 연인에게(To his Coy Mistress)」와 비교하여, 「나의 침실로」가 「그의 수줍은 연인에게」에 비해 결함이 있다고 주장하였다. 송욱은 시의 내용적인 측면에서 「나의 침실로」의 문제점을 지적하였다. 그는 "「마아벌」의 작품과 나란히 놓고 볼 때 상화의 이 작품은 확실히 사춘기에 있는 문학소년의 소산"으로, "자기의 정열을 그대로 털어놓고 동정을 구하는 어떻게 보면 우습기도 한 시작 태도"[3]라고 혹평했다. 절제된 정서를 지닌 마블의 「그의 수줍은 연인에게」에 비해 「나의 침실로」는 정서의 융합과 조화에 실패하였다는 것으로, 송욱은 시대정신과 대결하지 못한 작품으로 평가한 것이다. 김춘수는 시의 형식적 측면에서 송욱의 선행 연구를 보강했다. 김춘수는 「나의 침실로」의 구조가 마블의 시와 달리 주제를 제대로 지탱하고 있지 못하다고 하면서, "구조상 제4연, 제6연, 제7연, 제9연 등을 없애버리면 훨씬 정돈이 될 것 같다"[4]고 권고하였다.

송욱과 김춘수가 지적한 것처럼 마블의 「그의 수줍은 연인에게」는 구조상 상당히 명료한 모습을 보인다. 영원한 미래를 가정, 시간의 한계를 자각, 유혹의 손길을 내미는 3단 구성을 갖추고 있으며, 약강 4보격(iambic tetrameter)의 운율도 탄탄한 구성을 유지하는 데 도움을 준다. 이런 측면에서 볼 때, 「그의 수줍은 연인에게」가 이상화의 시보다 구조적인 면에서는 더 탁월한 성격을 띠고 있는지도 모른다. 그러나 이러한 선행 연구는 1960년

3 송욱, 『시학평전』, 일조각, 1964, 389쪽.

4 김춘수, 『김춘수 시론전집 II』(김춘수전집 3), 현대문학, 2004, 31쪽.

대 유행한 엘리엇의 고전주의(모더니즘)과 신비평에 외경된 연구자의 주관에서 수행된 것으로 보인다. 엘리엇은 앤드루 마블을 비롯한 형이상학파를 높게 평가하여 「형이상학파 시인들(The Metaphysical Poets)」(1921), 「앤드루 마블(Andrew Marvell)」(1921)을 남겼고, 1922년에 발표한 시 『황무지』에서는 「그의 수줍은 연인에게」의 한 대목을 인유하여 형이상학파 시의 문학사적 전통을 존중한 바 있다. 전후 국내의 모더니즘 문학 연구자들은 T.S. 엘리엇의 시론과 신비평에 상당한 관심을 가졌기에, 엘리엇이 높이 평가한 앤드루 마블의 이 시 역시 간과할 수 없었던 것으로 보인다.

서로 다른 문예사조 속에 놓인 두 시를 비교하여 하나를 다른 하나의 우위로 평가하는 일은 논쟁이 붙기 마련이다. 특히 낭만주의와 고전주의와 같이 이질적인 문예사조의 두 작품 가운데 어느 시가 더 뛰어난 문학작품이라는 주장에는 여러 근거가 보충될 필요가 있다. 「그의 수줍은 연인에게」처럼 감정이 절제된 형이상학파의 시를 이상화의 낭만 시관이 투영된 1920년대 「나의 침실로」와 비교하는 일은 문예사조의 차이를 무릅쓰고 비교할 만한 어떤 가치가 창출되는지의 여부가 전제되어야 한다. 또한 「나의 침실로」 작시(作詩)의 배경이 된 문화현상, 정사(情死)도 살펴보아야 한다.

이상화의 「나의 침실로」는 정사를 주제로 한 시로 평가된다.[5] 신범순은 "「나의 침실로」만큼 죽음을 에로틱한 분위기에 감싸서 유혹적인 모습으로 만든 시는 없다. 애인에게 숨가쁘게 달려가는 이 죽음을 향한 이끌림에는 더 이상 귀기도 허무도 사라지고 없다"라며, 이 시를 정사 모티프로 해석하

---

5 권보드래는 정사를 다음과 같이 설명한다. "애인을 위하여 살고 애인을 위하여 죽는다는 것", 이 욕망은 1920년대 초부터 '연애'가 감추어두고 있던 욕망이기도 했다. 죽음에 직결되어 있는 열정만큼 개인의 존재를 두드러지게 하는 것은 없었다. 1910년대 이후 각기 고유한 개성과 천재, 그 근거로서의 정(情)과 내면이 강조되면서부터 생겨난 사랑에의 갈구가 죽음이라는 새로운 유로를 찾았을 때 등장한 결과가 연애 자살이요 정사(情死)였다." 권보드래, 앞의 책, 118쪽.

였다.[6] 1923년 6월 강명화 · 장병천의 자살 사건으로 촉발되었던 '정사'를 그린 이 시는 유한한 시간이 지닌 한계를 정사(情死)로 매듭짓고자 하는데, 「그의 수줍은 연인에게」가 지닌 카르페 디엠의 유혹과 상당히 유사한 모티프를 지닌다.[7]

조영복은 「나의 침실로」와 보들레르의 시 「어느 마돈나에게(À une Madone)」에 나타난 텍스트의 유사성을 지적한 바 있다. 그는 특히 3행 "눈으로 유전하는 진주" 대목을 보들레르의 "진주 아닌 내 눈물 방울들 모두로 수놓은 망토를!"과 연계하여, "결국 '눈으로 유전하는 진주'는 보들레르의 '진주 아닌 눈물 방울'로 수놓아진 외투의 변용인 셈이다"[8]로 인식한다. 「나의 침실로」에서 가장 난해한 대목이라고 할 수 있는 이 대목을 해석하는 데 당대 유입된 보들레르 시의 도움을 받았던 것이다. 이런 접근은 이상화가 금강산 기행 당시 만난 프랑스 부인에게서 보들레르의 시집 『악의 꽃』을 선물받고, 보들레르의 시를 사랑한 나머지 프랑스 유학을 계획했다는 전기적 사실로도 충분히 타당성을 갖는다.[9] 1923년 9월에 발생한 관동대지진의 여파로 프랑스 유학이 좌절되고, 귀국 후 그의 시세계에서 민족주의 정서가 강화된 이래 「나의 침실로」와 같이 열정을 담은 탐미적 작품은 다시 제출되지 않았다. 프랑스 상징주의와 이 시를 연계한 조영복의 접근은 『백조』

---

6 신범순, 『노래의 상상계 : 수사의 존재생태 기호학』, 서울대학교 출판문화원, 2011, 424쪽.

7 정우택은 「나의 침실로」의 분석에서 "밤과 침실이라는 제약된 시간과 공간, 과거와 미래로의 비약이 단절되어 있는 현재의 시점에서 격렬한 열정을 뿜어내는 압축적 상황"을 강조한다. 정우택, 「근대 시인 李相和」, 『泮橋語文硏究』 10, 1999, 304쪽.

8 조영복, 「동인지 시대 시 해석에 대한 몇 가지 문제」, 『한국학보』, Vol.25 No.4, 일지사, 1999, 150쪽.

9 이정수, 『(마돈나 詩人)李相和』, 내외신서, 1983, 68~69쪽 참조.

동인의 데카당스적 경향과 결부하여 "해석학적 실증주의"[10]의 한 예로 여겨진다.

김학동 역시 「나의 침실로」와 「어느 마돈나에게」와의 관련성에 주목하여 두 시의 유사성을 다음과 같이 지적하고 있다. "이 시(「어느 마돈나에게」-인용자)에는 '마돈나'를 두고 '욕정'과 '입맞춤'과 '야만' 등과 같은 관능적 표현이 있는가 하면, '피가 철철 흐르는 가슴 한복판'과도 같은 원색적 표현도 있다. 더구나 '진주 아닌 네 온 눈물로 수놓은'에서 눈물을 진주와 관련시킨 것은 상화의 '네 집에서 눈으로 유전하던 진주'와도 같은 발상법이다"[11]라며 조영복의 주장에 힘을 싣는다. 다만 김학동은 "「나의 침실로」에서 상화가 보들레르의 악마주의적 요소를 본격적으로 수용한 것은 아니다"[12]라며 두 시인이 보이는 경향 차이를 지적하였는데, 기독교적 윤리관이 없는 이상화의 시세계에서 악마성이 보들레르만큼 보이지 않는 점은 어찌 보면 당연한 것일지도 모른다.

이상화의 시에 대한 비교문학적 선행 연구를 분석해보면, 영문학자 송욱과 시인 김춘수는 본인의 전공 분야거나 관심이 높았던 T.S. 엘리엇이 참조한 앤드루 마블의 시와 이상화의 「나의 침실로」를 비교하고 있다.[13] 한국문학 연구자인 조영복과 김학동은 한국 문단의 주체적 수용 양상을 분석하여 1920년대 프랑스 상징주의 수용의 맥락으로 이상화의 이 시를 비교문학적인 시각으로 인식했다. 결과적으로 송욱과 김춘수는 「나의 침실로」가 「그의 수줍은 연인에게」의 미달태임을 주장하였고 조영복과 김학동은 이

10 조영복, 앞의 책, 151쪽.

11 김학동, 『이상화평전』, 새문사, 2015, 209쪽.

12 위의 책.

13 엘리엇에 내한 김춘수의 관심은 김기림이 엘리엇을 잘못 이해했다고 비평하는 내목에서도 드러난다. 김춘수, 「교훈에서 창조로」, 『조선일보』, 1978.12.5.

상화와 보들레르 시 텍스트 간의 유미주의적 유사성을 조심스럽게 논의하고 있기에, 한국문학을 중심으로 한 비교문학 연구에서는 조영복과 김학동의 주장에 더 무게가 실리는 상황이다. 비교의 전제가 되는 등가성(equivalence)을 꼼꼼히 검토하지 않은 송욱과 김춘수의 서구 중심주의적 접근은 지양해야 하지만, 그들의 연구가 남긴 의미는 「나의 침실로」와 「그의 수줍은 연인에게」에서 공통적으로 나타나는 시간에 대한 감각이다. 두 시가 비교 가능한 이유는 모두 시간의 유한성을 전제로 하여 이루어질 수 없는 사랑을 노래하고 있기 때문이다.

시간에 덧붙여 「나의 침실로」, 「그의 수줍은 연인에게」, 「어느 마돈나에게」를 관통하는 비교의 근거로 시적 화자의 '자기분열'을 생각해볼 수 있다. 일찍이 김흥규는 "1920년대 초기 시의 특질과 그 퇴영적 굴절을 초래한 보다 근본적인 요인은 이 시기에 활동한 시인들이 식민지 중산층 지식인으로서 가졌던 혼돈과 자기분열 및 방황에서 찾아져야 할 것"임을 주장하였다.[14] 그는 이상화를 비롯하여 1920년대에 활동한 낭만주의 시인들의 자기분열을 꼼꼼히 검토하면서도 젠더 문제는 간과하고 있는데, 1920년대를 '연애의 시대'로 명명하는 입장에서 볼 때 남녀 간 연애와 결혼은 남성 지식인의 자기분열을 보여주는 하나의 예시가 된다. 「나의 침실로」에서 시적 화자가 침실로 초대하고자 한 주체가 신여성인 데 반해 실제 시인의 삶은 조혼으로 강제된 구여성과의 결혼 생활에 얽매여 있기에, 「나의 침실로」는 당대 유행한 자유연애의 정사(情死)를 추구하였지만 현실을 포기할 수 없는 시적 화자의 자기분열적 텍스트로 해석 가능하다. 이룰 수 없는 사랑을 욕망하는 시적 화자의 자기분열은 「그의 수줍은 연인에게」와 「어느 마돈나에게」에서 공통적으로 나타난다.

---

14 김흥규, 『문학과 역사적 인간』, 창작과비평사, 1980, 271쪽.

이 글은 이상화의 비교문학적 선행 연구를 2장과 3장에 걸쳐 살펴보고, 선행 비교문학적 연구방법론이 한국문학 연구가 채워주지 못한 기대 지평을 충족시켜주고 있는지를 논의한다. 2장에서는 이상화와 앤드루 마블의 비교에 집중할 것이며, 3장에서는 이상화와 보들레르의 비교에 초점을 맞추려 한다. 4장에서는 이상화의 또 다른 대표작 「빼앗긴 들에도 봄은 오는가」를 분석하여 「나의 침실로」에서 나타나는 남성 화자의 자기분열적 욕망이 되풀이되는 점을 입증할 것이다. 앤드루 마블과 보들레르와의 비교를 통해 이상화 시의 보편성을 확보하려는 송욱과 김춘수, 조영복과 김학동의 시각은 각기 나름의 문학사적 맥락과 의미를 지니고 있다. 단, 이런 비교문학적 시도가 비교를 통한 나름의 의미를 창출하지 못하였을 때 소재주의의 비판에서 쉽게 벗어날 수 없는 것으로, 비교문학적 연구의 한계도 자명해지는 우려가 있다. 「나의 침실로」, 「그의 수줍은 연인에게」, 「어느 마돈나에게」는 가부장적 질서가 유효하던 시대에 남성 화자의 욕망이 지닌 의미를 되새겨보는 비교문학의 보편적 가치를 노정한다.

2. 이상화와 앤드루 마블
:「나의 침실로」와 「그의 수줍은 연인에게」를 중심으로

이상화는 초기 시부터 사랑을 죽음으로 완성하려는 정사(情死) 모티프를 드러낸다. 백기만의 저작 『상화와 고월』(1951)에 실린 그의 초기작 「쓰러져 가는 미술관 : 어려서 돌아간 인순의 '신령'에게」는 동네 소녀의 죽음에 충격을 받고 쓴 작품으로 전해진다.

> 내 가슴의 도장에 숨어사는 어린 신령아! (10)

세상이 둥근지 모난지 모르던 그날그날
내가 네 앞에서 부르던 노래를 아직도 못 잊노라.

클레오파트라의 코와 모나리–자의 손을 가진
어린 요정아! 내 혼을 가져간 요정아!
가차운 먼 길을 밟고 가는 너야 나를 데리고 가라.

오늘은 임자도 없는 무덤–쓰러져가는 미술관아
잠자지 않는 그날의 기억을 안고 안고
너를 그리노라 웃는 웃음으로 살다 죽을 나를 불러라.

— 이상화, 「쓰러져가는 미술관」 부분

김재홍은 이 시를 시인의 전기적 삶과 연계하여 해석하였다. 김재홍은 이상화가 "이처럼 명망 있는 가문의 좋은 환경에서 태어났지만 일곱 살 때 아버지를 일찍 사별하는 바람에 마음에 그림자가 생겨난 것으로 보인다. 특히, 이러한 유년 시절의 아비 상실은 모성에 대한 갈망 또는 여성 민감증으로 인한 방황, 즉 female complex를 형성한 것이 아닐까 한다"[15]라고 지적하였다.

이 시에서 "쓰러져 가는 미술관"은 죽은 소녀의 무덤을 은유한 시적 기호로 보인다. 이 소녀는 13행에서 클레오파트라의 오뚝한 코와 모나리자의 부드러운 손을 가진 어린 요정으로 묘사되는 점을 보아 상당히 서구적인 외모를 지녔음을 알 수 있다. 서구적인 뮤즈의 죽음을 따르고자 하는 시적 화자의 낭만적이며 정열적 사랑이 표출되었다. 무덤을 미술관이라는 공간으로 형상화한 것, 그리고 미술관이 표방하는 예술성을 소녀의 서구적 아름다움에 비유한 것에서 이 시인의 미적 감수성에는 죽음과 여성의 연관성

15 김재홍, 『이상화』, 건국대학교 출판부, 1996, 11쪽.

이 초기부터 깊게 드리워져 있음을 알 수 있으며, 묘사하는 여성이 서구식 교육과 외모를 갖춘 신여성에 가까움을 알 수 있다. 죽음과 신여성의 연관성은 「나의 침실로」(1923.9)에서 보다 본격적으로 형상화되었다. 제목에 달린 어구 "가장 아름답고 오랜 것은 오직 꿈 속에만 있어라"에서 화자는 아름답고 오랜 것을 만나기 위해 죽음을 지향하고 있음을 알 수 있다.

—가장 아름답고 오랜 것은 오직 꿈 속에만 있어라

'마돈나' 지금은 밤도 모든 목거지에 다니노라. 피곤하여 돌아가련도다.
아, 너도 먼동이 트기 전으로 수밀도의 네 가슴에 이슬이 맺도록 달려 오너라.

'마돈나' 오려무나, 네 집에서 눈으로 유전(遺傳)하던 진주는 다 두고 몸만 오너라.
빨리 가자, 우리는 밝음이 오면 어딘지 모르게 숨는 두 별이어라.

'마돈나' 구석지고도 어둔 마음의 거리에서 나는 두려워 떨며 기다리노라.
아, 어느덧 첫닭이 울고—뭇 개가 짖도다. 나의 아씨여, 너도 듣느냐.

'마돈나' 지난 밤이 새도록 내 손수 닦아 둔 침실로 가자, 침실로—
낡은 달은 빠지려는데, 내 귀가 듣는 발자국—오, 너의 것이냐?

'마돈나' 짧은 심지를 더우잡고 눈물도 없이 하소연하는 내 맘의 촉(燭)불을 봐라.
양털 같은 바람결에도 질식이 되어 얕푸른 연기로 꺼지려는도다.

'마돈나' 오너라, 가자, 앞산 그리메가 도깨비처럼 발도 없이 이곳 가까이 오도다.

아, 행여나 누가 볼는지—가슴이 뛰누나, 나의 아씨여, 너를 부른다.

'마돈나' 날이 새련다, 빨리 오려무나, 사원의 쇠북이 우리를 비웃기 전에.
네 손이 내 목을 안아라. 우리도 이 밤과 함께 오랜 나라로 가고 말자.

'마돈나' 뉘우침과 두려움의 외나무다리 건너 있는 내 침실 열 이도 없으니.
아, 바람이 불도다. 그와 같이 가볍게 오려무나. 나의 아씨여, 네가 오느냐?

'마돈나' 가엾어라, 나는 미치고 말았는가. 없는 소리를 내 귀가 들음은—,
내 몸에 파란 피—가슴의 샘이 말라 버린 듯 마음과 목이 타려는도다.

'마돈나' 언젠들 안 갈 수 있으랴. 갈 테면 우리가 가자, 끄을려가지 말고!
너는 내 말을 믿는 '마리아'—내 침실이 부활의 동굴임을 네야 알련만…

'마돈나' 밤이 주는 꿈, 우리가 엮는 꿈, 사람이 안고 뒹구는 목숨의 꿈이 다르지 않으니.
아, 어린애 가슴처럼 세월 모르는 나의 침실로 가자, 아름답고 오랜 거기로.

'마돈나' 별들의 웃음도 흐려지려 하고 어둔 밤 물결도 잦아지려는도다.
아, 안개가 사라지기 전으로 네가 와야지. 나의 아씨여, 너를 부른다.

—「나의 침실로」 전문(『백조』, 1923. 9)

이상화와 함께 『백조』의 동인이었던 김기진은 이 시를 이상화의 대표작으로 평가하였다. "그의 대표작을 하나만 지정하라 한다면 「빼앗긴 들에도 봄은 오는가」를 지적하는 사람이 많으나, 나는 그의 처녀작이라고 하는 마돈나를 부르는 「나의 침실로」를 쳐들어 올린다. 그만큼 이 시는 고인의 성격, 내면적인 정열, 철학적인 명상, 그의 호흡, 그의 체취까지 대표하는 명작으로 인정하는 까닭이다"[16]라며, 시와 시인을 연계하는 낭만주의적 해석을 제출하였다. 또한 김기진은 이 시를 이상화의 애인 유보화와 관련지어 해석하여, 유보화에 대한 시인의 사랑이 상당히 강렬하고 진지한 것이었음에 주목하였다.[17]

이 시에서 침실로 초대하는 대상이 되는 주체는 신여성이다. 일찍이 권보드래는 신여성과 구여성의 차이에 대해 다음과 같이 설명했다. "신여성과 구여성은 같은 시대를 공유했지만 전혀 다른 감각과 윤리와 습관을 체화시키고 있는 존재였다. 한 시대를 살았던 만큼 공통의 갈망이나 지향이 없었던 것은 아니지만, 그것이 의미를 부여잡고 힘을 발휘하는 방식은 전혀 달랐다"[18]는 것이다. 「나의 침실로」의 화자가 정사의 대상으로 간주한 것은 구여성이라기보다는 신여성에 가깝다. "새로운 방식으로 사랑하고 사랑받을 수 있는 능력"[19]을 지닌 상대는 전근대 가족제도에 매인 구여성이 아니라, 새로운 교육을 통해 이전과는 다른 감각을 지니고 있던 신여성이었던 것이다.

송욱과 김춘수의 선행 연구는 이상화 시의 문학사적 맥락을 살피기보다는 시간이라는 테마로 이상화와 마블을 비교하였다. 송욱을 위시한 한국 문

---

16 홍정선 편, 「이상화형」, 『김팔봉 문학전집 : II.회고와 기록』, 문학과지성사, 1988, 477쪽.

17 위의 책, 475쪽.

18 권보드래, 「신여성과 구여성」, 『오늘의 문예비평』, 2002, 193쪽.

19 위의 책.

단의 엘리엇 연구자들은 이상화의 「나의 침실로」를 앤드루 마블의 「그의 수줍은 연인에게」와 비교하여, 그 수준이 미달함을 지적하고 있다. 이러한 접근에 맞서 김흥규는 "그들의 전제는 결국 한국문학 · 문화의 독자적 발전 요인 · 능력 · 과정을 부인 또는 과소평가하고 외래적 영향을 자기화할 권리는 부정하면서 그 대신 서양 · 중국 등의 이른바 선진 외래문학 · 문화에서 대치물을 찾으려는 비합리적 발상이라 할 수밖에 없다"고 비판한 바 있다.[20] 유사한 맥락에서 신범순이 "당대 수입한 모더니즘 이론들의 원자료를 보다 철저히 공부한 사람의 자기과시욕에 맞물려 있는 것인지도 모른다"[21]라고 지적했듯이, 송욱은 「나의 침실로」보다 「그의 수줍은 연인에게」에 더 많은 비중을 할애하며 서구 연애시의 미달태로 「나의 침실로」를 규정하였다.

송욱이 『시학평전』에서 모더니즘의 기준으로 삼은 T.S. 엘리엇은 「형이상학파 시인들」에서 형이상학시의 문학적 가치를 높게 평가한 바 있다. 그는 형이상학파 시인들 가운데 마블의 시에 나타난 속도감에 주목하였다. 엘리엇은 「그의 수줍은 연인에게」가 "단음절을 사용하여 대단한 스피드의 효과를 나타냈"[22]다고 보고 있는데, 그의 시간에 관한 재해석은 『황무지(*The Waste Land*)』에서 인유(allusion)의 형태로 드러난다. 그는 『황무지』의 3장 「불의 설교」 196행에 대한 주석에서 마블의 「그의 수줍은 연인」를 인유하였다고 기록하였는데,[23] 이는 유종호의 시 개론서 『시란 무엇인가』에서도 간략

---

20 김흥규, 「전파론적 전제와 비교문학의 문제」, 『문학과 역사적 인간』, 창작과비평사, 1980, 172쪽.

21 신범순, 「김기림의 근대성 추구에 있어서 '작은 자아', '군중', 그리고 '가슴'의 의미」, 『김기림』, 새미, 1999, 69~70쪽.

22 T.S. Eliot. 「형이상학파 시인들」, 『T.S. 엘리엇 문학비평』, 이창배 역, 동국대학교 출판부, 1999, 318쪽.

23 "196. Cf. Marvell, To His Coy Mistress", Eliot, T.S. *Collected Poems 1909~1962*, p.72.

히 소개된 바 있다.[24] 송욱은 이 시를 이상화의 시랑 비교하였으며,[25] 오세영 역시 『한국현대시 분석적 읽기』에서 송욱의 비교를 재인용하였기에, 이상화의 시와 마블의 시의 비교가능성 여부는 지속적인 화두가 되었던 것이다.[26]

하지만 내 등 뒤에서 난 언제나 듣게 되오,
시간의 날개 달린 마차가 가까이 서둘러 달려오는 것을,
그리고 우리 앞 온통 저기에
거대한 영원의 사막이 놓여 있소.
그대의 미를 더 이상 찾을 수 없을 것이오.
그대의 대리석 석관 속에서
내 반향하는 노래도 들리지 않을 것이오.
그리고 구더기들이 그 오랫동안 보전된 순결을 맛볼 것이오,
그대의 기묘한 정조는 흙으로 변할 것이고,
그리고 내 욕망은 재로 변하리오.
무덤은 좋은 사적인 곳이오,
하지만 내 생각에 거기서 아무도 포옹해주지 않으오.
따라서 이제 젊음의 색조가
아침 이슬처럼 그대 피부 위에 있는 동안,
그대의 열망하는 영혼이
모든 기공에서 순간적인 정열로 솟구치는 동안,

---

24 유종호, 『시란 무엇인가』, 민음사, 1998, 126~128쪽.

25 송욱, 『시학평전』, 일조각, 1964, 373~390쪽 참조. 그러나 이러한 비교문학적 태도는 엘리엇의 몰개성적 시론을 기초로 하여 이상화의 낭만주의 시 「나의 침실로」를 평가절하한 것이기에 공정한 태도라고 볼 수 없다. 즉, 송욱의 비교의 근거는 두 작품의 텍스트 분석에서 나온 것이 아니라, 엘리엇과 클리언스 브룩스의 몰개성론에서 비롯된 것이다. 그는 맥락을 고려하지 않고 1920년대 한국 시단에 적용하는 태도를 취했다.

26 오세영, 『한국현대시 분석적 읽기』, 고려대학교 출판부, 2004, 54쪽.

이제 할 수 있는 한 우리 즐기도록 하오.
그리고 지금 사랑에 빠진 맹금류처럼
시간의 느리게 집어삼키는 턱 힘 속에서 죽어가느니
우리 시간을 곧장 집어 삼켜버리도록 하오.
우리는 우리의 모든 힘과 아름다움을
굴려서 하나의 공으로 만드오.
그리고 우리의 즐거움을
인생의 철문을 통해 거칠게 터뜨리오.
이처럼 우리는 태양이 가만히 서 있게 할 수 없지만,
여전히 태양이 달리게 할 수 있으리오.

— 앤드루 마블, 「그의 수줍은 연인에게」 부분[27]

이 시의 남성 화자는 노골적으로 한 여성을 유혹한다. 그러나 시적 화자가 그 여성과 섹스를 성취하리라고 독자는 믿기 어렵다. 그만큼 이 시는 지나치게 노골적인 유혹으로 이루어졌다. 예를 들어 28행 "그리고 구더기들이 그 오랫동안 보전된 순결을 맛볼 것이오(then worms shall try/That long-preserved virginity)"와 같은 시행에서는 여성이 지켜온 정조가 무의미하다는 화자의 유혹이 '구더기'라는 역겨운 이미지로 극단화된다. 썩은 시체를 연상시키는 '구더기'라는 시어를 굳이 이 맥락에서 사용할 필요는 없기에, 시인의 노골적 표현은 그로테스크한 신체 이미지를 환기시켜 유혹의 대상에게 혐오감을 불러일으킨다. 유혹의 대상에게 혐오를 환기시킨다는 점에서 섹스의 불가능성이 암시된다. 남성 화자는 섹스를 노래하지만, 섹스의 불가능함 역시 인지하고 있는 것이다. 즉 이 시는 시적 화자의 분열적 욕망이 표출된 작품이다. 「나의 침실로」의 시적 화자가 정사(情死)를 꿈꾸면서도

27 앤드류 마블, 「수줍은 연인에게」, 『앤드류 마블 시선집』, 김옥수 역, 한빛문화, 2016, 34~35쪽.

오지 않는 '아씨'로 인해 정사가 사실 불가능하다는 점을 인지하고 있는 것처럼, 「그의 수줍은 연인에게」의 화자도 자신과 유혹의 대상(Mistress)을 "굴려서 하나의 공"(육체적 결합)을 성취하기는 불가능하다는 점을 알고 있다. 두 시적 화자는 사랑의 성취를 꿈꾸면서도 관계의 불가능성을 인식하고 있는 것이다. 두 시는 좌절된 욕망에 대한 시로, 화자가 욕망의 결과를 인지하고 있다는 점에서 유사한 비교의 지점을 내포한다.

두 시의 주제의 유사성에도 불구하고 이질적인 측면 역시 발견되는데 가장 큰 차이는 호흡에서 드러난다. 「그의 수줍은 연인에게」의 화자가 전통적인 카르페 디엠 주제를 바탕에 두고 대상을 3단 구성의 가정법을 통해 유혹하고 있다면, 「나의 침실로」의 화자는 상당히 급한 목소리로 자신의 초조와 불안을 드러낸다. 잦은 쉼표의 반복으로 시적 화자의 호흡은 격렬해지며, 급작스럽게 멈추어진다. 24행의 이 시에서 쉼표는 60번이나 활용되었으며, 다수의 쉼표로 이루어진 복수의 문장들이 한 행을 구성하였다.

「나의 침실로」의 화자가 「그의 수줍은 연인에게」의 화자보다 심리적으로 죽음에 가깝게 서 있다면, 「그의 수줍은 연인에게」의 화자는 보다 현세적이다. 「그의 수줍은 연인에게」는 가정과 추론으로 이루어진 시다. 즉, 현실에서 일어날 수 없는 비현실적인 일을 가정하고 있는 것이다. 가정법은 일어나지 않은 미래를 조건으로 거는 방식이기에, 조건을 부정한다면 가정법의 유혹에서 벗어날 수 있다. 즉 "시간의 날개 달린 마차가 가까이 서둘러 달려오는" 표현이 암시하는 것처럼 시간이 유한하다는 전제를 부정하여 그들에게 주어진 시간이 무한하다고 본다면, 화자의 유혹은 위력을 상실하게 된다. 반면 「나의 침실로」의 화자는 "어린애 가슴처럼 세월 모르는 나의 침실"과 같은 비유를 통해 시간의 궤도에 역행하는 미지의 곳, 즉 죽음의 공간으로 탈출하고자 한다. 사랑의 죽음을 맞이하려는 「나의 침실로」의 호흡은 급하고 격정적이며, 죽음을 빌미로 육체의 향락을 누리고자 하는 「그의 수줍은 연인에게」의 호흡은 상대적으로 안정적인 대구(closed couplet)을 이루고 있다.

시인의 사회적 위치 차이가 호흡의 안정을 이끌었을 수도 있다. 앤드루 마블은 크롬웰 시대를 거쳐 왕정복고 이후에도 활약한 정치가였다. 17세기 영국이 제국주의적 팽창을 이루었던 시기, 마블은 크롬웰의 국회에서 행정관으로 일했고 나중에는 고향 헐(Hull) 지역의 국회의원이 되어 20년간 지역 발전에 공헌한 정치적 인물이었다. 이에 반해 이상화는 프랑스 유학이라는 꿈을 안고 일본 동경으로 건너가긴 하였지만 1923년 9월 관동대지진의 여파로 죽음의 위기에 몰려 꿈을 포기하고 식민지 현실을 직시해야 했다. 관동대지진 당시 이상화는 조선인이 우물에 독을 탔다는 유언비어로 인해 "나는 죄 없는 사람이다. 당신들도 또한 죄 없는 사람일 것이다. 죄 없는 사람이 죄 없는 사람을 죽인다는 것은 있을 수 없는 일이다"라는 항변으로 죽음의 위기에서 겨우 벗어났다고 한다.[28] 그는 가까스로 죽음을 피했지만 이후 삶의 방향이 좌절되어 유학을 포기하고 귀향하는 등 자신의 이상을 펴지 못한 삶을 살았다. 앤드루 마블이 정치인으로서 한 지역에서 입지를 꾸준히 다졌다면, 식민지의 현실을 체감한 이상화는 지속적으로 죽음을 노래하였다. 이상화 시에 나타난 초조하고 불안한 어조를 놓고 볼 때, 이상화와 마찬가지로 불행한 삶을 살았던 보들레르의 「어느 마돈나에게」와 동등한 선상에서 「나의 침실로」를 해석하고자 하는 연구자의 욕망이 싹틀 수 있다.[29] 보들레르는 마블과 달리 가정에서 억눌렸고 종교적으로 탄압받았

28 이설주, 「상화의 전기」, 백기만 편, 『씨뿌린 사람들』, 사조사, 1959, 47쪽.

29 「어느 마돈나에게」와 「나의 침실로」의 비교 연구는 『백조』 동인들에게 끼친 프랑스 상징주의를 검토한 선행 연구를 바탕으로 하여 제출되었다. 프랑스 상징주의에 입각한 이상화 비교문학의 선행 연구로 문덕수, 「저항과 죽음의 거점 : 이상화론」, 『한국현대시인론』, 보고사, 1996, 7~20쪽; 양애경, 『한국퇴폐적낭만주의시연구』, 국학자료원, 1999, 193~212쪽 참조.

으며 『악의 꽃』(1857)이 불건전하다는 논란에 휘말리는 등 숱한 좌절을 겪은 시인이었기 때문이다. 더구나 이상화가 『악의 꽃』을 탐독하였으며, 그를 위시한 『백조』 동인들이 보들레르의 시에 많은 영향을 받았던 만큼 한국문학 연구자들이 「나의 침실로」의 비교 대상으로 「어느 마돈나에게」에 주목한 것은 실증적으로 타당한 접근이었다.

3. 이상화와 보들레르
: 「나의 침실로」와 「어느 마돈나에게」를 중심으로

보들레르의 「어느 마돈나에게」는 『악의 꽃』(1857)에 실린 시로, 신성한 성모 '마리아'(37행)를 에로틱한 대상으로 놓은 시인의 양가적 형상화는 당대의 독자들에게 상당한 충격을 주었다. 이런 보들레르의 금기에 대한 도전이 이상화를 비롯한 한국 유미주의 문단에 영향을 미쳤음은 당대의 자료들이 입증하고 있다.[30]

내 사랑 「마돈나」여, 나 그대 위해 세우리,
내 슬픔 깊은 곳에 지하의 제단을,
그리고 내 마음 가장 어두운 구석에,
속세의 욕망과 조롱하는 시선에서 멀리
하늘빛과 금빛으로 온통 칠해진 둥지를 파고
그곳에 눈부신 그대의 「상(像)」을 세우리.
수정의 운(韻)으로 정성 들여 뒤덮은

30 임노월, 「最近의 藝術運動. 表現派(칸씬스키畵論)와惡魔派」, 『개벽』 28, 1922.10; 金明淳 譯, 「表現派의詩」, 『개벽』 28, 1922.10; 朴英熙, 「「惡의花」를 심은 뽀드레르論」, 『개벽』, 1924.6.

순금의 그물, 다듬은 내 「시구」로
그대 머리 위에 커다란 왕관을 만들어주리;
그리고 죽음을 면할 수 없는 「마돈나」여, 내 「질투」로
그대에게 외투를 재단해주리라, 의심으로 안감을 넣고
딱딱하고 묵직하고 야만스럽게,
초소처럼 그대 매력을 거기에 가두리라;
「진주」 아닌 내 「눈물」 모두 모아 수를 놓아서!
그대의 「옷」은 떨며 물결치는 나의 「욕망」,
밀려왔다 밀려가는 나의 「욕망」,
봉우리에서 흔들거리고 계곡에서 휴식하며
장밋빛 띤 하얀 그대 온몸을 입맞춤으로 덮으리,
내 「경건한 마음」으로 신성한 그대 발밑에 밟힐
고운 비단 「구두」 그대에게 만들어주리,
그것은 푹신하게 그대 발 조여주고,
정확한 거푸집처럼 그대의 발 모양을 간직하리라.
만일 내 정성 어린 온갖 기술에도
그대의 「발판」 위해 은빛 「달」을 새기지 못한다면,
내 창자 물어뜯을 「뱀」을 그대 짓밟고 비웃도록
그대 발꿈치 아래 갖다놓으리,
속죄로 넘치는 승리의 여왕이여,
증오와 침으로 뒤덮인 이 괴물을.
그대는 보리라, 나의 모든 「상념들」이 꽃으로 뒤덮인
「동정여왕」의 제단 앞에 늘어선 「촛불」처럼,
파랗게 칠한 천장을 별 모양으로 비추면서
불타는 눈으로 언제나 그대를 바라보고 있는 것을;
그리고 내 모든 것 다해 그대를 사랑하고 숭배하기에,
모든 것이 「안식향」과 「훈향」, 그리고 「유향」과 「몰약」이 되니,
백설이 덮인 봉우리, 그대를 향해
끊임없이 폭풍우 실은 「정신」은 「증기」되어 올라가리.

마침내 그대 「마리아」의 역할을 완수하고,
또 사랑을 잔인함으로 뒤섞기 위해,
오 어두운 쾌락이여! 한 많은 사형집행관 나는
일곱 가지 「중죄」로
일곱 자루 날이 잘 선 「칼」을 만들어,
가차없는 요술쟁이처럼 그대 사랑 깊은 곳을 과녁 삼아
팔딱이는 그대 「심장」에 모두 꽂으리라,
흐느끼는 그대 「심장」에, 피 흐르는 그대 「심장」에!

— 보들레르, 「어느 마돈나에게」(1857)[31]

앞서 언급한 대로 이상화가 일본 유학을 통해 프랑스행을 꿈꾼 것은 그가 사숙한 보들레르에 상당 부분 기인한다. 그의 시에 보들레르의 영향은 분명 엿보이지만, 김학동이 지적하였듯이 이상화와 보들레르의 차이로 '악마성'을 생각해볼 수 있다. 이상화 시에는 보들레르 시가 지닌 반기독교적 악마성이 그리 잘 보이지 않기 때문이다. 「나의 침실로」는 악마성을 드러내기보다는 초초하고 불안한 열정으로 가득 차 있다. 「나의 침실로」의 18행 "내 몸에 파란 피－가슴의 샘이 말라 버린 듯 마음과 목이 타려는도다"에서 시적 화자는 '파랗다'란 색채 이미지를 활용하여 창백하고 초조한 기다림의 상태를 형상화한다. 이런 초초함은 「어느 마돈나에게」가 지닌 죽음 충동의 파괴적 어조와는 그 결이 다르다.

그럼에도 두 시에서 이룰 수 없는 여성과의 사랑을 위해 죽음이 호출된다는 점은 주목할 만한 공통점이다. 「어느 마돈나에게」에서 시적 화자는 마돈나의 심장을 직접 저격할 것을 천명한다. 이 시적 화자는 마돈나를 숭배하는 한편 성스러운 여성의 "팔딱이고 흐느끼며 피 흐르는" 심장에 칼을 꽂을 것을 다짐한다. 보들레르의 이 시는 화자가 생생한 표현으로 의지를

31 Charles Baudelaire, 『악의 꽃』, 윤영애 역, 문학과지성사, 2008, 135~137쪽.

불태우면서 끝나기에 독자는 의지만을 느낄 뿐이지, 여성의 죽음까지 확인할 수 없다. 이는 죽음 그 자체를 형상화하기보다는 죽음에 이르는 사랑을 노래한 「나의 침실로」의 시상과 상당히 유사한 면모를 보이는 것이다. 여성과 죽음 그리고 밤(시간)의 모티프를 보들레르와 이상화는 공유하고 있는 것이며, 그들의 시에서 죽음을 맞이하는 여성은 도시적 감각을 지닌 신여성인 것이다. 「어느 마돈나에게」의 시어 '지하'(2행)에서 시적 형상화 대상이 도시의 여성, 근대의 여성임이 암시되며, "내 마음 가장 어두운 구석"(3행), "오 어두운 쾌락이여!"(39행)에서 밤의 이미지가 연상되고 있다.

이상화의 다른 시에서도 죽음과 정열이 결합하는 형태는 지속되어, 시 「시인에게」(1925)는 불꽃에 날아드는 나비를 "죽어도 아름다운 나비"[32]로 표현하였고 시 「역천(逆天)」(1935)에서 화자는 "불본나비"[33]가 되겠다고 다짐한다. 이는 죽음 그 자체에 탐닉하기보다는 죽음(불)에 직면할 만큼 자아를 희생하고 버려야겠다는 화자의 다짐을 의미한다. 「나의 침실로」는 죽음을 비유로 절실한 사랑의 세계를 꿈꾸었다는 점에서 「어느 마돈나에게」와 비교할 수 있는 공통점을 확보한다.

이상화가 보들레르를 통해서 현대시의 미적 가치를 추구하였으며 보들레르와 같이 죽음이라는 금기를 통해 사랑의 강렬한 의지를 재확인하였다는 점에서 「나의 침실로」와 「어느 마돈나에게」의 주제는 유사하다. 죽음을 건 사랑의 의지는 두 시가 탐미적인 태도를 전제로 하고 있음을 알 수 있다. 물론 반기독교 정서가 드러난 보들레르의 시에서 금기를 깨는 악마성의 정도는 좀 더 발휘되었는지도 모르지만, 두 시 모두 속세의 관습을 넘어 사랑을 쟁취하려는 화자의 의지가 엿보인다는 점에서 충분히 비교가 가능

---

32 이상화, 「시인에게」, 『개벽』 68호, 1926.4, 114쪽.

33 이상화, 『詩苑』 2號, 詩苑社, 1935.4, 2쪽.

하다. 이런 이상화가 그의 말년, 제자 이문기와의 대화에서 「나의 침실로」의 가치를 부정했던 일면은 탐미적이며 유미적인 태도를 포기하고자 한 그의 시적 전환을 보여주는 모습이다.[34] 양애경은 "「나의 침실로」는 풍부한 상상력, 숨가쁜 음악적 효과, 암시, 감각적 시어의 효과적 사용 등 상징주의와 낭만주의의 요소를 성공적으로 시화한 보기였다고 판단된다. 나아가 「빼앗긴 들에도 봄은 오는가」의 현실 인식이 이러한 장점 위에 더해진 것은 더욱 바람직한 일이었다 하겠다"면서 「나의 침실로」에서 「빼앗긴 들에도 봄은 오는가」에 이르는 노정을 시작(詩作)의 발전적인 전개로 바라보고 있다.[35] 그러나 시인 스스로가 「나의 침실로」의 가치를 평가절하했다는 점에서 유미주의에서 계몽주의로의 선회로 보는 편이 더 옳은 듯하다. 「나의 침실로」를 비롯한 초기 시에서 탐미적, 유미적인 모습을 보여주었던 이상화는 시대의 흐름에 발맞추어 계몽성의 강조로 선회하게 되었다. 이런 선회는 이상화와 보들레르와의 비교를 어렵게 하는 요인이 된다. 보들레르의 시에서 계몽의 이상은 일관되게 거부되고 있기 때문이다. 이상화는 1920년대 당대의 시인들 가운데 유미주의의 요소를 어느 정도 지니긴 하였지만, 유미주의 예술적 태도를 한층 꽃피우지 못하고 20년대 중반부터 유행하기 시작한 신경향파와 민족주의적 문학의 조류에 어느 정도 발을 맞춘 것으로 보인다. 특히 관동대지진으로 인한 조선인 학살은 식민지 조선인으로서의 그의 정체성을 한층 자극하여 탐미적 자아를 억누르는 동인으로 작용하였던 것으로 판단된다.

---

34 "필자가 고인 在世時에 「선생의 대표작은 나의 침실로입니까?」 이렇게 물어본 일이 있었다. 그때 李相和氏는 「그 작품이 시인집에 실려 다니나 불쾌하다」 하면서 되려 「빼앗긴 들에도 봄은 오는가」와 「동경에서」를 더 아낀다고 말했다." 이문기, 「상화의 시와 시대의식」, 『무궁화』, 1948.4(이기철 편, 『이상화전집 : 빼앗긴 들에도 봄은 오는가』, 문장사, 1982, 77쪽에서 재인용)

35 양애경, 앞의 책, 255쪽.

그럼에도 이상화의 유미주의적 성향과 프랑스 상징주의에 대한 관심은 그의 민족주의 작품에서도 쉽게 사라지지 않았다. 죽을 때까지도 프랑스 시를 해석하는 저술을 남기고자 했던 시인의 의지가 이를 증명한다. 관동대지진 이후 시인은 민족주의적 태도를 고수하게 되었지만, 그런 가운데서도 그의 유미적, 탐미적 성향은 드러나고 있기 때문이다. 그의 또 다른 대표작 「빼앗긴 들에도 봄은 오는가」(1926.6)는 민족적 정체성과 탐미적 자아로 뒤섞인 텍스트의 혼란을 노출한다. 「빼앗긴 들에도 봄은 오는가」에서는 밭일과 집안일에 바쁜 구여성과 거리가 먼, 신여성의 육체가 묘사되고 있기 때문이다.

4. 이상화 시의 보편적 가치 : 남성 화자의 자기분열

이상화의 시에서 연애와 정사(情死)의 대상은 신여성이었다. 시인에게 구여성은 생활 속의 대상으로, 예술적 형상화의 대상으로는 성립할 수 없었다. 연애의 대상으로서 신여성의 기호는 민족의식이 형상화된 「빼앗긴 들에도 봄은 오는가」에서도 지속적으로 드러난다.[36]

> 지금은 남의 땅 — 빼앗긴 들에도 봄은 오는가? (1)
>
> 나는 온몸에 햇살을 받고,
> 푸른 하늘 푸른 들이 맞붙은 곳으로,

---

36 백기만은 이 시를 "항일의 선전포고"라고까지 해석했다. 백기만, 「작품과 고인(故人) : 이상화에 관하여」, 대구문인협회 편, 『이상화전집 : 빼앗긴 들에도 봄은 오는가』, 도서출판 그루, 1988, 281쪽.

가르마 같은 논길을 따라 꿈 속을 가듯 걸어만 간다.

입술을 다문 하늘아, 들아,
내 맘에는 나 혼자 온 것 같지를 않구나!
네가 끌었느냐, 누가 부르더냐. 답답워라. 말을 해다오.

바람은 내 귀에 속삭이며,
한 자국도 섰지 마라, 옷자락을 흔들고.
종다리는 울타리 너머 아씨같이 구름 뒤에서 반갑다 웃네.

고맙게 잘 자란 보리밭아,
간밤 자정이 넘어 내리던 고은 비로
너는 삼단 같은 머리를 감았구나. 내 머리조차 가뿐하다.

혼자라도 가쁘게나 가자.
마른 논을 안고 도는 착한 도랑이
젖먹이 달래는 노래를 하고, 제 혼자 어깨춤만 추고 가네.

나비, 제비야, 깝치지 마라.
맨드라미, 들마꽃에도 인사를 해야지.
아주까리기름을 바른 이가 지심 매던 그 들이라 다 보고 싶다.

내 손에 호미를 쥐어 다오.
살진 젖가슴과 같은 부드러운 이 흙을
발목이 시도록 밟아도 보고, 좋은 땀조차 흘리고 싶다.

강가에 나온 아이와 같이,
짬도 모르고 끝도 없이 닫는 내 혼아,
무엇을 찾느냐, 어디로 가느냐, 웃어웁다, 답을 하려무나.

나는 온몸에 풋내를 띠고,
푸른 웃음, 푸른 설움이 어우러진 사이로,
다리를 절며 하루를 걷는다. 아마도 봄 신령이 지폈나 보다.

그러나 지금은 — 들을 빼앗겨 봄조차 빼앗기겠네.

— 「빼앗긴 들에도 봄은 오는가」 전문

"아주까리기름"(19행)을 "삼단같은 머리"(13행)에 발라 머릿결을 정돈하고, 살지고 부드러운 "젖가슴"(21행)을 지닌 이 시에 나타난 여성은 시적 화자가 환상 속에서 꿈꾸는 신여성이다. 이 환상은 「나의 침실로」에서 표출된 '꿈 속'의 변주가 된다. 시적 화자가 타원형(U線)의 논길을 계속하여 걷고자 하고, 호미로 젖가슴과 같은 부드러운 흙을 다지는 모습에서 남녀 간의 육체적 결합이 연상된다. 신여성의 환상이 형상화되는 시기가 간밤 자정이 넘은 시각(12행)이었다는 사실에서 「나의 침실로」에서 보여준 밤(죽음)과 여성의 결합은 다시 등장했다. 「나의 침실로」에서 화자가 바람처럼 가볍게 오기를 갈구했지만 결국 오지 않았던 미지의 '아씨'는 "울타리 너머"(10행)에서 화자와 거리를 계속 유지하고 있는 것이다.

위 시에서 시적 화자가 신여성과 결합하고자 하는 장소는 "푸른 하늘 푸른 들이 맞붙은"(3행) 환상의 세계로, 햇살이 조명하는 이상적 죽음의 세계다. 그러나 이 시의 화자 역시 「나의 침실로」의 화자와 같이 사랑의 완성인 죽음에 다다를 수 없었다. "다리를 절며 하루를 걷는"(28행) 화자의 모습은 이상에 다다를 수 없는 좌절을 의미하여, 방향성을 상실한 자신을 자각하는 표현으로도 보인다. "그러나 지금은 — 들을 빼앗겨 봄조차 빼앗기겠네" 라는 시적 화자의 독백은 신여성과 정사(情死)로 완성할 합일의 공간을 상실했기에, 도래할 희망의 시간마저 상실할 수밖에 없는 안타까움의 발로로 해석된다. 이 시는 선행 연구에 의해 계급주의 이데올로기 혹은 신경향파를 넘은 민족주의 이데올로기로 해석되었다.[37] 대부분 유미주의와 무관한 시로 이를 해석한 것이다. 그러나 이 시를 「나의 침실로」와 연계하여 독해할 때, 남성 화자가 신여성과 합일하는 시간과 공간을 모두 상실한 탐미적 자기분열을 토로하는 텍스트로도 해석될 수 있을 것이다.[38]

즉, 「나의 침실로」뿐만 아니라 민족주의 경향의 시로 평가받는 「빼앗긴 들에도 봄은 오는가」에서도 시적 화자의 자기분열은 드러난다. 시적 화자는 그가 꿈꾸는 여성인 "마돈나" 그리고 "아씨"와의 합일을 이루지 못했다. 그는 다가가면 다가갈수록 거리감을 확인하고 있는데 이런 거리감의 자각은 이룰 수 없는 이상향에 대한 남성 화자의 과도한 낭만성으로 표출된다. 그 결과 이상화의 연애시는 마블이 카르페 디엠을 부르짖었던 유혹의 시나 보들레르가 금기를 파괴하는 욕망을 노래했던 시처럼 과도한 열정을 표출하고 있는 것이다. 이는 한 식민지 지식인이 좌절된 현실에 반응하는 것으로 유혹과 섹스 불가능성 사이에 놓인 마블의 화자나 마돈나를 향한 숭배와 파괴라는 양가감정에 빠진 보들레르의 화자와 상당히 유사한 분열 양상으로 전개되고 있다.

「나의 침실로」에서 시어 '마돈나'는 마지막 행에서 '나의 아씨'로 구체화되고, 이 아씨는 「빼앗긴 들에도 봄은 오는가」에서 이상향의 여인으로 다시 등장했다. 시적 화자의 연애가 현실적이고 구체화된 언어로 형상화되지

---

37 김용직은 『한국근대시사』에서 빼앗긴 들판의 심상은 "계급의 테두리를 벗어나 민족적 공감이 확보될 소지가 마련되어 있는 것"으로 보며, 이상화의 시가 프로문학의 좁은 울타리를 벗어났음을 천명한다. 김용직, 『한국근대시사』 下, 학연사, 2002, 76쪽; 김윤식, 『한국근대문학양식논고』, 아세아문화사, 1980, 27~26쪽 참고.

38 「빼앗긴 들에도 봄은 오는가」와 같은 해에 발표한 번역소설 폴 모랑(Paul Morand)의 「새로운 동무」(이상화 역, 『신여성』 27, 1926.2)에서도 한 여성의 사랑을 얻고자 또 다른 여성과 경쟁하는 한 남성 인물의 자기분열적 모습이 드러난다. 폴 모랑에 대한 이상화의 관심에서 그의 유미주의 성향이 지속되었음을 알 수 있다.

못하고 막연하고 강한 열정으로 표출되고 있음을 볼 때, 화자의 사랑이 성취될 수 없음이 암시된다. 그리고 이런 사랑의 불가능성에서 마블의 자가당착적 유혹, 보들레르의 금기의 파괴와 공통분모를 갖는 남성 시인의 자기분열이 드러난다.

이들 시인이 자기분열적 욕망을 노출했던 이유는 그들이 영위한 시대의식과 시인의 신념이 불일치했기 때문이다. 신념의 좌절은 과도한 사랑으로 표출되지만 그 사랑의 욕망 역시 분열된 것임을 알 수 있다. 이상화 시의 자기분열은 개인적 삶과 문단 사회에서 주도권을 놓치고 표류하는 현실에 대한 스스로의 혐오로부터 출발했다. 시인은 연인 유보화의 죽음으로 사랑에 실패하였고 문단 생활을 포기하고 귀향한 뒤 자기분열은 가속화되었다. 그의 후기 시 「역천」(1935)에 보이는 화자 '나비,' 그리고 '별'과 '달' 사이의 아득한 거리는 하늘을 거스르지 못하고 현실의 흐름에 이끌려 다닌 화자의 자괴감을 의미한다. 하늘이 사람을 배반하고 사람이 하늘을 배반하는 분열된 현실은 다름 아닌 그의 뒤틀린 자아를 드러낸 것으로, 사랑과 문단에서의 좌절은 '안개' 속으로의 돌진(「나의 침실로」, 1923)에서부터 '절름발이'(「빼앗긴 들에도 봄은 오는가」, 1926)에 이어 '벙어리'(「역천」, 1935)에 다다르기까지 점차 불구로 변모해가는 시인 자신의 모습을 비추고 있다. 현실과 이상 간의 괴리를 극복하지 못하고 삶을 마감했던 한 시인의 모습에서 자기분열은 지속적으로 감지된다. 이러한 분열된 자아에서 「그의 수줍은 연인에게」, 「어느 마돈나에게」와 비교할 수 있는 등가적 가치가 비로소 확보되는 것이다.

5. 나가며

이 글은 「나의 침실로」와 관련된 선행 비교문학 연구를 검토하여, 기존 연구의 의미를 점검하고 비교문학이 나아갈 지평을 논의하였다. 송욱과 김춘수가 수행한 「나의 침실로」와 「그의 수즙은 연인에게」의 비교 연구는 「나의 침실로」를 연애시의 미달태로 인식하는 서구 중심주의적 시각을 노출하였다. 조영복과 김학동이 수행한 「나의 침실로」와 「어느 마돈나에게」의 비교 연구는 「나의 침실로」의 난해한 어구의 의미를 밝히는 데 기여하였지만, 비교의 가치를 의미화하지 못하는 아쉬움을 노출했다. 이 글은 「나의 침실로」, 「그의 수줍은 연인에게」, 「어느 마돈나에게」의 시 텍스트를 꼼꼼히 읽어가며 세 텍스트의 공통분모에 남성 지식인의 자기분열이 놓여 있음을 밝히고자 하였다. 「나의 침실로」에서 나타난 구여성과 신여성 사이에 낀 남성 화자의 분열은 「그의 수줍은 연인에게」에서 사랑의 성취와 불가능 사이를 저울질하는 분열적 자아와 소통하며, 「어느 마돈나에게」에서 성스러운 여성을 향한 숭배와 파괴를 동시에 노출하는 분열적 자아와도 마주하는 지점을 갖는다. 더구나 「나의 침실로」에 나타나는 남성 화자의 분열은 시인 스스로 대표작으로 뽑은 「빼앗긴 들에도 봄은 오는가」에서도 되풀이되고 있기에, 이상화의 시세계에서 자아의 자기분열은 주요한 화두가 될 수 있다.

이상화, 앤드루 마블, 보들레르를 이어주는 남성 지식인의 자기분열은 시간과 공간의 차이를 넘어 인간의 보편적 자아를 논의하는 비교문학의 주제 가운데 하나이다. 남성 중심주의적 사회에서 남성 화자의 분열된 사랑의 욕망은 관계의 불가능성을 노출하였다. 세 작품은 가부장적 사회의 남성 화자가 타자와 진실된 사랑을 성취하는 일이 얼마나 어려운 문제인지를 새삼스레 일깨워준다. 이상화의 시를 비교의 거시적 시각으로 조명하였을 때, 다른 국민문학의 독자들도 공감할 수 있는 남성 지식인의 분열된 정체성을 확인할 수 있으며 가부장적 사회에 관한 비판적 이해에도 다다를 수 있을 것이다.

김소월의 시에 나타난 여성성의 의미

1. 들어가며

김소월(1902~1934)의 시세계에 나타난 여성적 목소리에 관한 관심은 상당히 이른 시기부터 문제가 제기되었다. 왜 남성 시인이 여성적 목소리를 내느냐는, 미분화된 성차에 입각한 질문이었던 것이다. 사실 남성 시인이 구현하는 여성적 목소리는 의외로 자주 등장한다. 대표적으로 송강 정철은 「사미인곡」에서 여성적 목소리를 효과적으로 활용하여 연군지정을 표현하였다. 정인숙은 「사미인곡」에 나타난 여성적 목소리를 분석하는 글에서 남성 시인이 구현하는 여성적 목소리 연구가 고전문학 연구를 넘어 현대문학 연구에서도 활발히 수행되어야 할 필요성을 역설했다. "앞으로는 특히 김소월의 작품처럼 '여성주의' 혹은 '여류정감'을 표방하는 근대 문학작품들과 연관하여 폭넓게 전개되어야 하리라 생각한다"며, 그는 남성 시인이 여성적 목소리로 발화하는 현상을 살피는 문제에서 현대시 연구도 예외가 아니라는 입장을 표명한다. 이런 여성적 목소리에 대한 문제의식은 그가 번역한 엘리자베스 하비의 『복화술의 목소리(*Ventriloquized Voices*)』(1995)에서 비

롯되었다.[1]

하비는 『복화술의 목소리』에서 르네상스 시기 영미 시단에서 남성 시인들이 왜 '여성의 목소리'[2]로 바꾸어 말하고 있는가에 관해 질문을 던진다. 하비는 이를 가부장제 질서 속 젠더의 문제로 파악하여 남성 시인들이 시적 화자를 통해 여성의 목소리를 내는 것을 기존 가부장적 질서를 유지하기 위함으로 결론지었다. 나아가 저자는 뤼스 이리가라이(Luce Irigaray)를 비롯한 프랑스 페미니스트들이 진단한 남성 시인의 복화술의 의미를 설명한다. 저자는 남성 시인들이 여성을 주변적인 은유적 지위에 감금시켜왔던 언어와 문화적인 어휘들을 심문하고 해체한다.[3]

하비가 다룬 르네상스 시기 영국의 남성 시인들과 달리, 김소월의 시세계 전반이 가부장적 질서를 유지하기 위한 목적이 있다고 말할 수 없다. 그 이유로는 시인의 전기적인 요소와 시어 기호에 나타난 그의 문학세계에서 찾아볼 수 있다. 김소월의 인간관계에서 주목할 점은 그의 주변에 김소월의 시세계에 영향을 미친 여성들이 많았다는 것이다. 김소월과 가까웠던 관계로 보이는 숙모 계희영의 회고를 돌아본다면 김소월의 삶에서 가부장적 의식이 발휘된 일화는 찾기 힘들다. 김소월이 숙모 계희영과 아내 홍단실을 배려하는 모습을 볼 때, 그리고 가모장의 지도 아래 운영된 그의 집안 환경을 고려할 때,[4] 가부장제의 후계자로서 장남 김소월의 모습은 드러나

---

1 정인숙, 「남성작 여성화자 시가에 나타난 목소리의 의미 – '복화술의 목소리' 이론에 의한 비교 검토를 중심으로」, 『한국문학이론과 비평』 21권, 한국문학이론과비평학회, 2003, 112쪽.

2 여성의 목소리는 말하기의 비유(metaphor of speaking)를 의미한다. 엘리자베스 D. 하비, 『복화술의 목소리』, 정인숙 · 고현숙 · 박연성 역, 문학동네, 2006, 14쪽 참조.

3 위의 책, 282쪽 참조; 루스 이리가레이와 관련해서는 토릴 모이, 『성과 텍스트의 정치학』, 임옥희 · 이명호 · 정경심 역, 한신문화사, 1994, 149~176쪽 참고.

4 김소월의 조부는 금광 관련 일로 서울에 출타하여 집(평안북도 정주군 곽산면 남산리)

지 않는다. 나아가 그의 시어 활용이나 산문이 상당히 부드러운 어조로 이루어지고 있다는 점[5]에서도 여성을 타자화하는 시어를 사용하는 동시대의 가부장적 성향을 드러내는 시인들과는 상당한 거리가 있음을 알 수 있다. 김소월의 시론 「시혼」(1925.5) 역시 김억의 비평에 대한 반박의 구도를 띠고 있음에도 이지적인 비평적 언어로 구성되기보다는 부드러운 자기반성적인 언어로 서술되어 있다. 그의 시어가 지닌 부드러움과 3마디 리듬의 창조에서 가부장적 질서가 공고화된 세계와는 다른, 김소월의 시세계를 인식할 수 있다. 그렇다면 김소월이 꿈꾸었던 세계는 어떤 질서로 이루어진 세계였던 것일까? 왜 이 남성 시인은 여성적 목소리를 내고 있다고 평가되었던 것일까?

선행 연구는 김소월 시에 나타난 여성성의 문제를 나름의 관점에서 설명하려고 노력했다. 김열규는 "…하여요," "…이어요" 등을 여성운(女性韻)으로 설명하고 이런 여성운이 김소월의 시에 현저히 드러난다고 주장한다. 김윤식은 김소월의 「님의 노래」에 나타나는 리듬을 여성운이라 할 수 있으나, 다분히 동요적 리듬 일반에서 오는 유아성(幼兒性)이 더 짙다고 판단한다.[6] 유종호는 소월 시의 여성성을 근대시사의 큰 틀에서 바라본다. "소월 시에서 보게 되는 여성성이 사실은 서정시의 본래적 성격의 일부이기도 하

를 거의 비웠다고 한다. 계희영, 『藥山 진달래는 우련 붉어라 : 金素月의 生涯』, 文學世界社, 1982, 222쪽 참고.

5 일례로 그의 대표작 「진달래꽃」의 시어 기호 '즈려'를 둘러싼 논쟁을 생각해볼 수 있다. 몇몇 논자는 '즈려'를 힘주어 밟는 동작으로 해석한다. 김인환은 "가볍게라는 뜻의 부사인 사뿐히와 힘주어라는 뜻의 부사인 즈려가 붙어 있다는 데 이 시의 역설이 있다"고 보아 즈려를 억센 악센트가 담긴 표현으로 인지한다. 그러나 시어 기호 "즈려"가 힘주어 밟고의 의미로 보기 어려운 이유는 시인이 지닌 부드러운 여성적 어조 때문이다. 김소월, 『진달래꽃』, 김인환 편, Human & Books, 2011, 180쪽.

6 김윤식, 「한국시의 여성적 경향」, 『근대 한국문학 연구』, 일지사, 1972, 470쪽.

고 그의 시가 갖는 명시적 이념 표현의 경원과 연관되는 것임을 첨가할 필요가 있을 것이다"[7]라며, 그는 이데올로기(이념)을 남성적인 것으로, 이데올로기를 경원하는 자세를 여성적인 것으로 해석한다. 이러한 관점은 근대 이데올로기를 남성성으로 바라보며 남성성이 무엇을 은폐하고자 하며 왜곡하고 있는지를 묻는 리타 펠스키의 저작과 상당 부분 맥락을 함께하고 있다.[8] 펠스키는 『근대성의 젠더』에서 근대 이데올로기를 이끌어간 주축을 남성성으로 보고 있고, 이에 대항하는 세력을 여성성으로 간주하여 근대성과 여성성의 관계성을 탐색했다.

문혜원은 "소월의 시에 나타나는 여성성은 남성인 주체가 자신의 성별과는 반대되는 타인인 여성이 아니라 시인이 내면에 감추어져 있는 타자성이다"라며, "타자성을 날 때부터 내 안에 자리 잡고 있는 마음속의 사람"으로 설명한다.[9] 이러한 관점은 시인과 텍스트를 구분하여 텍스트의 성별을 내면에 잠재된 타자성의 원리로 문제 삼고 있는 것이다. 서지영은 김소월 시의 여성 화자를 다음과 같이 설명한다.

> 내면의 균열을 이성의 논리로 봉합하기보다는 결핍과 상실을 있는 그대로 노출하는 김소월의 시에서 여성성은 중심에 정착하지 못하고 흐느끼며 한없이 떠도는 타자성의 기표로 차용되며, 세계와(님과의) 존재론적 합일(또는 자아 내부의 상처의 복원)이 불가능한 부재(不在)의 존재로 의미화된다.[10]

7 유종호, 『한국근대시사 : 1920~1945』, 민음사, 2011, 93쪽.

8 리타 펠스키, 『근대성의 젠더』, 김영찬 · 심진경 역, 자음과모음, 2010.

9 문혜원, 「김소월 시의 여성성에 대한 고찰」, 『한국시학연구』 No.2, 한국시학회, 1999, 95쪽.

10 서지영, 「근대시의 서정성과 여성성」, 『한국근대문학연구』 No.13, 한국근대문학회, 2006, 53쪽.

서지영은 김소월 시에 나타난 여성성을 중심에 위치하지 못한 주변에 대한 지향으로 인식했다. 주변적인 존재는 표류하며 떠도는 기표이다. 이러한 인식은 서지영이 여성성을 영미 페미니즘의 실천적인 관점에서 인지하기보다는, 크리스테바를 비롯한 프랑스 페미니즘의 조류에서 받아들이고 있다는 점을 보여준다. 크리스테바는 "나는 여성을 재현될 수 없는 존재, 말해지지 않는 존재, 이름짓기와 이데올로기 바깥에 남아 있는 존재로 이해한다"고 설명한다.[11] 크리스테바는 여성을 잉여적 존재로 간주하면서도 동시에 남성과 여성 간의 이분법적 성차를 부인하는 태도로 인해 실천을 중시하는 여성해방론자들에게 많은 비판을 받았다. 그러나 비재현의 언어나 여성의 발화 불가능성에 대한 그녀의 고찰은 김소월 시 언어의 해석과 관련하여 많은 도움을 준다. 김소월의 시는 중심에 정착하지 못하는 유랑을 테마로 한 작품이 상당수를 이룬다. 그의 시에는 전반적으로 안정된 삶을 억누르는 억압의 기제가 강하며 시적 화자는 이를 극복, 초월하고자 하기보다는 받아들이고 인내하고자 한다. 예를 들어 시 「삼수갑산」의 시적 화자는 삼수갑산 중앙부에 갇혀 오도가도 못 하게 된 신세로 비추어진다. 그러나 그는 삼수갑산과 같은 극한의 상황을 벗어나고자 하는 구체적인 노력을 보여주거나 초극하려는 의지를 표명하는 대신, 그 안에서 인내하며 참는 삶을 택한다. 이러한 인내하는 화자의 목소리는 여성적인 특성과 연계된다.

젠더와 관련된 여성적 글쓰기에서 여성적 목소리란 발화하는 시인이나 시적 화자의 생물학적 성별이 중심을 이루는 것은 아니다. 시 「진달래꽃」에서 나 보기가 역겨워 가시는 님이 여성인지, 남성인지는 쉽게 파악할 수 없다. 그럼에도 기존의 몇몇 연구는 김소월 시의 여성성을 유교적 가부장

---

11 토릴 모이, 앞의 책, 192쪽에서 재인용.

적 질서 속의 이분법적 성차의 문제로 다루었고 이에 대해 온전한 해명이 이루어졌다고 볼 수 없다.

이 글은 김소월의 시 텍스트에 나타난 젠더 문제를 재고할 것이다. 남성 시인들의 텍스트 속에서 여성은 다양한 형태로 형상화되고 있는데, 김소월 시처럼 여성적이라는 레테르가 붙은 남성 시인의 작품은 상당히 드문 편이다. 본론에서는 김소월의 시를 과연 여성적인 시로 볼 수 있는지 기존 평가에 깔린 전제들을 검토하려 한다. 기존 주장이 언급한 것처럼 「진달래꽃」을 비롯한 김소월의 몇몇 시가 여성적인 정감을 전경화하고 있다면, 그 이유는 무엇인지, 시인의 성별을 지우고 시 텍스트가 보여주는 젠더의 중층적 층위를 살펴보고자 한다.

2. 김소월의 시세계에 나타난 페르소나

김소월의 시세계에는 남성적 목소리와 여성적 목소리가 함께 드러난다. 김소월의 시에는 때로는 남성적인 목소리가, 때로는 여성적인 목소리가 짙게 드러난다. 몇몇 연구는 대표작으로 자리매김한 「진달래꽃」의 시적 화자를 여성으로 바라봄으로써 그의 시세계를 남성, 여성의 이분법적 시선으로 이해하는 결과를 낳았다. 김인환의 다음과 같은 설명은 이러한 견해의 한 예시가 된다. "남자의 발에 즈려 밟혀 으깨지는 꽃을 여자라고 보아야 이별이 곧 죽음이라는 이 시의 가정법이 살아난다"는 설명과 같은 것이 그 예시이다.[12] 동서를 막론하고 문학사에서 꽃의 비유는 여성을 비유하는 경우가 많았던 것이 사실이다.

12 김소월, 『진달래꽃』, 김인환 편, 180쪽.

나아가 김동리, 서정주, 천이두, 오세영 등의 기존 연구[13]는 김소월의 시 세계를 정한의 정서를 형상화하는 것으로 설명한다. 천이두에 따르면 "김소월의 시의 기본적 모티프는 임의 상실에서 연유되는 한탄이기 때문이며, 그러한 한탄은 한국적 한의 일면의 속성을 전형적으로 표상하고 있기 때문"이라는 것이다.[14] 여기서 상실된 임을 남성으로 보는 시각을 고려한다면, 김소월 시에 나타난 시적 화자는 여성이 된다는 것이다. 이는 성 정치학이 식민지 정치학으로 환원되는 모습을 보여준다.

김소월을 한의 시인으로 바라보게 하는 데에는 그를 소개하는 데 앞장선 스승이자 선배시인 김억의 「요절한 박행시인 김소월에 대한 추억」(1935.1.24)을 빼놓을 수 없다.[15] 그는 김소월이 지닌 이지적 성격을 언급했지만, 이 글은 김소월을 한의 시인으로 자리매김하게 하는 시발점이 되었다. 그러나 김소월의 시에 나타난 다양한 페르소나를 고려한다면, 김소월을 한의 시인으로 호명하는 것은 일면만을 이해한 것으로 평가된다.[16]

김소월의 문학세계에서 남성 화자의 시는 다수 보인다. 아래 시의 화자 '나'는 "그 계집"이라는 시어에서 보듯이 여성을 관찰하는 남성이다.

> 불빛에 떠오르는 새뽀얀 얼굴,
> 그 얼굴이 보내는 호젓한 냄새,
> 오고가는 입술의 주고받는 잔(盞),

---

13 김동리, 『김동리 전집 7. 평론 : 문학과 인간』, 민음사, 1997, 39~45쪽; 서정주, 『미당 서정주 전집 13 : 시론』, 은행나무, 2017, 75~179쪽; 오세영, 『한국현대시 분석적 읽기』, 고려대학교 출판부, 2004, 26~29쪽 참조.

14 천이두, 『한의 구조 연구』, 문학과지성사, 1993, 58쪽.

15 김억, 「김소월의 추억」, 『김억 평론선집』, 김진희 편, 지식을만드는지식, 2015, 25~49쪽.

16 신범순은 김소월의 몇몇 시들을 이상주의적 경향의 작품들로 해석한다. 이러한 관점은 한(恨)의 시인으로 김소월 시세계를 국한시키는 기존 연구와 거리를 둔다. 신범순, 『노래의 상상계』, 서울대학교 출판문화원, 2011, 310~311쪽.

가느스름한 손길은 아른대여라.

검으스러하면서도 붉으스러한
어렴풋하면서도 다시 분명(分明)한
줄 그늘 위에 그대의 목소리,
달빛이 수풀 위를 떠 흐르는가.

그대하고 나하고 또는 그 계집
밤에 노는 세 사람, 밤의 세 사람,
다시금 술잔 위의 긴 봄밤은
소리도 없이 창(窓) 밖으로 새여 빠져라

— 김소월, 「분얼굴」 전문

이 시에서 시적 화자인 '나'와 '그대'의 성은 남성으로 보인다. 두 남성과 한 여성으로 이루어진 세 사람은 어느 봄밤에 술잔을 돌리며 정담을 나누는 모습이다. 이 시는 시각적 이미지가 주를 이루는데 제목 「분얼굴」에 나타난 '분'은 여러 측면으로 해석이 가능하다. 검으스름하거나 붉으스럼하다는, 어렴풋하면서도 다시 분명하다는 표현은 화장이 주는 색채 감각을 그려낸 것이며 이 색채 감각은 봄밤의 음영에 투영되어 불명확한 느낌을 자아낸다. 투명한 술잔에 비추어지는 다양한 색감은 이 시를 상당히 애매모호한 이미지의 합성으로 이끌며, 이는 마지막 연에서 세 번이나 반복되는 '밤'의 검은 이미지로 종합되는 모습을 보인다. 우리는 시어 "밤에 놀다"(10행)의 의미에 주목할 필요가 있는데, 이 시어는 에로틱한 이미지를 자아낸다. 가느스름한 손길이 아른대는 모양은 촉각 이미지를 통해 에로티시즘을 자아내며, 수풀 위로 흐르는 달빛은 태양과 대비되는 음의 이치로 음양의 결합을 암시한다. 기나긴 봄밤이 조그마한 창의 틈 속으로 새어나가 소멸되는 시간의 왜곡은 에로티시즘의 진폭(공간)이 시간을 통제하는 모습마저 보여준다. 세 사람 간의 성적 긴장감이 팽팽하게 유지하고 있는 점도 이 시의 장점으로 보인다. 에로티시즘의 환기는 시 「여자의 냄새」에서도 부각된다. 「여자의 냄새」에서는 여성성이 지닌 복합적이며 중층적인 뉘앙스가 한층 강조되어 있다.

> 푸른 구름의 옷 입은 달의 냄새.
> 붉은 구름의 옷 입은 해의 냄새.
> 아니, 땀 냄새, 때묻은 냄새,
> 비에 맞아 추거운 살과 옷 냄새.
>
> 푸른 바다…… 어즈리는 배……
> 보드라운 그리운 어떤 목숨의
> 조그마한 푸릇한 그무러진 영(靈)
> 어우러져 비끼는 살의 아우성……
>
> 다시는 장사(葬事) 지나간 숲속의 냄새.
> 유령(幽靈) 실은 널뛰는 뱃간의 냄새.
> 생고기의 바다의 냄새.
> 늦은 봄의 하늘을 떠도는 냄새.
>
> 모래 둔덕 바람은 그물 안개를 불고
> 먼 거리의 불빛은 달 저녁을 울어라.
> 냄새 많은 그 몸이 좋습니다.
> 냄새 많은 그 몸이 좋습니다.
>
> — 김소월, 「여자의 냄새」 전문

앞선 시 「분얼굴」이 시각적인 이미지가 주가 되는 에로티시즘을 자아냈다면, 시 「여자의 냄새」는 후각적인 면에서 에로티시즘을 자아낸다. 이 시에서 에로티시즘은 단지 섹슈얼리티(sexuality)의 의미만을 가지는 것이 아니라, 삶을 전반적으로 관조하는 생명력의 범주로 치환될 수 있다. 이 시에서 여성은 푸르기도 하고 붉기도 하다. 나아가 해로도, 달로도 비유되기도 한다. 바다와 하늘의 냄새를 모두 가진 여인이기도 하다. 여인이 뿜어내는 냄새는 땀을 흘리고, 비에 맞으며, 배설하고, 매달 월경을 하는 물질적이며 전방위적인 자연 자체의 냄새이다. 시인은 음과 양으로 구분되는 여성과 남성의 고착된 위치를 전복한다.

시적 화자는 "냄새 많은 그 몸이 좋습니다"라고 이야기한다. 마치 어린 아이가 어머니의 젖 냄새를 본능적으로 기억하듯이, 시적 화자에게 여자의 냄새는 우리 자신에 존재하는, 인간 본연이 풍기는 냄새인 것이다. 따라서 시적 화자는 여자가 발산하는 냄새가 도대체 어떤 냄새인지를 규정하고, 구분짓고, 분석하기보다는 개인적 선호의 문제로 받아들인다. 이는 그가 「시혼」에서 "나는 봄의 달밤에 듣는 꾀꼬리의 노래 또는 물노래에서나, 가을의 서리찬 새벽 울리는 실솔의 울음에서나, 비록 완상하는 사람에조차 그 소호(所好)는 다를는지 모르나, 모두 그의 특유한 음영의 미적 가치에 있어서는 결코 우열이 없다고 합니다"와 같이 논의했던 것과 유사한 맥락에서 파악된다.[17] 김소월의 문학세계는 우열에 입각한 글쓰기가 아니라 개별적인 가치를 인정하는 글쓰기이다.

혹자는 시인의 전기적인 문제로 이러한 여성 선호 현상을 설명하기도 한다.[18] 그러나 김소월의 시를, 명확히 알려지지 않은 시인의 삶으로 규정하

---

17 권영민 편, 『한국의 문학비평 1 : 1896~1945』, 민음사, 1995, 217쪽.

18 "素月은 유아기에 어떤 정신적인 요인들에 의해서 자기가 女子로 태어났었으면 하는 생각에 휩싸인다. 그것은 나이 들면서 무의식 속에 파묻히게 되어 그가 사랑하는 여인과 헤어져야만 하게 되었을 때에도 자기가 女子였다면 그 연인과는 이별할 필요가 없다는 女性化의 心性이 굳혀진다. 그리하여 헤어진 후에도 자기가 헤어짐을 당하게 했던 그 여인과 정신적인 일체감(=동일화 : Identification)이 되어, 그녀가 받게 되었던

기란 불확실한 해석이 될 소지가 높아 보인다. 만약 "자기가 女子였다면 그 연인과는 이별할 필요가 없다는 女性化의 心性",[19] 즉 여성과의 동일성 담론으로 시를 해석한다면, 남성적 목소리를 뚜렷하게 드러내는 다른 시들과 부딪히게 된다. 화장한 얼굴을 옆에서 묘사하며, 여자의 그 냄새가 좋다는 화자는 여성이기보다는 남성 화자에 가깝기 때문이다. 또한 「산」과 같은 시에서는 사나이라는 기호로 시적 화자의 남성적 목소리가 뚜렷이 나타난다.

> 불귀(不歸), 불귀(不歸), 다시불귀(不歸),
> 삼수갑산(三水甲山)에 다시불귀(不歸).
> 사나희 속이라 닞으련만,
> 십오년(十五年) 정분을 못잊겠네.
>
> 산에는 오는 눈, 들에는 녹는 눈
> 산(山)새도 오리나무
> 우헤서 운다.
> 삼수갑산(三水甲山) 가는길은 고개의길
>
> — 김소월, 「산」 부분

이 시에서 "사나희(사나이)"는 오랜 시간 쌓아올린 정분을 잊어야만 하는 존재이다. 이 사나이가 현재 위치한 산은 눈이 오는 추운 공간이지만, 고향으로 표상되는 따뜻한 들, 눈이 녹는 들로 시적 화자는 되돌아가려 하지 않는다. 이는 돌아가더라도 별다른 의미가 없음을 시적 화자가 인지하고 있기 때문이다. 따라서 이 시에서 산은 양가적 공간으로 보인다. 시적 화자는

모든 사랑의 슬픔과 恨을 대신해서(=displacement) 읊어주는 것이 바로 素月의 詩요, 〈임〉의 內面세계인 것이다." 김대규 · 김학동 편, 『김소월』, 서강대학교 출판부, 1995, 74쪽.

19 김대규 · 김학동 편, 위의 책, 74쪽.

현재 산 위, 삼수갑산에 위치해 있다. 그는 때때로 고개를 돌려 눈이 녹는 들판을 바라보기도 하지만, 들로는 가려하지 않고 산에서 눈을 맞고 있다.

시적 화자가 삼수갑산으로 홀로 길을 떠났던 이유는 사랑에 실패하여 홀로 남았기 때문이다. 그는 현실을 잊고자 하여 산으로 떠나는데, 공동체가 형성되는 '들'이 아닌 '산'은 홀로 된 화자가 머무를 수 있는 최적의 공간이다. 산에 위치한 시적 화자는 돌아갈 생각을 할 필요가 없고, 십오 년간 쌓아올린 정분도 잊을 수 있다. 뿐만 아니라, 아무도 방문하지 않는 공간에서 철저한 고독을 느낄 수 있다. 산은 그가 지향하는 이상적 세계와는 거리가 멀다. 오히려 들이 일상적이면서도 이상적 공간이었을 것이다. 그가 이상적 세계를 포기하는 마음가짐을 지닐 때 이처럼 홀로 (아무도 찾을 수 없는) 고독의 공간인 산으로 올라간다. 「산」은 홀로 된다는 것의 의미를 보여주는 작품이다.

김소월의 시는 '산'을 고독과 이에 뒤따르는 죽음을 비유하는 공간으로 설정한다. 일례로 그는 「시혼」(1925.5)에서 "삶을 좀 더 멀리 한, 죽음에 가까운 산마루에 서서야 비로소 삶의 아름다운 빨래한 옷이 생명의 봄두덩에 나부끼는 것을 볼 수도 있습니다"라며 산을 죽음에 가까운 공간으로 인식한다.[20] 공동체에서 떨어진 산은 죽음에 가까운 곳이며 이 산 위에 섰을 때 비로소 공동체의 아름다움을 인식할 수 있다는 설명이다. 이처럼 자연과 인간 간의 거리감은 김소월의 시세계를 이해하는 데 필수적인 제재로 작용한다.

김소월은 『배재』 3호에 예이츠의 시 「He wishes for the Cloths of Heaven」을 번역없이 원문 그대로 수록했다.[21] 1920년대 식민지 조선에서 다수에 걸

---

20 권영민 편, 앞의 책, 211쪽.

21 심선옥, 「김소월의 문학 체험과 시적 영향」, 『한국문학이론과 비평』 Vol.15, 2002, 251쪽 참조.

쳐 번역된 이 시로 김소월과 W.B. 예이츠는 자주 비교된다. 그러나 예이츠의 시는 김소월의 시와 달리 사람 간의 거리감, 자연과 인간과의 거리를 형상화하는데 집중하지 않는다. 그의 시는 김소월의 언어를 빌린다면 들(아일랜드 공동체)을 지향한다. 나아가 김소월 시에 보이는 여성의 일상적 목소리와는 달리 예이츠의 초기 시에서 여성은 성스러운 존재로 묘사되며, 그 성스러운 여성은 아일랜드 대지를 상징하는 경우가 많다. 「그는 하늘의 옷감을 소망한다(He wishes for the Cloths of Heaven)」[22]에서 '하늘 혹은 천국'(Heaven)이란 공간은 푸르스름한 아일랜드의 대지를 연상시킨다.[23]

> Had I the heavens' embroidered cloths,
> Enwrought with golden and silver light,
> The blue and the dim and the dark cloths
> Of night and light and the half-light,
> I would spread the cloths under your feet:
> But I, being poor, have only my dreams;
> I have spread my dreams under your feet;
> Tread softly because you tread on my dreams.
>
> — W.B. Yeats, 「He wishes for the Cloths of Heaven」[24]

22 김억, 『오뇌의 무도』, 조선도서주식회사, 1921, 145쪽.

23 김소월이 『오뇌의 무도』(1921)에 실린 김억의 번역시를 기술하지 않고 원문 그대로 적시한 점이 상당히 이채롭다. 이는 그가 김억의 번역관과는 사뭇 다른 관점을 지니고 있다는 사실을 보여준다. 번역을 거부하고 원문 그대로를 실음으로써 그는 번역을 통해 2차적으로 파생될 수 있는 담론을 원천적으로 차단하는 모습을 보여준다. 김소월에 대한 김억의 회고를 돌이켜보아도, 김소월은 번역된 말 이전 원어의 감수성에 상당히 민감한 모습을 보여주었다. 김억, 「思故友－素月의 豫感」, 『국도신문』, 국도신문사, 1949.11.15.

24 W.B. Yeats, *The Collected Poems of W. B. Yeats*, 1899, p.81.

이 시에서 "heaven"(1행)은 신성함의 의미를 지니기에, 하늘에서 수놓아진 옷감은 당연히 신성한 사물일 것이다. 범신론적 신성이든 종교적 신성이든, 예이츠 시에 나타난 자연 "heaven"은 김소월의 시에 나타난 하늘과는 그 결이 상당 부분 다르다. 김소월이 구사하는 시어 '하늘'은 일상적인 의미 이상을 넘어서지 않는다.[25] "하늘과 땅 사이에"와 같은 일상적인 쓰임새가 주를 이루는 것이다.[26]

「그는 하늘의 옷감을 소망한다」에서 5행 이후에 등장하는 "you"는 제목에 있는 남성 지시대명사 "he"를 고려한다면 신성(heaven)과 결합된 여성일 것이다. 그 성스러운 여성적 존재가 가난한 시인이 지닌 유일한 소유물이라고 할 수 있는 꿈을 밟고 지나갈 일은 매우 드문 일일 것이다. 이에 반해 김소월의 시가 지닌 일상성은 그의 시를 종교적 색채와 거리를 두게 한다. 님은 "나 보기가 역겨워" 나를 떠나는데, '역겨워'라는 시어 기호는 종교와는 거리가 먼 구어체 표현이다. 「진달래꽃」은 예이츠의 시와 마찬가지로 사랑하는 존재가 나를 쉽게 떠날 리 없다는 전제를 깔고 있는데, 그 역설을 극대화하는 시어로서 사랑의 소중함을 의미하는 "영변에 약산 진달래꽃"이라는 객관적 상관물(correlative object)이 제시되었다. 당대의 문맥상 꽃이 비유하는 대상은 여성에 가깝기에, 꽃을 밟을 수 있는 대상은 남성이 될 확률이 높다고 기존 평론가들은 전제했다. 그렇지만 시인이 시집 『진달래꽃』에 수록한 다른 작품 「꿈꾼 그 옛날」, 「기억」, 「부부」, 「여자의 냄새」, 「분얼굴」, 「널」, 「산」 등과 달리, 젠더를 명확히 이 시에 적시하지 않은 이유를 생각해 볼 필요가 있다. '님'은 남성이고 '나'는 여성 혹은 그 반대의 구도를

25 시 「하늘 끝」, 「여자의 냄새」, 「만나려는 심사(心思)」, 「맘에 있는 말이라고 다할까 보냐」, 「밭고랑 우에서」, 「초혼」, 「돈과 밥과 맘과 들」, 「고향」 등의 시를 보더라도 하늘은 일상적 의미를 지니지, 종교적 · 초월적 의미를 찾을 수 없다.

26 김소월, 「묵념」, 『진달래꽃』, 김인환 편, 59쪽.

설정하는 이분법적 상상력은 「진달래꽃」의 해석에서 과연 요긴한 것인지 의문시된다.

남녀의 이분법적 구도와 달리 시 「진달래꽃」에서 주목할 시어는 "죽어도"인 것으로 보인다. 김소월의 시에서 양성이 함께할 수 없음은 죽음의 가정법으로 귀결된다. 앞서 언급한 「꿈꾼 그 옛날」, 「기억」, 「부부」, 「여자의 냄새」, 「분얼굴」, 「널」, 「산」과 같은 시에서 죽음을 가정하는 표현이 등장하지 않는다. 두 성이 공존하고 있는 경우에 생명의 성취를 얻고 있는 것이다. 그의 시에서 죽음은 대표적인 주제인데, 시적 화자가 산이라는 고립적 공간에 혼자 남겨질 때 죽음의 모티프가 발현되는 경우가 많다.[27] 「진달래꽃」의 마지막 연은 죽음의 기호를 직접 드러낸다.

나 보기가 역겨워
가실 때에는
죽어도 아니 눈물 흘리우리다

시적 화자는 이별의 절박함을 죽음의 가정법을 통해 고백하는 방식으로 표현한다. 독자는 죽음을 비유적 언어로 가져온 화자의 절박한 심정에 공감하여 이 대목을 주목하게 된다. 즉 이별은 죽음을 가정하는 상태이다. 이에 반해, 양성이 함께하며 그 공존의 시간이 가능할 때, 김소월의 시는 희망의 메시지를 품게 된다. 「부부」, 「밭고랑 위에서」 등의 시가 대표적인 예시가 된다.

---

27 시 「금잔디」 등에서 이러한 모티프가 발현된다.

3. 김소월의 시에 나타난 고립된 성과 죽음의 모티프

김소월의 시에서 양성의 공존은 일상적 삶의 행복이 된다. 양성의 공존이 깨질 때 죽음의 모티프가 등장한다. 물론 양성의 공존은 상당히 다양한 방식으로 나타난다.[28] 결혼과 같은 제도적인 측면에서의 양성의 공존은 다소 부정적으로 형상화되는 경향을 보이기도 하지만, 전반적으로 일상적 삶의 기쁨과 관련되어 있다.

오오 아내여, 나의 사랑!
하늘이 묶어 준 짝이라고
믿고 삶이 마땅치 아니한가.
아직 다시 그러랴, 안 그러랴?
이상하고 별난 사람의 맘,
저 몰라라, **참인지, 거짓인지?**
정분으로 얽은 딴 두 몸이라면.
서로 어그점인들 또 있으랴.
한평생이라도 반백 년
못 사는 이 인생에!
연분의 긴 실이 **그 무엇이랴?**
나는 말하려노라. 아무러나.
죽어서도 한 곳에 묻히더라.

— 김소월, 「부부」 전문(인용자 강조)

이 시에서도 절박한 심정을 나타나는 기호인 죽음은 빠지지 않는다. 마

---

28 양성은 하나로 결합하지 않으며, 서로의 차이를 드러내면서 공존한다. 김소월은 성의 이분법적 해체를 추구했다기보다는 두 성의 공존을 강조했으며, 이는 직접적인 결합과 차이를 보인다.

지막 행에서 "죽어서도 한 곳에 묻히더라"로 드러나 있는데 화자는 아내와 영원히 함께하겠다는 다짐을 죽음의 가정법으로 천명하고 있는 것이다. 그런데 아내를 향한 시적 화자의 사랑은 이 시에서 다소 불완전한 느낌을 준다. "아직 다시 그러랴, 안 그러랴?" "참인지, 거짓인지?" "그 무엇이랴?"와 같이 의문형이 반복된다. 남성 화자와 아내 간의 사랑이 과연 애정으로 결합된 관계인지 의문이 들게 하는 것이다. 정분으로 얽힌, 연분으로 얽힌 인연은 아니지만, 그래도 부부는 함께 살아야 한다는 절박한 메시지가 마지막 연에서 죽음의 가정법으로 드러나 있다. 이는 결혼이라는 강제된 제도에 대한 시적 화자의 불편한 시각이 토로된 것으로 보이기도 한다. 이왕 이렇게 결혼의 제도로 연결되었으니 삶과 죽음을 함께해야 한다는 화자의 의지가 다소 불편한 현실을 인내하는 모습으로 보이기도 하는 것이다. 양성의 결합은 이러한 제도의 틀에서 벗어날 때보다 온전한 힘을 발휘한다. 그렇기에 양성이 결합한 것이라고 보기는 어려우며 생활을 함께하는 양성의 공존이 김소월 시의 특징이라고 할 수 있다. 시 「밭고랑 위에서」에서 화자는 둘이 함께하는 삶을 긍정적으로 형상화한다. 마지막 행에 제시된 시어 '은근스러움'을 통해 우리 두 사람의 애정이 상당히 축척되어 왔음을 인지할 수 있다.

우리 두 사람은
키 높이 가득 자란 보리밭, 밭고랑 위에 앉았어라.
일을 필하고 쉬는 동안의 기쁨이어
지금 두 사람의 이야기에는 꽃이 필 때

오오 빛나는 태양은 내려 쪼이며
새무리들도 즐거운 노래, 노래 불러라.
오오 은혜여, 살아 있는 몸에는 넘치는 은혜여.

모든 은근스러움이 우리의 맘속을 차지하여라.

— 김소월, 「밭고랑 위에서」 부분

이 시에서 두 사람의 성별은 드러나지 않는다. 보리밭에서 일을 함께함을 고려하였을 때 두 사람 사이의 정서는 우정의 감정에 가까웠을지도 모른다. 하지만 두 사람의 마음속에 은근스러움이 자리매김하였다는 점을 고려할 때 이 둘은 서로에게 감정을 지닌 사이일 확률이 높다. "이야기에 꽃이 핀다", "살아 있는 몸에는 넘치는 은혜"와 같은 비유는 애정의 활력을 내뿜으며, 둘의 공존을 시사하는 것으로도 보인다. 이처럼 김소월의 시에서 나와 타인이 함께했을 때의 시의 어조는 상당히 밝고 긍정적이다.

김소월의 「팔벼개 노래」는 시의 화자가 양성을 이룰 수 있는 가능성을 제시하기도 한다. 이 시는 창작 내력에 저자 김소월의 설명이 부기되어 있다. "이 팔벼개노래調는 채란이가 부르던 노래니 내가 寧邊을 떠날 臨時하여 빌어 그의 親手로써 記錄하여 가지고 돌아왔음이라"는 것이다.[29] 즉 진주 기생 채란의 노래를 빌려 김소월이 그 가사를 구술한 것으로 되어 있다. 이는 「팔베개 노래」의 저자는 김소월과 한 기생의 합작품임을 의미한다. 이 시의 마지막 2행에서 "돌아갈 고향은/우리 님의 팔벼개"인 것으로 보아 시의 화자와 화자가 그리워하는 님과의 결합이 꿈꾸는 고향의 모습으로 비유되고 있다. 후배시인 김수영(1921~1968)은 한국의 애수를 다루는 글에서 김소월의 이 시를 거론하며 "전형적인 한국적 애수가 담겨 있"는 시로 높이 평가했다.[30]

오늘은 하루밤

29 김소월, 『(正本)素月 全集』 下, 김종욱 편, 명상, 2005, 141쪽.

30 김수영, 『김수영전집 2 : 산문』, 민음사, 2014, 345쪽.

단잠의 팔벼개
來日은 想思의
거문고 벼개라.

첫닭아 꼬꾸요
목놓지 말아라
품속에 있던님
길차비 차릴라.

두루두루 살펴도
金剛 斷髮嶺
고갯길도 없는몸
나는 어찌 하라우.

嶺南의 晉州는
자라난 내故鄕
돌아갈 고향은
우리님의 팔벼개.

— 김소월, 「팔베개 노래調」 부분[31]

화자는 팔베개를 할 님이 없음을 안타까워하고 있다. 팔베개란 사랑하는 연인이 함께하는 잠자리를 의미한다는 점에서 양성이 함께하는 삶을 상징하는 기호로 볼 수 있다. 넘어갈 고개도 없는 금강산의 단장령이 죽음에 가까운 고독한 공간이라면, 팔베개를 하고 님과 함께 누운 그 공간은 화자가 꿈꾸는 삶의 모습인 것이다.

김소월의 대표작 「산유화」에서도 꽃과 새는 더불어 사는 삶을 영위한다.

---

31 김소월, 『(正本) 素月全集』 下, 김종욱 편, 143~144쪽.

이 시에서 산은 고독한 공간으로 형상화되어 있지만, 산에 오로지 꽃만 피어 있는 것은 아니다. 그 꽃을 좋아하는 새도 함께 산에서 살고 있다는 점을 고려할 때 자연의 이치를 인지하게 된다. 꽃은 피어 있고 작은 새는 꽃이 좋아 산에서 사는 것을 선택한다. 꽃이 저만치 떨어져 사는 것을 선호하는지 모르지만, 꽃이 피고 짐을 반복하는 동안 그 주변에서 새는 함께 울고 웃으며 살아가는 것이다. 인간(꽃)은 혼자 산다고 생각하지만 우리네 인생은 꽃의 개화와 낙화를 바라보는 타인의 시선과 함께 어우러져 있음을 이 시는 묘파해내고 있다. "갈 봄 여름 없이"는 시간의 제약을 넘어 둘이 공존하는 모습을 그려낸 것이다.

산에는 꽃 피네
꽃이 피네
갈 봄 여름 없이
꽃이 피네

산에
산에
피는 꽃은
저만치 혼자서 피어 있네

산에서 우는 작은 새요
꽃이 좋아
산에서
사노라네

산에는 꽃 지네
꽃이 지네
갈 봄 여름 없이
꽃이 지네

작은 새는 산이란 공간을 그리 선호하지 않지만, 꽃이 좋아서 산에서 자신의 삶을 영위한다. 꽃은 가을, 봄, 여름 없이 피고 지기 때문에 새는 산을 떠날 수 없다. 새는 자신이 꽃과 함께할 때 가치가 있으며 때로는 홀로 산에 머물기도 하겠지만, 꽃의 개화와 더불어 자신의 존재 의미를 분명히 하게 된다. 꽃과 새는 저만치의 거리를 두고 있기는 하지만 새는 꽃이란 존재의 긍정 속에서 자신의 삶의 의미를 찾아나갈 수 있었던 것이다.

이처럼 김소월의 시에서 하나가 아닌 둘의 공존은 나름의 의미를 지닌다. 하나가 다른 하나를 떠나거나, 홀로 남을 때 그의 시에는 죽음의 가정법이 나타난다. 김소월의 시세계에서 둘의 공존은 세상을 살아가는 기본적인 이치로, 일상적 삶의 바탕을 구성하고 있는 것이다.

4. 나가며

김소월의 시는 대체로 남성 화자가 발화하는 시, 여성적 목소리를 드러내는 시, 남성과 여성 양성의 목소리가 교차하는 시로 분류할 수 있다. 중요한 점은 김소월의 시 가운데 한 성만이 살아남거나 홀로 존재하는 시의 결과는 대체로 죽음의 세계로 귀결된다는 것이다. 즉 누군가를 목 놓아 부르거나(초혼), 무덤에서 재생을 꿈꾸는 시(무덤)와 같은 작품에는 양성의 세계가 무너져 화자 홀로 남아 있다. 한 성만이 존재하는 불균형의 질서로 나타나 화자의 절망이 최고조에 이른다. 반면 양성이 공존하거나 둘이 앞날을 모색하는 시에는 긍정적인 일상의 힘이 나타난다. 시인은 나와 타자의 구분을 탈피하여, 양성의 공존을 지향한 우리의 일상을 줄곧 노래해왔던 것이다.

한국 낭만주의·모더니즘 시단에 나타난 세대 간의 갈등

— W.B. 예이츠 번역을 중심으로

1. 서론 : 한국 모더니즘 시단의 계보와 세대 논쟁

한국 모더니즘 시단은 서구 모더니즘 시단과 구분되어 나름의 맥락을 지니고 계보를 형성해왔다. 20세기 초반 식민지 조선은 일본과 중국을 경유하여 밀려들어오는 여러 문예 사조를 짧은 시일 내에 복합적으로 받아들여야 했다. 계몽주의, 낭만주의, 마르크스주의, 이미지즘, 영미 모더니즘, 아방가르드, 미래파 등 각종의 예술 사조가 거의 동시대에 들어왔기 때문에 이 땅의 문예사조의 정립은 서구의 문예사조처럼 일관된 흐름을 지닐 수 있는 성질의 것이 아니었다. 해방 이후 송욱은 식민지 시기 한국 근대문학을 정리하면서 급박하고도 혼란스러웠던 당시의 예술사조를 불완전한 것으로 평가한다. 일례로 그는 한국 모더니즘 시단의 대표적 이론가인 김기림을 "내면성과 전통의식이 없는 시인"으로 평가한다.[1] 『황무지(The Waste Land)』(1922)에 영감을 받아 쓴 김기림의 장시 『기상도(The Weather Map)』(1936)

---

1 송욱, 『시학평전』, 일조각, 1964, 188쪽.

에는 엘리엇이 『황무지』에 담은 서구 전통의 인유(allusion)가 결여되어 있다는 것이다. 그러나 이러한 평가는 인유로 매개된 서구 전통에 기준을 두고 식민지 조선의 문학 전통을 평가한 것으로, 전파론적 비교문학 연구가 지닌 맹점을 여실히 보여주는 예라 할 수 있다.

최근 캐런 손버(Karen Thornber)는 전파론적 비교문학연구와 제1세계(유럽)와 3세계(아시아와 아프리카)의 우열관계를 나누는 비교문학 연구방법을 지양하여, 20세기 초에서 2차 대전에 이르기까지 inner-Asian countries 간에 발생한 국민국가 텍스트 간의 접촉을 "literary contact nebulae"라는 개념으로 설명한 바 있다.[2] 이 개념은 메리 루이스 프랫(Mary Louise Pratt)의 저서 『제국의 시선(*Imperial Eyes: Travel Writing and Transculturation*)』에서 나온 'contact zone' 개념에서 비롯된 것으로, 동아시아 지역들 간의 접촉하는 지점에서 발생하는 헤게모니의 대결을 텍스트의 번역, 순환, 상호텍스트성의 관점에서 다소 객관적이며 중립적으로(neutral) 바라보고자 한 것이다. 그러나 레오 칭(Leo Ching)이 지적했듯이 캐런 손버의 연구는 텍스트의 상호관련성에 주안점을 둔 나머지 그 나라의 문학 전통의 계보를 고려하지 않는 측면이 있다.[3] 즉 손버의 시각에서는 일본제국, 반식민지 중국, 식민지 조선과 타이완 텍스트 간의 상호관련성과 상호순환성을 강조하고 있기 때문에, 한국 모더니즘 시단에 나타난 내적인 계보 형성의 노력을 미처 살피지 못할 위험이 있다. 물론 식민지 조선의 모더니즘을 이해하려면, 제국 일본의 모더

2 Karen Thornber, *Empire of Texts in Motion: Chinese, Korean, and Taiwanese Transculturations of Japanese Literature*, Cambridge, MA and London : Harvard University Asia Center, 2009.

3 In this regard, while we learn much about how colonial and semi-colonial writers interacted with Japanese literature, there is little discussion of how a literary work, for instance, intertexted or transcultulrated within its own "tradition."(Leo Ching, *The Journal of Asian Studies*, 602)

니즘뿐만 아니라 같은 처지에 놓인 식민지 대만, 반식민지 중국의 모더니즘 텍스트의 순환 구도를 거시적으로 이해하는 일은 중요하다. 그러나 식민지 조선의 내부에서 어떤 투쟁이 있었는지, 그 내부의 동력을 살피는 과제는 문단 세대 간에 깊은 관계를 형성해왔던 한국 근대문학의 특성상 그 중요성을 묵과할 수 없다.

손버는 일본어 문학이 미친 영향만큼이나 영미 문학의 번역본이 동아시아에서 수용된 과정에 집중한다. 하지만, 그녀의 관점은 통시적이라기보다는 공시적인 시점에 가깝다. 이는 영향관계가 지닌 힘, 즉 영향을 주는 편이 영향을 받는 편보다 우위에 서 있다는 영향관계의 전파론적 오류에서 벗어나기 위함이다. 그녀는 공시적인 텍스트를 나란히 놓고(juxtaposition) 비교하여 유럽중심적인 비교문학에서 벗어나 아시아의 여러 지역을 하나의 시선에 놓는 데 성공하고 있다. 다만, 국민문학이 지닌 통시성의 내적 계보라는 측면에서는 보완될 여지를 지니고 있는 것이다.

한국 모더니즘 시단의 세대 간의 갈등과 투쟁은 한 국민문학사의 내적인 계보를 추동하는 예시로 작동된다. 이 글은 이러한 맥락에서 한국 모더니즘의 대표주자로 볼 수 있는 김기림과 김수영의 연결하는 매개로 W.B. 예이츠를 제시하려 한다. 김기림과 김수영은 해방 공간의 시기 마리서사라는 서점을 겸한 살롱에서 만나 대화를 나누었다. 김수영이 김기림의 영문학 지식을 정확히 파악하고 있는 데에는 당시의 대화가 큰 도움이 되었음을 부인할 수 없다. 김수영은 당대의 김기림만큼 영문학을 정확히 구사하는 선배시인은 거의 없을 것이라고 평가했었던 것이다.[4]

따라서 그들의 대화 속에서는 예이츠에 대한 것도 있었을 것이다. 지금은 그 명성이 다소 가려졌지만 예이츠는 1920년대에서 30년대를 거쳐 식

---

4 김수영, 「재주」, 『김수영전집 2 : 산문』, 민음사, 2010, 85쪽.

민지 조선에서 최고로 유명한 아일랜드 시인이었다. 1930년대에서 1942년, 일제 말 한글 말살 정책으로 인한 절필에 이르기까지는 김기림이 한창 활동한 시기였다. 그 시기는 1921년생인 김수영 역시 한 · 일을 경유하며 한창 문학과 연극 수업을 받은 시기였기도 하다. 이런 점을 고려한다면, 시인이자 극작가인 예이츠가 두 시인의 교집합에 놓일 수 있다는 것은 한번 생각해볼 만한 주제가 아닌 듯싶다. 더구나 두 시인은 예이츠 관련하여 각각 중요한 평론을 남기고 있다.

모더니즘 시인 가운데 김기림과 김수영은 자신 세대의 가치를 W.B. 예이츠 번역을 통해 주장했다는 점에서 공통되는 특이성을 보인다. 김기림은 시, 소설, 평론을 가리지 않고 상당히 많은 번역을 했지만, 김수영과 같이 번역에 주수입을 의존한 전문 번역자는 아니었다. 1940년 1월, 당대의 대표적인 문학잡지인 『문장』에서 열린 좌담회에서 그는 동료 창작문인들과 함께 번역문인을 견제하는 모습을 보이고 있다. "내지문단(內地文壇, 일본문단)만 하드래두 번역문인(飜譯文人)이 세력(勢力)을 가지고있어서 번역(飜譯)해놓고는 앞뒤에서 떠들어서 문제(問題)를 일으키게 하는 수도 있거든요"[5] 라며, 식민지 조선에서 번역문인이 세력을 얻게 될 것을 경계하는 모습을 보인다. 물론 그의 걱정은 기우에 불과한 것이다. 식민지 조선의 번역 대부분은 일본어를 중역하지 않은 것을 찾기가 어려울 정도로, 일본어 번역에 상당히 의존하고 있었기 때문이다.[6] 상당 부분 일본 문단의 번역에 의존하고 있는 식민지 조선의 문단 모습으로 보았을 때, 1940년 당시 번역문인이 조선 문단의 헤게모니를 잡는 일은 요원한 일이었을 것으로 보인다. 조선 문단이 번역을 낮게 처우하는 점 역시 이를 뒷받침한다.

---

5 「신춘좌담회 : 문학의제문제」, 『문장』 13, 1940.1, 191쪽.

6 위의 책, 190쪽.

김기림보다 13년 늦은, 후배시인 김수영은 김기림처럼 식민지 시절 일본 유학을 경험하기는 했다. 그러나 그의 대표적인 시 작품들이 1960년대에 주로 발표되었다는 점을 생각해볼 때 김수영은 해방된 한국에서 활동한 문인이다. "나의 시의 비밀은 나의 번역을 보면 안다"는 그의 고백처럼 번역은 그의 생계 유지 수단의 하나로 작용했다. 김수영은 초기에 번역을 시작하면서 창작 활동으로 나아갔다. 이는 창작을 주로 하다 해방 이후 번역에 힘쓴 김기림과는 대조되는 부분이다. 또한 김기림과 달리, 김수영의 번역은 자신의 세대를 비롯한 기성세대의 독자를 위한 것이 아니다. 그는 기성세대보다 일본어 교육을 제대로 받지 못한 35세 이하의 젊은 세대를 주된 타겟 독자로 삼아 번역했다. 1964년에 발표한 「히프레스 문학론」에서 그는 "우리나라 소설의 최대의 적은 『군조』, 『분가카이』, 『쇼세쓰 신초』다. 오늘날 35세 이상의 중류층 독자들은 국내 작가의 소설이나 시를 절대로 읽지 않는다"[7]라며, 기성세대가 지닌 한국어 문학에 관한 비판적 태도를 지적한다. 기성세대들은 한국어 문학 텍스트를 읽기보다는 일본어 문학 텍스트를 읽는다는 것이다. 일본 제국주의를 경험한 세대는 일본어 텍스트의 문학성이 한국어 텍스트보다 우위에 있다고 느끼기에 한국문학을 읽지 않으며, 그 결과 한국문학이 퇴보하고 있다고 주장한 것이다.

그렇다면 김수영은 일제 치하를 경험하지 못하거나 너무 어린 시절에 경험하여 일본어 독해력이 없는 젊은 독자들에 관해서는 어떤 자세를 보일까? 그는 젊은 독자의 문학 수준을 다음과 같이 우려한다. "그러면 35세 이하의 경우는 어떠한가? 이들의 문학 자양의 원천은 기성세대보다도 더 불안하다. 서울만 하더라도 양서 신간점이 일서점보다 수적으로는 훨씬 많지만 구매량은 지극히 미소하다. 이들은 기성세대들이 문학 공부를 할 때의

7 김수영, 「히프레스 문학론」, 『김수영전집 2 : 산문』, 민음사, 2010, 279쪽.

독서량에 비하면 현격하게 희미한 양의 밑천을 가지고 문단에 등장한다"[8] 라며, 일본어를 읽지 못하기에 일본어 자산을 놓치고 있는 젊은 세대의 문학 능력을 심히 우려한다.

김수영의 이런 주장은 일본서(和書)뿐만 아니라 서양서 텍스트를 읽을 수 없는 젊은 세대를 향한 우려에서 비롯되었다. 따라서 일본어와 서양서 텍스트를 부지런히 한국어로 번역하는 김수영의 역할은 『군조』, 『분가카이』, 『쇼세쓰 신초』와 같은 일본 문예지를 자유자재로 읽는 기성세대보다는 읽기 어려운 젊은 세대를 대상으로 한 것으로 보인다.

이 글의 2장에서는 김기림의 평론 「모더니즘의 역사적 위치」(1939)에 삽입된 예이츠의 시를 분석하여 김기림이 문제시한 1930년대 말의 시 문단의 세대 갈등을 논의해보고자 한다. 3장에서는 김기림의 후배시인, 김수영의 예이츠 번역과 평론을 예로 들어, 김수영이 예이츠를 통해 어떻게 자신 세대의 문제를 논의하고자 했는지를 살피고자 한다. 한국 문단에서 가장 많이 번역된 예이츠의 시와 시극을 빌려 식민지 시기 최량의 모더니즘 이론가와 해방 이후 1960년대 최량의 모더니즘 시인 겸 시론가가 각기 어떤 문제의식을 지니고 있는지를 짚어볼 것이다. 이런 시도는 1920년대 김억에서 출발하여, 1930년대 김기림, 1960년대 김수영으로 이어지는 한국 모더니즘 시와 시론의 계보를 통시적으로 살펴보려는 목적을 지닌다.

2. 김기림의 「모더니즘의 역사적 위치」와 W.B. 예이츠

김기림이 『인문평론』에 발표한 평론 「모더니즘의 역사적 위치」는 1920년

---

8 위의 책, 279~280쪽.

대 말, 1930년대 초부터 시작된 한국 모더니즘 시단의 계보를 서술한 글이다. 1939년 일본 제국주의에 의해 한글 사용이 불허되고, 국문 신문인 『조선일보』와 『동아일보』가 폐간을 눈앞에 둔 시점에서 김기림은 1930년대 한국 시단을 강타한 모더니즘 문예사조의 계보를 정리한다. 그는 이 글에서 예이츠의 시 「비잔티움으로의 항행(Sailing to Byzantium)」(1928)의 첫 3행을 직접 인용하면서 글의 말머리를 열고 있다.

> 여기는 늙은이들의 나라가 아니다.
> 젊은이는 서로서로 팔을끼고
> 새들은 나무 숲에 –
> 물러가는 世代는 저들의노래에 醉하며 –[9]
>
> That is no country for old men. The young
> In one another's arms, birds in the trees,
> – Those dying generations – at their song,[10]

인용된 시는 예이츠의 후기 시집 『탑(*The Tower*)』(1928)에 수록된 「비잔티움으로의 항행」의 첫 3행이다. 김기림은 그의 문학사적 서술 「모더니즘의 역사적 위치」(1939)의 서두에 이 시의 첫 3행 번역을 배치해놓았다. 그는 예이츠의 시로 식민지 조선 시단의 모더니즘 시사(詩史)를 다룬 평론을 시작한다.

김기림은 인용한 예이츠의 원시를 과감히, 자의적으로 해석한다. 4행에서 "dying"의 번역어로 "죽어가는" 대신 "물러가는"이라고 의역한다. 구세

9 김기림, 「모더니즘의 歷史的位置」, 『인문평론』 창간호, 1939.10, 80쪽.

10 W.B Yeats, *The Collected Poems of W.B. Yeats*, Edit. Richard J. Finneran, Scribner Paperback Poetry, 1996, p.193.

대에게 물러갈 것을 언명하고 있는 것이다. 또한, 그는 1행에서 흔히 “저기”로 번역되는 “That”을 “여기”로 번역한다. “저기”는 심리적 거리감을 주는 대명사로, 이 시에서 시적 화자의 위치와 그가 노래하고 있는 장소 차이를 암시한다. 시적 화자는 ‘젊음의 나라’인 아일랜드를 떠나 목적지인 과거 동로마제국의 수도 비잔티움을 향해 항해 중이다. 시적 화자에게 “여기”는 비잔티움이며, “저기”는 자신의 모국인 아일랜드가 된다. 시적 화자가 당시 노경에 다다른 예이츠라는 사실을 쉽게 추론할 수 있다.

이 시에서 늙은 예이츠는 아일랜드의 젊은이들에게 질투와 시기를 표출하고 있다. 젊은이들을 “dying generation”으로 은유하여 지금은 비록 젊음을 뽐내지만 그들 역시 죽음을 향해 달려가는 필멸의 존재임을 지적한다. 그리고 그는 시간이 멈춘, 영원한 장소인 동로마제국의 고도 비잔티움을 응시하고 있다. 즉 이 항해는 물리적인 시간을 멈춰, 영생을 추구하기 위한 여행이었던 것이다. “That”은 아일랜드와 자기 사이의 물리적 거리뿐만 아니라, 아일랜드의 젊은이들과 늙어가는 예이츠 본인이 지닌 심리적 거리감도 의미한다.

김기림은 왜 이 시를 「모더니즘의 역사적 위치」를 시작하는 서두에 위치시켰던 것일까? 그리고 왜 원시의 “죽어가는 세대”를 “물러가는 세대”로, “저기”를 “여기”로 의도적으로 오역한 것일까? 1936년 4월, 김기림은 도이 고지(土居光知)의 지도 아래 케임브리지대학을 거쳐 하버드에 자리를 잡은 리처즈(I.A. Richards)의 시론을 연구하여 학위논문으로 제출한다. 그런 그에게 이러한 눈에 띄는 오역은 의도적인 것으로 보인다. 그는 과연 이런 의도적 오역으로 무엇을 말하고자 했던 것일까?

김기림은 「모더니즘의 역사적 위치」의 본문에서 예이츠의 초기 시집 『갈대 속의 바람(*The Wind Among the Reeds*)』(1899)을 언급하며 『갈대 속의 바람』이 1920년대 한국 시단에 끼친 부정적인 면을 강조한다. 글의 서두에서 예이츠의 후기 시 「비잔티움으로의 항행」을 인용하여 세대 논쟁을 겨냥하였다면, 본문에서는 초기 시집 『갈대 속의 바람』을 예로 들어 예이츠가 센티멘털한 시를 썼다고 비판하고 있는 것이다.

> 은둔적인 회상적인 감상적인 동양인은 새 문명의 개화를 목전에 기다리면서도 오히려 그 심중(心中)에는 허물어져가는 낡은 동양에 대한 애수를 기르면서 있었다. 애란(愛蘭)의 황혼과 19세기의 황혼이 이상스럽게도 중복된 곳에 「예츠」의 「갈대 속의 바람」의 매력이 생긴 것처럼 우리 신시의 여명기는 나면서부터도 황혼의 노래를 배운 셈이다.[11]

김기림은 "우리 신시의 여명기"인 1920년대의 낭만주의 · 상징주의 한국 시단을 우회적으로 비판하고 있다. 김억이나 김소월로 대표되는 한국 낭만주의 시단을 "은둔적인 회상적인 감상적인 동양인"으로 비판하고 있는 것이다. 한국 낭만주의 시단이 아일랜드의 시인 예이츠의 초기 시에서 배운 것은 "애란의 황혼과 19세기의 황혼"에서 배태된 "황혼의 노래"였다는 지적이다. 그는 "황혼의 노래"를 극복해야 할 센티멘털 로맨티시즘의 일종으로 본다. 그리고 그 자리는 오전의 시론, 새벽의 생리가 대신하여야 한다고 주장한다. 잊혀져가는 것에 대한 안타까움, 애수의 심정은 김기림에게 극복해야 할 감정이다. 앞을 향해 진전하는 명랑한 마음이 1920년대와 구분되는 1930년대 시단에 필요하다고 본 것이다.

식민지 조선에서 영미 시인들 가운데 가장 많이 번역된 시인은 예이츠였다. 1920년대 동안 17편[12]에 이르는 예이츠 번역은 1923년 예이츠의 노벨문학상 수상과 무관하지 않다. 물론 데이비드 맥캔이 지적한 것처럼 예이

---

11 김기림, 앞의 책, 82쪽.(『김기림전집 2』, 55쪽에서 재인용)

12 김병철, 『한국근대번역문학사연구』, 을유문화사, 1988, 714쪽 참조.

츠가 수상한 당시, 노벨문학상의 수상 기준은 "문학적인 가치나 성취의 확실하고 명확하면서도 객관적인 지표라기보다는 파운드와 예이츠 등의 문학계의 내부 인사들에 대한 외부 영향력의 간접적인 지표"로 보는 것이 더 정확할 것이다.[13] 타고르의 수상에 크게 기여한 예이츠에게 노벨문학상이 돌아간 것은 이미 예견된 일일지도 모른다.

그러나 식민지 조선에서 예이츠는 노벨문학상 수상 이전에도 꾸준히 번역되고 인기를 모으고 있었다. 1920년 7월 『폐허』가 창간되었을 때 안서 김억이 번역한 예이츠의 「낙엽」이 실렸으며, 같은 해 『창조』 7월호에는 김억이 번역한 예이츠의 「술노래」가 실렸다. 1922년 개벽 22호에 예이츠의 「버들동산」이 역시 김억의 번역으로 실렸으며, 1923년에는 변영만, 전영택 등이 번역한 여섯 편이 문학 잡지에 게재되었다.

문제는 이들 시가 김기림이 지적한 것처럼 아일랜드의 자연을 노래한, 황혼의 노래가 많았다는 점이다. 다음 장에서는 식민지 조선에서 가장 많이 번역된 예이츠의 초기 시집 『갈대 속의 바람』의 번역 양상을 살펴보려 한다. 특히 예이츠의 시집 『갈대 속의 바람』에 수록된 시들 중 식민지 시기 가장 많이 번역된 "He Wishes for the Cloths of Heaven"을 중심으로 살펴보려 한다.

3. 1920년대 『갈대 속의 바람』 번역 양상과 1930년대 한국 모더니즘 시단의 역사적 위치

시 「He Wishes for the Cloths of Heaven」은 김억(1918, 1921), 변영만(1923),

---

13 데이비드 맥칸, 「과연 뜰까? 만해의 나룻배와 행인에 대한 단상」, 『국어국문학』 139, 62쪽.

박용철(1930) 등 다수의 식민지 조선 번역자에 의해 문학 잡지와 종합지에서 소개되었다.

쑴 (1921)

만일에 내가 光明의
黃金과 白金으로 짜아내인
하늘의 繡노흔옷,
날과밤의 또는 저녁의
프르름바 어스렷함, 그리하고 어듭음의
물들인 옷을 가젓슬지면,
그대의 발아레에 페노흐련만,
아々 나는 가난하야 所有란 쑴밧게 업노라,
그대의 발아레에 내쑴을 페노니,
내쑴우를 밟으실랴거든,
그대여, 곱게도 가만히 밟으라.[14]

天의織物 (1923)

내가, 萬一, 金빗과, 銀빗으로, 짜여
진 하늘의 繡노흔 織物만 가젓슬 것
가트면—
藍色과, 灰色과, 深色으로된, 밤
(夜)의, 日光의, 黃昏의 織物만 가젓
슬것가트면—
나는 欣然히 그것들을 너의 발미
테다가 피여노흐리라.

---

14 김억, 『오뇌의 무도』, 조선도서주식회사, 1921, 145쪽.

하지만, 나는 가난하다, 가진게라
구는 나의꿈밧게는 업다,
어찌할수업시 나는 나의꿈을
네 발미테 펴놋노니,
가마니살짝밟아다구, 꿈을밟음인즉.[15]

하날의 옷감 (1930)

내가 금과 은의 밝은 빛을 넣어짜은
하날의 수놓은 옷감을 가졌으면,
밤과 밝음과 어스밝음의
푸르고 흐리고 검은 옷감이 내게 있으면
그대 발아래 깔아 드리련
마는, 가난한내라, 내꿈이 있을뿐이여,
그대발아래 이꿈을 깔아 드리노니
삽분이 밟고가시라 그대 내꿈을 밟고가시느니.[16]

He wishes for the Clothes of Heaven[17] (1899)

Had I the heaven's embroidered cloths,
Enwrought with golden and silver light,
The blue and the dim and the dark cloths
Of night and light and the half-light,
I would spread the cloths under your feet:
But I, being poor, have only my dreams;
I have spread my dreams under your feet;

15 변영만, 『동명』 제2권 제23호, 1923, 18쪽.
16 박용철, 『시문학』 제2호, 1930.5, 34~35쪽.
17 1899년 처음 발표되었을 때의 제목은 "Aedh wishes for the Cloths of Heaven"이었다.

Tread softly because you tread on my dreams.[18]

원시는 abab, baba형의 각운을 지닌 8행시다. 하지만 각운에 맞추어 영어를 한국어로 번역하는 일은 한국어의 문장구조상 불가능하다. 한국어 번역자들의 번역 태도를 살펴보려면 시의 형식보다는 내용에 초점을 두어 그들의 번역을 살펴볼 수밖에 없다.

우선 제목이 각양각색이다. 김억은 "wishes"에 포인트를 두어서 「꿈」으로, 변영만과 박용철은 시의 소재에 중점을 두어서 각각 "천의 직물", "하날의 옷감"으로 번역했다. "cloth"를 "직물"과 "옷감"으로 번역해 각기 다른 시어를 활용한 점도 이채롭다. 이 시의 주제가 집약되는 행은 마지막 행인 "삽분이 밟고가시라 그대 내꿈을 밟고가시느니(Tread softly because you tread on my dreams)" 부분이다. 번역자들은 이 행에서 "softly"의 번역에서도 제각기 차이를 보였다. 김억은 "곱게도 가만히"로, 변영만은 "가마니살짝", 박용철은 "삽분이"로 번역한다. 세 번역 모두 허용될 수준으로 보인다. 다만, 박용철이 "삽분이"로 번역한 것이 주목된다. 박용철은 이 시를 1930년에 번역했는데 김소월의 시 「진달래꽃」(1925)은 예이츠의 시 「He wishes for the clothes of Heaven」와의 텍스트의 상호관련성이 의심된 바 있다. 김소월은 「진달래꽃」의 3연에서 떠나는 님에게 "삽분히즈려밟고 가시옵소서"[19]라고 표현한다. 박용철의 "삽분이" 번역은 김소월의 「진달래꽃」에서 영감을 받은 것이 아닌가 싶다. "tread"의 번역에서도 김억과 변영만이 "tread"를 "밟으라", "밟아다구"로 번역하여 원시에 충실한 면을 보이는 반면, 박용철은 "밟고가시라"로 의역한다. 이 번역 역시 「진달래꽃」의 "밟고 가시옵소서"

---

18 W.B. Yeats, 앞의 책, 73쪽.

19 김소월, 『진달래꽃』, 매문사, 1925, 190쪽.

에서 파생되지 않았는가 여겨진다.

김억은 이들 중 1920년대의 시단에서 『갈대 속의 바람』에 실린 작품을 주로 번역했다. 식민지 시기 총 번역된 34편의 예이츠 번역 중에 김억은 예이츠의 시를 13편 번역하였고 그중 『갈대 속의 바람』에 수록된 시는 6편이나 된다.[20] 앞서 설명한 「He wishes for the Cloths of Heaven」뿐만 아니라, "The Moods", "The Lover tells of the Rose in his Heart", "Into the Twilight", "The Lover mourns for the Loss of Love", "The Lover pleads with his Friend for Old Friends"까지 도합 여섯 편을 김억은 번역시집 『오뇌의 무도』(1921)와 문학동인지 『영대』(1924)에서 번역하였다.

김억이 번역된 『갈대 속의 바람』의 시들은 대부분 예이츠가 연인 모드 곤을 연모하면서 쓴 시들이다. 시작(詩作)의 정서를 노래한 "The Moods"와 아일랜드 정서를 그려낸 "Into the Twilight"을 제외하면 모두 사랑노래라고 할 수 있다. 이런 점에서 김기림은 사랑노래, 즉 연애시에 비판적인 태도를 보인다. "20년대의 처음에 이르러서는 이들 선구자와 그 말류들은 벌써 신문학의 건설이라는 위대한 목표를 바라보면서 돌진하기를 그치고 맞아들인 황혼의 기분 속에 자신의 여린 감상을 파묻는 태만에 잠겨버렸다"[21]면서 김기림은 한국 시단의 감상적인 모습을 비판한다. 김기림은 연애(戀愛)의 감정을 센티멘털 로맨티시즘으로 여겨 시적 형상화를 거부했다. 센티멘털 로맨티시즘은 1930년대 한국 모더니즘 시단이 극복해야 할 감정의 소모였던 것이다. 김기림의 시 중 남녀 간의 사랑을 노래한 시인 「첫사랑」이

---

20 *Crossways*(1889)에 수록된 시를 번역한 것이 두 편, *The Rose*(1893)에 수록된 시를 번역한 것이 한 편, *The Wind Among the Reeds*(1899)에 수록된 시를 번역한 것이 여섯 편, *In the Seven Woods*(1904)에 수록된 시를 번역한 것이 한 편, *The Green Helmet and Other Poems*(1910)에 수록된 시를 번역한 것이 두 편, *The Wild Swans at Coole*(1919)에 수록된 시를 번역한 것이 한 편이다.

21 김기림, 앞의 책, 82쪽.

나 「연애의 단면」이 감정에서 철저히 도피하여, 남녀 간의 건설적인 관계를 꿈꾸는 근거는 여기에 있다. 그는 미래가 없는 황혼의 덧없는 사랑을 센티멘털 로맨티시즘의 일종으로 보았다.

예이츠의 초기 시를 비판하고 후기 시 「비잔티움으로의 항행」으로 「모더니즘의 역사적 위치」를 시작한 데서 선배시인과 구분 짓는, 김기림의 의지가 엿보인다. 김기림은 "가령 '예츠' 만년의 「탑」이라든지 「꾸부러진 층계」 등에 어떤 사회적 관심이 움직이고 있었다고 할지라도 그는 근본적으로는 90년대의 사람이었고 그의 시각은 90년대의 원형에서 본질적으로 이동될 수는 없었는가 한다"[22]며 예이츠가 지닌 시대적 한계를 지적한다. 이런 시대적 한계에 관한 지적에서 김기림의 세대관이 고착됨을 알 수 있다. 김기림은 예이츠의 시적 성향이 후기 시집 『탑』을 상재한 이후로 아일랜드에 대한 "사회적 관심"으로 바뀐 사실을 인지하고 있었다. 그렇지만, 그는 그래도 예이츠의 문학사적 위치를 1890년대로 국한시킨다. 이는 선배시인과 구분되려는, 후배시인이 지닌 자의식의 발로일 것이다. 해럴드 블룸의 논의인 『영향에 대한 불안』을 적용해본다면, 김기림은 예이츠의 후기 시 번역을 통해 김억과 자신을 구분하는 동시에, 예이츠 역시 지난 세기의 시인으로 격하하는 모순을 보인다. 그는 예이츠와 김억을 구세대로 치부하면서 한국문학사에서 1930년대 모더니즘 시단이 지닌 의미를 최고의 위치로 올려놓고 있는 것이다.[23]

김기림이 「모더니즘의 역사적 위치」에서 "저기"를 "여기"로 번역한 것은

---

22 김기림, 「시인의 세대적 한계」, 『조선일보』, 1940.4.23.

23 1930년대 번역된 17편의 예이츠의 시들 역시 예이츠의 초기 시를 위주로 수용된다. 김기림이 "Sailing to Byzantium"을 부분 인용한 것과 예이츠의 사후 정인섭이 『동아일보』 1939.3.23에 "Man and the Echo"를 번역하여 소개한 것이 『탑(*The Tower*)』 출판 이후 예이츠 후기 시 수용의 전부라고 할 수 있다.

모더니즘의 역사적 위치를 서술하고 있는 대상이 "저기"인 아일랜드가 아니라 "여기"인 한국 시단이었기 때문이다. "여기"는 원텍스트 "that"과는 완전히 다른 문맥에서 식민지 조선을 가리킨다. 또한 "죽어가는 세대" 대신 "물러가는 세대"로 의도적으로 오역한 것은 시의 본래 주제인 '유한한 삶과 영원한 예술의 대비'를 논하기보다, 예이츠의 시집 『갈대 속의 바람』을 동시대적으로 수용 · 번역한 20년대 시단의 세대적 한계를 지적하기 위함이다. 김기림에게 20년대 시인 김억은 '물러가는', 즉 역사의 뒤안길로 사라지는 선배시인이며, 그가 「모더니즘의 역사적 위치」에서 긍정한 정지용, 신석정, 김광균, 장만영, 박재윤, 조영출, 이상은 30년대 시단의 성격을 결정하는 시인들이었던 것이다.

이 장에서는 1920년대에 예이츠의 시를 주로 수용한 김억에 대한 김기림의 비판 전략을 설명하는 동시에 김기림이 김억의 예이츠 번역을 통해 비판한 센티멘털 로맨티시즘의 본질을 검토해보았다. 김기림은 예이츠의 번역을 활용하여 20년대 시인들을 비판하는 형식을 취한다. 예이츠의 후기 시를 인용하여, 예이츠의 사랑노래에 심취했던 "물러가는 세대"와 거리를 두고 있는 것이다.

4. 김수영의 번역과 평론에 나타난 예이츠

김기림(1908~?)에게 예이츠(1865~1939)가 아직 문학사적 평가가 완결되지 않은 동시대 인물이었다면, 후배시인 김수영에게 예이츠는 문학사적 평가가 완결된 시인이었다. 특히 1923년 노벨문학상을 수상한 예이츠는 신구출판사에서 기획한 『노벨상 문학전집』에 수록되었다. 그리고 신구출판사의 신동문과 친분이 있었던 번역자 김수영이 예이츠 번역을 담당하게 되었다. 그는 예이츠의 시극 『데어드르』, 시 「沙羅樹 庭園 옆에서」, 「이니스프리의 湖島」, 그리고 수필 「임금님의 지혜」를 번역하였고, 이들 번역을 종합하여 예이츠의 문학사적 위치를 소개하는 「신비주의와 민족주의의 시인 예이츠」(1964)를 남기고 있다. 이 평론에서 김수영은 예이츠의 시 「비잔티움으로의 항행」을 상당히 명료히 번역한다. 1930년대 모더니즘의 위상을 강조하느라 그에 맞게 다소 어색한 번역을 남긴 선배시인 김기림과 달리, 김수영은 노벨문학상 수상자 예이츠를 소개하는 평론 「신비주의와 민족주의의 시인 예이츠」에서 한층 자연스럽게 시의 의미를 전달하고 있는 것이다. 그렇지만, 김수영 역시 김기림과 마찬가지로 원시의 'that'을 '여기'로 번역하여, 식민지를 경험한 아일랜드의 현실이 이곳, 1960년대 포스트콜로니얼 상황의 한국의 현실과 무관하지 않음을 암시한다.

> 여기는 노인들의 나라가 아니다.
> 젊은 사람들은 서로 품에 안고,
> 새는 나무 위에,
> — 죽어 가는 세대 — 를 노래한다.
> 연어 뛰는 폭포, 고등어가 들끓는 바다.
> 물고기, 짐승, 날것 들은,
> 잉태하여 낳고, 죽어가는
> 긴 여름을 찬양한다.
> 육감적인 음악에 매혹되어
> 영원한 지(知)의 모든 유물을 등한히 한다.[24]

김수영은 이 시를 짤막하게 다음과 같이 소개한다. "환갑을 넘는 예이츠 할아버지가, 무너지는 현대를 떠나 〈정신이 존재하는〉 옛 도시 비잔티움을

---

24 김수영, 『김수영전집 2 : 산문』, 295쪽.

찾아가는 노래다. 그러나 회고적인 감상도, 시기를 놓친 노인의 비애도 없다. 현대에 대한 비판과 공감할 수 없는 물질성 앞에 영혼을 제시하고 있을 뿐인 것이다."[25] 김수영은 센티멘털 로맨티시즘이 제어되었고, 지성이 강조된 이 시를 높이 평가한다.

예이츠의 후기 시의 형식은 초기 시와 달리 변화하였다. 신비주의 시가 초기 시의 주를 이루었다면, 후기 시에 이르면 감정이 배제된 문명비판적 사유를 지닌 시로 스타일이 변화한다. 그 문명비판적 사유의 시 가운데 김수영은 「비잔티움으로의 항행」을 예이츠의 노경에 이루어진 최량의 작품으로 보는 듯하다. 그는 노경에 깃든 예이츠의 최량의 작품으로서 「비잔티움으로의 항행」을 예로 들면서 이 시편을 "수식이 없이 간결한 시구, 나긋나긋하지 않고 오히려 단호한 아름다움, 예리함, 통일성, 객관성 등은 그가 젊었을 때는 아무리 해도 이루어지지 않았던 것들이다"[26]라고 최고의 찬사를 보내고 있다.

선배시인 김기림처럼 김수영 역시 예이츠의 초기 시보다 후기 시에 더 많은 관심을 지닌 듯하다. 그는 이 예이츠를 논하는 글을 후기 시 「레다와 백조(Leda and the Swan)」으로 시작하고 있다. 이 평론에서 그가 분석한 두 시 모두 예이츠의 후기 시집 『탑』에 수록되었다. 오비디우스의 『변신이야기』를 바탕으로 한 시 「레다와 백조」가 예이츠에게 '서구 전통의 다시쓰기'였다는 사실을 고려한다면, 한국문학의 전통에 깊은 관심을 보여온 김수영이 이 시를 주목하여 번역한 것은 어쩌면 당연한 일이었을지도 모른다.

> 급작스런 일격, 거대한 날개는 아직도
> 비틀거리는 소녀를 치고 있다.

---

25 위의 책, 295쪽.

26 위의 책, 294~295쪽.

그녀의 가랑이는 그 검은 죽지에 애무당하고,
목덜미는 부리에 물리었다.
그는 그녀의 가눌 수 없는 가슴을
제 가슴으로 짓눌렀다.

—「레다와 백조(Leda and the Swan)」 부분[27]

김수영이 평한 후기의 예이츠, 즉 "자신을 시 속에 담고, 정상적이고 정열적이며, 사리를 분별하는 자아, 하나의 전체로서의 인격을 시 가운데서 유지하는 것"은 김수영 자기 자신을 말하는 것이 아닐까? 더구나 전통에 대한 다시쓰기라는 지점에서 김수영과 예이츠는 공통분모를 지니고 있다. 나아가 김수영의 시가 자기반영적이며, 자기비판과 혐오, 냉소로 점철되어 있는 것 역시 예이츠에게서 영감을 받은 것인지도 모른다.

김수영은 스스로 문학적 영향을 거부한 시인으로 자부했다. 그러나 영향을 거부한다는 것은 좋은 점을 선별하여 받아들이려 했다는 의미도 될 수 있을 것이다. 그는 자신이 영향받을 만한 양서를 읽고, 바로 처분한다고 고백하였지만, 예이츠의 민족주의는 김수영에게 은연중 남아있었던 것 같다. 김수영의 시에서 나타나는 지적 기호는 이런 예이츠의 후기 시에 드러난 감정의 절제가 긍정적 의미의 민족주의와 결합된 산물이었던 것이다. 김수영 역시 예이츠처럼 일생에 거쳐 최량의 작품만을 남기려 노력하였다. 그가 「묘정의 노래」와 같은 초기 시를 부끄럽게 생각한 것도, 나아가 그의 시세계에서 연애시를 좀처럼 찾아볼 수 없는 것에서도 예이츠의 후기 시세계가 보인 지적 정신은 김수영의 시 속에서 반향한다.

연애시보다 역사의식에 강한 관심을 보인 김수영의 대표시로 「현대식 교량」과 「거대한 뿌리」를 들 수 있다. 「현대식 교량」은 '다리'의 메타포에 집

27 위의 책, 287쪽.

중하여, 과거 세대와 현재 세대의 교감 가능성을 논의하는 시이다. 「비잔티움으로의 항행」과 유사한 모티프를 보이고 있는 것이다.

현대식 교량을 건널 때마다 나는 갑자기 회고주의자가 된다
이것이 얼마나 죄가 많은 다리인줄 모르고
식민지의 곤충들이 24시간을
자기의 다리처럼 건너다닌다
나이어린 사람들은 어째서 이 다리가 부자연스러운지를 모른다
그러니까 이 다리를 건너갈 때마다
나는 나의 심장을 기계처럼 중지시킨다
(이런 연습을 나는 무수히 해왔다)

그러나 문제는 이러한 반항에 있지 않다
저 젊은이들의 나에 대한 사랑에 있다
아니 信用이라고 해도 된다
「선생님 이야기는 二十년 전 이야기이지요」
할 때마다 나는 그들의 나이를 찬찬히
소급해가면서 새로운 여유를 느낀다
새로운 역사라고 해도 좋다

이런 경이는 나를 늙게 하는 동시에 젊게 한다
아니 늙게 하지도 젊게 하지도 않는다
이 다리 밑에서 엇갈리는 기차처럼
늙음과 젊음의 분간이 서지 않는다
다리는 이러한 정지의 증인이다
젊음과 늙음이 엇갈리는 순간
그러나 속력과 속력의 정돈(停頓) 속에서
다리는 사랑을 배운다
정말 희한한 일이다
나는 이제 적을 형제로 만드는 실증(實證)을

똑똑하게 천천히 보았으니까!

— 김수영, 「현대식 교량」 전문[28]

이 시에서 시적 화자는 자신과 20년 차이가 나는 젊은 세대를 묘사한다. 그들은 "식민지의 곤충"들로서, 과거에 대한 역사의식 없이 일제시대 지어진 철교와 인도교를 무심코 걸어다니고 있으며, 과거의 식민지 역사를 일깨워주려는 시적 화자에게 "선생님 이야기는 20년 전 이야기이지요"라며 가르침을 귀담아듣지 않은 젊은 세대이다.

이 시는 크게 두 가지로 해석될 수 있다. 시적 화자가 대표하는 기성세대와 젊은 세대 간의 소통으로 현대식 교량을 해석할 수 있으며, 반대로 이 교류가 이루어지지 않는, 소통 불가능성을 주제로 내세울 수도 있다. 즉 세대갈등의 해석을 따르자면, 시적 화자가 젊은 세대에게 느끼는 여유와 사랑은 실망과 낙담에서 비롯된 체념의 태도인 것이다. 시적 화자는 자신만큼 역사의식을 지니지 못한, 혹은 지닐 수 없는 젊은 세대의 모습을 비판하고 있는 것이다. 시의 22행, "그러한 속력과 속력의 정돈 속에서/다리는 사랑을 배운다"에서 '정돈'은 "침체하여 나아가지 아니함"을 의미한다. 서로 엇갈리는 기차들처럼 기성 세대와 젊은 세대는 조우하지 못하며 자신의 위치만을 확인하고 있으며, 서로 다른 속력을 지닌 물체들 사이에서 물리적 거리뿐만 아니라 심리적 거리는 큰 폭으로 확대되고 마는 것이다. 기성세대에게 제국주의의 흔적이 '적'으로서 떨쳐내야 하는 부정의 기억이었다면, 젊은 세대에게 제국주의의 흔적은 마치 그들의 형제가 되는 것처럼 자연스럽게 생활과 밀착되어버린 것이다. 마치 일제 식민지 시대에 지어져 1960년대 당시 대한민국의 산물처럼 자연스럽게 사용되는 교량처럼 말이

28 김수영, 『김수영전집 1 : 시』(2판), 민음사, 2011, 296~297쪽.

다. 제국주의라는 역사적인 '적'은 젊은 세대에게는 '형제'와 다름없게 되어 버리며, 시적 화자는 이를 '사랑'이라는 은유로 체념적 태도를 보인다.

'역사'와 '전통'에 대해 보이는 강한 자의식은 거대한 뿌리에서도 뚜렷이 나타난다. 시적 화자는 자신이 돌아가야 할 뿌리에 대해 다음과 같이 언명한다.

> 이 땅에 발을 붙이기 위해서는
> —제3인도교의 물속에 박은 철근 기둥도 내가 내 땅에
> 박는 거대한 뿌리에 비하면 좀벌레의 솜털
> 내가 내 땅에 박는 거대한 뿌리에 비하면
>
> 괴기 영화의 맘모스를 연상시키는
> 까치도 까마귀도 응접을 못하는 시꺼먼 가지를 가진
> 나도 감히 상상을 못하는 거대한 거대한 뿌리에 비하면…….
>
> — 김수영, 「거대한 뿌리」 부분[29]

김수영의 시적 뿌리는 일본 제국주의가 만들어낸 식민지 근대의 기저에 놓여있는 듯하다. 그는 젊은 세대들이 그 거대한 뿌리를 항상 기억하기를 소망했고, 그러한 일념에서 예이츠를 번역하면서 "신비주의이며 민족주의 시인"이라는 표현을 사용한 것으로 보인다. 세대적인 갈등을 보인 시 「비잔티움으로의 항행」을 번역 · 소개하면서, 늙은 예이츠의 신념에 찬사를 보낸 번역자는 예이츠의 배타적이지 않은 민족주의를 높이 찬탄한다. 아일랜드의 역사와 동로마제국의 비잔티움을 연계하는 데에서 아일랜드의 뿌리는 그리스 로마제국에 있으며, 젊은 세대들이 보이는 망각과 무지는 노경에 다다른 시적 화자의 지성과 뚜렷이 구분되고 있는 것이다. 즉 과거에 대

---

29 위의 책, 287쪽.

한 정확한 기억과 통찰하는 역사의식이 김수영이 젊은 세대들에게 촉구한 거대한 뿌리였던 것이다. 그는 예이츠를 논한 평론에서 이런 신념을 지닌 젊은 세대가 나타나기를 소망하고 있는 것이다.

김기림이 예이츠를 통해 자신 세대의 문학사적 위치를 강조하였다면, 김수영 역시 예이츠를 통해 기성세대에 비해 문학교육을 누리지 못했던 해방 후 등장한 젊은 세대의 자각을 촉구하고 있다. 사후 20년 정도가 흘러 문학사적 평가가 어느 정도 완결된 예이츠를 서술한 평론에서 그는 예이츠의 신비주의적이면서도 민족주의적 성격을 강조한다. 이런 전통에 의거한 신비주의적인, 또한 민족주의적 성격은 그의 시세계에 나타난 바 있다. 그는 시 「현대식 교량」에서 세대 간의 소통불가능성을 노래하여, 젊은 세대가 한국의 거대한 뿌리, 즉 전통성을 지속적으로 추구할 수 있을지를 다소 회의적인 시선으로 바라본다. 김수영은 전통에 대한 강조를 후속 세대에게 남겨주는 것이 자신 세대의 역할이라 믿었다. 그러나 그는 이 교량으로서의 역할이 그리 쉽지 않다는 인식에 다다른다. 소통 불가능성으로 인한 답답함은 김수영을 절망으로 이끌게 된다. 그 결과 「현대식 교량」의 시적 화자는 젊은 세대를, 생각 없이 자기 일만을 추구하는 근시안적인 "식민지의 곤충"으로 비유했다.

5. 결론

이 글은 김기림의 평론 「모더니즘의 역사적 위치」와 김수영의 평론 「신비주의와 민족주의의 시인 예이츠」를 살펴, 왜 예이츠 시의 번역 양상이 한국 모더니즘 시단의 계보에 의미가 있는지를 논의하였다. 김기림에게 예이츠는 1920년대 시단을 비판할 소재를 제공했다. 예이츠가 초기에는 연애

시를 썼지만, 1930년대에 들어와서는 문명 비판적인 지성의 시를 썼기 때문이다. 그러나 김기림은 예이츠의 이런 면모에도 불구하고 그의 문학사적 위치를 1920년대의 시인으로 한정한다. 예이츠의 만년의 노력에도 불구하고 한 시인의 문학사적 위치는 변화할 수 없다는 점을 김기림은 주장하고 싶었던 것으로 보인다. 이는 김기림이 모더니즘 시론가로서, 1930년대 모더니즘 시단의 역사적 위치를 수호하기 위한 의지로 파악된다.

1937년 중일전쟁이 시작되고 군국주의의 광풍이 몰아칠 시기에 한국문학은 분명 위험에 처하였다. 김기림은 예이츠의 시를 인용하면서 한국 모더니즘 시단의 계보학을 생성하려고 노력한다. 한국 현대시사에서 정지용의 가치를 지키고 특히 이상(李箱)을 모더니즘의 새로운 시작으로 본 것은 김기림의 계보학이 빚어낸 최고의 성과였다. 김기림은 1950년 『이상 선집』을 출판하여, 한국의 모더니스트 이상 문학의 정전화에 초석을 놓는다. 그의 이러한 노력은 1950년 한국전쟁의 발발과 납북, 실종으로 인해 중단될 수밖에 없었지만, 한국 모더니즘 시사에서 적지 않은 의미를 남기고 있다.

마리서사에서 김기림과 대화를 종종 주고받았던 후배시인 김수영은 김기림처럼 전통이 소멸하는 시대를 산 시인은 아니었다. 오히려 그가 활동한 1960년대는 분단되었지만, 해방된 한국이 나름의 문학 전통을 비로소 만들어보자고 외쳤던 시대였다. 김수영은 전통을 어떻게 일구어나갈 것인가 하는 문제에서 동시대 일본문학과 영미 문학작품을 열심히 읽는 데 그 해답이 있다고 보았다. 그는 동시대의 일본문학과 영미 문학작품과 비평을 열심히 소개하고 번역하는데, 예이츠의 배타적이지 않는 민족주의적인 정신이 새로운 젊은 세대가 이끌 한국의 건설에 필요하다고 보았다. 예이츠의 비잔티움으로의 항해가 김기림에게 세대 구분의 영감을 주었던 반면, 김수영에게는 영원한 제국, 비잔티움과 같은 이상적인 국가 건설의 메시지를 전달하였던 것이다.

2부

모더니즘 시단의 세계문학과의 상호 관련성 추구

이상(李箱)의「오감도 시제 1호」다시 읽기

1. 담론의 장으로서 '상호텍스트성'

상호텍스트성은 논자에 따라 다양하게 정의되고 있는데, 조나선 컬러(Jonathan Culler)는 상호텍스트성의 범주를 상당히 확장하여 해석하고 있다. 그는 상호텍스트성을 단순히 텍스트의 관련성이나 영향관계를 대체하는 개념으로 보지 않는다. 그는 상호텍스트성을 담론 공간에 대한 참여로 보아, 개념의 영역을 확장하려는 시도를 보여주었다.

> 상호텍스트성이란 어느 한 작품이 지니는 그 이전의 특정한 텍스트와의 관련성을 가리키는 말이라기보다는 오히려 그 작품이 한 문화의 담론 공간에 참여하는 것을 가리키는 말이다. 즉 그것은 어느 한 텍스트가 한 문화의 다양한 언어나 의미 행위와 맺고 있는 관계, 그리고 그 문화의 가능성을 표현하는 그러한 텍스트들과 맺고 있는 관련성을 가리킨다. 그러므로 상호텍스트성의 연구는 전통적 의미의 기원과 영향을 탐구하는 것이 아니다. 그것은 좀 더 영역을 넓혀 다음에 쓰이는 텍스트의 의미 행위를 가능하게 해주는 무명(無名)의 담론 행위, 즉 기원을 상실한 기호의 연

구까지 포함하여야 한다.[1]

컬러의 상호텍스트성 개념에 비추어볼 때 이상(李箱) 문학 텍스트에서 보이는 텍스트성 가운데 담론이 될 만한 것은 무엇일까? 가장 가시적인 담론 주제는 한글과 한문이 함께 등장하는 양층언어 현상일 것이다.

일반적으로는 시대적으로 전근대(Pre-modern)문학과 현대(Contemporary)문학 사이에 놓인 근대문학 자료에는 한자와 한글이 뒤섞인 양층언어 현상이 나타난다. 근대 기점으로 주로 거론되는 갑오경장(1894)부터 양층언어 현상은 한국어 글쓰기가 금지된 일본 제국주의 말기, 흔히 암흑기를 제외하고는 법적으로 인정되었으며, 사회통념상 무리 없이 받아들여졌다.

> 제14조 법률 칙령은 모두 국문으로 본을 삼고 한문 번역을 붙이며, 혹 국한문을 혼용함.
>
> — 대한제국 칙령 제1호(고종 31년, 1894.11.21)

갑오경장 이후 1990년대까지 자연스럽게 유지된 양층언어 현상은 전근대와 근대와의 이동기에 드러났다. 근대 전환기 양층언어 현상은 두드러지게 나타났지만, 현재 한글 전용의 글이 훨씬 더 많이 보이는 모습이다. 근대 초기 양층언어 현상이 나타나지 않았던 것은 오히려 매우 드문 사례일 것이다. 김병익은 이광수의 장편 『무정』(1918)을 예시로 들어 근대소설의 경우 양층언어 현상이 거의 나타나지 않는 국문체로 이루어져 있음을 지적한 바 있다. "개화기 이후 신문학이 도입되면서 시와 비평에는 한문이 혼용되는데도 불구하고 소설 문학만은 초기부터 한글을 전용하는 독특한 전통을 지켜왔는데, 근대 문화의 수용에 압도적인 영향을 주어온 일본과도 달

1 김욱동, 『포스트모더니즘』, 민음사, 2004, 194~195쪽에서 재인용.

리 왜 한국에서만은 특이하게 소설만은 한글 전용으로 쓰여졌을까, 중화 문화권의 한자로부터의 탈피가 가져온 변화, 특히 문학 언어의 스타일 변화는 어떤 것일까 하는 질문이 그것이었다."[2] 하지만 김병익의 지적은 단행본에 주로 국한되어 있을 뿐 종합지 및 문학잡지에 연재된 소설은 상당수의 국한문 혼용이 발견된다. 양층언어 현상에 따른 장르 구분의 가치를 되새겨볼 필요가 있는 것이다. 이 양층언어 현상은 한자를 주로 사용한 전근대 시대와 한글을 전용하는 현대와 구분되는 근대라는 시대 개념의 한 특성이며, 특히 양층언어 현상을 지금까지 유지하고 있는 일본과 지금은 거의 없어진 한국이 분기되는 지점이기도 하다.[3] 다음 장에서는 양층언어 현상의 몇몇 예시를 들어 이상 문학에 가시적으로 드러나는 이러한 현상을 점검해보도록 한다. 한문과 한글이란 서로 다른 언어 기호의 갈등과 대립, 균열을 상호텍스트성 담론의 장에서 살펴보려는 의도이다.

2. 텍스트 행간 속에 내포된 상상력 읽기 : 양층언어 현상

아래 인용된 시조는 기생 황진이가 벽계수(碧溪守)를 유혹할 때 사용했다고 널리 알려진 작품이다.

> 靑山裡 碧溪水야 수이 감을 자랑마라
> 一到 滄海하면 다시 오기 어려오니

---

2 김병익, 「한글 쓰기의 진화－모국어 문화의 정치적 의미」, 『문학과 사회』 25(3), 307쪽.

3 한국과 일본에서 나타나는 양층언어 현상의 차이에 대해 임형택, 「한민족의 문자생활과 20세기 국한문체」, 『한국문학사의 논리와 체계』, 창작과비평사, 2002, 428~458쪽 참조.

明月이 滿空山하니 쉬여 간들 엇더리

『청구영언』에 소개된 이 시조는 상당히 특이한 구조를 지니고 있다. 원본인 세로쓰기를 감안하면 상반부는 한자로, 후반부는 한글로 구획되었다. "청산리 벽계수", "명월"은 대상을 일컫는 명사이기에 한자어가 쓰인 것은 당연하지만, 중장의 "일도 창해하면 다시 오기 어려오니"의 경우 "일도 창해"라는 한자어구와 "다시 오기 어려오니"라는 한글 표현이 공존하였다. 후에 김기림은 「시조와 현대」(1950)에서 이 시조가 한자어를 지나치게 남용했다며 황진이를 비판했지만, 이는 해방 직후의 시대상을 반영했기 때문으로 보인다.[4] 오히려 현재의 시각으로 이 시조 텍스트를 일별했을 때 한자와 한글이 동시에 사용되어 압축과 이완을 반복하고 있다는 점이 이채롭다. 더구나 시조 장르가 시절가요(時節歌謠)의 준말로서 시가 아닌 원래 노래였다는 점을 감안한다면, 음악이 가미된 압축과 이완의 묘는 상당히 수준 높은 경지에 다다른 셈이다. 이와 같은 한자어와 한글의 양층언어 현상은 기생 황진이와 양반 서화담의 신분 차이를 설명하면서 수축-'가다'와 이완-'오다'를 반복하고 있다는 점에서 조선 후기 양반층과 기생층의 관계를 들여다볼 수 있는 계기가 된다. 양반들이 문집에 남긴 한시와 한문 산문과는 달리, 양반층의 시조나 가사, 기생층과 평민층의 문학에는 한글과 한문이 혼용되었던 것이다.

1894년 갑오경장이 일어나 신분제가 폐지된 후 식민지 시기 발행된 근대

---

4 "시조시인들은 대부분 우리말 본래의 자연스럽고도 펄펄 뛰는 싱싱한 어휘나 어법을 살려 부리려 하느니보다는 한문이나 한시에서 온 죽은 인습적 표현을 기계적으로 떼다 붙이는 것을 즐겨했던 것이다. 천재시인 황진이로도 아래 예에서 보듯 이런 폐풍에 사로잡히는 때가 적지 않았다." 김기림, 「시조와 현대 : 버림받는 시조의 재검토」, 『국도신문』, 1950.6.9.~6.11.(『김기림전집』 2, 심설당, 1988, 345쪽에서 재인용)

문학 잡지와 신문에서 한글 전용을 찾아보기는 쉽지 않다. 한문과 한글이 동시에 사용된 텍스트가 대부분인 것이다. 대부분 한글의 비중이 높은 시에서 일부 모더니즘 시인들은 한문과 한글의 동시 사용을 시도하는데, 이상(李箱)의 「오감도 시제 1호」는 한문과 한글을 의도적으로 배치하여 두 기호 간의 긴장과 갈등을 선명히 드러내었다.

十三人의兒孩가道路로疾走하오.
(길은막다른골목이適當하오.)

第一의兒孩가무섭다고그리오.
第二의兒孩도무섭다고그리오.
第三의兒孩도무섭다고그리오.
第四의兒孩도무섭다고그리오.
第五의兒孩도무섭다고그리오.
第六의兒孩도무섭다고그리오.
第七의兒孩도무섭다고그리오.
第八의兒孩도무섭다고그리오.
第九의兒孩도무섭다고그리오.
第十의兒孩도무섭다고그리오.

第十日의兒孩도무섭다고그리오.
第十二의兒孩도무섭다고그리오.
第十三의兒孩도무섭다고그리오.
十三人의兒孩는무서운兒孩와무서워하는兒孩와그렇게뿐
이모였소.(다른事情은업는것이차라리나앗소)

그中에一人의兒孩가무서운兒孩라도좃소.
그中에二人의兒孩가무서운兒孩라도좃소.

그中에二人의兒孩가무서워하는兒孩라도좋소.
그中에一人의兒孩가무서워하는兒孩라도좋소.

(길은뚫닌골목이라도適當하오.)
十三人의兒孩가道路로疾走하지아니하야도좋소.

—「烏瞰圖詩第一號」, 『조선중앙일보』, 1934.7.24.

시조 「청산리 벽계수야…」가 초장, 중장, 종장의 3행 구조를 지닌 것처럼, 「시제1호」도 세 부분으로 나누어진다. 첫 1~2행은 도입부로, 도로를 질주하는 열세 명의 아이가 이 시의 등장인물이라는 사실이 밝혀진다. 3행부터 17행까지는 갈등이 고조되는 전개 부분으로 무서움에 떠는 아이들이 차례대로 묘사된다. 18행부터 마지막까지는 긴장이 해소되는 결말 부분으로, 무서움의 의미가 해소되어 더 이상 도로를 질주할 필요성을 잃게 된다. 앞서 설명한 시조의 구조처럼 「오감도의 시제1호」는 한자 반 한글 반으로 구획되어 있다. 게다가 '무섭다', '좋다'라는 희로애락의 감정을 한글로 표현하여 한자가 차지하는 체언 구역과 한글이 차지하는 용언 구역을 적절히 구획하고 있는 것이다.

「시제1호」는 한 편의 시이면서 한 편의 그림이다. 타이포그래피적인 요소를 고려할 때 이 시를 그림(圖)의 영역에서도 이해할 수 있게 된다. 이상의 아방가르드 기법을 글자와 그림의 경계를 뛰어넘는, "문자언어를 극한으로 밀어붙이는 예술적 시도"[5]라고 정의할 때, 한자와 한글 및 기타 타이

5 이러한 필자의 문제의식은 대니얼 올브라이트(Daniel Albright)의 모더니즘에 대한 정의에서 빌려온 것이다. 그는 *Untwisting the Serpent*에서 모더니즘을 "미학적 건설의 한계에 대한 실험(the testing of the limits of aesthetic construction)"으로 정의한다. Albright, Daniel, *Untwisting the Serpent: Modernism in Music, Literature, and Other Arts*, University of Chicago Press, 1999, p.29 참조.

포그래피적 요소를 다음과 같이 구분 지어 생각해볼 수 있을 것이다.

3. 「시제1호」에 나타난 한자의 의미

영미 모더니스트 중에 가장 열정적으로 중국 한문이 가진 표의성을 그의 예술적인 이상으로 받아들인 사람은 에즈라 파운드(Ezra Pound)다. 파운드 이전 어네스트 페놀로사(Ernest Fenollosa)는 일본에서 중국과 일본문학을 공부한 미국인 학자로 한문을 인간이 만들어낸 어휘 중에서 가장 자연과 가깝다고 보았다. 예를 들어 한자의 "明" 자는 해(日)와 달(月)이 결합된 문자로 명사(밝음), 형용사(밝은), 동사(밝다)의 의미가 동시에 존재한다. 이에 반해 영어에서 밝음을 지시하는 명사와 형용사는 Bright이지만 동사는 Brighten이 되어 그 어형이 변화한다. 페놀로사는 어형이 변화하는 문자는 자연에 위배되는 것으로 판단했다. 의미가 같은 명사 · 형용사 · 동사가 서로 고립되어 다르게 존재하는 것은 인간이 만들어낸 인공적인 사유의 정도가 짙다고 본 것이다. 이런 언어는 자연의 법칙에 위배되는 언어라는 것이다. 또한, 그는 문장이라는 개념을 싫어했는데 그 이유로는 문장의 마침표는 의미의 중지를 불러일으키는데 자연이란 움직임의 연속으로 어떠한 중지도 없다는 것이다. 한문은 마침표가 없는 문자들의 집합으로 휴지를 갖고 있는 영어나 라틴어의 알파벳에 비해 우월한 문자로 받아들여졌다. 파운드는 페놀로사의 미망인에게 이러한 주장이 담긴 노트를 물려받아 1918년 『시의 매개로서의 중국문자(*The Chinese Written Character as a Medium for Poetry*)』를 출판한다. 파운드는 페놀로사의 주장을 대부분 받아들이고 있는데 이미지스트답게 한자가 가진 이미지의 역할에 특히 관심을 보인다. 여러 한자들로 구성된 한시는 단순히 "하나의 구조를 그린 그림"이 아니라, "얽히고설킨 내러티브가 담겨진 그림"이라는 것이다.

한자의 그림 이미지는 시의 회화성을 강화한다. 구강구조를 토대로 형상화된 한글과 달리 상형이 주축원리가 된 한자는 자연의 모습을 그대로 본따고 있다. 예컨대, 앞서 인용한 황진이의 시조에서 종장의 첫 소절 시어 "명월(明月)이"는 한 개의 해(日)와 두 개의 달(月)이 동시에 떠 있는 극한의 밝음을 드러낸다. 독자들은 벽계수를 향한 명월의 유혹이 얼마나 강렬한 것인지를 이 한자어를 통해 실감할 수 있다. 「시제1호」에 사용한 한자 역시 시의 내러티브와 관계된 맥락에서 해석할 수 있다.

우선, 이 시의 등장인물을 가리키는 시어 "아해"부터 살펴보자, 아해는 한자 "兒孩"로 표기되어 있는데 이들은 두려움에 떨면서 도로를 질주하는 인물로 그려져 있다. 아해의 한자 아(兒의) 밑부분 "儿"나 해(孩)의 "人"변은 도로를 달리는 아이들이 보여주는 하체의 움직임을 형상화한다. 질주라는 한자어 역시 마찬가지다. 질주(疾走)의 밑부분 역시 두 다리의 연속적인 움직임이 형상화되어 있기 때문에 이 시가 가진 급박함, 두려움 등이 한자가 지닌 이미지를 통해 강화되는 모습이다. 한자를 통해 그려진 두 다리의 움직임은 인간의 동작이 시간에 따라 어떻게 변모하는지를 탐색한 에티엔 쥘 마레(Étienne Jules Marey)의 크로노포토그래피를 연상시킨다. 저자는 한자의 이미지를 통해 다리 근육의 끊임없는 움직임을 이 시에서 표현하고 있는 것이다.

또한 두 번째로 주목할 단어는 "그中에"이다. 두 한글 음절 사이에 한자가 마치 관통하는 것처럼 삽입된 "그中에"는 앞서 언급한 것처럼 장면을 전환시키는 중요한 역할을 하는 단어이다. 가운데 중(中)자는 가로 상자(口)를 관통하는 막대기(丨), 즉 십자가의 이미지를 띠고 있는데, 십자가의 이미지는 "시第1호" 및 "第~의 아해"에서의 제(第)나 "十~명의 兒孩" 할 때 드러나는 십(十)의 이미지와 같다. '第' 자와 '十' 자는 '中' 자와 더불어 지속적

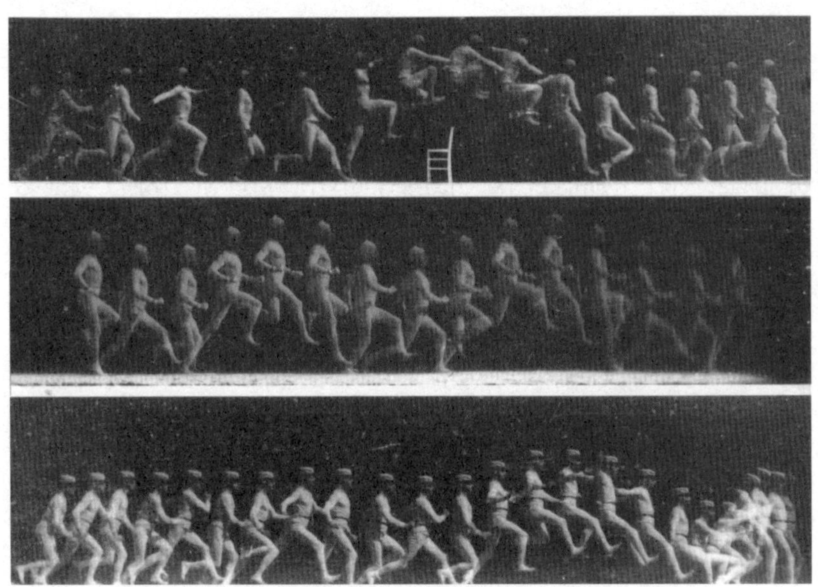

[그림 1] 에티엔 쥘 마레(Étienne-Jules Marey)의 크로노포토그래피.

으로 반복되고 있기 때문에 전반적으로 십자가의 이미지가 이 시를 지배한다고 할 수 있다. 따라서 기독교적으로 이 시를 해석하는 기존 연구도 가능했던 것으로 보인다. 하지만, 기호적으로 보았을 때 십자가 자체가 지닌 관통의 의미로 이 시가 지닌 격렬함 움직임을 이해할 수 있다. 저자는 십자가 이미지(十)를 통해 열세 명의 아이들의 분주한 움직임과 강렬한 공포감을 관통하는 장면을 통합적으로 연상시킨다.

마지막으로 언급할 것은 까마귀(烏)이다. 까마귀가 한글로 "까마귀"라고 되어 있지 않고 제목 오감도(烏瞰圖)에서 한자 "烏"로 그려진다. 까마귀를 뜻하는 한자, 까마귀 오(烏)는 새 조(鳥) 자에서 한 획이 빠진 것이다. 까마귀 오는 몸이 검어서 그 눈이 보이지 않기 때문에 새 조 자에서 눈을 지칭하는 한 획을 뺀 것으로 알려져 있다. 눈이 없는 것 같은 새가 아이들의 심리 상태를 정확히 판단한다는 사실은 인간의 생각이란 것이 얼마나 단편적이고 불완전한지를 보여주려는 저자의 의도다. 사물의 표면만을 볼 것이 아니라 눈으로 볼 수 없는 부분까지 바라볼 수 있는 시야를 가질 것을 독자에게 주문한다. 사물을 받아들이는 인식에서 인간이 얼마나 불완전하고 자기 편견을 지닌 존재라는 것을 지적하고 있는데, 이는 이 시의 큰 제목 오감도의 "오감(烏瞰)"이 인간의 "오감(五感)"을 연상하도록 사용된 사실에 의해서도 뒷받침된다.

4. 「시제1호」에 나타난 한글의 의미

한자가 동적인 이미지를 추구한다면, 한글은 이에 비해 정적인 이미지를 만들어낸다. 3행부터 15행까지 "무섭다고그리오," 18행부터 23행까지 "~도 좃소"가 반복되고 있는데 여기 한글에서 느껴지는 이미지는 안정적이다. "무섭다고그리오"에서 사용된 ㄱ, ㄷ, ㄹ, ㅁ, ㅂ은 구강구조에서 파생된 자음으로서 사선(／) 없이 가로(＿) 혹은 세로(ㅣ)로 구성되어 있어 안정감을 준다. "좃소"의 ㅅ 같은 경우는 그 형상 자체가 동적인 이미지를 지니고 있지만, 그 ㅅ을 모음인 "ㅗ"가 밑에서 받치고 있기에 안정적인 느낌을 유지한다. 단지, "무서워하는"의 "서"의 경우 "ㅅ"을 밑에서 뒷받침해주는 모음이 없기 때문에 사선이 지닌 역동적인 느낌을 줄 수 있으나 이는 문장 중간에 위치해 있어 운동성이 그리 강하게 드러나 있지 않다. 한글은 한자 "第"의 열 십(十)이 지닌 관통의 이미지나 "아해(兒孩)"에서 아(兒)의 "儿"나 해(孩)의 "人"가 지닌 동적인 이미지를 감소시키는 역할을 하여, 전반적인 균형을 유지시키는 역할을 한다.

5. 신문의 경계선의 의미

한자와 한글 이외에 주목할 부분은 괄호 부분으로 여겨진다. "(길은막다른골목이適當하오.)", "(다른事情은업는것이차라리나앗소)", "(길은뚤닌골목이라도適當하오.)"의 세 문장이 괄호가 사용된 문장이다. 앞서 언급하였듯이, 이 시는 수미일관의 기법 속에 대칭적 구조를 취한다. "막다른골목이適當하오"가 머리 부분이라면, "뚤닌골목이라도適當하오"가 꼬리 부분이며 이 둘은 상호 대칭적 구조를 가진다. 따라서 그 중간에 놓인 "(다른事情은업는것이차라리나앗소)"에서 사정이 무엇인지에 대해 짐작할 수 있다. 여기서 사정은 길이 막다른 골목인지, 뚫린 골목인지 여부로 보인다. 골목의 개폐 여부가 이 시에 있어 제재가 되는 셈인데, 이 골목의 개폐 여부는 신문의 인쇄 상태에서 여실히 확인할 수 있다.

[그림 2]의 신문 지면에 인쇄된 시 원본을 참조하여 이 시를 감상한다면, 독자들은 당연히 오른쪽의 제목에서 시작하여 신문 지면의 왼쪽 가장자리

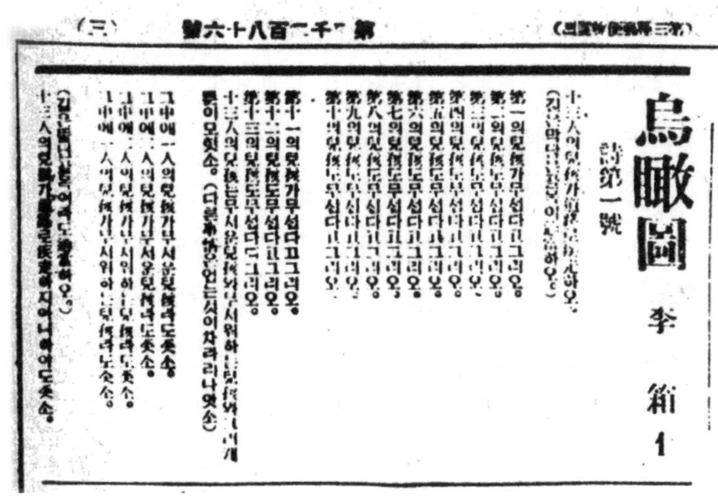

(三)

烏瞰圖

詩第一號

李 箱 1

十三人의兒孩가道路로疾走하오.
(길은막다른골목이適當하오.)

第一의兒孩가무섭다고그리오.
第二의兒孩도무섭다고그리오.
第三의兒孩도무섭다고그리오.
第四의兒孩도무섭다고그리오.
第五의兒孩도무섭다고그리오.
第六의兒孩도무섭다고그리오.
第七의兒孩도무섭다고그리오.
第八의兒孩도무섭다고그리오.
第九의兒孩도무섭다고그리오.
第十의兒孩도무섭다고그리오.

第十一의兒孩가무섭다고그리오.
第十二의兒孩도무섭다고그리오.
第十三의兒孩도무섭다고그리오.
十三人의兒孩는무서운兒孩와무서워하는兒孩와그러케뿐이모혓소.(다른事情은업는것이차라리나앗소)

그中에一人의兒孩가무서운兒孩라도좃소.
그中에二人의兒孩가무서운兒孩라도좃소.
그中에二人의兒孩가무서워하는兒孩라도좃소.
그中에一人의兒孩가무서워하는兒孩라도좃소.

(길은뚤닌골목이라도適當하오.)
十三人의兒孩가道路로疾走하지아니하야도좃소.

[그림 2] 이상, 「오감도 시제1호」, 1934.7.24.

끝으로(우에서 좌로 ←) 읽어나갈 것이다. 독자들은 이 신문의 지면에 막다른 골목이 형성되어 있다는 사실을 실감하게 된다. 텍스트 바로 위에 그려져 있는 위쪽의 굵은 막대와 아래쪽의 가느다란 막대는 「시제1호」의 텍스트를 다른 텍스트와 경계 짓는 선이면서, 동시에 신문 지면의 왼쪽 끝선과 함께 막다른 골목을 형성한다. 막다른 골목에 부딪힌 독자들은 22행, "(길은뚫닌골목이라도適當하오.)"를 떠올릴 것이다. 막다른 골목에 부딪힌 독자들은 뚫린 골목을 찾기 위하여 이 시를 반대로, 즉 좌에서 우(→)로 읽어나가도 큰 차이는 없다. 조사 '-도'와 '-가'가 약간 어색하게 붙어 있겠지만, 우에서 좌로 읽어나갔을 때의 심상과 좌에서 우로 읽어나갔을 때 떠오르는 감정은 유사할 것이다. 이는 막다른 골목이나 뚫린 골목이나 어떤 것이라도 적당하며, 13인의 아이들이 도로를 질주하든 질주하지 아니하든 상관없다는 시적 화자의 언술 때문이다. 좌에서 우로 시를 읽어나가던 독자들은 두 막대기와 제목 왼편의 경계선 사이에 간격이 벌어져 공간이 확보되어 있음을 발견한다. "(길은막다른골목이適當하오)"라는 시적 화자의 언술 뒤에 뚫린 골목을 발견하게 되는 것이다. 이때, 이 시는 배경 공간의 활용에 있어서 시어의 의미와 모순되는 효과를 발생시킨다. 「시제1호」는 시어인 문자들뿐만 아니라 신문 지면의 경계선마저 포함시켜, 시 전체가 이루는 형상을 왜곡시키는 효과를 이끌어내고 있다. 「시제1호」를 이루고 있는 세 부분, 한자, 한글, 신문의 경계선 가운데, 가장자리를 이루고 있는 신문의 경계선을 제외하고 볼 때 직사각형 모양의 텍스트 내에서 한자와 한글이 서로 갈등하며, 압축-'무섭다'와 이완-'좃소'를 반복하는 것을 알 수 있다. 이처럼 상호텍스트성이란 결국 대립되는 언어 기호들 간의 갈등 구조를 내포하고 있으며, 언어 기호들 간의 자리 바꿈은 근대라는 약 반세기 동안에 걸쳐 자연스럽게 벌어진 한글과 한문 사이의 위상 변화와도 깊은 관련을 맺고 있는 것이다.

6. 나가며

이상 문학은 한자와 한글처럼 이질적인 것이 서로 함께 뒤섞인 기호의 공간이다. 니체가 『비극의 탄생』에서 이야기한 아폴론적 세계관과 디오니소스적 세계관의 결합과 같이, 서로 융화되기 어려운 것들이 함께하고 있는 상호텍스트의 공간이다.

이 융합의 공간을 어떻게 채워나갈 것인지는 텍스트 간 끊임없이 서로 자리를 바꾸고 또다시 되바꾸는 '상호텍스트성'의 전위(transposition)로부터 출발하게 될 것이다. 이상 문학에서 한글과 한자의 이질적인 기호들의 집합은 상호텍스트성이 지닌 역동성으로 수평 · 수직적으로 활발히 교차되어 새로운 문학적 의미를 창조하고 있다.

김기림의 『기상도』와 T.S. 엘리엇의 『황무지』의 상호텍스트성

— 역사의식을 중심으로

1. 서론

이 글에서는 영향관계와 상호텍스트성 개념을 구분하기 위해 통시적 관계에 놓인 텍스트 사이의 영향관계를 인유로, 공시적 관계에 놓인 텍스트 사이의 영향 관계를 상호텍스트성으로 정의하려고 한다. 1차 세계대전 후 인간 이성에 대한 불신과 황폐해진 세계를 묘사한 엘리엇의 작품 『황무지』와 김기림의 작품 『기상도』는 상호텍스트성의 범주 내에 놓임을 알 수 있다.

나아가 영향관계라는 용어를 상호텍스트성으로 세분화하려는 원인은 영향관계의 범주에 속해 있는 빌리기, 메아리 등은 원천이 되는 텍스트가 빌려왔으며 메아리쳐진 텍스트보다 우월한 관계에 놓임을 전제하고 있기 때문이다. 그러나 김기림이 『기상도』를 쓸 때 『황무지』로부터 영감을 받기는 했지만, 두 작품은 서로 다른 문화권에서 각기 다른 언어로 형성된 작품이기 때문에 작품의 우열관계를 논하기는 불가능하다. 두 작품을 두고 우월의 논리에 빠지지 않기 위해, 이 글에서는 원천이 되는 작품의 우월성을 강조하는 기존의 용어 사용을 배제한 채 상호텍스트성에 기초하여 두 작품을 독립적인 지위에 놓고 비교해보려고 한다.

김기림의 『기상도』를 이해하기 위하여 엘리엇의 『황무지』를 고려해야 하는 이유로 몇 가지를 들 수 있다. 첫째, 장시의 구성을 교향악에 비유하고 있는 점에서 유사성을 보인다. 김기림은 『기상도』의 제작 소감을 발표한 잡지 『중앙』의 지면에서 "한 개의 現代의 교향악을 계획한다. 現代文明의 모든 면과 稜角은 여기서 발언의 권리와 기회를 거절 당하는 일이 없을 것이다"[1]라고 밝히고 있다. 그는 문명의 모든 면을 버무려 작품을 빚겠다는 의도를 여러 가지 악기들이 모여 하나의 화음을 내는 교향악에 비유하고 있다. 이같이 시 작품을 "교향악"으로 비유하는 것은 김기림의 독창적인 산물은 아니다. 엘리엇은 『황무지』에서 바그너의 무대 교향악 〈트리스탄과 이졸데〉 속의 노래 구절 〈배꾼의 아리아〉를 작품 속에 직접 삽입하여 『황무지』를 이루는 구성 요소들을 한층 풍요롭고 다양하게 만들고 있다.

둘째, 김기림이 1936년 4월 동북제국대학에 입학하여 리처즈(I.A. Richards)의 시학 연구를 시작하기 이전,[2] 그의 시론에서 가장 많이 언급하고 있는 시인이 엘리엇이다. 1936년 4월 이전의 비평을 살펴보면 「오전의 시론」(1935.4)에서 엘리엇이 겪은 시대적 불행에 관하여 이야기하며, 「현대시의 난해성」(1935.5)에서 엘리엇의 시가 난해한 이유에 대하여 설명하였고, 「시인으로서 현실에 적극관심」(1936.1)에서 엘리엇의 『황무지』는 장시에 적합한 시대적 분위기를 반영한다고 하였다.

셋째, 『기상도』가 『황무지』의 영향을 받았다는 기존의 연구들이 축적되어있기 때문에 여기에 대한 검토가 필요하다. 최재서는 그의 논문 「現代詩의 生理와 性格」에서 김기림이 『기상도』에서 사용한 기법에 대하여 "「그래

---

1 『中央』, 1935.5, 104쪽.

2 동북제대 시절 김기림의 학습 여건에 관해서는 권영민, 「시인 김기림(金起林)의 동북제대(東北帝大) 시절」, 『문학, 시대를 말하다』, 태학사, 2012, 203~204쪽 참조.

서」라든지 「그러니까」라든지 「그리고」라는等屬의 接續詞를 省略함을勿論한心理狀態에서 다른心理狀態로 移動하야가는 徑路에對한 說明까지도 節約하야 버린다"[3]고 설명하며, 이 같은 수법을 즐겨 사용하는 시인이 바로 "英國의에리옷트"라고 말한다. 김용직 역시 그의 논문 「1930년대 김기림과 『황무지』」에서 『황무지』를 평한 I.A. 리처즈의 말을 빌려 『기상도』와 『황무지』가 문명의 도덕적 부패를 비판하는 "관념적 음악"[4]이라는 공통점이 있다고 보았다.

하지만 이 같은 연관성에도 과연 『기상도』와 『황무지』를 과감히 일대일로 비교할 수 있을까? '비교'라는 말은 상당히 관념적인 용어여서 비교문학은 서로 다른 텍스트를 단순히 비교한다는 의미에 지나는 것이 아니다. 비교를 넘어 두 텍스트를 분석하고 해석하며 텍스트를 통해 과거의 것을 연상하고 평가하며 또한 일반화시켜야 하는 등 여러 가지 작업들이 동시다발적으로 수반된다. 또한, 나탈리 멜라스(Natalie Melas)가 『세상의 모든 차이들(*All the Difference in the World*)』에서 이야기한 것처럼 "무엇을 비교하느냐의 문제는 이미 과거의 문제의식이며 무엇을 근거로 하여 비교할 수 있느냐"[5]가 중요한 것이다. 이승원이 김기림의 『기상도』와 『황무지』의 비교를 거부한 것은 비교의 토대가 취약하다고 보았기 때문이다. 그는 "히브리 문화와 헬레니즘 문화의 흐름 속에 전개된 유럽의 정신사를 배경으로 당대 유럽 문명의 문제점을 조명한 엘리엇의 작업과, 자신의 잡다한 시사정보를 총동원하여 세계의 풍경을 자랑스럽게 점묘해간 저널리스트 김기림의 작업은 질

---

3 최재서, 「現代詩의生理와性格」, 『조선일보』, 1936.8.22.

4 김용직, 「1930년대 김기림과 『황무지』 — 金起林의 비교문학적 접근」, 『한국현대문학연구』 1호, 1991, 275쪽.

5 Natalie Melas, *All the Difference in the World: Postcoloniality and the End of Comparison*. Stanford: Stanford UP, 2007, p.31.

적으로 분명히 구분되기 때문이다"[6]라면서 비교 불가능성의 근거를 작품의 질적인 측면에서 찾는다. 하지만 작품의 질에 대한 평가는 연구자에 따라 의견이 다를 수 있기에, 비교 불가능성의 객관적인 근거가 되기는 어렵다.

이 밖에도 『기상도』와 『황무지』는 시의 배경이 현격한 차이를 보여 비교의 근거를 위협한다. 반식민지 도시 상해와 식민지 도시 경성을 배경으로 한 『기상도』를 제국의 중심부였던 런던을 묘사한 작품과 비교할 수 있느냐는 질문은 쉽게 해소되지 않는다. 식민지와 제국, 주변과 중심, 나아가 동아시아와 서구 유럽에 각기 소속된 문학작품을 동등하다고 볼 수는 없다. 『기상도』와 『황무지』사이에 동등성은 없다. 장-뤽 낭시(Jean-Luc Nancy)가 비교(Com-parison)의 개념을 공존(Co-Appearance)으로 간주한 것처럼 『기상도』와 『황무지』는 비교를 위해 함께 등장하지만, 다른 문화권의 동등하지 않은 작품이기 때문에 비교 불가능성(Incommensurability)[7] 역시 전제된다. 한국 고전문학에서 한문학을 살피기 위해서는 동시대의 한글문학이 그 대척점에 서며, 젠더 연구에서 퀴어 문학은 이성애자 문학과 떼려야 뗄 수 없는 비교 가능성을 그 자체로 내재하고 있는 반면, 『기상도』와 『황무지』의 비교는 어느 부분 일정한 비교 불가능성을 전제할 수밖에 없다. 이 글에서는 비교 불가능성을 두 작품을 비교할 수 있는 근거로 설정하여 문화적인 맥락의 차이를 염두에 두며 두 작품을 비교하려 한다.

『기상도』는 인간문명에 대한 비판을 주제로 한 장시라는 점에서 『황무지』와 서로 연관되어 있다. 이 글은 『기상도』와 『황무지』에 드러난 문명에 대한 관점이 두 텍스트 사이에서 어떻게 교섭하고 있는지 살펴봄으로써 『기상도』에서 드러나는 문명 비판과 역사 감각을 고찰해보고자 한다.

---

6 이숭원, 『김기림』, 한길사, 2008, 70쪽.

7 Natalie Melas, 앞의 글.

2. 순환하는 역사

『황무지』의 기본적인 상징은 제시 웨스턴(Jessie L. Weston)의 연구서 『제식으로부터 로망스로(*From Ritual to Romance*)』에 근거한다. 황무지는 저주에 걸린 땅이다. 이 땅의 저주는 땅 주인인 어부왕이 걸린 저주와 연결되는데 어부왕은 생식기가 망가진 불구의 몸으로 병에 걸려 있다. 저주는 이곳을 방문한 기사가 그 땅의 다양한 상징들에 대해 그 의미를 묻는 것으로써만 풀리게 된다. 『황무지』 텍스트는 바로 이 다양한 상징들에 대한 지식으로 이루어져 있는데 몽타주 기법에 따라 인유된 상징들은 그 원천을 성배설화, 『황금가지』, 『오딧세이아』, 『신곡』, 『악의 꽃』, 『성경』, 바그너의 교향악, 보슈의 그림 등 서구의 대표적인 전설과 신화 속에 두고 있다. 이에 반해 『기상도』는 "동방의 전설은 믿을 수 없는"이라는 시구에서 보이듯, 동방의 신화와 전설을 배제하고 있다. 대신, 당대 중국의 상해에서 펼쳐지고 있는 제국주의 열강들의 행태를 몽타주 기법으로 묘사하였다.

김기림이 『황무지』를 통해 상당한 감명을 받은 부분은 서구의 신화와 전설의 나열이 아닌 서구 문명에 대한 논의이며 역사에 대한 감각이다. 『기상도』와 『황무지』의 저류에 흐르고 있는 역사관은 매우 유사하다. 『기상도』 제7장 「쇠바퀴의 노래」에서 시적 화자는 "나의 날음은 즐거운 궤도 우에 끝없이 달리는 쇠바퀼 게다" 라며 자신을 쇠바퀴로 은유하고 있는데 이 쇠바퀴는 『황무지』의 주된 심상인 타로 카드의 점괘 '운명의 수레바퀴'와 상호텍스트 되어 있다.[8] 『황무지』에서 예수의 죽음과 부활, 황금가지를 지키는

---

8 "바퀴" 모티프는 김기림의 시에서 자주 보인다. 시 「아스팔트」에서는 "소리 없는 고무바퀴를 신은 자동차의 아기들이 분주히 지나간 뒤"라며 자동차의 바퀴를 의인화하고, 시 「아프리카 광상곡」에서는 "오늘은 천년 묵은 사막의 정적을 부시고 가는/피묻은 늙은 쇠바퀴야/너 달려가는 곳이 어디냐"하며 에티오피아를 침공한 이탈리아군의 탱크

사제왕의 죽음과 새로운 사제왕의 등장, 어부왕의 부유와 쇠락의 반복 같은 알레고리들은 모두 모든 문명은 그 흥망성쇠를 되풀이한다는 '운명의 수레바퀴'와 연결되는데, 이는 역사는 되풀이되고 하나의 원 안에서 순환한다는 윤회의 법칙에 맞닿아 있다.

『기상도』의 순환 구조에 주목한 연구자로 박철희를 들 수 있다.[9] 그는 「김기림론」에서 『기상도』의 구성에 대하여 "제1부 세계의 아침과 이 시의 대단원인 7부 쇠바퀴의 노래는 그 시적 구조가 시간상으로 원형을 보여주듯이 공간상 원형을 보여주고 있음을 놓칠 수 없다. 말하자면 구조상 대칭으로 이루어져 있는 것이 이 시의 특색이다"[10]라고 언급한다. 그의 논의를 좀 더 발전시켜본다면, 『기상도』는 구성상 순환 구조일 뿐만 아니라 그 구성에 흐르는 역사관 역시 순환의 역사관이라고 해석할 수 있다. 김기림은 호머의 서사시 『오딧세이아』를 다시 쓴 제임스 조이스의 『율리시즈』를 예로 들면서, "『歷史는 되푸리한다』는 옛格言이 단순한 옛格言이 아니며, 이큰 作品[율리시즈－인용자]이 새文學의 出發點일지도 모른다"[11]고 주장한 바 있다. 이는 김기림이 「모더니즘의 역사적 위치」(1939)에서 주장한 변증법을 통해 전진하는 역사의 성질뿐만 아니라, 역사가 반복된다는 사실 또한 인식하고 있다는 사실을 의미한다. 『기상도』에서 드러나는 저자의 역사관은

바퀴를 의인화한다.

9 순환 구조에 최초로 주목한 사람은 박용철이다. 하지만 박용철은 『기상도』가 순환 구조를 이루는 것에 불만을 표시한다. 그는 1936년 『동아일보』에 발표한 「丙子詩壇의一年成果」에서 "筆者가 이詩人[김기림]을尊敬함에도 不拘하고 이詩[기상도]를 참으로 사랑하지 못하는 理由는 이詩가 暴風警報로 始作해서 暴風警報解除로 끝나는 이均整된 左右同形的構成이다"라며, 구성의 문제를 지적한다. 박용철, 『박용철 전집 II』, 깊은샘, 2004, 110쪽.

10 박철희, 「김기림론」, 김유중 편, 『김기림』, 문학세계사, 1996, 266쪽.

11 김기림, 「문예시평 : 現文壇의不振과그展望」, 『동광』, 1932.10, 351쪽.

변증법적 역사라기보다는 순환하는 역사에 더 가깝다.[12]

『기상도』에서 나타나는 문명의 순환은 태풍의 등장으로부터 시작한다. 태풍의 영향권인 동아시아를 배경으로 하는 이 시는 처음부터 끝까지 중화 문명에 대한 지속적인 비판으로 점철되어 있다. 중국의 문화 및 정치상황을 희화화하는 등 중국에 대해 일관되게 냉소적이다. 제2장 「시민행렬」에서는 당시 중국의 퍼스트레이디라고 할 수 있는 송미령을 희화화한다.

> 너무 興奮하엿슴으로
> 內服만입은 「파씨스트」.
> 그러나 伊太利에서는
> 泄瀉劑는 일체 禁物이랍니다.
> 畢竟 洋服입는法을 배워낸 宋美齡女史.[13]

'난잡한 전쟁경기'에 흥분하여 내복만을 입고 있는 이탈리아의 "파씨스트"와 서양 의복을 잘 차려입는 장개석의 부인 "송미령"이 대조된다. 제국주의 열강인 이탈리아는 옷도 걸치지 않은 채, 즉 어떠한 예의도 갖추지 않은 채, 이권을 추구하려는 제국의 전쟁경기에 열중하고 있다. 이탈리아에서 일체 금물인 "설사제"는 아리스토텔레스가 『시학』에서 설명한 "정화

---

12 김예리는 "그[김기림]의 시간의 방향은 시인 주체에 의해 새롭게 창조되는 가치의 방향에 따라 바뀔 수 있는 '미정의 방향성'으로 정의내릴 수 있다. 김기림에게 역사의 진행 방향은 현재라는 지금 시간의 현실의 정황에 따라 달라지며, 진동하고 있는 현실의 가속도의 방향은 새로운 가치창조자에 의해 언제나 바뀔 수 있다"고 주장한다. 「모더니즘의 역사적 위치」(1939)에서 역사의 변증법적 발전을 주장하며, 『기상도』(1936)에서 역사의 순환구조에 주목하는 등, 김기림이 보인 다양한 시간의 진행 방향은 김예리가 제시한 "미정의 방향성"과 상통한다. 김예리, 「김기림 시론에서의 모더니티와 역사성의 문제」, 『한국현대문학연구』 31집 2010. 8, 33쪽.

13 김기림, 『기상도』, 창문사, 1936, 3쪽.

(purification)"[14]를 의미하는 것으로 배설을 통해 정화될 수 없는 무솔리니 치하의 파시즘 정권을 풍자한 것이다. 송미령을 수식하는 "필경~배워낸"과 같은 과장된 표현은 중국의 국민당이 이탈리아 파시즘을 흉내 내기에 급급하다는 냉소를 드러낸다.[15] 중국 국민당은 이탈리아 파시즘의 전위대인 검은셔츠단(The Blackshirts)을 모방하여 푸른셔츠단(藍衣社)을 탄생시킨다. 또한, 무솔리니의 남성성은 중국을 상징하는 송미령의 여성성과 대조되어 강한 남성 앞에 순종하는 여성의 모습으로 중국을 풍자한다. 제4장 「자최」에서 중화문명에 대한 냉소는 더욱 구체화된다.

> 「大中華民國의 繁榮을 위하야-」
>
> 슯으게 떨리는 유리「컵」의 쇠ㅅ소리
> 거륵한 「테-불」 보재기우에
> 펴놓는 歡談의물구비속에서
> 늙은王國의 運命은 흔들리운다.[16]

마치 『르 프티 주르날(*Le Petit Journal*)』의 한 삽화를 묘사한 것만 같은 서두에서는 중화문명의 운명에 대한 노골적인 비판이 담겨 있다. 제1행 대중화민국의 번영은 1930년대 당시를 바라볼 때 그 자체로 모순이며, 곧 늙은 왕국의 최후에 대해 예견하고 있다. 마찬가지로 중화문명을 대표했던 유교

---

14 Aristotle, *Poetics*, trans. Malcolm Heath, London: Penguin Books, 1996, p.10.

15 장개석의 남경 정부에 대한 김기림의 풍자는 그의 다른 시에서도 보인다. 김기림은 손문 사후 정권을 잡은 장개석이 영미 제국주의 자본가와 손을 잡은 뒤, 국공합작을 추진한 코민테른 출신의 보로딘(Borodin)을 소련으로 추방하고 중국공산당을 탄압하는 사실에 냉소적으로 반응한다. 김기림의 시 「식료품점」의 4. 밤(栗), 『태양의 풍속』, 학예사, 1939, 146쪽 및 「파랑항구」, 『바다와 나비』, 신문화연구소, 1946, 43쪽 참조.

16 김기림, 『기상도』, 9쪽.

[그림 3] 중국을 분할하고 있는 제국들. 왼쪽부터 영국 빅토리아 여왕(1837~1901), 프로이센의 빌헬름 2세(1859~1941), 러시아의 차르 니콜라이 2세(1868~1941), 프랑스의 상징인 마리안, 일본의 메이지 천황(1852~1912). *Le Petit Journal*, 1898.1.16.

사상 역시 최후를 맞는다.

> 집웅을 베끼운 골목 어구에서
> 쫒겨난 孔子님이 잉잉 울고섰다.[17]

서구 열강의 군인들을 유혹하는 화류가에는 "매음회사의 광고지, 이즈러진 알미늄 대야" 등 성행위를 상징하는 도구들이 널려 있고 여기에서 쫒겨난 공자의 모습은 더는 공자의 가르침이 통하지 않는 중화문명의 부패와 타락을 의미한다. "어깨가 떨어져 나간 마르코 폴로의 동상"과 "동방의 전설처럼 믿을 수 없는/아마도 실패한 실험이냐" 라는 표현 역시 중화문명의 몰락을 예견한다. 마침내 몰락하는 중화문명에 종지부를 찍는 것은 적도에서 호출된 태풍이다. 태풍은 중화문명의 모든 것을 종결시키는 묵시록의 기사로 은유된다.

---

17 김기림, 『기상도』, 12쪽.

「……………」
「나리 저건 默示錄의騎士ㅂ니까?」

산빨이 소름 친다.
바다가 몸부림 친다.
휘청거리는 빌딩의 긴 허리.[18]

상해의 만국 공원에서 거지는 태풍과 맞닥뜨리고 태풍은 요한계시록의 기사처럼 상해로 상징되는 중화문명의 모든 것을 침수시켜버린다. 그리고 태풍은 자연스럽게 소멸한다. 태풍은 중화문명의 잔재를 철저히 파괴하여 그 임무를 마치는 동시에 태양의 등장을 낳는다. 태양은 "병아리처럼 홰를 치고" 일어나는데, 마지막 장인 「쇠바퀴의 노래」에서 시적 화자는 태양처럼 되기를 소망한다.

벗 아—
太陽처럼 우리는 사나웁고
太陽처럼 제빛속에 그늘을 감추고
太陽처럼 슲음을 삼켜버리자.
太陽처럼 어둠을 살워버리자.

다음날
氣象臺의 「마스트」엔
구름조각같은 흰旗폭이휘날릴게다.[19]

이 부분과 관련하여 이미순은 태양의 이미지를 밝음으로, 태풍을 어두움

---

18 김기림, 『기상도』, 10쪽.
19 김기림, 『기상도』, 26쪽.

의 이미지로 해석하여 이분법의 논리를 따르고 있다.[20] 하지만 태풍을 단순히 '어두움'으로 해석한다면 태풍이 지니고 있는 재생의 이미지, 특히 태풍이 몰고 오는 비와 바람이 지닌 정화의 생명력을 간과하게 된다. 바로 이 정화의 과정을 통해서 태양이 솟아오르기 때문이다. 태양은 "구름조각같은 흰旗폭"을 비추게 되는데, 이 같은 비유는 흰 바탕에 빨간 동심원을 배치한 일본 국기의 모습을 상징한다고 여겨진다.[21] 태양이 새롭게 등장하는 일본을 상징한다면 왜 몰락한 중화문명 뒤에 일본이 찾아오는 것일까? 이는 당시 동아시아를 둘러싼 헤게모니 변화를 어떻게 반영하고 있을까?

조선 사회에서 중화문명에 대한 비판은 청일전쟁 후 지속적인 화두가 되어왔다. 중화문명을 버리고 서구화 및 근대화에 조응해야 한다는 주장은 당시 조선을 하나의 독립국가로 받아들이게 되는 계기가 되었다. 하지만 오백 년간 조선 사회를 휩쓸었던 중화문명을 단기간에 버리거나 포기하기는 쉽지 않았다. 지식인 계층이 사용했던 한자라는 언어 도구와 유교라는 사상은 조선 사회에 깊이 물들어 있었기 때문에 이를 버리고 새로운 문물로 향하는 일은 말처럼 쉽지 않은 과제였다. 앙드레 슈미드(Andre Schmid)가 『제국 사이의 한국(*Korea Between Empires* 1895~1919)』에서 지적하였듯이 "전에 보편으로 받아들였던 모든 실천, 한문, 관습은 점차 중국적인 것으로 여겨졌고, 따라서 중국적인 것은 외래의 것으로 인지되었다."[22] 중국 문화와의

---

20 이미순, 『김기림의 시론과 수사학』, 푸른사상사, 2007, 149~151쪽 참조.

21 일본의 국기가 태양을 상징하게 된 계기는 일본 천황이 7세기 중국 황제에게 보낸 공식 문서에서 그 연원을 찾을 수 있다. 일본 천황은 외교 문서의 서두를 "떠오르는 태양의 황제로부터"로 시작하여 중국 황제의 격분을 샀다. 일본은 그 이후 스스로 태양이 떠오르는 땅으로 명명하였으며, 메이지 3년 국기를 제정할 때 흰 바탕에 태양 무늬를 그려 넣은 일장기를 완성한다.

22 Andre Schmid, *Korea Between Empires* 1895~1919, New York: Columbia University Press, 2002, p.11. "Formerly accepted as universal, these [the full range of practices,

혼종에서 조선 단일 문화로의 전환은 조선이라는 국가와 민족에 대해, 그리고 한글에 대해 반성과 자각을 낳았으며 일부 지식인층은 조선의 역사적인 전환에 일본의 문명개화를 참고했던 것이다.

『기상도』에 보이는 중화문명에 대한 신랄한 비판은 이 같은 동아시아의 역사적 전환에 기초를 두고 있다. 중화문명의 잔재가 남아 있으며 동시에 일제 및 서구 열강 세력이 혼재했던 코스모폴리탄의 대도시 상해가 배경으로 선택된 이유도 그 때문이다. 시적 화자는 경성 시민들의 정체성을 확립시키기 위해 태풍과 태양이라는 자연을 매개로 한 상징물을 사용한다. 그는 경성의 시민들이 아직도 '공자'로 대표되는 유교 사상에 젖어 있으며, 지성을 위주로 한 문명 개화에 소극적이라고 생각한다. 따라서 그는 『기상도』에서 상해에 떨어진 태풍을 매개로 하여 동아시아 문명의 주도권이 중국에서 일본으로 전환되는 역사적 흐름을 묘사하였으며 이 같은 역사적 흐름을 자각하도록 경성의 독자들을 계몽하고 있다. 그렇지만 시적 화자는 태양이 뜨고 지듯이 현재 떠오르는 일본 역시 다른 문명에 언젠가 그 자리를 내주게 될 것임을 암시하며 현재는 "太陽의옷을 갈아입어도 좋을"[23] 때라고 이야기한다. 태풍 뒤에는 태양이 오게 마련이고 또한 태양으로 상징된 새로운 문명 역시 시간이 흐르면 태풍을 겪게 된다는 그의 암시는 좀 더 거시적으로 역사의 수레바퀴를 바라보자는 순환의 세계관에 기초한다. 바퀴(Wheel)로 상호텍스트되는 순환의 세계관은 엘리엇의 『황무지』에서도 짙게 드러난다.

보랏빛 운무 속에서
깨어지고 다시 세워졌다가 그리고 또 터져버리는

---

texts, and customs] were increasingly deemed Chinese and thus alien to Korea."

23 김기림, 『기상도』, 27쪽.

저 산 위의 도시는 무엇인가
탑들이 무너진다
예루살렘 아테네 알렉산드리아
비엔나 런던
환영의

What is the city over the mountains (372)
Cracks and reforms and bursts in the violet air
Falling towers
Jerusalem Athens Alexandria
Vienna London
Unreal[24] (377)

문명이란 번영과 멸망, 그리고 재건이 순환하는 것을 연속으로 한다. 환영처럼 산 너머로 보이는 도시들인 예루살렘, 아테네, 알렉산드리아, 비엔나는 실재했던 그리고 한때 최고의 번영을 구가했던 문명의 발원지였다. 하지만 지금은 그 운이 다하여 단지 역사 속에 남아 있을 뿐이다. 엘리엇은 이와 같은 문명의 흥망성쇠를 고대부터 현재까지 시대 순으로 언급하고 있다. 375행에서 예루살렘을 통해 상징되는 유대 문명은 서구 기독교 문명의 모태가 되었으며, 아테네로 대표되는 그리스 문명은 서양의 고전으로 남았다. 알렉산드리아를 수도로 했던 이집트 문명은 세계 4대 고대 문명 중의 하나로 나일강을 수원으로 하여 융성함을 자랑하였으며, 376행에서 이어지는 비엔나는 신성로마제국 및 오스트리아헝가리제국의 수도로 합스부르크 왕가 시절 크게 번성하였다. 하지만 이 문명들은 이미 기력이 다해 역사 속으로 사라진 '과거'의 문명들이다. 런던 역시 1차 세계대전 이후 대영제

---

24 T.S. Eliot, *Collected Poems* 1909~1962, London: Harcourt Inc., 1963, p.67.

국의 전성기를 넘긴 채 서서히 황무지로 변해가고 있는 것이다. 황폐해져 가는 런던을 둘러싼 슬픔의 정조는 『황무지』의 마지막 부분에서 한층 고조된다.

나는 해안가에 앉아
낚시질했다. 등 뒤엔 메마른 들판.
적어도 내 땅만이라도 바로세워 볼까?
런던교가 무너진다 무너진다 무너진다
…(중략)…
이 단편들로 나는 내 폐허를 지탱해 왔다.
분부대로 합죠 히에로니모는 다시 미쳤다
다타. 다야드밤. 담야타.
샨티 샨티 샨티

I sat upon the shore (424)
Fishing, with the arid plain behind me
Shall I at least set my lands in order?
London Bridge is falling down falling down falling down
……
These fragments I have shored against my ruins
Why then Ile fit you. Hieronymo's mad again.
Datta. Dayadhvam. Damyata.
Shantih shantih shantih[25] (434)

엘리엇은 『황무지』의 마지막 부분에서 웨스턴의 『제식으로부터 로망스로』에서 빌려온 성배 설화 중 '어부왕 설화'를 인유한다. 어부왕은 한때 부

25 위의 책, p.69.

자였고 왕성한 생식력을 자랑했지만, 저주에 걸려 불구의 몸이 되었다. 어부왕의 등 뒤로 보이는 "메마른 들판"은 저주에 갇혀 에너지와 생식력을 잃어버린 그의 영토를 의미하며 이는 황무지로 변한 런던을 상징한다. 시적 화자는 "내 땅만이라도 바로세워 볼까" 하며 런던의 재건을 소망하지만, 런던교는 이미 무너지고 있다. "이 단편들로 나는 내 폐허를 지탱해 왔다"는 엘리엇의 자기 고백이다. 전쟁으로 말미암아 정신적 폐허를 겪은 영문학을 지탱하는 수단은 엘리엇이 빌려온 동서양의 고대 문학의 파편들이었던 것이다. 전쟁 때문에 문학의 가치가 예전과 같지 않은 시대에 엘리엇은 전통 문학을 조합하여 역설적으로 '모더니즘'이라는 새로운 전통을 창출하려고 한다. 그는 1차 대전 후의 예술의 지향을 천재적 영감이나 개성의 발현이 아닌 기존 문학의 파편화된 조합을 통한 전통 창조에 두고 있었던 것이다.

엘리엇이 황무지인 런던을 지탱해온 힘을 여러 가지 신화와 설화 속에서 찾고 있는데, 그중 마지막 하나가 인도의 우파니샤드 철학이다. 인생이란 운명의 수레바퀴 속을 도는 것이며 인간은 윤회하는 존재로 여기는 이 힌두 철학은 런던이란 폐허 속에 남겨진 시적 화자를 위로한다. 마지막 2행(433~434행), "주라, 동정하라, 절제하라/마음의 평화, 마음의 평화, 마음의 평화"는 타인에게 아낌없이 주고, 타인에게 연민의 정을 느끼고, 자기 자신의 욕구를 절제함으로써 이해를 초월한 평화의 경지에 오르라는 시적 화자의 당부이다. 시적 화자는 이렇게 운명의 수레바퀴에 순응함으로써 런던이라는 황무지에 살아가는 자신의 운명을 받아들이는 모습을 보인다. 이는 문명이란 번영이 있다면 쇠락은 곧 따르게 마련이기 때문에, 문명을 억지로 되살리려는 욕심을 자제하고 윤회의 흐름에 순응함으로써 마음의 평화를 얻기를 소망하고 있는 것이다. 『황무지』의 주제의식은 『기상도』가 지닌 주제의식과 그 맥락을 같이하여 문명의 본질과 속성, 그리고 문명의 흥망성쇠 속에서 투쟁하는 인간의 삶에 대하여 숙고하게 해준다.

3. 헤게모니에 대한 추구 : 경성과 런던

앞서 살펴본 것과 같이 『기상도』와 『황무지』는 모두 순환론적 세계관에 기초한다. 하지만 두 작품은 순환론적 세계관에 기초하면서도 자기 민족 및 자국어 문학의 헤게모니[26]를 확보하려 한다. 『황무지』는 대영제국의 수도 런던을 중심으로 한 영문학의 헤게모니를 지지한다.

> 환영의 도시
> 겨울 아침의 갈색 안개 밑으로
> 한떼의 무리들이 런던 교 위로 흘러갔다.
>
> Unreal City,
> Under the brown fog of a winter dawn,
> A crowd flowed over London Bridge, so many,[27]

60행의 "환영의 도시(Unreal City)"는 『황무지』에서 되풀이되는 표현(207행)으로 『황무지』가 『기상도』와 다른 점은 시의 배경을 런던 한 곳으로 고착시키고 있다는 점이다. 『기상도』가 상해를 중심으로 하면서 마지막 장에서 경성 역시 배경으로 끌어들이고 있는 반면, 『황무지』의 배경은 일관되게 런던이 된다. 한 떼의 무리가 흘러가는 곳, 부처의 설교가 이루어지는 곳, 불륜과 타락이 일어나는 곳 모두는 템스강 하류의 런던을 배경으로 한다. 원래 "환영의 도시"라는 시어는 프랑스의 모더니즘 시인 보들레르가 그의

---

26 헤게모니는 그람시가 사용한 용어로 지배를 뜻하는 Rule에 비해 그 의미가 추상적이다. 여기에서 지배는 경제상, 정치상으로의 지배를 의미하는 Rule이 아닌, 문화의 지배를 말하기 때문에 헤게모니라는 다소 추상적인 어휘를 사용하였다.

27 T.S. Eliot, 앞의 책, p.55.

시 「일곱 늙은이들」에서 유령 같은 파리를 묘사한 표현에서 유래한다. 엘리엇은 이 유령 같은 도시인 파리의 이미지를 런던의 이미지로 전환한다. 보들레르의 시 「일곱 늙은이들」의 서두는 다음과 같이 시작한다.

일곱 늙은이들

빅토르 위고에게

붐비는 도시, 환영이 가득한 도시.
그곳에선 한낮에도 유령이 행인에 달라붙는다
신비는 도처에서 수액처럼
억센 거인의 좁은 배관 속을 흐르고 있다.[28]

LES SEPT VIEILLARDS

À Victor Hugo

Fourmillante cité, cité pleine de rêves,
Où le spectre en plein jour raccroche le passant!
Les mystères partout coulent comme des sèves
Dans les canaux étroits du colosse puissant.[29]

『황무지』에서 "환영의 도시"를 파리에서 런던으로 전환한 것은 유럽의 문학을 둘러싼 헤게모니의 투쟁으로 해석할 수 있다. 엘리엇은 그의 에세이 「전통과 개인의 재능」(1921)의 서두에서 불문학은 그 문학 전통을 충실

---

28 보들레르, 「일곱 늙은이들」, 『악의 꽃』, 윤영애 역, 문학과지성사, 2003, 222쪽.

29 Charles Baudelaire, *Les Fleurs du mal*, edited by Jacques Crépet, Georges Blin, Paris: Librairie José Corti, 1968, p.170.

히 유지하여왔지만, 영국 문단의 시인들은 문학 전통에 무심한 것을 지적한 바 있다.[30] 여기서 그는 문학 전통과 시인 개인의 재능 사이의 관계를 설명하고 있는데, 이것은 당시 말라르메와 보들레르로 대표되는 프랑스의 상징주의가 지닌 패권에 엘리엇이 도전장을 내민 것이라고 할 수 있다. 『기상도』의 저자 김기림은 이러한 엘리엇을 통해 영국 시단이 정리되고 발전되어 오든, 스펜더와 같은 영미 모더니즘 계열의 후배시인을 낳을 수 있었다는 사실을 정확히 인식하고 있었다.

> 그리하야 오늘까지 英美두나라의 젊은 詩人으로서 그의영향을 크나적으나 받지안흔 사람은 거의업슬정도다 浪漫主義詩運動에서 한때 歐羅巴文壇의 覇權을잡앗다가 노친뒤로 歐羅巴文學特히詩運動의 中心은 英國으로부터 佛蘭西로 옮아가고만 느낌이 잇섯다가 이러케 뒤떨어진 시골띠기 英詩壇을 눈부시는 佛蘭西詩壇의 牙城에 肉迫시켜世界的水準에 끌어올린것은 主로「엘리엇」의 功績이다 아니할수 업다.[31]

김기림이 엘리엇의 노벨상 수상한 직후 기고한 「「T.S.에리얼」의 詩」에서 "시골띠기 英詩壇을 눈부시는 佛蘭西詩壇의 牙城에 肉迫시켜世界的水準에 끌어올린것은 主로 「엘리엇」의 功績"이라며, 엘리엇에 대해 상당히 높은 문학사적 평가를 내린다. 김기림이 언급한 것처럼 엘리엇이 서구 근대문학사에서 프랑스 상징주의의 헤게모니를 영미시로 어느 정도 가져온 것은 사실이다. 황무지를 보들레르의 '파리'에서 '런던'으로 변모시킨 의도에서 헤게모니에 대한 엘리엇의 집념을 읽을 수 있다. 또한, 앞서 언급한 부분인 문명을 시간순으로 나열한 행(375~376행)에서도 엘리엇은 "예루살렘"

30 T.S. Eliot, *Selected Prose of T. S. Eliot*, edited by Frank Kermode, New York: Harcourt Inc., 1975, p.37 참조.

31 김기림, 「「T.S.에리얼」의 詩」, 『自由新聞』, 1948.11.7.

의 유대 문명 , "아테네"의 그리스 문명, "비엔나"의 신성로마제국 문명을 계승하는 장소로 파리 대신 "런던"을 언급한다. 이는 당시 19세기 말 독일의 비평가 벤야민이 「아케이드 프로젝트」를 통해 자본주의적 메트로폴리스로 평가한 파리를 배제한 것이다. 엘리엇이 지닌 헤게모니에 대한 감각은 김기림에게도 작용하였던 것으로 보인다. 『기상도』에서 새롭게 떠오르는 태양의 이미지는 일본과 '근대'라는 운명을 함께하고 있는 식민지 조선이 중화문명의 헤게모니를 넘어 동아시아에서 조선 스스로 문명을 건설해 내기를 소망하는 작가 의식을 뒷받침한다. 실제로 김기림은 「조선문화의 반성」에서 조공체계 속에서 정치적 실리를 추구한 실학자 정약용 및 반청, 반봉건의 기치를 높인 김옥균의 개혁이 실패한 것에 대해 안타까운 어조를 비춘다. 특히 그가 후쿠자와 유키치(福澤諭吉) 및 일본의 현양사의 지지를 얻은 김옥균의 개혁운동을 높게 평가한 점은 근대를 향한 메이지 일본의 가치를 인식했기 때문이다.

> 日韓合併으로써 끝나는 李朝 最後의約半世紀間은 朝鮮이 그自身의近代化를 必死的으로 回避하려고하여 비저낸 世界文化史上 沈痛한 「동키호-테」의 再演이었다. 十八世紀의 저佛蘭西의 「앵시클로페디스트」에도 匹敵할 丁若鏞等의啓蒙思想 **金玉均等의 政治的改革運動은 그無謀한 反動者들의 갓신에 짓밟혀그만죽어버렸다.**[32](인용자 강조)

조선왕조 오백 년을 "유교"에 가득 찬 "세계문화사상 침통한 「동키호-테」의 재연"으로 파악한 김기림은 이제라도 근대를 향해 나아갈 것을 역설한다. 그가 경성의 시민들에게 몰락한 중화문명 및 유교 사상의 '우비'를 벗어버리고, 문명 개화를 자각하는 '태양'의 옷으로 갈아입기를 권유하는

32 김기림, 「조선문학에의 반성」, 『인문평론』, 1940. 10, 40쪽.

것은, 결국 식민지 나름의 헤게모니를 갖기 위한 노력으로 비추어진다.

> **(府[33]의揭示板)**
> 市民은
> 우울과 질투와 분노와
> 끗없는 탄식과
> 원한의 장마에 곰팽이낀
> 추근한 雨器일랑 벗어버리고
> 날개와같이 가벼운
> 太陽의옷을 갈아입어도 좋을게다.[34]

"우울", "질투", "분노", "탄식", "원한"으로 이루어진 "추근한 雨器"는 벗어버려야 할 과거의 산물이다. 시적 화자가 언급한 부정적인 감정은 『기상도』의 앞 장에서 이미 언급되었던 감정들이다. 「병든 풍경」이 보여주는 우울함, 「颱風의 기침시간」에서 언급된 결혼식 축의객 수에 따른 경제적 격차로 인한 질투, 「올빼미의 주문」에서 드러나는 황무지에 대한 분노와 탄식, 원한은 시민들을 무겁게 속박한다. 물에 젖어 무거운 우비가 시민들을 속박시킨다면, 이 우비 대신 새롭게 갈아입을 "太陽의 옷"은 시민들을 해방시킨다. "太陽의 옷"은 시집 『태양의 풍속』의 첫 번째 수록 시 「태양의 풍속」 이래, 문명비판의 시를 내세운 저자의 비유임은 두말할 나위도 없다.

김기림은 태양의 긍정적 이미지를 보들레르의 시 「태양」에서 빌려온 것

33 이 '市'는 식민지 경성으로 해석된다. 1935년 『삼천리』에 첫 발표로부터, 1936년 『기상도』 출판에 이르기까지 府로 기재되었으며, 해방 이후 市로 바뀌었다. 이는 식민지 시기 당시 서울의 명칭이 경성부였기 때문에 경성을 의미하는 것으로 여겨진다. 식민지 시기 상해는 상해시였기 때문에 "부의 게시판"의 "부(府)"에 맞지 않는다. 서준섭, 『한국 모더니즘 문학 연구』, 일지사, 1988, 133쪽 참조.

34 김기림, 『기상도』, 27쪽.

으로 보인다. 김기림은 수필 「여행」에서 "동서고금의 모든 시집 속에서 오직 한 권을 고른다고 하면 물론 나는 이 책을 집을 것이다"[35]라고 말하며, 「태양」이 수록된 보들레르의 『악의 꽃』을 극찬한 바 있다.

태양

겉창들이, 비밀스런 음란함을 가리고,
누옥(陋屋)마다 걸려 있는, 낡은 성밖 길 따라,
거리와 들판에, 지붕과 밀밭에,
잔인한 태양이 맹렬히 화살을 쏘아댈 때,
나는 홀로 환상의 칼싸움을 연습하러 간다,
거리 구석구석에서마다 각운(脚韻)의 우연을 냄새 맡으며,
포석에 걸리듯 낱말에 비틀거리며,
때로는 오랫동안 꿈꾸던 시구와 맞닥뜨리며.[36]

Le Soleil

Le long du vieux faubourg, où pendent aux masures
Les persiennes, abri des sécrètes luxures,
Quand le soleil cruel frappe à traits redoublés
Sur la ville et les champs, sur les toits et les blés,
Je vais m'exercer seul à ma fantasque escrime,
Flairant dans tous les coins les hasards de la rime,
Trébuchant sur les mots comme sur les pavés

---

35 『김기림전집』 5, 심설당, 1998, 175쪽.

36 발터 벤야민, 『발터 벤야민 선집 4』, 김영옥 · 황현산 역, 도서출판 길, 2010, 126쪽에서 재인용.

Heurtant parfois des vers depuis longtemps rêvés.[37]

「태양」의 1절은 선경 후정의 형식으로 이루어졌다. 1행부터 4행까지는 태양의 맹렬함을 묘사하고 있고, 5행부터 8행까지는 시인의 고독한 칼싸움이 그려진다. 태양은 도시화된 정도와 고도(高度)를 개의치 않고 전방위적 공격을 퍼붓는다.[38] 허름한 집 속에 은폐되어 있는 비밀스러운 음란함을 끄집어내려는 태양처럼, 시인 역시 언어의 비밀을 알아내기 위해 고독하면서도 맹렬한 공격을 퍼붓는다. 시인은 칼싸움으로 은유되는 언어와의 대결을 통해 정교하게 이루어진 각운의 장치가 마치 우연히 이루어진 것처럼 꾸며내고, 단어 하나하나의 선택에 신중을 기한다. 그 결과 시인은 "오랫동안 꿈꾸던 시구"를 만들어낸다. 시작(詩作)은 언어의 "비밀스런 음란함"을 찾아내서 이를 알맞게 재구성하는 시인의 노력으로 이루어진다. 시의 서두에서 태양이 배경으로, 시인이 등장인물로, 서로 대구를 이루었다면, 시의 마지막 부분에서 태양과 시인은 합일된다.

시인처럼 그가 거리에 내려갈 때면
아무리 천한 것들의 운명도 귀하게 하고,
시종도 없이 사뿐사뿐 왕자처럼 들어가신다.
그 어느 병원에도, 어느 궁궐에도.[39]

Quand, ainsi qu'un poète, il descend dans les villes,

37 Charles Baudelaire, 앞의 책, p.163

38 김기림은 보들레르와 유사하게 태양의 공격적 모티프를 형상화한 바 있다. "太陽의 어린아들인 무수한光線들이 두텁게잠긴 겨으른문창을 분주히따립니다 「빠―드」大佐의 제어할수없는 정신을가진 冒險性의작은새들입니다." 김기림, 「分光器」, 『태양의 풍속』, 학예사, 1939, 130쪽.

39 보들레르, 앞의 책, 213~214쪽.

> II ennoblit le sort des choses les plus viles,
> Et s'introduit en roi, sans bruit et sans valets,
> Dans tous les hôpitaux et dans tous les palais.[40]

"시인처럼" 거리에 내려서는 "그"는 태양을 의미한다. 태양은 병든 자들이 머무는 병원이든 높은 신분을 가진 자들이 사는 궁궐이든 지위고하와 장소를 막론하고 환하게 비춘다. 태양, 즉 시인 앞에서는 귀천이 없고 막아섬이 없다. 시인은 사회의 모든 구석구석을 그의 재료로 사용해야 한다. 「태양」이 보여주는 것처럼 시작(詩作)이 언어를 향한 시인이 고독하고 맹렬한 투쟁이고 시인이 문명의 모든 면을 비추는 태양이라면, 과연 태양이 낳은 시는 어떤 언어로 이루어지는가? 벤야민은 『악의 꽃』의 언어에 대해 다음과 같이 후술한다.

> 『악의 꽃』은 산문적일 뿐만 아니라 도시적인 근원의 낱말들을 서정시에 사용한 최초의 책이다. 이 꽃들은 시의 손때를 입지 못해 그 생경한 빛이 눈에 거슬리는 신어들을 결코 피하지 않는다. 이 꽃들은 '캥케등(quinquet)', '객차(wagon)', 또는 '합성마차(omnibus)'와 낯이 익으며, '대차대조표(bilan)', '가로등(reverbere)', '공로(voire)' 앞에서 물러서지 않는다.[41]

보들레르의 언어에 대한 벤야민의 이와 같은 분석은 그보다 3년 전 경성에서 활약한 김기림의 「속 오전의 시론」(1935)의 한 구절과 닮아 있다. 보들레르와 김기림 사이에는 상징주의와 모더니즘(주지주의)라는 명백한 문학 사조상의 거리가 있지만, 그들의 시작법에는 어느 정도의 공통점이 엿보인다.

---

40 Charles Baudelaire, 앞의 글.
41 발터 벤야민, 앞의 책, 173쪽.

娼女의 목쉰소리, 機關車의 「메캐니즘」 「뭇솔리니」의 演說, 共同便所의 博愛思想, 公園의 欺瞞, "헤-겔"의 辨證法 電車와人力車의 競走 — 우리들의 周圍를돌고잇는 이奔走한文明의展開에 대하야는 그들은 [보수적인 시인들] 一切이것들은 非詩的이라고하여 얼골을 찡그리고 도라선다. 오늘의詩人에게 要望되는 "포-즈"는 實로 그가 文明에直面하는것이다 그래서 거기서 그의 손에 부대치는 모-든 것은 그의材料가 될 수가잇다.

그러나 그는恒常 그속에서도 그 眩慌하고 豊富한材料에 壓倒되지안키 위하여 **强靭한感性과 健實한知性의 날**을 갈어야될것이다.[42](인용자 강조)

태양이 시인이라면, 태양의 옷은 김기림이 「오전의 시론」에서 언급하였듯이 문명에 직면한 시인들이 갈아야 할 "강인한 감성과 건실한 지성의 날"이다. 김기림은 『기상도』의 마지막 장 「쇠바퀴의 노래」에서 역사의 순환을 노래하면서 동시에 이 순환 과정을 피동적으로 받아들일 것이 아니라 태양의 옷을 입고 주체적으로 참여할 것을 주장한다. 태양과 같이 "강인한 감성과 건실한 지성"으로 무장한 경성의 시민들이라면, 과거의 우울, 질투, 분노, 원한, 탄식의 감정을 극복할 수 있기 때문이다. 식민지 경성의 모든 시민들이 태양과 같은 시인이 되는 날 시는 "詩의幸福스러운 終焉"[43]을 맞이한다.

『기상도』와 『황무지』는 모두 순환론적 세계관에 근거하여 서술되고 있지만, 그 순환을 통해 헤게모니를 차지하려는 의도를 공유하고 있다. 몰락하는 중화문명과 작별하고 모더니즘이라는 새로운 조선문학을 창출하려 했던 김기림의 대표작 『기상도』와 불문학의 헤게모니에 저항하여 영미 모더

---

42 김기림, 「詩人의포—즈」 5, 『조선일보』, 1935.6.8.

43 김기림, 「현대와시의르넷상스」, 『朝鮮日報』, 1938.4.16. "事物의 認識에잇서는가장XX되고 정확한 "씸볼"로서의言語를쓰고 實踐生活에 잇서서는 詩그것을 會話로쓰는때가 온다고하면 그래서 詩가 벌서씨여지지안는다고하면 그것은 오히려 詩의幸福스러운 終焉일 것이다. 애그러냐하면 거기서는사람들은 日常對話白體에잇시시詩를쓰고잇스니까-".

니즘의 문학 전통을 세우려고 노력했던 엘리엇의 대표작 『황무지』는 외면상으로는 순환론적 세계관에 근거하여 삶과 죽음 · 흥망성쇠는 되풀이된다는 시각을 보인다. 하지만 그 순환의 궤도에서 시적 화자들이 가치를 부여하는 도시는 경성과 런던임이 틀림없다. 순환론적 세계관을 표방하면서도 그 속에서 헤게모니를 차지하려는 의도는 당시 1차 대전 이후에 형성된 이성에 대한 불신과 문명에 대한 비판 속에서도 나름의 생존을 모색하려는 의지가 담긴, 절망 속에서도 희망을 놓지 않는 시인의 의지를 담고 있는 것이다.

4. 결론

"世紀의 밤중에 버티고 일어섯든 傲慢한 都市,"[44] 상해를 뒤집은 폭풍과 뒤이은 태양의 등장은 1930년대 경성의 독자들에게 무엇을 일깨워줄까? 이는 1932년 상해사변과 1937년 상해 점령에 이르는 일련의 국제정세를 의미한다. 즉, 일본이 장개석의 국민당 정부와 송미령의 중재로 중국을 도운 미국에 반격한 사실을 암시한다. 중 · 일 대립뿐만 아니라, 이탈리아 · 독일의 파시즘 정권과 영국 · 프랑스의 제국주의 국가 간의 갈등, 자본주의 미국과 사회주의 소비에트 사이의 이데올로기 각축, 국민당 정부와 중국 공산당 사이의 힘겨루기 등 다양한 헤게모니 투쟁이 상해를 둘러싸고 펼쳐진다. 『황무지』에서 나타난 문명의 흥망성쇠는 동아시아의 정치적 형세 속에서 『기상도』로 새롭게 재현되었다.

이 시에서 떠오르는 태양은 상해사변의 승리로 말미암은 일본의 기세를 상징하지만, 태양이란 자연물은 일본에 한정된 것은 아니다. 보들레르의

---

44 김기림, 『기상도』, 14쪽.

시 「태양」처럼 태양은 귀천에 관계없이 모든 곳을 구석구석 환하게 비춘다. 저자는 식민지 조선의 구석구석에도 곧 태양빛이 찾아들 것을 마지막 장에서 노래한다.

동아시아의 헤게모니가 중국에서 일본으로 넘어가는 20세기 초였지만, 중국의 문명과 일본의 그것을 명확히 구분하는 지점은 찾기 어렵다. 일본의 문명은 영국, 프랑스, 독일, 미국의 문명을 일본식으로 '번역'하여 받아들인 것으로 이 '번역'의 과정은 주로 일본식 한문을 통해 이루어졌다. 후쿠자와 유키치가 "Civilization"을 "문명개화(文明開化)"로 번역하였을 당시, 문명개화는 중국의 한문으로 만들어낸 '일본식' 조어였다. 일본 고유의 문자와 말을 중국 고유의 문자와 말과 구분하려면, 그 기원을 거슬러 올라가야 하는데 『기상도』의 시적 화자는 기원을 거슬러 올라가기보다 헤게모니를 다투는 아시아의 현실을 직시한다. 문화의 기원을 따지는 것이 무의미하다는 사실을 인지하고 있기 때문이다.

『기상도』의 시적 화자가 경성의 독자들에게 상해의 상황을 노래한 이유는 중국문명과 새로운 관계를 설정하고 싶었기 때문이다. 중국과 새롭게 관계 맺기 위해서는 동방의 신화와 전설과 같은 옛 중화문명에 대한 향수를 떨쳐버릴 필요가 있었다. 과거의 향수에서 벗어나기 위해 김기림은 『황무지』의 주된 심상인 운명의 수레바퀴에 주목하여, 문명의 흥망성쇠가 런던을 중심으로 한 서구뿐만 아니라 그 반대편에서도 이루어지고 있다는 사실을 직시한다. 시적 화자를 옭아맨 '태풍과 폭풍우'의 시련은 역사 감각을 통해 극복되는 것이다.

김기림, T.S. 엘리엇, 니체

— 김기림의 「아프리카 광상곡」과 엘리엇의 『황무지』에 나타난 니체의 영원회귀 모티프

1. 들어가며

밀란 쿤데라는 『참을 수 없는 존재의 가벼움』(1984)의 첫 문장으로 니체의 영원회귀를 이야기하며 소설을 시작한다. 그는 프랑스 혁명의 급진적 정치가 로베스피에르의 예를 들며 "역사 속에 단 한 번 등장하는 로베스피에르와, 영원히 등장을 **반복**하여 프랑스 사람의 머리를 자를 로베스피에르 사이에는 엄청난 차이가 있다"[1](인용자 강조)고 주장한다. 프랑스 혁명의 역사에서 로베스피에르가 여러 번 등장했더라면 그의 피의 정치를 기억할 사람은 거의 없을 것이라면서, 쿤데라는 시간의 회귀가 필연적으로 초래하는 허무주의, 냉소주의를 지적하고 있다. 어차피 반복될 역사라면 어떠한 사건도 그 의미가 반감될지도 모른다. 그러나 쿤데라는 우리 삶은 늘 반복되는 것이지만, 항상 같은 것이 반복되는 것이 아니라 새로운 사랑이 반복될 수도 있다며, 니체의 영원회귀를 전유한 자신만의 영원회귀를 형상화했다.

---

1 밀란 쿤데라, 『참을 수 없는 존재의 가벼움』, 이재룡 역, 민음사, 2015, 10쪽.

인간의 역사란 시간적으로 일직선상을 이루는 것이 아니라 순환하고 회귀하는 것이라고 니체가 주장한 이래, 쿤데라를 위시한 많은 모더니스트 혹은 포스트모더니스트들은 역사의 순환을 그들의 작품에서 나름의 방식으로 형상화해왔다. 특히 동아시아 문학사에서 니체의 영원회귀 사상, 역사의 순환성을 최량으로 형상화한 때는 일본 군국주의의 광풍이 몰아닥치기 직전, 즉 1930년대 중반 모더니즘 시기로 보인다. 이 글은 이런 역사적 순환을 다룬 1930년대 모더니스트 김기림과 T.S. 엘리엇의 작품을 통해 니체의 사유, 영원회귀가 발현되는 하나의 양상을 살펴보려 한다. 이 글은 김기림이 니체를 얼마나 이해했는지, 그의 학술적 엄밀함을 분석하지 않는다. 니체에 관한 한국어 번역본이 전무하던 시기, 김기림을 비롯한 한국 모더니즘 문단이 현재의 연구사적 토대에서 니체를 얼마나 정확히 이해했는가란 질문은 공정하지 않다. 니체의 잠언적 텍스트는 관점에 따라 서로 다르게 해석할 수 있다. 중요한 것은 1930년대 식민지 조선의 모더니스트들이 니체 텍스트를 매개로 어떤 사고를 펼쳐왔고, 그 사고를 자신들의 예술작품에 어떻게 창조적으로 적용해왔느냐는 것이다. 니체를 매개로 하여 식민지적 토양을 극복할 수 있는 사상사적 계보를 만들 수 있는지가 핵심적인 문제가 될 것이다.

구인회 이전 『개벽』 지면을 수놓은 당대의 사상가들은 니체 사상을 이해하기보다는 직접 인용하고 소개하는 정도에 그쳤다. 소춘 김기전, 묘향산인, 박달성, 김억, 이돈화는 평론에서 니체 사상의 각 부분을 소개했지만, 니체의 사유를 한국 문학과 철학의 현실에 적용하는 데까지는 나아가지 못하였다. 이런 『개벽』의 필진들과 달리, 『청년』에서 이대위는 니체를 인식하는 데 조금 다른 모습을 보였다. 마르크스주의의 인식으로 니체를 평가하기 시작한 것이다. 그는 「니체의 철학과 현대문명」에서 니체의 '구능지원' 사상과 '자신발전' 사상이 기존 다윈과 스펜서의 진화론을 한 단계 뛰어넘고 있다고 평가했지만, 니체의 사상은 본질적으로 엘리트적이며 반민중적이기에 현 시대에 맞지 않는다며, 비판적인 자세를 취했다.[2] 이런 1920년대 한국 사상계의 니체 수용에 관해 김정현은 "초기 지식인들의 니체 이해나 해석에는 많이 문제가 노정되어 있긴 하지만 자신의 시대 문제를 해결하려는 지적 노력의 정직성과 진실성은 실로 높이 평가할 만하다"[3]라며, 이들 사상가들은 자신이 처한 현실에서 나름 니체의 사유를 한국 문단의 상황에 적용하려 애썼다고 평가했다.

정지용, 김기림, 박태원, 이상 등 구인회 동인들은 『개벽』, 『청년』에 소개된 니체 관련 글을 아마도 문학청년 시대에 경험했을 것이다. 그들은 선배들의 작업과 같이 니체를 단순히 소개하는 것을 넘어 나름의 방식으로 니체의 사유를 형상화했다. 1930년대 생명파의 니체 수용은 사실상 구인회를 거쳐 나온 니체 사유의 문학적 형상화이다. 서정주는 이상의 문학적 계보를, 오장환은 김기림의 문학적 계보를 이어 니체 사유를 발전시켰기 때문에, 구인회의 니체 사유에 관한 검토는 필수불가결하다.[4]

김예리는 『이미지의 정치학과 모더니즘 : 김기림의 예술론』에서 김기림의 '명랑'을 니체의 명랑과 연계하여 해석한다. "즉, 니체의 '명랑'이란 헤어날 수 없는 고통의 세계에서 인간을 허무주의자로 만들어버리고 마는 전

2 이대위, 「니촤의 철학과 현대문명」, 『청년』 제2권 10호, 1922.11, 7~11쪽.

3 김정현, 「니체사상의 한국적 수용－1920년대를 중심으로」, 『니체연구』 제12집, 한국니체학회, 2007, 63쪽.

4 서정주는 "『화사집』 속의 내 졸작의 하나인 「부활」은 형용사 부사는 될 수 있는 한 안 사용하여 쓰기로 작정하고 시험한 작품이다. 그렇게 때문에 당시 우리 시단의 최고 대표격이었던 정지용의 언어예술보다는 이상의 시의 어떤 언풍들에 나는 공감이 갔다"라며, 자신의 시의 계보를 이상의 시에서 찾고 있다. 서정주, 「고대 그리스적 육체성－나의 처녀작을 말한다」, 『세대』, 1965.9.(허윤회, 「서정주 초기 시의 극적 성격」, 『상허학보』 Vol.21, 상허학회, 2007, 234쪽에서 재인용)

통적 사유 체계를 해체하는 힘이자, 진리의 실체성과 같은 모든 환상이 깨어지고 절망만이 남은 인식적 체험에서 나온 '즐거운 학문'"[5]이라고 정의하고, 나아가 "무엇보다도 '움직이는 주관과 유동하는 현실이라는 김기림의 상대주의적인 주체론과 현실관을 해명하기에 니체적 사유가 적절한 방법적 시선을 제공해주기 때문"[6]이라며 니체의 관점주의, 상대주의적 관점으로 김기림 텍스트를 해석하는 이유를 밝힌다. 김기림이 니체의 관점주의로 "구축되어 있는 지배계급의 언어 체계를 공격하여 의미를 다른 '제2의 의미'로 바꾸어버리는"간사한 수법"을 구사할 수 있는 재기를 시인에게 요청"[7]한다는 지적은 T.S. 엘리엇을 위시한 영미 모더니즘, 프랑스 아방가르드 서구 문인들과의 상호텍스트성을 점검할 때 시사해주는 바가 크다.[8] 유사한 맥락에서 이미순은 니체의 수사학을 직접 거론하고 있지는 않지만, 수사학의 '알레고리' 관점에서 지배계급의 언어를 전유하는 김기림의 전복적 수법을 설명하고 있다.[9]

신범순은 「1930년대 시에서 니체주의적 사상 탐색의 한 장면 (1)」에서 정지용, 이상, 김기림, 박태원을 중심으로 구인회 동인들이 나체의 사유를 매개로 어떻게 결합하고 분기하였는지를 설명한다. 그는 월터 벤야민(Walter Benjamin)의 산책자 모티프를 적용한 기존 연구를 뛰어넘어 『시와 소설』에서 보이는 구인회 시인들의 질주를 별무리를 이루는 초인적 질주로 해석하여 새로운 연구의 지평을 제시한 바 있다.

---

5 김예리, 『이미지의 정치학과 모더니즘』 소명출판, 2013, 23쪽.

6 위의 책, 24쪽.

7 위의 책, 25~26쪽.

8 장 콕토 시의 감수성을 1930년대 예술가 문인에게 적용한 연구로는 조영복, 『넘다, 보다, 듣다, 읽다 : 1930년대 문학의 '경계넘기'와 개방성의 시학』, 서울대학교 출판문화원, 2013, 365-402쪽.

9 이미순, 『김기림의 시론과 수사학』, 푸른사상사, 2007 참조.

구인회 동인 중 가장 학술적으로 모더니즘 시론을 소개하는 데 앞장선 김기림은 그가 자주 인용한 영미 모더니즘의 대표주자 T.S. 엘리엇 못지않게 역사의 순환과 시간의 찰나성에 대한 고민의 흔적을 드러내었다. 이 글의 2장에서는 구인회 시인 중 김기림을 중심으로 그의 평론과 수필, 시에서 나타난 니체주의 양상을 검토할 것이다. 3장에서는 김기림의 시 「아프리카 광상곡」을 T.S. 엘리엇의 시 『황무지』와 비교하여 두 모더니스트가 니체의 영원회귀 사유를 그들의 시에서 어떻게 형상화했는지를 검토해보려 한다.

구인회 결성 이전 1920년대 니체 수용은 분명 존재했고 또한 활발했다. 하지만 니체의 사유를 자신들의 문학 텍스트에 버무린 최초의 예술가들은 구인회 동인들이었다. 그중 김기림은 일본의 니혼대학에서 문예비평론 수학으로 서구 모더니즘 이론에 상당히 밝았다. 그는 자신의 시사적 안목을 영미 모더니즘 및 니체 사유와 결부하며 식민지 조선 문단에서 나름의 예술적 형상화를 모색하였던 것이다.

2. 김기림 텍스트에서 나타난 니체의 사유

김기림은 1920년대 니체의 사유를 논의했던 이광수,[10] 김억[11] 등 그가 논평을 남긴 문단의 선배들처럼 니체와 톨스토이를 직접 비교하거나 니체 사유의 장단점을 논한 평론을 남기지는 않았다. 그러나 그의 글에는 니체 사유 없이는 해석될 수 없는 부분들이 산재해 있다. 김기림이 그의 글에서 니체를 직접 언급한 경우는 네 번 정도에 그친다. 그는 1908년 노벨문학상

10 이광수, 「爲先 獸가 되고 然後에 人이 되라」, 『이광수전집 20』, 삼중당, 1963, 151쪽.

11 김억, 「近代文藝」(一)~(八), 『岸曙金億全集 : 5. 文藝批評論集』, 박경수 편, 한국문화사, 1987, 135쪽.

수상자인 독일 철학자 루돌프 오이켄(Rudolf Christoph Eucken)과 니체의 친분 관계를 언급한 것으로 니체에 관한 인식을 드러내기 시작한다. "[오이켄이] 「바젤」대학에 초청을 받아 그곳에서 「니체」와 함께 교단에 섰으나 그 철학에 있어서 그렇게 서로 공통성을 가지지 못한 이 두 철학자들의 사적 친분은 기적적으로 깊었다 한다"[12]라며, 그는 니체를 문학자라기보다는 철학자의 계보에 놓고 니체 사상의 이모저모를 탐구했다. 독일의 신이상주의 철학자 오이켄과는 달리, 니체를 반이상주의의 계보에 놓인 철학자로 인식한 것이다.[13]

비록 김기림이 니체를 직접 거명한 적은 적지만, 그는 몇몇 수필에서 니체의 어휘를 그대로 사용했다. 그는 1933년 『조선일보』에 발표한 수필 「웃지 않는 「아폴로」, 그리운 「폰」의 오후」에서 '산'과 '바다'를 비교한다. 이 글에서 '산'과 '바다'란 기호는 김기림의 메타포로, 두 기호는 디오니소스적 세계관과 아폴론적 세계관을 의미한다. 니체가 『비극의 탄생』에서 "예술의 발전은 아폴론적인 것과 디오니소스적인 것의 이중성과 결부되어 있다"[14]고 말한 대목이 상기된다.

> 바다는 품행부정한 「디오니소스」다. 그런 까닭에 「파파」와 「오빠」들은 어린 아가씨들이 해수욕장으로 가는 것을 마음으로부터 즐겨하지는 아니하였을 것이다. 지상에 사는 사람들은 산과 산이 속삭이는 소리를 들

---

12 김기림, 「「노벨」문학상 수상자의 「프로필」」, 『조선일보』, 1930.11.22~12.9.

13 당시 일본에서 활발히 수용된 오이켄(Euken, 1846~1926)에 관하여 이에나가 사부로, 『근대 일본사상사』, 연구공간 '수유+너머' 일본근대사상팀 역, 소명출판, 2006, 275쪽 참조. 루돌프 오이켄에 관한 김기림의 관심은 30년대 초기 그가 보인 신이상주의적 사유에서 연유한다. 대표적 신이상주의자 로맹 롤랑에 관한 김기림의 관심에 관하여 김예리, 『이미지의 정치학과 모더니즘 : 김기림의 예술론』, 소명출판, 2013, 152~156쪽 참조.

14 프리드리히 니체, 『비극의 탄생』, 박찬국 역, 아카넷, 2011, 47쪽.

은 일이 없다. 산들은 항상 구름 속에 머리를 감추고 별들과만 이야기하기를 좋아한다. 그러니까 산은 웃을 줄 모르는 「아폴로」다.[15]

김기림은 속세와 유리된 '산'의 고고함을 지적한 반면, 해수욕장의 예를 들어 '바다'를 자유롭고 해방된 욕망의 공간으로 비유했다. 주신(酒神) 디오니소스가 인간의 쾌락과 향락을 강조하는 반면, 태양신인 아폴론은 올림피아에 거주하는 신들 중 하나로 델포이의 신전에서 인간의 제사를 받는 하늘 위의 존재다. 인간들과 유리되어 있다는 점에서 산과 아폴론은 공통점을 지니고 있어서 아폴론을 산으로 비유한 것은 나름 적절해 보인다. 인간이 자연과 합일되어 자아를 망각하게 되는 디오니소스적 세계관이 한여름철, 욕망이 끓어오르는 해수욕장의 '바다'를 배경으로 하는 것도 납득할 만하다. 이처럼 김기림은 '산'과 '바다'를 각각 아폴론적 세계관과 디오니소스 세계관을 의미하는 것으로 보았다.

김기림은 도시 경성을 떠나 산, 바다로의 일탈을 꿈꾸었는데, 일본 센다이에 위치한 동북제국대학으로의 유학은 그에게 바다로의 일탈을 허락해 주었다. 그는 1937년 동북제대 유학 당시 발표한 수필 「여행」에서 아폴론적 세계관보다 디오니소스적 세계관에 공명하는 자신의 본성을 확실히 드러낸다.

어찌 산만을 좋다고 하겠느냐. 어찌 바다만을 좋다고 하겠느냐. 산은 산의 기틀을 감추고 있어서 좋고 바다는 또한 바다대로 호탕해서 경솔히 그 우열을 가려서 말할 수 없다. 그렇지만 날더러 둘 가운데서 오직 하나만을 가리라고 하면 부득불 바다를 가질 밖에 없다. 산의 웅장과 침묵과

15 김기림, 「웃지 않는 「아폴로」, 그리운 「폰」의 오후」, 『조선일보』, 1933.7.2.(김기림, 『김기림전집』 5, 363쪽에서 재인용)

수려함과 초연함이 좋기는 하다. 하지만 저 바다의 **방탕한 동요**만 하랴. 산이 아폴로라고 하면 우리들의 디오니소스는 바로 바다겠다.[16](인용자 강조)

김기림은 이 수필에서 "바다의 방탕한 동요"로 표상되는 디오니소스적 세계에 무한한 해방감을 느낀다. 이는 아폴론적 세계관과 디오니소스적 세계관의 상호작용을 이야기하면서도, 이성 중심의 아폴론적 세계관으로 인해 부정되어온 쾌락 중심의 디오니소스적 세계를 회복하려는, 반소크라테스적 지성주의자였던 니체의 태도와 유사하다. 특히 김기림은 보들레르의 시집 "『악의 꽃』"을 가방에 집어넣고 "제군의 배좁은 심장을, 사상을, 파쟁을, 연애를 잠시라도 좋으니 바닷가에 해방"[17]하도록 여행을 떠나기를 권고한다. 많은 서적 중에 보들레르 시집 『악의 꽃』을 택일한 것이 주목된다. 니체가 보들레르의 『악의 꽃』을 그가 『비극의 탄생』에서 찬미한 바그너의 사상이 여실히 드러난 책으로 여겼던 점을 살핀다면, 김기림과 니체의 상호 관련성은 표면에 드러난 것보다 훨씬 더 깊은 관련성을 지니고 있음을 인식할 수 있다.[18]

앞서 인용한 두 수필이 아폴론적 세계관과 디오니소스적 세계관에 관한

---

16 김기림, 「여행」, 『조선일보』, 1937.7.25.~7.28.(김기림, 『김기림전집』 5, 173쪽에서 재인용)

17 조영복은 "파리는 보들레르나 르네 클레르로 정향되는 것이었는데, 여행의 필수품으로 보들레르 시집이 선택된 것은 이를 극적으로 암시한다"면서, '보들레르'로 1930년대 문인들의 파리 지향을 설명한다. 조영복, 앞의 책, 19쪽.

18 니체는 1888년 하인리히 쾨셀리츠에게 보낸 편지에서 보들레르를 바그너의 세계관이 드러난 시인이라고 평가한 바 있다. "Baudelaire is a libertine, mystical, 'satanic,' but above all Wagnerian", Geoff Waite, "Nietzsche's Baudelaire, or the Sublime Proleptic Spin of his Politico-Economic Thought", *Representations* No.50(Spring, 1995), p.20 참조.

김기림의 단순 취향을 의미하는 것은 물론 아니다. 두 수필에서 '산'과 '바다'는 사상적인 깊이를 의미하는 메타포로, 김기림은 예술가 시인으로서 어떻게 사상적, 문학적 깊이를 추구해야 할지 고민하고 있는 것이다. 『차라투스트라는 이렇게 말했다』의 「나그네」 장에서 니체는 사상적인 깊이를 위한 메타포로 '산'과 '바다' 기호를 여러 번 사용한 바 있다.

> 이 더없이 높은 산들은 어디에서 오는 것일까? 나 일찍이 물어본 바 있다. 그때 나는 그들이 바다에서 솟아올랐다는 것을 알게 되었다.
>
> 그 증거가 산에 있는 암석과 산정의 암벽에 기록되어 있으니, 더없이 깊은 심연으로부터 더없이 높은 것이 그의 높이까지 올라왔음이 틀림없으렷다.[19]

산과 바다는 각기 다른 사물이지만, 산과 바다가 의미하는 '높이'와 '깊이'는 김기림에게 동일한 맥락으로 이해되었다. 즉 김기림은 차라투스트라가 추구하려는 사상적인 경지에 도달할 수 있을지 고민하고 있는 것이다. '산'의 엄숙함을 추구하는 이성 중심의 아폴론적 세계관과 '바다'의 자유로움을 추구하는 감성 중심의 디오니소스적 세계관의 극한이 결국 한 곳으로 이어진다는 사실을 인식하고 있다. 김기림은 아폴론적, 디오니소스적 세계를 각각 극한에 이르도록 추구하여 하나의 흐름을 창조해야 한다는 다짐을 보여주었던 것이다.

수필에 이어 니체 사유가 보다 직접 드러나는 시는 『태양의 풍속』 마지막에 실린 시 「상공운동회」이다.[20] 이 시에서 김기림은 예지자 '차라투스트라'

---

19 프리드리히 니체, 『차라투스트라는 이렇게 말했다』, 정동호 역, 책세상, 2012, 256쪽.

20 시 「상공운동회」는 1934년 5월 16일 처음으로 발표되었고, 1939년에 발간된 시집 『태양의 풍속』 마지막 부분에 배치되어 실렸다. 신범순은 이 시가 "시집 전체의 요약"이며, "태양 풍속의 니체적인 면모"를 확증시켜주는 시라고 평가했다. 신범순, 「1930년

를 직접 호명하고 있다.

유쾌한 주악(奏樂)을 앞세우고
서슬 좋은 가장행렬이 떨며간다……

「씨-자」의 투구를 쓴 상회
분칠한 환약의 여신
붉게
푸르게
변하는 행렬의 표정

경의를 표하기 위하야 멈춰서는 푸른 전차의 예의.
포도를 휘덮는 시드른 얼굴들을 물리치면서
건방진 행렬이
개선장군을 뽐낸다.

뭇솔리니, 뷔지니, 솨바니, 제르미니,
루-즈벨트, 벨트, 벨탕, 슈베르트,
힐트, 힘멘쓰, 히스트, 히틀러,
그게 모도다.
우리의 무리의
동무다 동무다 동무다 동무다…….

쉬-ㅅ
조용해라
누가 배금종(拜金宗)성서의 제일장을 낭독한다.

대 시에서 니체주의적 사상 탐색의 한 장면 (I)」, 『인문논총』 제72권 제1호, 서울대학교 인문학연구원 2015.2, 27쪽.

—돈을 좋아한다는 것은 원래 부도덕하고는 관계가 없느니라. 우리의 세계에는 그림자라는 것이 없는 법이니라. 우리는 슬픔이라는 우울한 여자를 본 일이 없노라. 그러니까 기쁨까지가 희박한 투명체에 지나지않느니라—

주부들은 그들의 집을
잠을쇠나 좀도적이나 늙은이나 어멈이나 고양이나 괘종에 맡기고는
장충단으로 뛰여나온다. 기여나온다. 밀려나온다.

이응고 호각소리……
자전차가 달린다. 선수가 달린다. 그러나 나종에는 상표만 달린다.

움직이는 商業展의 會場 우에서
壓倒된 머리가 느러선다. 주저한다. 決心한다.
『이 會社가 좀더 加速度的인걸』
『아니 저 商會가 더 빨은걸』
『요담의 廣木은 저 집에 가 사야겠군』

살어있는 「짜라투-스트라」의
山上의 歎息
—그들은 사람의 心臟에서 피를 몰아내고 그 자리에
아침 潮水의 자랑과 밤의 한숨을 모르는 灰色建築을 세우는데
成功했다—

뿌라보— 뿌라보—
工場과 商店의 굳은 握手
뿌라보— 뿌라보—
핫 핫 핫 핫……[21](인용자 강조)

---

21 김기림, 「상공운동회」, 『조선일보』, 1934.5.16.(김기림, 『김기림전집』 1, 122~123쪽에

시 「상공운동회」의 1연에 묘사된 '가장행렬'(2행)은 이 행렬의 진면목을 은폐하고 있다. 니체는 『반시대적 고찰』 두 번째 논문 「삶에 대한 역사의 공과」에서 "모든 장식은 장식된 것을 감추기 때문이다. 그렇게 문화의 그리스적 개념이—로마의 개념과는 반대로—베일을 벗고 그에게 드러난다. 즉 내면도 외면도 없고 가식도 관습도 없는 개선된 새로운 자연으로서의 문화라는 개념, 삶과 자유와 외관과 의욕의 일치로서의 문화 개념이 그에게 드러난다"[22]면서, 그리스 문화와 로마 문화를 대조한다. 니체에게 '로마 문화'는 겉과 속이 다르며 가식과 관습이 만연한 속된 교양을 의미하는데, 김기림의 「상공운동회」 역시 로마 제국의 개선식 행진 장면을 가장행렬을 한 천민자본주의의 승리로 패러디하고 있다는 데에서, 서구 근대를 이끌었던 로마 문화의 인위성, 가식성을 비판적으로 바라보고 있음을 알 수 있다. 이후 발표한 「쥬피타 추방」에서도 로마로 대표되는 서구 근대의 몰락은 지속적으로 형상화되었다.

시어 35행 "살어있는 「짜라투-스트라」"에서 김기림이 니체의 저서 『차라투스트라는 이렇게 말했다』를 인지하였다는 사실이 드러난다. 현대 자본주의 사회의 삶을 사는 우리들의 동무인 "뭇솔리니, 루즈벨트, 히틀러"(4연) 등이 몰아낸 '피'는 가식 없는 인간의 영혼을 의미한다. 차라투스트라는 "일체의 글 가운데서 나는 피로 쓴 것만을 사랑한다. 쓰려면 피로 써라. 그러면 너는 피가 곧 넋임을 알게 될 것이다"[23]라며 읽고 쓰는 행위에는 넋(피)가 따른다고 주장했다. 붉은빛과 잿빛의 대조로, 시적 화자는 영혼 없이 상품을 사고파는 행위에 몰두한 자본주의 배금주의를 「상공운동회」란 풍자

서 재인용)

22 니체, 「삶에 대한 역사의 공과」, 『비극의 탄생 · 반시대적 고찰』, 이진우 역, 책세상, 2011, 388쪽.

23 프리드리히 니체, 『차라투스트라는 이렇게 말했다』, 63쪽.

시로 비판하고 있다. 이렇게 차라투스트라가 산상(山上)에서 탄식하는 모습은 3년 전 발표한 희곡 「천국에서 왔다는 사나이」(1931.3.3.~3.21)에서도 드러나 있어, 김기림에게 니체적 사유가 장르를 막론하여 구현되어 왔음을 알 수 있다.

(군중의 어지러운 발자국 소리, 성문 안에서) 열어라, 열어라.

성 밖의 사람들 (모두 놀라서 성문을 들여다본다).

한 사나이 (성 위에 올라선다. 올라서서 성 안의 군중에게) 얘들아―너희는―순량한 택함을 받은 양떼가 아니냐―. 흥 하느님은 자기가 천국에서 절 받고 호사하기 위하여―세상에 우리를 예비해 두었던 것이 아니냐?

군중 옳다 그게 참말이다. 참말이다.

한 사나이 그는 우리들을―세월이 끝나는 날까지도 영원히 그의 줄 아래―안심하고 얽매어 두기 위하여―**우리들의 마음에서 본능에 대한 정열과 악에 대한 반항과 타오르는 가슴 속의 불길을―달콤한 회색의 주문으로 꺼버리고―**다만 양떼와 같이 먹여 주는 대로 잘 굽혀 줄 것과 눈물 흘리며―그의 손길에 매달려 애원할 줄만 가르치지 않았느냐.

군중 그렇다 그래. 분명코 그렇지.

한 사나이 응, 그래서 지금 천국에서 그가 약속한 것을 무엇을 우리에게 주었느냐? 영원한 행복과 허락 대신에 영원의 고생 밖에 무엇이 있느냐? 그 위에 천국에 땅은 없고 백성은 불었다고 우리들의 아들 딸들은 천국의 문 앞에서 도로 쫓겨나고 있다.

군중의 소리 응 심한 일이다.

한 사나이 「데이빗」의 노래도―예언자의 설교도―눈물 흘리며 애원하는 꼴도 엑 그만둬라. 모두 거짓말이다(사나이 성 안에 사라진다).…[24](인용자 강조)

---

24 김기림, 『김기림전집』 5, 126쪽에서 재인용.

희곡 「천국으로 간 사나이」에서 느닷없이 등장한 한 사나이가 외친 기독교 비판, "가슴 속의 불길을—달콤한 회색의 주문으로 꺼버리고"란 외침은 시 「상공운동회」의 제목에서 알 수 있듯이 자본주의 비판으로 전이되었다. 위 희곡이 주인공 '목 없는 사나이'를 통해 신이 죽어버린 현대 사회를 보여주었으며 피안의 세계가 아닌 현세의 삶을 긍정하는 태도를 보여주었다면,[25] 「상공운동회」는 "拜金宗聖書"란 시어에서 볼 수 있듯이 돈이 지배하는 현대 자본주의 사회에 대한 비판이다. 즉 1930년대 초반 김기림의 사유는 기독교의 내세관 비판을 거쳐 자본주의 비판으로 나아가고 있는데, 두 비판 모두 니체의 차라투스트라를 매개로 한 것이다. 그러나 김기림의 초기 글은 종교나 자본주의에 관한 노골적인 비판에 가까워 미적 형상화에 이르지 못하고 있다. 문학적 형상화의 미숙함이 드러나 있는 것이다. 그는 1934년 이상, 박태원 등 그를 일깨워주었던 구인회 동인들과 교류를 시작하고 나서야 비로소 미적 형상화 수준을 한 단계 심화시킬 수 있었다. 이상은 유연하고 자유로운 사고로 기존 문학의 틀을 전복하였으며, 박태원은 김기림이 감탄할 정도로 치밀한 관찰력으로 묘사의 힘을 보여주었다.[26] 김기림은 이들과 조금 다른 길로 나아가는데 이는 바로 2차 유학을 통한 학문의 세계로의 길이었다. 그는 1936년 늦은 나이에 2차 유학을 떠나게 되며, 동북제국대학 졸업논문 「I.A. Richards 연구」를 제출하고, 이를 한국어

25 니체는 "우리에게는 하늘나라에 들어갈 생각이 전혀 없다. 우리 성숙한 어른이 되었으니, 우리는 이제 지상의 나라를 원한다"라며 피안의 세계를 부정한다. 프리드리히 니체, 『차라투스트라는 이렇게 말했다』, 519쪽 참조.

26 "소설가 A와 함께 거리를 걸으면 그는 실로 번거러울 만치 지나가는 사람들과 주위의 사물을 거의 빼놓지 않고 둘러보는 바람에 나는 가다가도 말고 돌아서서 그를 기다려야 한다. 그럴 적마다 나는 속으로 소설가란 아마도 저렇게 사소한 일에조차 일일이 주의해야 하는 종족인가보다 하고 감탄한다." 이 글에서 소설가 A씨는 박태원을 말한다. 김기림, 「초침」, 『조선일보』, 1936.2.28.(『김기림전집』 5, 224쪽에서 재인용)

로 번역, 확장한 『시의 이해』(1950)로 한국 모더니즘 시론 연구에 크게 공헌했던 것이다. 구인회 활동을 거쳐 그는 영미 모더니즘 텍스트, 특히 당대 대표적인 모더니즘 시인 T.S. 엘리엇, W.H. 오든, 스티븐 스펜더의 시와 평론을 자신의 시에 내면화할 수 있었다.

3. 김기림의 「아프리카 광상곡」과 엘리엇의 『황무지』에 나타난 니체의 '영원회귀' 사유

당시 모더니스트의 작품 가운데 아프리카를 소재로 삼은 시는 극히 드문 편이다. 이 시에서 세계 정서를 끊임없이 인식하고 이를 식민지 조선의 정세와 결부하고자 하였던 시인의 태도를 엿볼 수 있다. 「아프리카 광상곡」은 1936년 『조광』 7월호에 첫 발표되었고, 시집 『바다와 나비』(1946)에 수록되었다. 이 시에는 이탈리아의 에티오피아 침공을 비판하는 시적 화자의 역사관이 풍자의 방식으로 드러난다.

> 숨막히는 毒瓦斯예 썩은티끌이 쓸려간뒤에
> 聖都의아츰에 王朝의歷史는 간데없고
> 어느새 로-마의 風俗을 단장한 尊長의따님의
> 숭내내는 國歌의 서투룬곡조가 웬일이냐[27]

시적 화자는 무솔리니의 "로-마" 정부가 에티오피아를 침공할 당시 제네바 조약을 위배하여 "毒瓦斯"(독가스)를 "썩은티끌"로 은유된 민간인들에게 살포한 사실을 비난한다. 에티오피아의 황제 하일레 셀라시에 1세(Haile

27 김기림, 「아프리카狂想曲」, 『바다와 나비』, 신문화연구소, 1946, 58쪽.

Selassie 1)는 1936년 6월 30일 제네바의 국제연맹(The League of Nations) 총회에서 행한 연설에서, 이탈리아군이 에티오피아군과 민간인에게 화학무기를 사용한 사실을 고발하며 에티오피아에 대한 국제연맹의 지원을 호소한다. 그의 시도는 비록 실패로 끝났지만, 『타임』지는 그를 1936년 올해의 인물로 선정했으며, 하일레 셀라시에는 반파시즘의 아이콘이 된다. 김기림이 이후 발표한 「쥬피타 추방」에서 "세라시에 폐하"를 다시 언급하는 이유는 하일레 셀라시에 1세가 지닌 반파시즘적 상징성에서 연유한다.[28]

2행에서 "聖都"란 에티오피아의 수도 아디스아바바(Addis Ababa)를 말하는 것이며, "王朝의 歷史"는 하일레 셀라시에에게 전해 내려오는 솔로몬 왕조를 의미한다.[29] 제1연의 3, 4행에서 "로-마의 風俗을 단장한 尊長"은 에티오피아 병합을 주도한 파시스트 무솔리니 치하의 로마 정부를 풍자하는 표현이다.

급한발길을 행여막으려 다투어던지는

---

28 "It was at the time when the operations for the encircling of Makale were taking place that the Italian command, fearing a rout, followed the procedure which it is now my duty to denounce to the world. Special sprayers were installed on board aircraft so that they could vaporize, over vast areas of territory, a fine, death-dealing rain. Groups of nine, fifteen, eighteen aircraft followed one another so that the fog issuing from them formed a continuous sheet. It was thus that, as from the end of January 1936, soldiers, women, children, cattle, rivers, lakes, and pastures were drenched continually with this deadly rain. In order to kill off systematically all living creatures, in order to more surely poison waters and pastures, the Italian command made its aircraft pass over and over again. That was its chief method of warfare." 셀라시에 1세의 유엔 연설문 내용은 William Safire, *Lend Me Your Ears: Great Speeches in History*, W.W. Norton, 1997, p.298 참조.

29 1931년에 제정된 에티오피아 헌법 1조에는 "솔로몬 왕과 시바의 여왕 사이에 태어난 아들 메네리크의 직계 자손이 에티오피아의 황제이다"라고 명기되어 있다.

眞紅빛 薔薇의 언덕을 박차며
熱沙를 뿜으며 몰려오는
검은쇠바퀴…… **검은** 말발굽소리……[30](인용자 강조)

에티오피아군은 전진하는 이탈리아 군단의 발길을 막기 위해 그 앞에 몸을 던져보지만, 턱없이 부족한 군수물자와 병력으로는 한갓 희생양이 될 뿐이었다. "眞紅빛 薔薇의 언덕" 이미지는 에티오피아인들의 시신이 쌓인 비극적 광경을 "薔薇"의 우아함에 핏빛의 생생함을 더해 시각적으로 표현한 것이다. 2연의 마지막 행에서 파시즘에 대한 시적 화자의 분노가 "검은" 빛깔의 반복을 통해 드러나 있다. '검은' 빛깔은 이탈리아 파시즘 전위대 '블랙셔츠단'을 의미한다.

테-불에 쏟아지는 샴펜의 瀑布.
「소생하는 로-마야 마서라 麒麟의 피를……
正義도 象牙도 文明도 石油도 우리것이다」
法王의 鐘들과 라디오가 마을 마을에 요란하다.[31]

장시 『기상도』에서 이미 보여주었듯이, 중국을 갈라먹은 서구 열강들의 행태가 연상되는 연이다. "소생하는 로-마"란 무솔리니가 재건하고자 한 고대 로마 제국을 의미하며, "麒麟의 피"는 명백하게 아프리카 에디오피아인들의 희생을 상징한다. 무솔리니는 아프리카에서 유일한 독립국가인 에티오피아를 식민지화함으로써 영국의 지배하에 있던 이집트의 수에즈 운하를 공략할 수 있게 되었다. 수에즈 운하가 영연방의 물자를 수송하는 주요한 통로라는 사실을 고려한다면, 무솔리니의 에티오피아 점령의 의미는

30 김기림, 「아프리카狂想曲」, 『바다와 나비』, 58쪽.
31 위의 글, 위의 책, 59쪽.

명백해진다. 이탈리아 파시즘 세력이 영·프 연합군과 지중해를 둘러싼 경쟁에 뛰어들게 된 것이다. 무솔리니의 에티오피아 점령은 곧 2차 세계대전의 서막을 알리는 중대한 역사적 사건이 된다.

이 연의 마지막 행에 "法王의 鐘들"이 언급되는데, 시적 화자는 이탈리아 파시즘과 결탁한 로마 교황청을 비판하고 있다. 무솔리니와 로마 교황청은 1926년 공산주의 축출을 위해 서로 손을 잡은 뒤 계속해서 끈끈한 관계를 유지하고 있었는데, 시적 화자는 이를 풍자한 것이다.

> 다-샨火山에 불이꺼진날
> 새로 엮인 페-지에 世紀의犯行이 淋漓하고나.
> 입담은證人인 靑나일이 혼자
> 哀史를 중얼거리며 埃及으로 흘으더라.[32]

"다-샨火山"은 에티오피아에서 가장 높은 영산인 라스 다샨(Ras Dashen)을 말하는 것으로, 이 산의 고도는 4,550미터에 육박한다. "다-샨"은 "황제의 앞에서 싸우는 대장(the general who fights in front of the Emperor)"을 의미하는 것으로, "다-샨火山"에 불이 꺼졌다는 표현은 에티오피아가 이탈리아군의 손에 넘어갔다는 사실을 상징한다. 3, 4행에서는 나일강의 지류인 "청나일(The Blue Nile)"이 이집트인 "埃及"으로 흘러가는 모습에서 인간이 야기한 전쟁이 대자연을 파괴해버렸다는, 시적 화자의 처연한 심경이 노출된다.

> 오늘은 三色旗의 行進을 祝福하는
> 沙漠의太陽.
> 차-나湖 푸른거울에

---

32 위의 글, 위의 책,

五月의 얼골이 태연하고나.[33]

김기림 텍스트에서 '태양'이란 메타포에는 여러 의미가 숨어 있는데 이 시에서 나오는 "사막의 태양"은 일본 군국주의를 의미하는 기호로 여겨진다. 1936년 국제연맹은 이탈리아의 에티오피아 병합을 비난했지만, 1933년에 이미 국제연맹에서 탈퇴한 일본은 무솔리니 파시즘의 성공을 지지한다. "차-나" 호수에 비치는 태양의 뻔뻔스러운 태연함에 화자는 분노를 감추지 못한다.

한니발도 짓밟고 칼타고도 불지르고
오늘은 千年묵은 沙漠의 靜寂을 부시고가는
피묻은 늙은 쇠바퀴야
너 달려가는 곳이 어디냐.[34]

시적 화자는 아프리카의 마지막 독립국 에티오피아에서 일어난 일을 세계 역사와 결부하여 부정적으로 풍자한다. 음악 용어 중에서도 "광상곡(狂想曲, 이탈리아어로는 capriccio)"을 차용한 이유는 아프리카에서 벌어진 전쟁을 광기 어린 파시즘의 행태로 보았기 때문이다. 김기림은 『시의 이해』(1950)에서 상상, 환상 개념을 설명하면서 "Mania"를 "광상"으로 번역한다. "상상에 있어서 만약에 감성과 이성이 그것을 잘 통솔하지 못한다면 그것은 광상(狂想, Mania)이 되어버릴 것"[35]이라며 무솔리니가 벌인 일련의 사태를 "광상곡"으로 풍자하는 것이다. 무솔리니 파시즘 정부는 에티오피아 전쟁의 정당함을 주장하며 일본, 독일에 뒤이어 1936년 국제연맹에서 탈퇴한다.

---

33 위의 글, 위의 책, 60쪽.

34 위의 글, 위의 책.

35 김기림, 『김기림전집』 2, 237쪽에서 재인용.

시적 화자는 마지막 연에서 "한니발"과 "칼타고"란 시어를 선택함으로써, 로마와 카르타고 사이에 벌어졌던 포에니전쟁이 되풀이되었음을 암시했다. 아이네이아스와 디도 여왕의 비극적 만남으로부터 시작되어, 한니발의 로마 정벌을 거쳐, 로마 장군 아프리카누스의 카르타고의 멸망으로 끝나는 로마와 카르타고 사이의 비극적 역사가 1936년 지중해를 둘러싼 아프리카에서 재현되고 있다고 본 것이다. 무솔리니가 로마 제국의 후예인 반면, 쫓겨난 셀라시에는 카르타고의 후예가 된다. 시적 화자는 로마와 카르타고 사이의 전쟁이 1936년 이탈리아 파시즘과 에티오피아 간의 대결로 재현됨으로써, 동서 대결의 역사가 지속적으로 반복된다는 명제를 이 시에서 구현한다.

「아프리카 광상곡」에서 나타난 시적 화자의 역사관은 『황무지』의 화자가 보여준 역사관과 상당히 유사하다. 김기림은 1948년에 엘리엇이 노벨문학상을 받자 엘리엇의 『황무지』를 "1차 대전 후 저 혼미와 불안에 찬 20년대의 정신적 징후를 그의 독특한 상징주의적 방법으로 정확하고 예리하고 함축있게 짚어내서 보여준"[36] 시로 평가한다. 이런 평가는 버튼 라스코(Burton Rascoe)의 『황무지』 리뷰와 상당 부분 일치한다. "그 시는 전쟁의 정신적, 경제적 결과에서 기인한 전 세계적 절망과 체념, 현대 문명의 어긋남, 과학과 철학이 자초한 곤경, 삶에 기쁨과 열정을 주는 중요한 모든 것의 붕괴를 표현한다"는 것이다.[37]

『황무지』와 같이, 대륙 간의 전쟁이 일구어낸 혼미와 불안에 대한 진단은 「아프리카 광상곡」의 주요 주제이다. 「아프리카 광상곡」의 한 소재인 포에

36 김기림, 「T.S. 엘리엇의 시 : 노벨문학상 수상을 계기로」, 『자유신문』 1948.11.7.(김기림, 『김기림전집』 2, 384쪽에서 재인용)

37 피터 게이, 『모더니즘』, 정주연 역, 민음사, 2015, 379~380쪽에서 부분 수정하여 재인용.

니전쟁 역시 『황무지』에 형상화되었다.

환영의 도시
겨울날 새벽 갈색 안개 속으로
군중이 런던교 위로 흘러간다. 저렇게 많이
나는 죽음이 저렇게 많은 사람을 멸망시켰다고는 생각지 못했다.
때로 짤막한 한숨이 터져 나오고
각자 자기 발 앞에 눈을 쏘는 것이었다.
언덕을 오르고, 킹 윌리엄가로 내려서 성 메리 울노트 성당이
아홉시 최후의 일격의 꺼져가는 종소리로써
예배 시간을 알리는 그곳으로 군중은 흘러 갔다.
거기서 나는 내가 아는 한 사람을 보았다. 「스텟슨!」
하고 소리질러 그를 세웠다.
「너! 말리 해전 때 나와 같은 배를 탔던 친구여,
네가 작년에 정원에 심었던 시체에서
싹이 트기 시작했던가? 올해에 꽃이 필까?
아니면 갑자기 서리가 내려 그 꽃밭이 망쳐졌는가?
오, 인간의 친구인 개를 가까이해선 안되네
또 발톱으로 파헤칠 것이니.
그대! 위선의 독자여!—나의 동포여—나의 형제여!」[38]

이 부분은 엘리엇이 보들레르의 텍스트를 인유하여 전쟁의 폐해를 그려낸 부분이다. "환영의 도시(unreal city)"는 보들레르의 시 「일곱 늙은이」에서 인유한 부분이며, 마지막 행 "그대! 위선의 독자여!—나의 동포여—나의 형제여!"는 보들레르의 시 「독자들에게」에서 인유한 부분이다. 엘리엇은

---

38 이창배의 『황무지』 번역을 참조로 하여 부분 수정하였다. 이창배 역, 『영미詩 걸작선』, 동국대학교 출판부, 1998, 106~107쪽.

보들레르의 텍스트를 통해 독자를 텍스트 안으로 끌어들인다.

인용된 부분의 10행에서 시적 화자는 제1차 포에니전쟁인 말리 해전에서 함께 싸운 " 스텟슨"을 제1차 대전 후의 런던에서 우연히 만난다. 『황무지』 전반에 걸쳐 예언자 티레이시아스부터 우파니샤드 성인까지 다양한 옷을 걸치고 있던 시적 화자는 이 부분에서는 포에니전쟁에 참전한 로마 병사로 변신한다. 시적 화자인 로마 병사는 동료 병사인 " 스텟슨"과 이야기를 주고받는다. "작년에 너의 정원에 묻은 시체(That corpse you planted last year in your garden)"는 포에니전쟁 당시 죽은 카르타고 병사의 시체를 상징한다. 이 파문은 카르타고 병사의 시체가 꽃을 피워 제1차 대전이란 열매를 잉태한 것이다. 시적 화자는 1차 대전 후 유럽의 절망을 노래하며 유럽의 독자들을 신랄히 풍자한다. 시적 화자는 독자들을 "위선자"라고 저주하는 동시에 "나의 동포여, 나의 형제여"라고 호명함으로써, 인간이 만들어가는 역사에서 전쟁은 반복될 수밖에 없다는 절망감을 토로한다. 유럽과 아프리카 대륙 간의 "무역전쟁"[39]이었던 포에니전쟁의 비극이 식민지 획득을 둘러싼 대결인 1914년에서 1919년까지의 1차 세계대전에서 되풀이되었다고 본 것이다. 이런 역사의 반복 모티프는 『황무지』 제3장 「수사(水死)」에서 '수레바퀴' 모티프로 강화되고 있다.

수사(水死)

페니키아 사람 플레버스는 죽은 지 2주일,
갈매기 울음 소리도 깊은 바다 물결도
이익도 손실도 다 잊었다.

---

39 Cleanth Brooks, *Modern Poetry and the Tradition*, New York: Oxford UP., (1939) 1965, p.145 참조.

바다 밑의 조류가
소곤대며 그의 뼈를 추렸다. 솟구쳤다 가라앉을 때
그는 노년과 청년의 고비들을 뭇 층계를 지나
소용돌이에 휩쓸렸다.

이교도이건 유태인이건
오 그대 수레바퀴를 잡고 바람 부는 쪽을 내다보는 자여
플레버스를 생각하라, 한때 그대만큼 미남이었고 키가 컸던 그를.[40]

인생이라는 배에서 키(수레바퀴)를 잡고 바람 부는 쪽, 즉 시련을 향하는 우리 모두의 인생은 때로는 솟구쳤다 때로는 가라앉기 마련이다. 마치 파도처럼 출렁거리는 플레버스의 삶은 누구나 경험하는 삶일 수 있다. 이 시의 시적 화자는 올라갈 때가 있다면 내려가는 때도 있는 만큼, 매 순간 일희일비하지 않고 삶을 긍정할 수 있어야 한다는 의지를 강조하고 있다. 물론 시적 화자의 긍정적인 시선은 이 시의 배경이 되는 런던의 재건에 대한 확고한 믿음에서 비롯된 것이다. 전쟁이 "저렇게 많은" 인간을 멸망시켜버렸지만 인간의 죽음은 불과 2주 뒤에는 완전히 잊혀져 기억과 망각의 수레바퀴 속으로 들어간다는 점에서 엘리엇의 '수레바퀴'는 김기림의 '역사의 수레바퀴'와 같은 맥락에 놓여 있다. 다만 영국으로 귀화한 엘리엇이 제국의 위치에서 1차 세계대전으로 인한 폐허가 된 유럽을 안타깝게 바라보고 있었던 데 반해, 김기림은 아프리카인과 같은 동일한 피식민자의 입장에서 이탈리아 파시즘과 연계된 일본 군국주의가 동아시아에서 전쟁을 연쇄적으로 야기할 것을 예견하고 있는 것이다.[41]

---

40 이창배의 『황무지』 번역을 참조로 하여 부분 수정하였다. 이창배 역, 앞의 책, 118쪽.

41 T.S. 엘리엇에게서 나타난 니체 사유에 관한 선행 연구로 배순정 「T.S. 엘리엇과 F. 니체의 관계」, 『T.S. 엘리엇 연구』 Vol.24 No.2, 한국T.S.엘리엇학회, 2014, 27~65쪽

역사의 반복을 자명하게 생각한 김기림은 시에서 시인의 개성을 직접 노출하지 않은 채 역사의 반복 모티프를 나름의 방식으로 예각화했다. 「아프리카 광상곡」에서 형상화한 수레바퀴는 반복된 전쟁의 참상을 드러낸 시적 모티프이다. 아프리카 대륙의 수레바퀴가 일본 군국주의가 주도하는 수레바퀴로 연쇄 작용할 것임을 그는 일본 기행시 「군항」(1939.6)에서 인식하고 있었다.

III. **軍港**

海灣에는 驅逐艦들이
몸 가려운 河豚처럼 딩굴고 있었다.

어데서 戰爭이 부르지나 않나해서
자꾸만 귀를 주벗거리면서—[42]

2년 뒤 태평양전쟁을 일으킬 야마토 함대가 건조되는 중인 구레항의 군선을 그는 하복(河豚), 즉 복어로 묘사한다. 그는 "몸 가려운", "귀를 주벗거리면서" 등의 감각적 시어로, 전쟁이 일으킬 기이한 흥분과 변태적 광기를 포착해냈다. 이런 김기림의 시작(詩作) 태도에서 그가 파시즘에 침묵했고, 찬동했다는 오해가 나오기도 하였는데, 이는 지나친 비판으로 보인다. 김기림은 평론 「20세기의 서사시－「올림피아」 영화 〈민족의 제전〉 찬」(1940.7.15.)에서 레니 리펜슈탈(Leni Riefenstahl)의 모더니즘 영화 미학에 찬사를 보냈는데, 그 찬사를 근거로 김기림이 나치즘을 묵인했다는 주장은 현

참ㅈ.

42 김기림, 「에노시마」, 『文章』 제1권 제5집, 1939. 6, 102~103쪽.

실 논리에 좌우된 결과론에 가까워 보인다. 물론 김기림은 "戰火의 벽력이 西半球를 샅샅이 찢어놓은 오늘에 5대주를 얽어놓은 「올림픽」의 5륜기는 그대로 한낱 통렬한 풍자같기도 하다"면서, 유럽을 전쟁 속에 밀어 넣은 히틀러의 욕망을 인지하고 있었다. 그러나 그는 "이런 훌륭한 자제와 공명과 고귀의 정신을 발휘한 예술을 낳은 민족은 다른 모든 결점이 있다 하더라도 다만 「뮤즈」의 이름에 의해서만은 마땅히 경탄되어 옳을 것이다"라며, 영화감독 레니 리펜슈탈의 예술이 지닌 생명력을 정치와 분리시켜 높이 평가했다. 『올림피아』가 묘사한 디오니소스적 힘에 관한 관심은 김기림 수필에 나오는 해수욕장의 기이한 열기, 바다에의 열광과 관련되어 있기에, 이런 디오니소스적 힘, 생성력에 관한 김기림의 관심을 일제 군국주의 찬양과 독일 나치즘 찬양으로 연계하는 것은 시류적 논리로 그의 텍스트를 해석하는 일이다. 이는 마치 독일적인 것에 관한 니체의 관심을 독일 제국주의, 국수주의 찬양으로 돌리는 슈펭글러나 루카치의 오독과도 크게 다르지 않아 보인다.[43]

당대 모더니스트들에게 니체의 '힘으로의 의지'와 '영원회귀' 모티프는 주요 관심사였다. 김기림과 엘리엇은 수레바퀴 은유를 활용하여 역사란 순환하는 것이며, 몰락과 상승이 연속되는 것이라는 사실을 인지한다. 에티오피아를 휩쓴 전쟁과 연쇄된 새로운 전쟁이 중국에서 발발할 가능성을 일본제국 최대의 군항 구레를 방문한 김기림은 실감하고 있었을지도 모른다. 하지만 그는 전쟁 역시 새로운 힘의 발휘로 연계하여 생각했다. 스스로 나

---

43 니체는 "리하르트 바그너의 독일 친구들은 바그너의 예술에는 오직 독일적인 것만 있는지, 바그너로 그 예술의 특징이 독일을 초월한 근원이나 충동에서 온 것은 아닌지 스스로 숙고할 수 있었으면 한다"며 독일 민족주의를 비판한다. 이런 점에서 「강력의 철학 : 현세의 정치사상을 지배하려는 니체와 파시즘」(『신동아』 2권 8호, 1932.8)과 같이 니체 사상을 파시즘의 선구로 보는 당대의 논의는 대표적인 오독이라고 할 수 있다. 프리드리히 니체, 『선악의 저편 · 도덕의 계보』, 김정현 역, 책세상, 2003, 265쪽.

아가는 수레처럼 전쟁 역시 인류 역사에서 벌어질 수밖에 없는 일이며 이 전쟁이 숱한 죽음뿐만 아니라 새로운 삶 역시 불러올 수 있다며 현실에 대한 강한 긍정을 보여주고 있는 것이다. 엘리엇이 1차 대전 후 런던의 재건을 수레바퀴의 순환을 통해 꿈꾸고 있었던 것처럼, 김기림 역시 이처럼 비참한 현실이라도 현실을 바로 응시하며 긍정해야 한다고 믿었다. "모든 사물이 사슬로 연결되어 있고 실로 묶여 있으며, 사랑으로 이어져 있으니"라는 니체의 격언처럼 전쟁의 끝은 새로운 평화와, 그리고 또 다른 전쟁과 평화로 연결되어 있으며, 슬픔의 끝에는 기쁨이 기다리고 있기에 지금 암담한 현실조차도, 그 순간을 사랑해야 한다는 것이다.[44] 그의 이런 긍정적인 마인드에는 전쟁의 암울한 현실에 빠져 있는 식민지 조선에서 궁극적으로 찬란한 태양이 뜰 수 있다는 희망을 내포하고 있다.

푸코는 「니체, 계보학, 역사」에서 니체의 역사 사유를 이해하는 계보학자는 기존 역사학자와 달리 "모든 시작과 모든 격세유전과 모든 유전의 토대가 되는 역사의 사건들을, 역사의 급격한 부침들을, 역사의 놀라움들을, 역사의 불안정한 승리들과 불유쾌한 패배들을 예측하고 인지할 수 있어야 한다"[45]고 주장했다. 김기림은 역사의 수레바퀴를 통해 아프리카에서 있었던 것처럼 동아시아에서도 곧 새로운 전쟁이 시작될 것을 예견하고 있었다. 식민지 조선의 시인은 자신만의 낭만적이며 센티멘털한 개성을 뽐낼 것이 아니라 이탈리아 파시즘의 에티오피아 강제 합병이 조선의 역사와 어떻게 연계될 수 있을지를 예지할 수 있어야 했다. 시인은 이탈리아 파시즘의 '불

---

44 프리드리히 니체, 『차라투스트라는 이렇게 말했다』, 530~531쪽.

45 이광래의 번역을 바탕으로 부분 수정하였다. 이광래, 『미셸 푸코』, 민음사, 1999, 336쪽 참조. "He must be able to recognize the events of history, its jolts, its surprises, its unsteady victories and unpalatable defeats–the basis of all beginnings, atavisms, and heredities." Foucault, Michel. "Nietzsche, Genealogy, History," *The Foucault reader*, Edited by Paul Rabinow, New York: Pantheon Books, 1984, p.80

안정한 승리'와 에티오피아의 '불유쾌한 패배'의 역사가 우리 삶에 어떻게 다가와 어떤 결과를 낳을 것인지, 시를 통해 이를 진단하고 처방을 내려야 했던 것이다. 그리고 그 시는 "적극적으로 인생에 향하여 움직이는 힘"을 지녀야 하는 것이었다.

> 그래서 한 편의 시는 그 자체가 한 개의 세계다.
> 그것은 일양적인 시인의 개성(혹은 시풍)이
> 아니고 시로서의 독창성에 의하여 독자를 붙잡을 것이다.
> 그것은 항상 청신한 시각에서 바라본 문명비평이다.
> 그래서 시는 늘 인생과 깊은 관련을 가지게 된다.
> 단지 소비체계에 속한 향락적 장식물이 아니고
> **적극적으로 인생에 향하여 움직이는 힘**을 시는 가지지 않으면 아니 된다.[46](인용자 강조)

김기림에게 전쟁의 비극이란 평화의 기쁨과 사슬로 연계되어 있기 때문에 일순간의 '자기 연민'을 지니고 우울해하거나 일희일비할 필요는 없다고 보았다. 그는 니체가 그랬던 것처럼 일시적인 연민과 동정을 소비하는 것을 극복하고 순간의 삶에 집중해야 한다는 사실을 매 순간 쉬지 않고 나아가는 수레바퀴 모티프를 통해 보여주고 있다.[47] 김기림이 말한 인생에 향하여 움직이는 시의 힘이란 '스스로 움직이는 수레바퀴'처럼 생을 향해 질주하는, 전쟁의 암담함 속에서도 삶의 의지를 새롭게 다지는, 강력한 긍정의 목소리였던 것이다.

---

46 김기림, 「「포에지」와 「모더니티」」, 『신동아』 3권 7호, 1933.7. 164쪽.
47 니체는 값싼 연민에 대해 비판적이다. 차라투스트라와 교황의 대화에서 차라투스트라는 교황에게 다음과 같이 묻는다 "그러니 그가 어떻게 죽었는지를 알고 있겠지? 연민이란 것이 그를 목졸라 죽였다고들 하는데 그것이."(프레드리히 니체, 『차라투스트라는 이렇게 말했다』, 426~427쪽)

4. 나가며

태평양전쟁 끝에 찾아온 해방 이후, 김기림은 수필 「나의 서울 설계도」(1949.4)에서 서울의 유토피아 건설을 꿈꾸어본다. 동양의 '청산(青山)'과 같은 막연한 유토피아를 인정하지 않았던 그는 상당히 구체적으로 독립된 도시 서울을 어떻게 재건할 것인지를 생각해본다.[48] "국제정국의 사나운 바람이란 바람은 모조리 받아들여야 하는 벅찬 도시–낙관론과 비관론도 끌어낼 수 없는 기실은 말할 수 없이 딱한 도시"[49]라며, 그는 한국전쟁을 목전에 둔 서울의 비극적 현실을 누구보다도 심각하게 인지하고 있었다. 하지만 그는 그런 순간에도 서울을 어떻게 발전시켜 나갈지 낙천적으로 꿈꾼다. 인천항을 어떻게 개발할 것인지, 김포공항의 설계는 어떠해야 할 것인지, 공공기관, 백화점, 호텔, 비즈니스 센터를 서울 거리에 어떻게 조성할 것인지, 대학을 어떻게 건설하여 세계 각 대학과의 교류를 원활하게 할 것인지를 상상해본다. 그는 이 수필에서 "그러나 나의 사랑하는 서울은 나날이 눈을 떠보면 딱한 이야기와 먼지만 쌓여간다. 따스한 봄볕이 쪼이고 기름비가 뿌려도 싹트지 않는 불모의 땅–그것이 「엘리엇」의 『황무지』였다. 그러기에 이 황무지에서는 꽃피는 4월도 도리어 잔인한 달인 것이다"[50]라며 불안감을 노출한다. 그렇기 때문에 "우리의 운명의 열쇠를 환경의 손에 내주어서는 아니 된다. 우리 자신이야말로 우리 운명의 주인이라야 할 것

---

48 김기림은 시어 청산(青山)을 "한문이나 한시에서 온 죽은 인습적 표현"이라고 평가했다. 김기림, 「시조와 현대(下)」, 『국도신문』, 1950.6.11.

49 김기림, 「나의 서울 설계도」, 『민성』 5권 5호, 1949.4.(『김기림전집』 5, 404쪽에서 재인용)

50 위의 글, 위의 책.(『김기림전집』 5, 404쪽에서 재인용)

이다"[51]라며 미 · 소에 의해 38선이 확정된 상황에서도 종족의 장래에 대한 의지를 굽히지 않았다.

김기림의 이런 의지는 니체를 매개로 한 것이었다. 『차라투스트라는 이렇게 말했다』의 대단원 「조짐」에서 차라투스트라는 "나의 독수리도 깨어나 나처럼 태양을 기리고 있구나. 날카로운 발톱으로 새로운 햇살을 움켜잡고 있구나. 너희는 나의 신실한 짐승들이다. 나, 너희를 사랑한다. 그러나 내게는 아직 신실한 인간이 없구나!"[52]라며, 자기 연민에 빠진다. 그러나 그는 "나의 고뇌와 나의 연민, 그것이 다 뭐란 말이냐! 나 행복에 뜻을 두고 있기라도 한가? 나 내게 주어진 과업에 뜻을 두고 있거늘!"[53] 하고 말하며 바로 반성의 자세를 취한다. 김기림은 이런 차라투스트라처럼 때때로 자기 연민의 센티멘털 로맨티시즘에 빠지기도 하였지만, 곧 이를 부여잡고 자신의 신념을 지킨 삶을 살기 위해 항상 노력하는 자세를 보였다. 그런 그에게 역사적인 암흑의 순간 역시 극복되어야 할 것이었다. 역사적 순환 고리에서 암흑은 밝음과 연계되어 있기에 그는 사랑의 정신으로 암흑의 순간마저 긍정함으로써 자기 연민과 센티멘털적 우울을 니체를 매개로 타파하려 했던 것이다.

51 위의 글, 위의 책.(『김기림전집』 5, 406쪽에서 재인용)

52 프리드리히 니체, 『차라투스트라는 이렇게 말했다』, 535쪽.

53 위의 책, 538쪽.

김기림의 글쓰기에 나타난 반파시즘의 기치

1. 천황제 파시즘 개념의 문제성

일본 제국주의를 '천황제 파시즘'으로 명명하는 이면에는 태평양전쟁을 일으켜 조선을 전쟁에 동참하게끔 한 일본에게 전쟁 책임을 묻고자 하는 연구자들의 확고한 의지가 담겨 있다. 천황제 파시즘은 히틀러의 나치즘, 무솔리니의 파시즘과 같이 일본 파시즘의 정점에 천황을 올려놓고 있지만, 천황이 히틀러나 무솔리니와 달리 대중의 지지를 통해 획득한 권한을 가지지 못한, 상징적인 존재라는 점에서 천황제와 파시즘은 서로 어울리는 용어는 분명 아니다.

그럼에도 '천황제 파시즘' 혹은 '일본적 파시즘' 등 한국 근대문학 연구자들은 파시즘이란 용어를 1935년에서 1945년에 이르는 쇼와 시대의 일본 제국주의에 적용하는 경향이 있다. 김윤식은 "히틀러의 파시즘과 일본의 천황제 군국주의"[1]로, 유럽의 파시즘을 일본의 군국주의와 구분하기도 한

1 김윤식, 『한국근대소설사연구』, 을유문화사, 1986, 558쪽.

다. 하지만 그는 1942년 10월 조선어학회사건으로부터 1945년 8월에 이르는 일본 제국주의를 유럽의 파시즘과 유사한 체제로 수렴한다.[2]

일찍이 그는 전형기 당시의 일본 제국주의를 "日本的 天皇制 軍國主義 파시즘"[3]으로 호명하여, 일본 파시즘과 문화를 설명한 적이 있다. 그는 도야마 시게키 등의 『쇼와사』를 참조하여 1936년 2 · 26사건을 계기로 파시즘의 일본적 특색이 드러났다고 설명한다. "일본의 파시즘은 독일이나 이탈리아의 그것과는 달리 독자적 대중 조직을 갖지 못하고 軍部에 중심을 두고 있었으며, 그 정점에 天皇制가 있었다"[4]는 것이다. 그의 설명은 "독일, 이탈리아 파시즘과 달라서 독자적 대중 조직을 지니지 못한 일본의 우익은 국가 개조의 쿠테타를 단행하는 데 군인과 군대의 힘을 빌릴 수밖에 없었다."[5]라는 『쇼와사』의 설명을 그대로 빌려온 것이다. 즉, 김윤식은 천황제 파시즘이란 모순적이며 허구적 어구가 식민지 조선에 어떻게 변형되어 이식되었거나 영향을 끼쳤는지 설명하지 않은 채 일본식 파시즘의 특색을 조선의 현실에 그대로 적용하고 있다. 일본의 상징적 존재인 '천황'이 식민지 조선에서도 상징적 존재가 될 수는 없기 때문에, 천황제 파시즘이란 용어를 한국의 현실에 그대로 적용할 수는 없다.

권영민은 『한국현대문학사』 1권에서 파시즘처럼 "이즘(ism)"화된 거대용어를 자제하고 일본 군국주의 확대와 내선일체 사상이 강화된 것으로 일제 말기를 서술한다. 그는 파시즘 대신 "군국주의", "신체제", "대동아공영론"

---

2 김윤식, 『일제 말기 한국 작가의 일본어 글쓰기론』, 서울대학교 출판부, 2003, 66쪽 참조.

3 김윤식, 『한국근대문예비평사연구』, 일지사, 1976, 210쪽.

4 위의 책, 211쪽.

5 ドイツ, イタリアのファシズムとちがって, 独自の大衆組織をもたなたった日本の右翼は, 「国家改造」のクアデターの断行には, 軍人, 軍隊の力をかりなければならなかった. 遠山茂樹 · 今井清一 · 藤原彰, 『昭和史』, 東京 : 岩波書店, 1983, p.129.

등 상대적으로 논란의 여지가 적은 용어를 사용하여, 당시 일본의 체제를 파시즘과 연계하지 않는다. 일제에 대한 한국 문단의 대응 방식을 실증적으로 서술해 나가는 데 집중함으로써 일본 제국주의와 무관한 일국 문학사의 연속적 관점에서 한국문학사를 전개해 나가고 있는 것이다.

김윤식처럼 『쇼와사』의 파시즘 정의를 식민지 조선에 그대로 적용하거나, 권영민처럼 파시즘이란 용어를 피한 서술과 달리, 최근 일본 파시즘과 문학을 정면으로 문제시한 연구로 『파시즘 미학의 본질』을 들 수 있다. 구모룡은 정치학자 로버트 팩스턴(Robert Paxton)으로부터 파시즘의 정의를 참조한다. 하지만 구모룡은 팩스턴과 달리 일본 제국주의의 경우 예외적으로 파시즘 범주의 편폭을 넓힌다. "1932년에서 1945년에 이르는 일본 제국주의의 시기를 파시즘 체제보다 국가 주도의 총동원이 결부된 군부독재의 팽창주의로 이해하는 것이 나을 것"[6]이라는 팩스턴의 견해와는 달리, 구모룡은 일본 제국주의에 파시즘 개념을 적용한 마루야마 마사오의 견해에 찬성하여 천황제 파시즘이라는 용어에 대해 "유럽[의 파시즘]과 다른 동아시아 파시즘의 한 양상으로 볼 수 있는 것"[7]이라는 태도를 밝힌다. 방민호는 "일제 말기 체제는 천황제 파시즘, 곧 일본적 형태의 전체주의 메커니즘이었다"라며 천황제 파시즘이란 용어 사용을 긍정한다. 하지만 그는 천황제 파시즘이란 용어를 본격적으로 문제시하기보다는 이 시기를 분석하는 도구로서 호미 바바 이론의 일방적 이식을 경계하는 데 논의를 집중한다. 박현수는 "그동안 진행된 친일 문학 연구는 파시즘 문학의 방계적 연구에 불과

---

6 "The Japanese empire of the period 1932~45 is better understood as an expansionist military dictatorship with a high degree of state-sponsored mobilization than as a fascist regime." Robert O. Paxton, *The Anatomy of Fascism*, New York: Knopf, 2004, p.200.

7 구모룡, 「파시즘과 예술의 만남」, 구모룡・방민호 외, 『파시즘미학의 본질』, 예옥, 2009, 18쪽.

하다. 파시즘 문학 연구는 파시즘의 본질이 무엇인가에 대한 고민이 있을 때 가능하기 때문이다"[8]라고 주장하여, 선악 이분법의 구도에서 파시즘 문학의 본질을 해방시키고 있다. 그는 파시즘 미학이 주는 '전체로서의 황홀'을 숭고와 연계하는 해석을 보여준다.

이처럼 대부분의 파시즘 연구는 일제 말기를 대상으로 한다. 해방기를 배경으로 한 파시즘 연구는 극히 소략한 실정이다. 하지만 파시즘은 해방 공간에서 주요한 타도의 대상이었다. 김기림이 참여한 조선문학가동맹 주최의 제1회 전국문학자대회에서 나온 다음과 같은 주장은 파시즘에 대한 문인들의 두려움을 단적으로 드러낸다.

> 후진사회일수록 파쇼적 폭력정치가 지배적인 것은 아무도 부정 못한 엄연한 사실인 것이다. 이것은 두말할 것 없이 민주주의적 훈련이 부족한 탓이다. 하물며 아직도 봉건 유제(遺制)의 대부분이 그대로 남아 있고 자본주의라 하더라도 겨우 기형적으로밖에 발달 못 된 조선, 더구나 일제의 식민지라 민주주의는 고사하고 아무러한 이렇다 할 정치적 훈련의 기회조차 가져보지 못한 조선이다. **파시즘**의 유혹에 대해서 과연 어느 정도의 용의와 준비가 있을 것인가! 진실로 조선은 **파쇼**의 번식을 위하여서는 절호의 토양인 것이다.[9](인용자 강조)

김기림의 고향(성진) 1년 후배이자 경성제대 출신의 철학자 박치우는 위 연설문에서 일본 제국주의와 파시즘을 구별하고 있다. 제국 일본에 대한 원한과 증오보다는 해방기 당시 한국 현실에 대한 걱정이 앞서 있는 글로, 파쇼화될 가능성이 높은 현 상황을 우려하고 있다. 박치우의 이런 걱정은

8 위의 책, 126쪽.

9 박치우, 「국수주의의 파시즘화의 위기와 문학자의 임무」, 『건설기의 조선문학』, 1946.6.(위의 책, 520쪽에서 재인용)

해방기 김기림의 모습에서도 그대로 드러난다.

최근 연구자들이 언급하고 있는 일본의 파시즘에 대한 학술적 기원은 1947년 6월 마루야마 마사오의 강연 「일본 파시즘의 사상과 운동」에서 출발하였다. 마루야마는 이 강연을 수정하여 수록한 『日本ファシズムの思想と行動』[10]에서 "국가기구로서의 파시즘"과 "하나의 운동으로서의 파시즘"을 구분하고 "국가기구로서의 파시즘"이 아닌 "하나의 운동으로서의 파시즘"[11]으로 일본의 파시즘'을 설명하려 한다. 그는 민간이 주체가 되지 못하고 군부와 관료가 주체가 된 위로부터의 파시즘으로 일본 파시즘을 설명하여, 독일, 이탈리아의 '아래로부터의 파시즘'과 다른 일본 파시즘의 성격을 구명하고 있다. 한국에서 회자되는 일본 파시즘 논의는 마루야마의 논의와 별다른 차이가 없다. 김윤식이 참조한 『쇼와사』의 파시즘 논의, 즉 '위로부터의 파시즘'은 마루야마의 견해를 그대로 채택하고 있는 하나의 예이다. 하지만 마루야마의 논의는 일제 말기의 파시즘이 일본 사회 내에서 연속성을 지닌 것으로 설명하는 것으로서, 해방기 한국에서 논의되었던 파시즘 문제를 커버할 수 없는, 극히 일본 내적인 개념일 뿐이다.

이 글에서는 파시즘을 경계한 몇몇 조선문학가동맹의 문학자 중 1937년 중일전쟁이 고조된 시기 일본의 주요 병참기지의 하나였던 센다이의 동북제국대학 본과에서 영문학을 공부하였으며, 1942년 태평양전쟁 당시 붓을 꺾고 고향 성진에 은거한 김기림이 어떻게 파시즘을 바라보았는지를 살펴보려 한다. 시 「제야」, 『기상도』, 「아프리카 광상곡」, 「쥬피타 추방」에서 무솔리니 치하 이탈리아 파시즘과 프랑코 치하 스페인 파시즘을 풍자함으로써, 반파시즘의 기치를 높이 든 김기림이 일본 제국주의를 과연 어떻게 인

---

10 丸山眞男, 『現代政治の思想と行動』, 未來社, 1979, pp.29~87.

11 Ibid., pp.29~30.

식하고 있는지를 살펴보려는 것이다. 권명아의 지적처럼 파시즘을 바라보는 여러 스펙트럼 속에 일본 군국주의가 파시즘인지 아닌지란 사실상 답을 낼 수 없는 우문일지도 모른다.[12] 그럼에도 불구하고 파시즘의 함의에 대한 질문을 던지는 것은 식민지 시기뿐만 아니라 해방기를 통틀어 김기림이 생각한 파시즘의 함의를 새롭게 설명할 수 있기 때문이다. 그의 텍스트 속으로 들어갈 때 당대의 시대상황과 어우러진 김기림을 만날 수 있으며, 이는 식민지 시기 한일 관계와 해방기 남북 관계를 둘러싼 역사적 지형도 속에서 김기림의 '파시즘' 인식을 보다 거시적인 시야에서 살필 수 있게 한다.

2. 김기림 텍스트에서 보이는 해방 이전의 '파시즘'

1930년대 초반 당시 일본의 매스미디어는 파시즘을 코뮤니즘과 반대 개념으로 상정하였다. 일례로 김기림이 그의 시 「고향」(1936.3.17)에서 안타까움을 토로한 바 있는 사노 마나부와 나베야마 사다치카의 옥중 전향 성명에 대해, 『요미우리신문』(1933.6.10)은 이들이 "공산주의를 거부하고 파쇼로 전향"하였다고 기술하였다.[13] 공산주의와 파시즘을 서로 반대 입장에 놓고 있는 것이다. 공산주의에서 파시즘으로의 전향은 '국민문학'의 길로 통하게 되며 여기서 전통과 고전이 강조되는 경향이 있다. 일제 말기 김기림이 동양주의에 우려를 표명한 이유는 여기에 근거한다.

송욱은 『시학평전』에서 김기림을 "內面性과 傳統意識이 없는 詩人"[14]으

12 권명아, 『역사적 파시즘 : 제국의 판타지와 젠더 정치』, 책세상, 2006, 31쪽.

13 「共産主義を蹴飛ばしフアツシヨに転向 : 佐野・鍋山の両巨頭」, 『読売新聞』 1933.6.10.

14 "그리고 그는 內面性과 傳統意識이 없는 詩人이었기 때문에 이러한 女人처럼 천박

로 비판하지만, 당시 '전통'의 함의는 송욱이 활동한 1960년대의 한국과는 사뭇 달랐다. 1930년대 말의 '전통' 논의는 파시즘과 결부되어 강력한 배타주의, 국수주의를 형성하고 있었기 때문이다. 이탈리아 · 스페인 파시즘을 무엇보다 혐오한 김기림은 파시즘과 같은 맥락에 놓인 전통, 즉 동양주의를 당연히 경계하게 된다.[15] 일제가 패망한 뒤, 김기림은 평론 「시조와 현대」(1950.6)를 발표하고, 함화진 편 『가곡원류』를 조선문학의 정전 목록에 올려놓음으로써, 시조 · 가사와 같은 전근대 예술의 현재적 가치에 관심을 보이며 한국 문학의 전통 쌓기에 돌입한다.

식민지 시기 김기림은 파시즘의 지정학적 위치를 명확히 한다. 동북제대 유학 중에 발표한 「과학과 비평과 시」(1937.2)에서 파시즘을 서양, 즉 유럽의 파시즘으로 인식하여, 일본 군국주의와 연계하지 않는 것이다.

> 조만간 시대는 질서를 회복해야 했다. **「크레뮤」**도 그렇게 말하고 **「리드」**도 그렇게 말했다. 질서는 어떻게 회복할까. 문제는 공통되면서도 해답은 아무도 잘 몰랐다. 성급한 사람들—가령 **「마리탱」** 같은 사람은 중세기의 부활을 해답으로서 제출하였다. **「파시즘」**은 이러한 역사의 균열을 가장 교묘하게 이용했다. 질서는 오직 신학적인 형이상학적인 선사 이래의 낡은 전통에 선 새 세계상과 인생태도를 버리고 그 뒤에 과학 위에 선 새 세계상을 세우고 그것에 알맞은 인생태도를 새 「모랄」로서 파악함으로써만 얻을 수 있었던 것이다.[16](인용자 강조)

하게도 外國風이 즉 모더니즘이라고 생각하였다." 송욱, 『시학평전』, 일조각, 1963, 189쪽.

15 홍기돈은 김기림 이외에도 일제 말기의 동양문화론을 거스르는 사례를 몇 가지 더 제시하고 있다. 홍기돈, 「신체제 문화론의 친일 파시즘 논리」, 구모룡 · 방민호 외, 『파시즘미학의 본질』, 162~163쪽 참조.

16 김기림, 「과학과 비평과 시」, 『조선일보』, 1937.2.25.(『김기림선집』 2, 31~2쪽에서 재인용)

김기림은 파시즘이 대전 후 경제공황으로 인한, 회복되지 않은 질서로 인해 일어났다는 사실을 지적한다. 그는 이런 주장을 크레뮤와 리드, 마리탱에게서 빌려온다. 벤자민 크레뮤(Benjamin Crémieux)는 프랑스 출신의 이탈리아 문화사학자로 김기림은 1935년에 일역(日譯)된 크레뮤의 『불안과 재건 : 새로운 문학개론(不安と再建 : 新しい文學概論)』을 참조하여 질서 회복의 기치를 언급한 듯싶다. 허버트 리드(Herbert Read)는 영미시와 유럽 예술에 대해 방대한 저술을 남겨, 김기림은 「현대시의 난해성」(1935.5), 「현대비평의 딜레마」(1935.11~12), 「시인의 세대적 한계」(1940.4), 「I.A. 리챠즈론」(1948.10) 등 다수의 평론에서 그를 참조했다. 자크 마리탱(Jacques Maritain)은 북미에서 활동한 프랑스 출신의 철학자로, 과학이 종교의 지위를 침범하고 있다면서 과학만능주의를 비판하는데, 김기림은 마리탱의 이런 견해를 질서 회복을 위한 "성급한" 견해로 여긴다. 김기림은 이들 세 학자의 주장을 "질서의 회복"이라는 기치하에 묶는다. 벤자민 크레뮤는 이탈리아의 문화를, 허버트 리드는 유럽 미술을, 자크 마리탱은 토마스 아퀴나스를 화제로 삼고 있기에, 이 글에서 김기림이 비판하는 파시즘의 맥락은 교황청이 존재하고, 르네상스가 발원한 '이탈리아'의 파시즘을 가리킨 것이다.

유럽의 또 다른 파시즘인 나치즘에 대해서 김기림은 1934년 발표한 평론 「장래할 조선문학은?」에서 "「나치쓰」의號令아래잇는 獨逸文學은 極端의 「내슈날리즘」이라고 들른다"[17]라고 비판한다. 이 당시까지만 해도 김기림은 파시즘을 '무솔리니의 파시즘'과 무솔리니를 존경한 '히틀러의 나치즘'으로 철저히 구분하였다. 저자가 1933년 9월 9일 『조선일보』에 발표한 「전원일기의 일절」 중 시 「파시스트」에서 "흑의를 입지 않은 파시스트"는 이탈리아 파시즘을 지칭하는 것으로, 두체를 향한 이탈리아 민중의 일시 정연

17 김기림, 「장래할 조선문학은?」, 『조선일보』, 1934.11.14.

한 복종을 형상화하고 있다.

파시스트

水平線우에는 푸른 空氣의 密層의 층계가 있오.
작은 水蒸氣의 아이들이 층층계를 가볍게 밟고 올라가오.
海岸의 소나무들은 바람의 方向에 대하야 絕對의 服從을 表示하고 있오.
그러므로 바닷가의 바람은 **黑衣를 입지않은 「파시스트」**라오.[18](인용자 강조)

4행 "바닷가의 바람"에서 1933년 당시 이탈리아 파시즘의 격렬한 소용돌이를 감지할 수 있다. 무솔리니 치하의 이탈리아 파시스트가 검은 셔츠단으로 불린 사실[19]에서 저자는 파시스트라면 으레 흑의를 입어야 하는 점을 표현한다. 바닷가의 광풍은 나무들의 절대 복종을 이끌어낸다는 점에서 파시스트로 비견하고 있는 것이다.

이처럼 김기림이 해방 이전에 언급하는 파시즘은 일본이 아닌 유럽의 파시즘 가운데 이탈리아 파시즘에 국한된다. 하지만 해방 이후 파시즘에 담긴 그의 함의는 다소 변화하게 되는데, 이 함의의 변화에 주목할 필요가 있다.

---

18 김기림, 「전원일기의 일절」, 『조선일보』 1933.9.9.(김기림, 『바다와 육체』, 평범사, 1948, 115쪽에서 재인용)

19 R.J.B. Bosworth, *Mussolini's Italy: Life under the Fascist Dictatorship*, 1915~1945, Penguin Books, 2005, p.117 참조.

3. 김기림 텍스트에서 보이는 해방 이후 '파시즘'

해방 이후 김기림이 파시즘을 가장 먼저 언급한 때는 해방 후 1946년 2월 8일 전국문학자대회에서 강연한 「우리 시의 방향」이다. 아래 인용문에서 저자는 파시즘과 제국주의를 나누어 설명한다.

> 시(詩)의 정신(精神)의 자유(自由)라는것은 한낱 사치(奢侈)한 장식(裝飾)이 아니였다. 그것은 이 나라에 도라온 여러가지 자유(自由)－언론(言論)의 출판(出版)의 집회결사(集會結社)의 자유(自由)들과 마찬가지로 수많은 순교자(殉敎者)와 투사(鬪士)들이 저 악마적(惡魔的)인 고문(拷問)과 극형(極刑)에 견디면서 오히려 불굴(不屈)히 싸와얻은 선물이며 **「파시즘」**과 帝國主義를 타도(打倒)하기 위爲하야 바친 연합제국(聯合諸國)의 「데모크라시」의 전사(戰士)들의 피의 값으로 우리들의詩의自由도 얻어진것임을 명기(銘記)하자…(一九四六・二・八・全國文學者大會에서의講演)[20](인용자 강조)

김기림이 2차 대전 연합군이 타도한 3국 동맹국을 '파시즘'과 '제국주의'로 나누어 설명하는 것을 볼 때, 역시 일본을 파시즘의 범주에서 제외하고 있는 것을 알 수 있다. 1차 대전 후 식민지를 모두 잃어버린 독일, 그리고 승전국이었지만 원하는 식민지를 얻지 못한 이탈리아를 "제국"으로 부를 수는 없다. 반면, 1차 대전의 승전국이자, 당시 조선, 대만, 만주를 식민지화한 일본은 제국주의로 분류된다. 김기림은 2차 세계대전을 자유주의 세력 대(對) 파시즘 세력의 대결로 보는 이분법적 구도에서 탈피하여, 일본을 제국주의의 일종으로 호명한다.

그러나 1946년 6월 「계몽운동 전개에 대한 의견」에서 김기림이 파시즘

---

20 김기림, 「우리 시의 방향」, 『시론』, 백양당, 1947, 203~204쪽.

을 다소 폭넓게 바라보기 시작한 사실을 알 수 있다. 그는 파시즘을 민주주의의 반대어로 간주한다.

> 민주주의 독립국가 건설의 기초공작으로서 우리는 이에 전 지식인을 동원하여 일대 문맹소멸 운동을 급속 활발하게 전개하며, 아울러 민주주의의 역사적 변천과정과 그것이 현단계의 조선에 있어서 가진 특수한 현실적 과정에 대한 이해를 인민대중 속에 널리 침투시키며, 또 그들로 하여금 민주주의적 사고방식에 익숙케 하고 그것을 일상생활화하며 실천화하게 함은 오늘의 조선에 있어서 가장 긴급을 요하는 일이라 하겠다. 이렇게 함으로써만 진정한 의미의 민주주의 조선의 실현을 기대할 수 있으며, 나아가서는 인민대중을 가능한 모든 경우의 **파시즘**의 위협으로부터 방위하는 견고한 정신적 방파제를 인민 속에 구축하는 일이 될 것이다.[21](인용자 강조)

파시즘을 민주주의의 반대어로 보는 관점은 1943년 해산된 코민테른의 관점과 유사한 것으로 당시 조선문학가동맹에 몸을 담고 있던 김기림의 사상적 지향을 드러내준다. 파시즘에 반대하는 그의 좌익 성향은 좌담회에서도 드러난다. 1개월 뒤인 1946년 7월, 김기림은 좌담회 「건국동원과 지식계급」에서 시인의 자격으로 평론가 백철, 철학자 박치우, 의학박사 정근양과 함께 대화를 나눈다. 김기림은 이 대담에서도 파시즘을 다소 폭넓게 바라보는데, 일본 제국주의의 파시즘적 성격을 고찰하는 데까지 나아가고 있다.

> 김기림 : 참 우리가 일본제국주의의 그 악랄한 경찰제도하에 있을 때

21 김기림, 「계몽운동 전개에 대한 의견」, 『건설기의 조선문학』, 1946.6.(송기한 · 김외곤 편, 『해방공간의 비평문학』 1, 태학사, 1991, 330쪽에서 재인용)

에는 자기의 마음 하나도 자유롭게 못 가졌든 것은 사실입니다. 그렇게 일본경찰은 놀랄 만큼 교묘하게 발달되었던 것이지요. 앞으로 그런 **팟쇼적 경찰**이 우리 조선에도 생긴다면 큰일입니다.[22](인용자 강조)

김기림은 "일본제국주의" 시대의 "일본경찰"을 "팟쇼적 경찰"로 호명함으로써, 그가 붓을 꺾은 1942년에서 1945년까지의 일본 제국주의가 파시즘의 요소를 띠고 있다고 간주한다. 일본제국주의 치하의 악랄한 경찰은 일본인뿐만은 아니었다. 조선인 경찰 역시 같은 민족을 교묘히 통제하는 데 앞장섰던 것이다. 따라서 김기림은 이런 일본 제국주의의 악랄한 경찰제도가 해방된 조선에서도 충분히 발아할 수 있다고 보고, 이를 우려하고 있다. 이탈리아, 독일, 일본뿐만이 아니라 조선에서도 파시즘이 배태될 수 있다고 여기는 것으로, 이는 "조선은 파쇼의 번식을 위하여서는 절호의 토양"이란 박치우의 우려에 화답한 것이다. 당시 김기림뿐만 아니라 좌익 성향에 선 문인들의 반파시즘 인식을 엿볼 수 있다.

김기림은 시에서도 조선에서 파시즘이 배태할 수 있는 가능성을 경고한다. 『새노래』(1948.3)에 수록된 「어렵고 험하기 이를 데 없으나」에서 파시즘을 향한 김기림의 적대감은 여실히 드러난다.

어렵고 험하기 이를 데 없으나

어렵고 험하기 이를 데 없으나 (1)
이렇게 유쾌한 길이 어대있으랴?

자유와 빛나는 날로 통하는 길이기

22 「건국동원과 지식계급」, 『대조』2호, 1946.7.(송기한 · 김외곤 편, 앞의 책, 109쪽에서 재인용.)

이보다 보람있는 행군이 어대있으랴?

「**파씨스트**」에게 진정 일러주노니
너는 어림없이 엉뚱한 꿈을 꾸느니라

이렇게 보람있고 떳떳한 길이기
묵묵히 우숨 띠우고 모다들 부서로 나가는 것이리[23](인용자 강조)

시의 5행에서 저자는 "파씨스트"라는 어휘를 사용한다. 1946년의 맥락에서 언급된 "엉뚱한 꿈을 꾸는"(5~6행) 파시스트는 이미 제거된 이탈리아의 파시즘이나 독일의 나치즘으로 볼 수 없으며, 패망한 일본 제국주의 역시 아니다. "보람있는 행군"을 하며, "부서"로 나가는 "모다들"은 민주주의 사회를 지탱하는 민중들이다. "행군"이나 "부서"와 같은 시어가 소비에트 공산주의의 분위기를 물씬 풍긴다는 사실에서 5행의 "파씨스트"는 소비에트 공산주의에 반대하는 국내의 일부 세력을 지시하는 것으로 보인다. 사회주의적 민주주의에 반대하는 세력이라면 미국 중심의 자본주의적 민주주의 진영을 쉽게 떠올릴 수 있지만, 저자는 같은 시집에 수록한 시 「아메리카」에서 미국의 독립기념일을 찬미하고 있기에 파시즘은 미국과 직접 연계되지는 않는다. 다만, 이 시에서도 확인할 수 있는 사실은 "파시즘"이란 용어가 패망한 일본 군국주의를 지목하고 있기보단 국내의 반민주주의 세력들을 지칭한다는 점이다. 해방 후 여러 세력의 각축 속에 전체주의적, 배타적 움직임을 보이는 세력을 김기림은 파시즘으로 비판하고 있다.

시 「눈짓으로 이해하는 전선」에서 김기림이 일본을 '낡은 제국주의'로 평가하는 점을 확실히 알 수 있다. 저자는 제국주의 치하에서 식민지를 경험

23 김기림, 『새노래』, 아문각, 1948, 45~46쪽.

한 국가끼리의 연대를 추구한다.

눈짓으로 理解하는 戰線

「샨 · 오케시」의 「가닥과 별」을 읽은날 밤에
愛蘭軍隊를 꿈에 맛났다
公會堂이라고 하는 곳에 목이 굵고 눈이 둥근 젊은이들이
우중충 앉어 있었다
나는 힌 軍服을 입은 司令官과 서로
異邦사람이 아니라는 드시 눈알림으로 인사했다

　　말이 없는 軍隊
　　구피지 않는 軍隊
　　사슬을 용서하지 않는 軍隊

印度軍隊를 맛나면
아마도 손아귀 으스러지라 틀어쥐리라
安南軍隊를 맛나면 껴안고 빰을 비비며 로서아 춤추듯 돌아가리라

손을 버리자
自由 찾는 불ㅅ길이 이는 곳마다
우리들의 동무는 있다
말이 아니라
눈짓으로 理解하는
戰線이 있다[24]

제목 「눈짓으로 理解하는 戰線」에서 풍기는 이미지는 "전선"(18행)이란

---

24 위의 책, 38~40쪽.

시어에서 알 수 있듯이, 호전적이며 투쟁하는 색채이다. 시적 화자는 션 오케이시(Sean O'Casey)의 희곡 「가닥과 별(The Plough and The Star)」을 읽은 날 밤, 더블린에서 영국의 통치에 저항하여 궐기한 아일랜드의 젊은이들을 꿈에서 만난다. 시적 화자는 혁명의 기운을 받아 목에 핏대가 서고 눈이 반짝거리는 아일랜드 시민군의 모습을 "목이 굵고 눈이 둥근 젊은이들"(3행)으로 형상화하였다.

「가닥과 별」은 1916년 더블린 시민들이 영국통치에 저항하여 궐기했던 부활절 봉기를 작품의 배경으로 삼는다.[25] 제목 자체가 아일랜드 시민군이 들었던 '쟁기와 별'이 새겨진 깃발을 상징한다. 예이츠가 시 「1916년 부활절(Easter 1916)」에서 "끔찍한 아름다움이 피어올랐다(a terrible beauty was born)"라는 명구를 남긴 이 사건은 아일랜드 민족주의 운동을 촉진시키게 된다. 시적 화자는 예이츠가 노래하고 오케이시가 묘사한 아일랜드 민족주의 운동과 해방기 한국의 민족주의 운동을 교차시킨다.

시의 화자는 "힌 軍服을 입은 司令官과 서로 異邦사람이 아니라는 드시 눈알림으로 인사"(5~6행)하여, 영국의 식민지 아일랜드와 일본의 식민지 조선 사이에서 식민지인으로서 연대감을 느낀다. 이런 연대감은 영국의 식민지였던 인도 군대와 프랑스 식민지였던 안남(베트남) 군대에게도 확장된다. 시적 화자는 인도 군대를 만나 "손아귀 으스러지라 틀어쥐"(11행)고, 베트남 군대를 만나 "껴안고 뺨을 비비며 로서아 춤추듯 돌아"(12행)간다. 시적 화자가 아일랜드, 인도, 베트남 군대와 연대하는 "눈짓으로 이해하는 전선"은 제국에 대항한 식민지인들의 전선이다. "로서아 춤추듯 돌아"간다는 표현에서 시적 화자가 지향한 민주주의가 자본주의적 민주주의보다 사회주의적 민주주의에 가깝다는 사실을 알 수 있다. 시적 화자는 영국, 프랑스,

---

25 Sean O'Casey, *The Plough and the Stars*, New York: Faber and Faber, 2001, p.xxiv 참조.

일본을 낡은 제국으로 함께 묶어, 과거 식민지를 경험한 국가들이 서로 손잡고 협력해 나가기를 촉구한다.

그러나 피지배자끼리 서로 연합하는 일은 사실상 이상적인 꿈일 뿐이다.[26] 시 「눈짓으로 이루어진 전선」에서 이루어질 수 없는 연대를 꿈꾸는 시적 화자의 모습을 통해 당시 저자가 지닌 유토피아적 이상을 느낄 수 있다. 하지만 그가 지닌 유토피아적 환상은 곧 깨진다. 그는 이데올로기 대립에서 결국 남쪽을 선택한다. 그 와중에서도 파시즘에 대한 비판은 일관된다. 김기림은 1949년 「민족문화의 성격」에서 파시즘과 제국주의를 재차 구분하여 비판하고 있다.

> ⑶ 이 두 가지 점은 國粹主義 문화이론의 기본적인 징후로서 우리가 기도하는 민족문학은 이러한 환상과는 아무 인연이 없는 도리어 반「파시즘」의 문학일 것이다. 이것이 우리의 將來할 민족문학의 둘째 특징이다. 자기 耽溺과 배타주의는 한 가지로 문화, 작게는 문학의 발전을 저해하며 불건전한 방향으로 그것을 끌고 가고 말 뿐이기 때문이다.
>
> 세째로 우리 민족문학은 **반제국주의적**이라야 할 것이다. 일제가 남긴 문화적 傷痕은 아직도 많이 남아 있으며 그 뿌리고 간 독소가 곳곳에서 작용하며, 또 우리의 자유독립이 달성되는 날까지는 제국주의는 의연히 우리의 威脅일 것이다. 세계사적 견지에서 보아도 제국주의의 완전한 소멸이 없이는 민족의 해방도 인민의 권리도 인류의 문화도 세계평화도 그

26 재일한국인 작가 김달수가 단편 「후지산이 보이는 마을에서(富士のみえる村で)」(1952)에서 묘사한 일본의 최하계층이었던 에타의 부락민들은 재일 한국인 일행에게 환대를 드러낸다. 하지만 이는 한국인을 일본인으로 오해하여 벌어진 해프닝이었다. 일행이 재일한국인이란 사실이 드러난 순간, 환대는 냉대와 경멸로 바뀐다. 부락에서 쫓겨난 재일한국인 서술자가 후지산을 향해 분노의 총질을 하는 것으로 끝나는 이 단편에서, 김달수는 피지배민족끼리의 연대란 허구적인 슬로건에 지나지 않는다는 사실을 지적한다.

어느것도 확보할 수가 없을 것이다.[27](인용자 강조)

그는 조선의 민족문학이 "반「파시즘」의 문학"이어야 하며 또 "반제국주의적"이라야 할 것이라며 명백히 구분해서 설명한다. 그는 "반제국주의적" 이어야 한다는 항목에서 특히 일본을 지목하여 제국주의의 독소를 하루빨리 청산할 것을 주장한다. 일제의 해독과 파시즘의 해독을 별개의 항목으로 취급하여 서술하는 태도를 볼 때 일본을 독일 나치즘 · 이탈리아 파시즘과 동일시하지 않았다는 사실을 알 수 있다. 우리 문화는 "국수적 문화이론의 기본적인 징후로서"[28]의 파시즘을 타도해야 하며, 동시에 일본 제국주의의 잔재 역시 청산하면서 극복해가야 한다는 것이다.

해방 후 김기림은 일본을 기본적으로 제국주의로 보고 있지만 파시즘적 요소가 분명 있었다는 사실을 인지하며 이 요소가 해방기 한국을 오염시킬 수 있다는 사실을 자각한다. 즉 이 시기 파시즘은 역사 속의 이탈리아 파시즘, 독일의 나치즘이라기보다 한국 사회에 뿌리내리기 시작한 국수주의, 배타주의적 요소를 일컫는다. 김기림이 파시즘을 부정하는 것은 해방기 한국의 혼란스런 상황을 해소하기 위한 우려에서 비롯된 것이다.

지금까지도 1930년대 말, 1940년대 초를 천황제 파시즘으로 명명한 뒤 이를 준거로 식민지 조선 작가들의 태도를 분석한 연구가 일제 말기 한국문학 연구의 중추를 이루고 있다. 하지만 김기림은 당대의 일본을 일본 제국주의 국가로 명명하지, 유럽의 파시즘과 동일시하지 않는다. 당시 김기림이 구사하는 '파시즘'이란 독일의 나치즘이나 이탈리아의 파시스트처럼 민중의 지지가 선행된 전체주의 정치체제로, 일본 군부의 엘리트들이 상징

---

27 김기림, 「민족문화의 성격」, 『서울신문』, 1949.11.3.(『김기림전집』 3, 156~157쪽에서 재인용)

28 위의 책, 156쪽.

적 존재인 천황을 매개로 한 전체주의 제국주의 체제와 구별할 필요가 있다. 위로부터인지 아래로부터인지의 방향성을 간과하고 전체주의란 유기성을 확대해석한 결과 내용과 형식을 종합하려는 김기림의 '전체시론'이 1930년대의 파시즘의 조류에서 나온 것으로 보는 무리한 견해가 제출되기도 하였다.[29] 김기림의 '전체시론'을 일본의 전체주의와 연계하려면 김예림이 지적한 것처럼 일본 군국주의의 미학적 · 사상적 국면을 선 · 악의 윤리적 판단을 넘어 충분히 검토할 필요가 있다.[30]

해방 이후 조선 사회에서 파시즘이란 용어는 정치체제의 협소한 범위를 넘어 배타주의, 국수주의를 경계하는 수사적 의미로 사용되고 있었다. 그는 파시즘을 협의의 정치 체제적 의미로부터 운동으로의 파시즘이란 광의의 개념으로 확장하여 해방된 조선의 파시즘화를 우려하고 있다. 그의 평론 「소설의 파격」(1950.5)은 한국 사회에 뿌리내리기 시작한 파시즘을 어떻게 극복할 수 있을지를 보여주는 시론(試論)적 성격을 띠고 있다.

---

29 "김기림의 '전체시'를 바로 30년대의 파시즘, 특히 일본식 전체주의와 관련짓는 것은 그의 의도를 왜곡하는 일이지만, 그럼에도 모더니즘의 분열을 극복하는 새로운 시적 시도에 '전체'라는 말을 사용한 것이 당대의 전체주의 조류와 아주 무관한 것은 아닐 터이다. 식민지 모더니즘의 이식적 공허감에 눈뜬 그에게 '전체'는 하나의 매혹일 수 있다." 최원식, 「'리얼리즘'과 '모더니즘의 회통」, 『문학의 귀환』, 창작과비평사, 2001, 48쪽.

30 "지금까지 일제 말기의 상황과 문학적 상상력 사이의 관계에 관한 미시적인 논의가 충분히 이루어지지 못했던 가장 큰 이유는 일본 군국주의의 미학적 · 사상적 국면이 충분히 논의되지 않았다는 데 있다. 이는 일본 파시즘의 이념 체계를 이해하는 작업과도 연관되어 있는 사항이다." 김예림, 『1930년대 후반 근대인식의 틀과 미의식』, 소명출판, 2004, 16쪽.

4. 해방기 조선의 파시즘 극복

이헌구는 1950년 『문학』 6월호에 발표된 문인좌담회 「새로운文學의方向을論함」[31]에서 김기림이 전월호인 5월호에 실존주의에 관해 좋은 논문(「소설의 파격」)을 발표하였다고 칭찬한다. 이헌구는 실존주의를 "外國사람들이 第二次大戰中葉에서 부터 以後에 하나의 고민(苦悶)하는 정신 그런 것"[32]이라고 정의하며 "우리도 그 사람들한테 지지않을 만한 그러한 고민(苦悶)하는 정신이 있다고" 말한다. 그러면서 한국문학이 "世界의 精神…… 그 世界에 「풀라스」할만한 그런 文學精神을 가지지못한 理由…原因"이 어디 있는지를 묻고 있다. 이에 대해 김기림은 "日帝때에 어쨋든 世界하고의 門이 다쳐졌단 말에요"라며 전통이 계승된 프랑스 문학에 비해 1942년 10월에서 1945년 8월까지 3년 동안 전통이 끊긴 한국문학의 현실을 그 이유로 든다.[33]

해방기 그가 카뮈의 『페스트』에 주목한 의도는 명확하다. 『페스트』는 페스트로 인해 폐쇄된 도시의 삶을 묘사한 알레고리 소설이다. "흑사병에 휩싸여 밖앗 세상과는 아주 차단 되어버린 세계, 그리하여 죽음이라는 폭군에게 아주 내주어버린 孤立無援한 도시—그것은 「까뮈」가 상정한 소설속의 한 情況일뿐만 아니라 두겹 세겹의 세계의 象徵인 것이다"[34]라며, 김기

31 이헌구 외, 「새로운文學의方向을論함」, 『문학』, 1950.6, 108~122쪽.

32 위의 글, 119쪽.

33 "한국 근대문학이 한국어로 출발 · 전개되었고, 이를 관장하는 단체가 조선어학회였던 만큼, 이 기관은 실상 국가의 기능을 대행한 형국이었다. 일제도 이 사실을 시인해 오다 1942년 10월에 와서야 조선어를 공식적으로 부정하기에 이른다…. 따라서 조선의 일제강점기란 문학사적으로는 1942년 10월에서 종전까지 3년간에 지나지 않는다." 김윤식, 『일제 말기 한국 작가의 일본어 글쓰기론』, 서울대학교 출판부, 2003, 66쪽 참조.

34 김기림, 「小說의 破格-까뮈의 『페스트』에 대하여」, 『문학』, 1950.5, 129쪽.

림은 카뮈가 2차 대전 당시 독일군 점령하의 프랑스에서 이 소설의 모티프를 얻은 점을 인지한다. 또한, 김기림은 "實存主義者 「까뮈」에 있어서는, 人生 그것이 또한 바루 「페스트」의 都市에 틀림없었다"[35]라며 『페스트』의 알레고리를 인생이란 울타리로 확장하기도 한다. 이런 페스트의 알레고리가 해방기 조선에 적용되고 있다.

주지하다시피 『페스트』는 페스트로 인해 갇힌, 고립무원한 도시 오랑을 배경으로 한다. 전쟁과 질병으로 차단된 이 도시처럼 38선으로 끊어진 남과 북, 즉 남쪽의 서울과 북쪽의 평양은 서로 고립무원한 곳으로 변모한다. 당시 서울에 거주하던 저자는 서울의 암담한 상황을 다음과 같이 서술한다.

> 국제정국의 사나운 바람이란 바람은 모조리 받아들여야 하는 벅찬 도시—낙관론도 비관론도 끌어낼 수 없는 기실은 말할 수 없이 딱한 도시—[36]

김기림은 서울을 수도로 한 남조선 정부가 사실 아무런 권한이 없는 허수아비 정부에 불과하다는 사실을 정확히 인식하고 있었다. 그는 남쪽의 현 정부를 "남조선 과도정부"라고 호명함으로써, 현 상황이 미·소에 의해 언제 어떻게 바뀔지 모르는 과도적인 상황임을 명확히 한다. 페스트가 닥쳐 폐쇄된 오랑시와 국제정국의 선풍에 좌지우지되는 서울은 고립되고 무기력하다는 점에서 사실상 차이가 없다. 카뮈가 부지불식간에 프랑스에 닥친 나치 독일군의 침공과 점령을 페스트로 비유한 것처럼, 불과 한 달 뒤 6·25로 폐허가 되어버리는, 전운이 감도는 서울의 분위기를 김기림 역시

35 위의 글.

36 김기림, 「나의 서울 설계도」, 『민성』 5권 5호, 1949.4.(『김기림전집』 5, 404쪽에서 재인용)

간과할 수 없었던 것이다. 김기림이 인식했던 "국제정국의 사나운 바람"은 전쟁으로 서울에 밀어닥친다.

6·25전쟁을 한 달 앞둔 이 시점에서 김기림은 사랑만이 공동체를 구원할 수 있다고 믿었다. 그는 『페스트』의 주인공들이 어떻게 "명랑한 낙천적인 모"를 찾는지를 설명하기 위해, 신문기자 랑베르와 의사 류의 대화를 자세히 인용한다. 파리에서 취재차 오랑에 왔다가 페스트로 인해 도시 안에 갇혀버린 랑베르는 사랑하는 여인을 만나기 위해 오랑을 빠져나가려 한다. 하지만 의사 류는 랑베르에게 통과를 허가하는 증명서를 써주기를 거부한다. 랑베르와 류 사이의 갈등에서 김기림은 추상과 관념의 문제를 제기하여 이론과 실제 사이의 괴리를 지적한다. 아래는 김기림이 인용한 『페스트』의 일부분이다.

> 또 그[랑베르]는 이렇게 비통하게 의사를 비난하는 것이다.
> 『아니오, 당신은 이해할 수 없을거요. 당신은 異性의 말을 쓰는게지 心情의 말을 쓰는게 아니오. 당신은 抽象의 세계에 사는지요.』[37]

김기림이 랑베르의 말을 빌려 주장하고 싶은 것은 "추상의 세계"를 타파하는 일이다. 그는 "추상의 세계," 원리원칙의 답습이 우리 민족의 고질병이라고 보며, '정치적 해방'뿐만이 아닌 '정신적 해방'을 갈구한다.

> 우리의 해방은 우선 정치적인 해방이었으나 동시에 그것은 우리의 民族的인 觀念主義의 고질에서 벗어나는 정신적인 해방이기도 해야하였다. 해방과함께 온갖 哲學, 思潮, 政治思想이 한꺼번에 쏟아져 들어올적에 우리는 우리의 生活의 現實이라는 基準에서 헤아려 받아들이지 않고

37 김기림, 「小說의 破格-까뮈의 『페스트』에 대하여」, 132쪽.

그런것에 대한 고려 없이 그자체의 아름다움만 여겨보고 덤벼든, 말하자면 관념주의(觀念主義)의 상투에 또 빠져있었던 혐은 없었던가?[38]

김기림이 지적한 대로, 해방 이후 온갖 철학, 사조, 정치사상이 들어왔다. 그 사상들이 과연 조선의 현실에 적합했고 유효했는지, 혹은 조선의 현실을 억지로 옭아맨 것은 아닌지 그는 문제를 제기하고 있다. 파시즘 역시 일본 제국주의를 경험한 해방기의 한국이 맞이한 하나의 정신이었다. 앞서 박치우가 "진실로 조선은 파쇼의 번식을 위하여서는 절호의 토양인 것이다"라고 우려한 것처럼 민족의 단결과 전체주의를 주장하는 파시즘은 수난 받은 민족에게 큰 힘을 발휘한다.

여운형, 김구의 암살 등 목적을 위해 폭력적인 수단이 용인되며 서로 권력을 잡기 위해 아전투구를 벌이는 해방기 한국 사회를 김기림은 점차 흥분을 가라앉히고 냉정히 바라보게 된다. 자본주의적 민주주의와 사회주의적 민주주의 가운데 해방 직후 사회주의적 민주주의 쪽에 가까웠던 그는 사회주의가 지닌 전체주의적 성격을 감지하고 문학가동맹을 나와 보도연맹에 가입하게 된다. 그는 자기반성을 거쳐 자본주의적 민주주의의 길로 들어서게 된 것이다.

『페스트』에서 오랑시에 갇혀버린 랑베르는 사랑하는 여인을 만나지 못하게 됨에도 결국 의사 류를 떠나지 못한다. 랑베르는 류가 자기처럼 부인과 떨어져 있는 상태라는 사실을 전해 듣고, 혼자만 탈출하려 했다는 점에 죄책감을 갖는다. 류에게 연민을 품은 랑베르는 류와 함께 페스트를 극복하려 노력한다. 카뮈는 페스트가 초래한 울타리 속에서 공동체 구성원 간의 연민과 연대 의식을 중시하는 것이다. 랑베르는 페스트로 인해 자신의

38 위의 글, 133쪽.

의지와 무관하게 새로운 공동체의 구성원이 되어버렸지만, 결국 페스트가 치유된 오랑시의 일원으로 살아남아 류와의 우정을 지킬 뿐만 아니라 이후 부인과 재회하는 행운을 누리게 된다.

김기림 역시 6 · 25를 앞둔 사나운 국제 정세를 완화하기 위해 월북한 친우 이원조에게 계급의 편이 아니라 민족의 편에 서라는 호소문을 보내는 등, "민족적 연대감정과 의식과 정신"[39]을 강조한다. 일본 대학 전문부 문학예술학과 후배인 동시에 조선일보 후배 기자이기도 했던 이원조에게 죄의식과 연민을 드러내는 것이다.

> 북에서는 문화인을 우대한다고들 하오. 그러나 문화인으로서의 염원은 그들 자신의 행복보다도 먼저 민족 전체의 행복에 있는 것이며 또 있어야 할 것이오. **「앙드레 지드」**의 고민이 또한 여기 있었을 것이오.[40](인용자 강조)

이원조를 설득하기에 앞서 그는 자신의 행위를 변명해야 했다. 조선문학가동맹 시부 위원장을 역임한 김기림은 조선문학가동맹 서기장 이원조에게 자신이 왜 서울에 남았는지를 밝혀 우정의 죄의식에서 벗어나려 한 것이다.[41] "「앙드레 지드」의 고민"은 이원조에게 보내는 김기림의 메시지이다. 스페인 내전을 둘러싸고 반파시즘의 기치를 높이 든 지드는 공산당에 우호적 노선을 걷다가 1936년 스탈린의 초청으로 소련을 방문한 뒤 공산

---

39 김기림, 「평론가 이원조군—민족과 자유와 인류의 편에 서라」, 『이북통신』, 1950.1. (『김기림전집』 6, 139쪽에서 재인용)

40 위의 책, 140쪽에서 재인용.

41 김기림은 우정을 문학만큼이나 중시하는 모습을 보인다. "우리는 때때로는 비록 文學은 잃어버려도 友誼만은 잊지말었으면하고 생각할때가 있다. 어떻게 말하면 文學보다도 더重한것은 人間인까닭이다." 편석촌, 「문단불침기」, 『문장』 제2권 제2호, 1940.2, 19쪽 참조.

당의 허상을 비판하는 『소련으로부터의 귀환』(1936.11)을 발표한다. 김기림은 자신도 지드와 같이 깊은 고민 끝에 전향한 것이라며 이원조에게 해명한다. 조선문학가동맹으로부터 보도연맹으로의 전향이 민족을 위한 것이었다는 해명을 이원조를 위시한 북측에 거주하는 문인들에게 공개적으로 천명하고 있는 것이다. 1935년 호세이대학에서 앙드레 지드 연구로 학사학위를 받은 이원조가 1936년 당시 지식인 사이에서 화제가 되었던 지드의 전향을 모를 리 없다. 김기림은 지드를 의도적으로 거론함으로써 조선문학가동맹에서 나온 뒤 월북을 거부한 자신의 행동을 해명하고 정당성을 부여하고 있다. 반공산주의로 전향한 지드가 그가 존경하는 로맹 롤랑의 비판에 직면했듯이, 김기림 역시 이원조와의 우정에 금이 가게 된다.

계급이 아니라 민족 전체의 행복을 위한 것이었다는 김기림의 해명의 근거는 파시즘에 대한 경계에서 비롯된 것으로 보인다. 남한의 이승만 정부와 북한의 노동당 정부 사이에서 김기림은 파시즘의 냄새를 북에게서 맡았기 때문으로 보인다. 지드가 소련(USSR)을 방문하고 돌아온 뒤 스탈린의 허상을 고발했던 것처럼, 김기림 역시 북에 진주한 스탈린 치하 소련군의 행태를 경험한 뒤 그의 정치적 태도를 정했을 것이다.[42] "도처에 이별이 있어야 하겠다. 예술에 있어서도 인생에 있어서도—이윽고 새로운 내일을 마지하기 위하야—"[43]란 그의 다짐은 정치적 전향에 따르는 위험부담, 옛 동료와 이별하는 죄의식과 슬픔이 뒤섞인 상태에서 나왔을 것이다. 사회주의적 민주주의에서 자본주의적 민주주의로 전향한 김기림이 지드의 고민을

---

42 김기림의 제자 김규동의 회고 역시 참조할 만하다. "남의 안경을 빼앗아 가버리는 문화, 소련 군대의 문화 수준이 이 정도면 앞으로 큰일 나겠다는 것이 기림 선생의 판단이었던 것이다." 조영복, 「일제말기와 해방공간, 6·25전후의 김기림—김기림의 경성고보 교수 시절 제자 김규동 선생 인터뷰」, 『문인기자 김기림과 1930년대 '활자—도서관'의 꿈』, 살림, 2007, 376쪽 참조.

43 김기림, 『새노래』, 126쪽.

따르고 있다는 점에서 지드의 파시즘 비판을 김기림과 연계하여 생각해볼 필요가 있다. 지드의 다음과 같은 파시즘 비판은 김기림의 해명에서 민족과 애국의 이름으로 재현되고 있다.

> 나라에 대한 깊은 사랑으로 충만한 진실한 애국심과는 무관하게, 편협하고 인위적인 민족주의가 초래한 **파시즘**은 문화를 위협한다. 편협하고 인위적인 민족주의와 그런 민족주의가 초래한 증오는 문화를 위협하는 전쟁을 치명적이며 필연적으로 빚어내게 된다.[44](인용자 강조)

그는 이렇게 파시즘을 정의하여 일본 제국주의를 경험한 자신의 과거와 작별하려는 모습을 보인다. 그는 파시즘을 편협한 배타주의와 민족주의로 규정하여 미래에 반드시 이를 극복해야 할 것을 천명하고 있는 것이다.

5. 맺음말

김기림은 파시즘을 정치적, 역사적인 체제 용어로 사용하지만 때때로 "파쇼적"과 같은 수사로 사용하기도 했다. 이런 그의 다양한 개념 활용은 당대 복잡한 상황과 맞물려 식민지 시기 김기림의 전체시론을 광의의 '파시즘'의 일종으로 보는 시각이 초래되기도 하였다. 하지만 일생에 걸쳐 파시즘을 지속적으로 비판한 그의 시론을 파시즘의 유산으로 간주하기란 지

---

44 "The menace to culture comes from fascism, from narrow and artificial nationalisms which have nothing in common with true patriotism, with the deep love of one's country. The menace to culture comes from war, to which all these nationalisms and their hatreds fatally and necessarily lead." André Gide, *Return From The USSR*, Trans. Dorothy Bussy, New York: Alfred A. Knopf, 1937, p.66.

나치게 가혹한 판단이다. 또한, 김기림은 전통과 같이 파시즘의 국수주의에 포섭될 수 있는 용어의 사용을 자제한다. 이런 김기림의 시도를 무시하고 현재의 눈으로 그의 시론을 파악한 연구는 그가 시대의 흐름을 따르기에 바쁜 나머지 전통이나 내면성과 같은 소중한 것을 망각했다고 비판한다. 시대적 배경을 인지하고 난 뒤 김기림이 왜 그토록 무분별한 전통 중시를 경계했는지 살펴보는 것이 그의 텍스트를 이해하는 출발점이 된다.

1942년 10월에서 1945년 8월에 이르는 일본 제국주의를 파시즘으로 호칭한다면, 해방 후 김기림이 문제시했던 파시즘의 의미를 제대로 인식할 수 없다. 김기림은 일본 제국주의를 파시즘으로 호명하지 않았다. 해방 전 그는 파시즘을 '이탈리아 파시즘'이 중심이 된 유럽의 정치체제로 호명하다가, 1945년 해방 후 한국 사회에서 파시즘이 발아할 수 있는 가능성을 발견한다. 1950년 카뮈의 『페스트』를 분석한 평론 「소설의 파격」에서 공동체의 배타성을 극복할 수 있는 방법으로 그는 공동체 구성원 간의 사랑과 연대 감정을 선택하고 있다. 개인의 의지를 묵살하는 파시즘의 전체주의 폭력 앞에서, 공동체의 시민들이 서로 간의 사랑과 연대의식으로 아주 천천히, 조금씩 조금씩 견디어 나가기를 카뮈의 『페스트』를 빌려 소망하고 있는 것이다.

3부

국민국가의 건설과 시대적 보편성의 확립

박인환의 「목마와 숙녀」에 구현된 여성주의

— 버지니아 울프의 『등대로』를 중심으로

1. 들어가며

버지니아 울프(Adeline Virginia Woolf, 1882~1941)가 제시한 '양성성(Androgyny)'[1]은 전후 한국 모더니즘 시단에 잔존한 가부장제가 지닌 성(性)의 불평등을 재고해보는 계기를 마련해준다. 한국 문단에서 버지니아 울프는 1930년대 김기림의 글에서 발견되기 시작한다. 김기림은 영미 모더니즘을 수용하는 과정에서 동시대 모더니스트인 버지니아 울프가 사용한 '의식의 흐름' 기법에 관심을 기울였다. 그러나 김기림이 버지니아 울프의 소설이나 평론을 직접 읽고 그 함의를 꼼꼼히 검토한 것 같지는 않다. 그는 울프에 관한 2차 문서를 참고한 듯한 몇몇 발언을 남기고 있을 뿐 그녀의 예술세

---

1 양성성 개념에 관해서는 여러 연구 결과가 있으나, Nancy Topping Bazin이 주장한 것처럼 모든 형태의 양성성은 여성혐오와 성차별로부터 자유로운 것을 전제로 한다. Nancy Topping Bazin, *Virginia Woolf and the Androgynous Vision*, New Brunswick, N.J.: Rutgers University Press, 1973, p.23 참조. 이 밖에 Marilyn R. Farwell, "Virginia Woolf and Androgyny," *Contemporary Literature*, Vol.16, No.4 University of Wisconsin Press, Autumn, 1975, pp.433~451 참조.

계를 깊이 조명하지는 못했다.[2] 더욱이 그는 울프의 작품을 논의하는 과정에서 의식의 흐름과 같은 모더니즘 기법에 집중하지 여성 주체, 양성성, 가부장제와 같은 젠더 키워드를 거의 언급하지 않고 있다.[3]

1937년 노구교 사건을 계기로 일제 군부가 주도한 전체주의 체제가 심화 · 확대되면서 한국 문단에서 버지니아 울프는 당분간 호명되지 않는다. 여성성은 보수화되고 총체화된 사회 분위기 속에 총후부인이라는 내선일체 국가 이데올로기에 종속되어버리기 때문이다.[4] 광복 후 해방 공간에서도 이데올로기 대립과 6 · 25전쟁의 비극으로 인해 버지니아 울프는 차치하더라도 여성성 논의조차 활발히 이루어지지 못했다. 버지니아 울프에 대한 논의가 한국 모더니즘 텍스트에서 되살아나는 지점은 1955년, 김기림의 후배시인 박인환으로부터 시작된다. 해방기 자신이 운영한 마리서사에서 선배 모더니스트 김기림과 많은 대화를 나누었던 박인환은 영미 모더니즘 문예를 수용하는 과정에서 울프에 주목하였다. 그는 울프를 소개하는 평론 「버지니아 울프, 인물과 작품」(1954)을 남기고 있으며, 시 「목마와 숙녀」(1955)에서는 울프의 소설 『등대로(*To the Lighthouse*)』(1927)를 시어로 직접 표출한다. 이 시의 17행 '등대에'라는 시어는 1949년 오사와 미노루(大沢実)가 번역한 *To the Lighthouse*의 일본어 번역판 제목 『등대에(灯台へ)』에서 비롯된 것으로 보인다.[5]

박인환이 '버지니아 울프'와 '등대'란 기호를 시작(詩作)화한 것은 영문학

---

2 김기림, 『김기림전집 3』, 김학동 · 김세환 편, 심설당, 1988, 115쪽, 185쪽.

3 "남성이 제시한 문제에 대해서 여성의 편에서도 그 자신의 입장에서 다른 해석을 내릴 수도 있는 것입니다. 울프 여사의 소설은 그런 점으로도 가치가 큽니다." 김기림, 「여성과 현대문학」, 『여성』, 1940.9.(『김기림전집 3』, 141쪽에서 재인용)

4 권명아, 『역사적 파시즘 : 제국의 판타지와 젠더 정치』, 책세상, 2005; 우에노 치즈코, 『내셔널리즘과 젠더』, 이선이 역, 박종철출판사, 2000, 25~27쪽.

5 Virginia Woolf, 『灯台へ』, 大沢実 譯, 東京 : 雄鶏社, 1949.

을 주체적으로 수용한 비교문학적 양상에 그치는 것이 아니라, 한국 모더니즘 시단이 세계문학의 흐름에 맞추어 당대성을 유지하려 했음을 보여주는 하나의 사례가 된다. 그러나 「목마와 숙녀」의 문학성은 같은 후반기 동인 김수영의 날선 비판을 받았으며, 지금까지 그 가치가 적합하게 평가되지 못하였다. 김수영 이후 대부분의 기존 연구는 박인환 시론이 지닌 한계를 어느 정도 인정한다. 일례로 김훈은 「박인환 시의 분석적 연구」에서 "박인환의 시에 대한 생각은 겉치레만 화려할 뿐 그 내용은 직관적으로 파악된, 아주 소박한 것임을 알 수 있다. 그가 탐닉한 서구의 전후 시인들, 엘리엇, 오든, 스펜더의 시와 시론에 대해 본격적인 탐구를 한 흔적도 보여주지 못하고 단지 그들의 시적 분위기에 편승하여 시에 대한 단편적인 생각들을 발표한 듯하다"[6]라며, 비판적인 태도를 보여준다. 이동하 역시 "개인의 감정 토로에 전념하는 센티멘털리스트," "봉건적인 사고의 잔재를 채 털어버리지 못한 채 어설픈 서구식 의상만을 걸친 소시민들," "진정한 예술지상주의자가 갖추어야 할 투철함과는 전혀 거리가 멀었다"라면서 박인환을 비롯한 『신시론』 동인의 가치를 낮게 바라본다.[7] 예외적으로 그는 「목마와 숙녀」를 박인환의 문학세계 가운데 상당히 수준 높은 작품으로 파악하고 있다.

「목마와 숙녀」를 본격적으로 다룬 박유미는 이 시의 구조를 꼼꼼히 분석하였으나, 버지니아 울프의 『등대로』를 상호텍스트화한 지점에 대해서는 간략히 각주로만 처리한 채, 후속 연구를 기약한다.[8] 시 「목마와 숙녀」

---

6 김훈, 「박인환 시의 분석적 연구」, 『江原人文論叢(*Studies in humanities*)』 Vol.9, 강원대학교 인문과학연구소, 2001, 64쪽.

7 이동하 편, 『木馬와 淑女와 별과 사랑 : 박인환 평전』, 문학세계사, 1986, 44쪽.

8 "'버지니아 울프'가 이 시와 의미적으로 어떤 관계에 있는가 하는 것은 버지니아 울프에 대한 정부가 일천한 필자로서는 논의를 전개하기가 어려워 다음 기회로 미룬다. 다만 버지니아 울프의 작품 『등대에』는 3부로 이루어진 소설인데, 제목의 1부는 '창문',

를 꼼꼼히 분석한 다른 연구에서도 울프의 『등대로』에 집중한 연구는 사실상 거의 보이지 않아 아쉬움을 남기고 있는 실정이다. 방민호는 "버지니아 울프가 바로 이렇게 전쟁 중에 자신의 삶을 자살로써 마감했다는 사실은 「목마와 숙녀」를 해석하는 데 있어 중요한 의미를 지니고 있는 것 같습니다. 버지니아 울프와 마찬가지로 박인환도 6 · 25전쟁의 참화를 직접 겪지 않았던가요?"[9]라며, 전쟁을 경험한 두 예술가의 전기적 유사점에 주목하고 있다. 이러한 시도는 박인환의 「목마와 숙녀」와 울프의 『등대로』가 상호텍스트성에 놓일 수 있는 근거를 부여한다.[10]

박인환의 울프에 대한 관심은 모더니즘 문학에 대한 관심에서 양성성의 추구 등으로 확장되는 문학세계의 일면을 보여준다. 이는 선배시인인 김기림보다 한층 심화된 울프 이해로 비추어진다. 물론 현재 넓은 의미의 여성혐오적인 관점에서 보았을 때 김수영은 물론이고 박인환 역시 비판의 화살에서 쉽게 구제되지 못할지도 모른다.[11] 박인환은 몇몇 시에서 전후의 재건을 위해 모성성에 주목하는 모습을 드러내는데, 모성성과 여성성은 차이가 있는 개념이기 때문이다. 그러나 김수영과 달리 박인환의 시에서 여성혐오의 측면은 상대적으로 농도가 옅으며, 성적 불평등에 관한 당대의 기준에 비추어볼 때에도 가부장적 한계를 어느 정도 뛰어넘는 양성평등의 가치를

2부는 '시간이 지나가다', 3부는 '등대'라는 점 등을 두고 볼 때 박인환의 시세계와 관계가 있는 것은 분명해 보인다. 박인환의 시에 '창문'의 이미지가 많이 나오고, 이 시에 '등대'가 등장하고 있는 등 연결고리들이 눈에 띄기 때문이다." 박유미, 「박인환의 목마와 숙녀 구조 분석」, 『용봉인문논총』 32, 2003, 86쪽.

9 방민호, 『서울문학기행』, 아르테, 2017, 208쪽.

10 물론 2차 세계대전에서 울프가 보인 파시즘에 대한 혐오와 한국전쟁이 지닌 내전의 성격은 이질적이다. 두 전쟁의 성격과 양상은 너무도 다르지만, 전쟁의 비극에 두 예술가 모두 공명한다는 점에서 비교가능한 지점을 획득할 수 있다.

11 우에노 치즈코, 『여성혐오를 혐오한다』, 나일등 역, 은행나무, 2012.

지니고 있음을 알 수 있다.

이 글에서는 김수영과 박인환 문학이 전후 모더니즘 문학의 정전으로 형성되는 과정에서 여성주의가 새롭게 개입할 수 있는 지점을 살펴보려 한다. 2장에서는 김수영이 비판한 박인환 예술의 현재적 가치를 검토함으로써 김수영과 박인환 시세계의 서로 다른 지점을 검토할 것이다. 나아가 3장에서는 김수영과 박인환의 시에 나타나는 여성혐오의 시어와 모성성을 검토하여, 여성주의 문학의 흐름에서 두 시인의 문학사적 위치가 재고될 수 있음을 논증할 것이다. 4장에서는 박인환의 시 「목마와 숙녀」에 나타난 여성 인식을 점검할 것이며, 5장에서는 1930년대 한국 모더니즘의 정점에 놓였던 선배시인 이상을 추도하는 후배시인 박인환의 양가적 태도를 살펴보려한다. 이는 버지니아 울프의 양성성으로 연계되는 박인환 예술세계의 확장 가능성을 살펴보고자 하는 과정이다. 이 글은 박인환을 김수영과 비교함으로써, 김수영과는 구분되는 박인환의 문학사적 위치를 탐구하여 전후 모더니즘 시단을 둘러싼 정전(正典)의 역전 가능성을 검토해보려 한다.

2. 김수영의 박인환 비판

버지니아 울프의 『등대로』를 형상화한 「목마와 숙녀」는 1956년에 돌연 죽음을 맞은 박인환의 대표작으로 평가받고 있다. 그러나 박인환 사후, 1960년 4 · 19를 겪고 새로운 정신으로 과거 1950년대와 이별하고자 한 김수영은 「목마와 숙녀」에 다음과 같은 촌평을 날린다.

> 인환! 너는 왜 이런, 신문기사만큼도 못한 것을 시라고 쓰고 갔다지? 이 유치한, 말발도 서지 않는 후기. 어떤 사람들은 너의 「목마와 숙녀」를 너

의 가장 근사한 작품이라고 생각하는 모양인데, 내 눈에는 〈목마〉도 〈숙녀〉도 **낡은** 말이다. 네가 이것을 쓰기 20년 전에 벌써 무수히 써먹은 낡은 말들이다.[12](인용자 강조)

'낡은'의 반복으로 알 수 있듯이, 1960년대에 들어와 김수영이 1950년대 시인 박인환을 비판하는 주요 화두는 시대의 흐름에 뒤떨어졌다는 점이다. 1960년대의 신문기사만큼도 못하게, 즉 현재 세태를 반영하기에는 상당히 늦었다는 점을 강조한다. 즉 시가 지녀야 할 현재적 가치를 지니지 못한다는 것이다. 해방기 당시 김수영은 첫 작품인 「묘정의 노래」(1945)를 두고 박인환에게 낡은 시라는 비판을 받은 바 있다.[13] 그래서 그는 자신이 괴로워했던 '낡음'에 관한 콤플렉스를 죽은 박인환에게 되돌려주고자 하는 모습을 보인다. 김수영의 이런 되갚음에는 '포로수용소'라는 기표가 주된 이유로 작용했다.

그리고 그 후, 네가 죽기 얼마 전까지도 나는 너의 이런 종류의 수많은 식언의 피해에서 벗어나려고 너를 증오했다. 내가 6 · 25후에 포로수용소에 다녀나와서 너를 만나고, 네가 쓴 무슨 글인가에서 말이 되지 않는 무슨 낱말인가를 지적했을 때, 너는 선뜻 나에게 이런 말로 반격을 가했다 ―「이건 네가 포로수용소 안에 있을 동안에 새로 생긴 말이야」 그리고 너는 눈 하나 깜짝하지 않았고, 물론 내가 일러준 대로 고치지를 않고 그대로 신문사인가 어디엔가로 갖고 갔다.[14]

---

12 김수영, 『김수영전집 2 : 산문』(2판), 민음사, 2010, 99쪽.

13 "나는 그 당시에 인환으로부터 좀더 〈낡았다〉는 수모는 덜 받았을 것이라고 생각되고, 나중에 생각하면 바보같은 컴플렉스 때문에 시달림도 좀 덜 받을 수 있었으리라고 생각된다." 김수영, 「연극하다가 시로 전향」, 위의 책, 227쪽.

14 위의 책, 99~100쪽.

위 대목을 음미해볼 때, 김수영에게 포로수용소의 경험은 그의 삶에 상당히 콤플렉스를 끼치는 요인이 되었음을 알 수 있다. 김수영 자신이 과연 시인의 삶을 살 수 있을까 고민했던 이유는 포로수용소에 수용된 그의 과거로부터 시작되었을 것이다. 그는 첨예한 남북의 이데올로기 대립 속에서 북한 사회주의 체제를 지지하는 의용군으로 참전하였다가 포로수용소에 수감되었다. 그의 포로수용소 콤플렉스는 자신의 선택을 쉽게 용서하지 못하는 자기혐오의 기제로 작동하게 된다.[15]

이영준이 지적한 것처럼 포로수용소에서의 체험은 김수영에게 자유와 억압의 애매모호한 경계를 일깨워준 계기가 되었다.[16] 그는 포로로 갇힌 자그마한 공간에서 구류당하면서도 억압을 뒤집는 자유의 가능성을 역설적으로 꿈꾸었다. 그러나 박인환은 그의 자유에의 탐색을 일소에 부친다. "이건 네가 포로수용소 안에 있을 동안에 새로 생긴 말이야"라는 말에는 거제 포로수용소에 갇힌 2년의 시간 동안 시대의 흐름에 뒤처졌음을 타박하는 박인환 특유의 허세가 담겨 있다. 나아가 미국을 직접 경험한 해외여행을 통해 드러나는 박인환의 자신감은 포로수용소에 갇혔던 김수영의 침잠과는 상당히 대조적이다.

포로수용소에서 출소한 김수영은 당시 박인환의 이러한 말에 상처를 입은 듯하다. 그런데 김수영이 그가 받은 상처를 '시'로 되갚기 전에, 즉 1960

---

15 김수영이 비록 여러 군데에서 자기혐오를 보여주고 있다고 하도, 그가 보인 자기혐오의 감정으로 여성혐오적인 몇몇 시어를 감출 수는 없다. 김수영이 여편네를 타자화하고 있다는 점에서 넓은 의미의 여성혐오는 김수영에게 충분히 적용 가능하다. 물론 여성혐오를 문제시해서 김수영 시세계의 전반을 평가 절하할 필요는 없지만, 그에게 여성혐오적인 시선이 없다고 말할 수는 없으며, 이는 1960년대 가부장제 사회 속에 갇힌 김수영의 한계를 엿볼 수 있게 한다.

16 이영준, 「내가 쓰고 있는 이것은 시가 아니겠습니까? 자유를 위한 김수영의 언어전쟁」, 『사이』 3, 국제한국문학문화학회, 2007, 255~304쪽.

년대의 위대한 '시인'으로서 만개하기 전, 박인환은 삶을 마감했다. 따라서 김수영은 죽은 박인환에게 상처받은 자존심을 회복하기 위해 이미 죽음의 길로 들어가 절대적 자유의 세계 속에 놓인 박인환을 결코 능가할 수는 없음을 자각한 것으로 보인다. 또한 그는 박인환을 공박하면서도 그리워하는 것이다. 자기보다 먼저 절대적인 자유세계로 들어간 박인환을 한편으로 부러워하면서도, 삶의 현실에 집착하는 자기 자신에게 혐오를 표출하는 양가적인 자세를 보인다.

박인환과 김수영의 차이는 김수영이 접한 엘리엇의 모더니즘 시론과 관련이 깊다. 그가 박인환을 비판한 '낡다'란 의미는 시대에 뒤떨어졌다는 의미이며, 이는 엘리엇에서 빌려온 표현이다. "시간의 흐름 속에서 차지하는 자기의 위치와 자신이 속해 있는 시대에 대하여 극히 날카롭게 의식"하는 자세가 부재하다는 비판이기도 하다.

> 전통은 첫째 역사적 의식을 내포하는데, 이 의식은 25세 이후에도 계속 시인이 되고자 하는 이에게는 거의 필수불가결한 것이라 할 수 있다. 이 역사의식에는 과거의 과거성에 대한 인식뿐 아니라 그 현재성에 대한 인식도 내포되어 있으며, 이 역사의식으로 말미암아, 작가가 작품을 쓸 때 그는 골수에 박혀있는 자신의 세대를 파악하게 되며, 호머 이래의 유럽의 문학 전체와 그 일부를 이루고 있는 자국의 문학 전체가 한 동시적 존재를 가졌고 또한 동시적 질서를 구성한다는 느낌을 반드시 갖게 된다. 이 역사의식은 일시적인 것에 대한 의식인 동시에 항구적인 것에 대한 의식이고, 일시적인 것과 영구적인 것을 함께 인식하는 의식이며, 문학자에게 전통을 갖게 하는 것이다. 그리고 그것은 동시에 한 작가로 하여금 시간의 흐름 속에서 차지하는 자기의 위치와 자신이 속해있는 시대에 대하여 극히 날카롭게 의식하게 하는 것이다.[17]

---

17 T.S. Eliot. 「전통과 개인의 재능」, 『T.S. 엘리엇 문학비평』, 이창배 역, 동국대학교 출

엘리엇은 시인을 25세 이전 감수성을 지닌 청년 시인과 25세 이후 역사의식을 지닌 원숙한 시인으로 구분한다. 여기서 25세란 기준은 젊은 시인의 감수성이 작동하는 경계에 대한 시간 기준이기도 하다. 즉 25세는 감수성으로 시를 쓰는 시기와 시와 시론에 대한 학습을 바탕으로 자신의 시세계를 펼쳐나갈 수 있는 시인의 시기로 구분되는 시기이다. 엘리엇은 25세 이후 계속 시인이고자 한다면, 역사의식 없이 시인으로는 살아남을 수 없다는 점을 강조한다. 일례로 예이츠의 초기 시와 후기 시의 세계는 현격한 차이가 난다. 초기 시가 아일랜드의 향토성을 바탕으로 한 젊은 청년의 연애시가 주를 이루었다면, 후기 시는 삶과 죽음, 문명과 야만의 이분법이 주를 이루는 문명 비판의 시가 주가 된다. 엘리엇은 예이츠 사후, 그를 기리는 연설에서 시인의 감수성과 시인의 지성을 철저히 구분한다.

김수영이 「히프레스 문학론」에서 35세를 전후해 일본 제국주의를 경험한 중년 문학자와 미군정 치하부터 문학을 익힌 젊은 문학자를 구분하듯이, 그는 세대적 가치와 한계에 상당히 민감하다. 엘리엇의 25세 경계는 김수영의 35세 경계의 비유와 상당히 유사한데 그는 이런 세대론적 관점에서서 박인환을 평가한다. 박인환의 시적 감수성은 1950년대의 감수성에 그쳤다는 평가이다. 1960년대 새로운 시대의 감수성과 박인환의 시세계는 유리되어 있다는 평가이다. 박인환의 시세계는 그의 시대를 대변하고 평가하는 데 그치고 있으며, 자기만의 세계를 창조하는데 실패하고 있다는 냉엄한 평가를 내리고 있는 것이다. 김수영은 박인환을 문학 전통이 없는, 전후 감수성으로밖에 시를 쓰지 못하는 시인으로 평가절하하고 있는데, 박인환의 문학세계에 역사와 전통이 결여되었다고 보는 김수영의 이러한 평가는 박인환의 문학사적 가치를 인정하는 비평가들도 어느 정도 동의하는 지

판부, 1999, 5쪽.

점이기도 하다.[18]

타인의 시 작품을 비판하고자 하면 범작을 가지고 비판할 것이 아니라 최량의 작품을 바탕으로 비판할 필요가 있다. 김수영은 박인환의 대표시를 일단 거명하고, 이를 비판하는 모습을 보이고 있어 박인환에 대한 심기의 불편함을 여과 없이 드러낸다.

> 이런 인환과 인환의 세평에 대한 뿌리 깊은 평소의 불만 때문에 나는 한사코 인환에 대한 얘기를 쓰지 않기로 하고 있었다. 그러다가 『고요한 기대』라는, 창우사에서 나온 수필집 안에 들은 「마리서사(茉莉書舍)」라는 글에서 나는 인환에 대한 불신감을 약간 시사한 일이 있었다. 나는 그 후 인환에 대해서 쓴 나의 유일한 글에 그런 욕을 쓴 것이 여간 마음에 걸리지 않았다. 거짓말이라도 칭찬을 쓸 걸 그랬다 하는 생각까지도 들었다. 그래서 이 글을 쓰기 전에 나는 인환의 『선시집(選詩集)』의 후기를 다시 한번 읽어보고, 「밤의 미매장(未埋葬)」이란 시를 읽어보고, 그래도 미흡해서 「센티멘털 저니」라는 시를 또 한번 읽어보았다.[19]

「밤의 미매장」, 「센티멘털 저니」, 「목마와 숙녀」, 그리고 선시집의 후기를 비판하는 김수영은 박인환 대표시에 나타난 센티멘털리즘을 통렬히 부정한다. 1950년대 시단이 과거 선배들의 시에 대한 생산적 고민에 다다르지 못하고 센티멘털리즘에 매몰되어버렸다는 평가이다. 김수영은 박인환

---

18 정끝별은 박인환의 시 「열차」를 분석하면서 다음과 같은 부정과 긍정이 교차하는 평가를 내린다. "이같은 관념적 은유의 과도한 사용은, 역사성을 결여한 채 현대문명에 과도하게 흥분함으로써 감정과 언어의 절제를 놓쳐버린 데서 비롯된다. 그럼에도 불구하고 예기치 않은 부조화와 작위적인 은유가 새로운 메시지와 이미지를 창출해낸다는 실험적인 의의를 간과할 수는 없을 것이다." 정끝별, 『파이의 시학』, 문학동네, 2010, 145쪽.

19 김수영, 앞의 책, 98~99쪽.

을 발판으로 삼아 1950년대 시단과 구분된 1960년대 시단의 진보된 모습을 강조하고 있으며, 이는 그가 4·19 이후 1960년대 시의 가치가 더 현재적임을 천명하고 있는 것이다. 따라서 박인환을 추도하는 시인들과 거리를 두어, 센티멘털리즘 비판을 강하게 내세우고 있으며 지성이 바탕이 된 시를 강조한다.

그러나 김수영이 박인환을 비판한 센티멘털리즘은 사실상 자기혐오와 같은 맥락으로 보인다. 김수영의 시에서 드러나는 혐오의 시학은 자기혐오로 발현되는 동시에 자기혐오를 추동한 한국 사회에 대한 강력한 비판으로 연계된다. 독재에 쉽게 항거하지 못하는, 사회 불평등에 앞장서 나서지 못한 자기 자신의 한계는 전쟁과 전후 포로수용소에서 당한 폭력과 차별에 근원이 있다. 그런데 이 혐오의 시학에서 여성을 혐오의 메타포로 활용한 지점에 관해 최근 여성주의 이론가들은 비판의 시선을 보내고 있다.[20] 여성주의 시각이 문단 전면에 주를 이루고 있는 지금, 김수영의 타자화된 여성 비유가 김수영 문학의 정전적 위치에 균열을 초래할 가능성을 염두에 둘 필요가 있다.

3. 여성혐오와 모성성의 시학

김수영 연구가 긍정적인 평가가 주를 이루는 가운데에서도 최근 여성주의의 한편에서 비판적인 시각이 표출되고 있음을 고려해볼 필요가 있다. 김수영이 여성주의의 비판 대상이 되고 있는 만큼, 당대 가부장적 의식을

---

20 임지연, 「여성혐오(misogyny) 시의 가능성과 불가능성」, 『서정시학』 Vol.27 No.1, 계간 서정시학, 2017, 16~34쪽.

지니고 있던 1960년대 예술가들은 여성주의의 가부장제 비판적 시각에서 자유롭지 않다. 그렇다면 박인환의 시세계는 김수영처럼 가부장적이라고 말할 수 있는가? 김수영이 강한 남성 중심적 나르시시즘에 점철되어 있다면, 김수영이 비판의 대상으로 삼은 박인환은 과연 나르시시즘에서 자유롭다고 말할 수 있을까?

푸른 하늘을 제압(制壓)하는
노고지리가 자유로웠다고
부러워하던
어느 시인의 말은 수정(修正)되어야 한다.

자유를 위해서
비상(飛翔)하여 본 일이 있는
사람이면 알지
노고지리가
무엇을 보고
노래하는가를
어째서 자유에는
피의 냄새가 섞여 있는가를
혁명은
왜 고독한 것인가를

혁명은
왜 고독해야 하는 것인지를

— 김수영, 「푸른 하늘은」 전문

유종호는 김수영의 이 시를 다음과 같이 평가한 바 있다. "이 작품은 김수영의 일면을 잘 드러내는 작품이며 따라서 2차 담론에서 우대받을 공산이 아주 크다. 또 "어째서 자유에는/피의 냄새가 섞여 있는가를"과 같은 대목이 젊은 독자에게 호소력을 발휘할 수 있는 소지가 많은 것도 사실이다. **그렇지만 시인이 내세우는 뜻이 너무나 분명하게 노출되어 있고 그 과정도 얼마쯤 작위적으로 느껴진다는 흠이 있다.**"[21](인용자 강조) 여기서 유종호는 시인의 작위성을 문제시한다. 김수영은 선배시인 조지훈의 시 「마음의 태양」 가운데 "푸른 하늘로 푸른 하늘로/항시 날아오르는 노고지리같이/맑고 아름다운 하늘을 받들어/그 속에 높은 넋을 살게 하자"라는 대목을 1960년대 사회 현실에 맞추어 재해석하였다. 그 재해석의 인위적 형상화에 대해 유종호는 문제를 제기하는 것이다. 유종호가 지적하는 작위성은 다음 부분에 특히 두드러진다. "자유를 위해서/비상(飛翔)하여 본 일이 있는/사람이면 알지"에서 시적 화자의 나르시시즘이 짙게 느껴지는 것이다. 이 시적 화자의 나르시시즘에 공감하는 독자들에게 이 시는 공감을 받을 수 있다. 그러나 독자들 가운데 화자의 나르시시즘이 노골적으로 표현되어 있어 시의 언어가 지닌 함축적 본질에 위배된다고 느낀다면, 이 시에 쉽게 공감할 수 없을 것이다.

남북의 이데올로기 대립을 넘어 절대적인 자유를 꿈꾸었던 김수영과는 달리 박인환은 상당히 현실적인 시인이었다. 미국 여행에서 그는 "만나는 사람마다 휴전이 되어 얼마나 좋으냐고 물으나 내가 우리나라의 통일은 북진하는 길밖에는 없고 전쟁만이 한국을 완전한 통일된 나라로 만들 것"이라고 주장하는 시인이다.[22] 이는 포로수용소에 갇혀 이데올로기를 넘어선 자유를 꿈꾼 김수영과는 달리 현 체제 안에 순응하면서 체제 내의 자유를 향유하는 모습이다. 이런 점에서도 두 시인의 자유에 대한 자세는 현격한

21 유종호, 「그늘의 시학」, 『시란 무엇인가』, 민음사, 1995, 83쪽.

22 문승묵 편, 『사랑은 가고 과거는 남는 것 : 박인환 전집』, 예옥, 2006, 450쪽.

차이를 보이고 있음을 인지할 수 있다. 김수영이 절대적 자유를 추구한다면, 박인환은 자유보다는 전쟁으로 인해 희생된 것을 되돌리고자 하는 모습을 보이고 있는 것이다. 그리고 김수영의 자유에 대한 희망은 아내에게조차도 적용된다. 그는 아내를 타자화하는 시어를 종종 활용함으로써, 남성중심적인, 나아가 가부장적인 나르시시즘을 보여주고 있는 것이다. 시 「아버지의 사진」에서 드러난 시적 화자의 오이디푸스 콤플렉스는 「죄와 벌」에서 아내를 타자화하는 방식으로 재현되고 있다.

> 남에게 犧牲을 당할만한
> 충분한 각오를 가진 사람만이
> 殺人을 한다
>
> 그러나 우산대로
> 여편네를 때려눕혔을 때
> 우리들의 옆에서는
> 어린놈이 울었고
> 비오는 거리에는
> 四十명가량의 醉客들이
> 모여들었고
> 집에 돌아와서
> 제일 마음에 꺼리는 것이
> 아는 사람이
> 이 캄캄한 犯行의 現場을
> 보았는가 하는 일이었다
> —아니 그보다도 먼저
> 아까운 것이
> 지우산을 現場에 버리고 온 일이었다
>
> — 김수영, 「죄와 벌」

김문주는 이 시에 대한 분석에서 "김수영에게 시는 비루한 자신을 명증하게 드러냄으로써 자유를 향해 뛰어오르는 도약의 공간이다. 그러한 점에서 김수영의 "여편네"는 시인으로 하여금 자신의 민낯을 명증하게 목도하게 만드는 부정적 계기이다"라고 주장했다.[23] 그러나 비루한 자기 자신을 드러내기 위해 타자화의 대상으로 여성을 활용한 것, 그 자체가 여성혐오의 혐의에서 자유롭지 못하다. 더구나 "남에게 犧牲을 당할만한/충분한 각오를 가진 사람만이/殺人을 한다"에서 느껴지는 나르시시즘적 경직성과 살인을 저지르지 못해 폭력을 행사하는 모습에서 아내 살해에 실패할 수밖에 없는 화자의 자기혐오가 드러난다. 버린 종이우산을 아쉬워하는 자기 자신에 대한 혐오는 자신의 비루함을 드러내고 있는 동시에 여성 타자화의 문제 역시 심화시키고 있다. 설령 어느 정도 값이 나가는 종이우산이 아내를 은유하는 시적 기호라고 하더라도 굳이 그런 비유를 사용해야 하는가라는 질문이 남는다. 이 시에서 나와 아내의 거리는 명백히 드러나며, 그 거리를 통해 시적 화자가 강한 나르시시즘으로 자기혐오를 드러내는 모습이 드러난다. 강한 나르시시즘의 심화 속에 시인 김수영은 성차별(sexism)의 의구심에서 쉽게 벗어나지 못한다. 그리고 이 지점에서 바로 김수영과 박인환에게 다른 문학적 가치 평가가 내려질 수 있는 가능성이 제기된다. 여성을 타자화하는 김수영의 시세계와 달리, 박인환은 여성을 죽음에 비유하고, 그 죽음에 외경하는 모습을 보인다. 박인환의 시세계에서 화자와 여성의 거리는 김수영과는 달리 명확히 드러나 있지 않다. 김수영의 시세계에서 시적 화자가 아내, 여편네, 처와는 다르다는 자기정체성을 강하게 형성한 것에 비해, 박인환의 시는 이분 구도 자체에서 벗어나 있기에 여성 타자화의 비판에 관해서는 상대적인 면죄부를 받는다. 박인환의 여성 형상화에

---

23 김문주, 「김수영 시의 성(性)의 정치학」, 『우리어문연구』 45집, 2013, 380쪽.

많은 비중을 차지하는 시어는 대표작 「목마와 숙녀」에 나타난 "버지니아 울프"와 "등대에"이다. 1980년대 활발해진 페미니즘 여성비평에서 버지니아 울프 문학의 정전화 과정[24]은 박인환의 시 「목마와 숙녀」를 양성적인 시로 이끈 동력이 되었다

4. 박인환과 버지니아 울프

박인환과 버지니아 울프가 상관관계를 보이는 작품은 시 「목마와 숙녀」이다. 일찍이 박희진이 지적하였던 것처럼 한국에서 '버지니아 울프'가 본격적으로 수용된 시로,[25] 당대 대부분의 독자들은 여성 문인 울프가 누구인지는 잘 모르는 상태에서 이 시를 받아들였을 것이다.

한잔의 술을 마시고
우리는 버지니아 울프의 생애와
목마(木馬)를 타고 떠난 숙녀(淑女)의 옷자락을 이야기한다
목마(木馬)는 주인을 버리고 그저 방울 소리만 울리며
가을 속으로 떠났다 술병에서 별이 떨어진다
상심(傷心)한 별은 내 가슴에 가벼웁게 부숴진다
그러한 잠시 내가 알던 소녀(少女)는
정원의 초목 옆에서 자라고
문학이 죽고 인생이 죽고
사랑의 진리마저 애증(愛憎)의 그림자를 버릴 때

24 버지니아 울프 문학의 정전화 과정에 대한 설명으로는 토릴 모이, 『성과 텍스트의 정치학』, 임옥희 · 이명호 · 정경심 역, 한신문화사, 1994 참조.

25 박희진, 「한국 강단에서의 버지니어 울프 수용과 전망」, 『영미문학교육』 Vol.6 No.1, 한국영미문학교육학회, 2002, 3쪽.

목마(木馬)를 탄 사랑의 사람은 보이지 않는다
세월은 가고 오는 것
한때는 고립을 피하여 시들어가고
이제 우리는 작별하여야 한다
술병이 바람에 쓰러지는 소리를 들으며
늙은 여류작가(女流作家)의 눈을 바라다보아야 한다
……등대(燈臺)에……

— 박인환, 「목마와 숙녀」 부분

여기서 시의 독자는 자살한 모더니즘 소설가 버지니아 울프를 쉽게 떠올린다. 2행에 작가 이름이 그대로 거명되어 있으며, 등대로 향하는 여정을 작품화한 『등대에』라는 버지니아 울프의 대표작 역시 시어 기호로 삽입되어 있다. "늙은 여류작가의 눈을 바라다보아야 한다"는 행의 의미는 이 소설의 주인공인 화가 릴리 브리스코가 마침내 자신의 시야를 갖게 된 주제의식을 의미한다.[26]

시어 "늙은 여류작가"는 소설가 버지니아 울프를 의미하는 것으로 해석되었지만, 『등대로』의 텍스트와 관련을 짓는다면 이 기표는 릴리 브리스코를 지시하기도 한다. 이 시에 흐르는 페시미즘은 자살한 작가 울프뿐만이 아니라 램지 부부 사이에서 양성의 비전을 획득해가는, 결혼하지 않고 늙어가는 릴리 브리스코의 고독한 삶 역시 겨냥한다. 의례적인 결혼을 거부하고 예술가의 자유를 선택한 릴리 브리스코의 삶처럼, 시적 화자는 자신의 육체를 포기하고 영원한 예술을 동경하고 있는 것이다.

불이 보이지 않아도

26 "I have had my vision," Virginia Woolf, *To the Lighthouse*, London: Penguin Books, 1964, p.281.

그저 간직한 페시미즘의 미래를 위하여
우리는 처량한 목마(木馬) 소리를 기억하여야 한다
모든 것이 떠나든 죽든
그저 가슴에 남은 희미한 의식을 붙잡고
우리는 버지니아 울프의 서러운 이야기를 들어야 한다
두 개의 바위 틈을 지나 청춘(靑春)을 찾은 뱀과 같이
눈을 뜨고 한잔의 술을 마셔야 한다
인생(人生)은 외롭지도 않고
그저 잡지(雜誌)의 표지처럼 통속(通俗)하거늘
한탄할 그 무엇이 무서워서 우리는 떠나는 것일까
목마(木馬)는 하늘에 있고
방울 소리는 귓전에 철렁거리는데
가을 바람 소리는
내 쓰러진 술병 속에서 목메어 우는데

— 박인환, 「목마와 숙녀」 부분

이 대목에서 시어 기호 "목마"는 중층적인 의미를 띤다. 나무로 된 말이라는 점에서 생명력을 상실한, 죽음의 이미지가 배어 있는 동시에, 트로이의 목마처럼 겉(외면)과 속(내면)이 다르다는 점에서 인생의 외로운 내면과 통속적인 외면을 모두 부각시키는 장치로 작동한다. "두 개의 바위"는 소설에서 램지, 캠, 제임스가 향하는 스카이섬 밖에 위치한 등대를 이루고 있는 바위로, "청춘(靑春)을 찾은 뱀"은 바위 사이에 놓인 등대가 유인하는 희망의 빛을 의미한다. 이 시는 서러움과 통속적임, 한탄과 청춘 등 시어가 양가적으로 배치되고 있어, 우리의 인생이 밝음과 어둠이 교차할 수밖에 없음을 인지하는 시적 화자의 숙명론이 대두되고 있는 것이다. 이는 『등대로』에서 버지니아 울프가 장치한 가부장적 남성성으로 대표되는 램지와 순응적 여성성으로 대표되는 램지 부인, 그리고 그 둘을 종합하여 자신의 예

술에서 새로운 양성적인 눈(vision)을 가지고 자각하려고 하는 릴리 브리스코로 이루어진 삼각 구도와 긴밀히 연관되어 있다. 시적 화자는 죽음을 초월한 예술을 추구한다는 점에서 릴리 브리스코와 가장 유사한 위치에 놓여 있는 것으로 보인다. 릴리 브리스코는 죽은 램지 부인을 동경하면서도 램지 부인과 같이 가부장에게 순응하는 삶을 거부하는 자각을 보인다. 그녀의 예술세계는 램지 부인의 죽음에서 비로소 시작되는 것이다. 릴리의 눈으로 묘사되는 '중국인의 눈빛'의 의미 역시, 빅토리아 여왕의 미모를 지닌 램지 부인과 구분되는 장치이기도 하다. 릴리의 눈은 작고 옆으로 찢어진 동양적인 눈으로, 서구적인 외모 기준으로 볼 때 다소 볼품없어 보일지도 모르지만, 그녀는 그 눈으로 예술의 진실한 자세를 바라보고 있음을 시인은 주목하였던 것이다.[27]

박인환은 예술가의 고뇌에 관해 울프의 『등대로』와 연계하여 인생의 양면성에 대한 날카로운 고찰을 보여주고 있다. 이런 박인환의 시세계를 김수영이 평가절하한 것은 시를 보는 관점이 상당히 다르기 때문으로 보인다. 두 시인 모두 당대성에 민감한 시인이다. 박인환은 「현대시의 불행한 단면」(1952)에서, 김수영은 「히프레스 문학론」(1964)에서 시대에 발맞추지 못하는 한국 문단의 무능력을 안타깝게 생각했다. 그런데 박인환은 이 무능력을 해결하기 위한 문제점을 논의하기보다는 전쟁으로 폐허가 된 현실의 슬픔을 담아내는 데 노력했다. 이에 반해 김수영은 히프레스에서 '힙'의 의미, 즉 한국문학을 뒷받침하는 전통의 의미를 찾으려 노력하였다는 지점

27 릴리의 눈을 묘사하는 "her little Chinese eyes"는 『등대로』에서 다섯 차례에 걸쳐 반복되고 있다. Chinese eye를 영국 제국주의와 연계시키는 논의에 관해서는 Urmila Seshagiri, "Orienting Virginia Woolf: Race, Aesthetics, and Politics in To the Lighthouse," *Modern Fiction Studies*, Volume 50, Number 1, Spring 2004, pp.58~84.

이 이질적이다.[28] 서구 모더니티에 대한 맹목적인 동일시에 대한 김수영의 부정은 이런 점에서 긍정된다.[29]

김수영은 박인환의 예술성 발현이 허무의 시학이라 평가했다. 이는 충분히 가능한 오해일 수 있는 것이, 『등대로』의 의미가 결부되지 않았다면, 이 시는 감상적인 시에 지나지 않기 때문이다. 그러나 박인환이 당대 모더니즘 문예작품을 자기 작품에서 상당 부분 상호텍스트하고 있다는 점을 주목한다면, 적어도 이 시의 독해를 위해서는 울프의 『등대로』에 대한 이해가 선행되어야 할 것으로 보인다. 그렇지 않다면 다음과 같은 비판의 여지가 생길 수 있다.

> 나는 인환을 가장 경멸한 사람의 한 사람이었다. 그처럼 재주가 없고 그처럼 시인으로서의 소양이 없고 그처럼 경박하고 그처럼 값싼 유행의 숭배자가 없었기 때문이다. 그가 죽었을 때도 나는 장례식에를 일부러 가지 않았다. 그의 비석을 제막할 때는 망우리 산소에 나간 기억이 있다. 그 후 그의 추도식을 이봉구, 김경린, 이규석, 이진섭 등이 주동이 돼서 동방문화살롱에선가에서 했을 때에도, 그즈음 나는 명동에를 거의 매일같이 나가던 때인데도 그날은 일부러 나가지 않은 것 같다. 인환이가 죽은 뒤에 그를 무슨 천재의 요절처럼 생각하고 떠들어대던 사람 중에는 반드시 인환이와 비슷한 경박한 친구들만 끼어 있었던 것은 아니다. 유정 같은, 시의 소양이 있는 사람도 인환을 위한 추도시를 쓴 일이 있었다. 세상의 이런 인환관(觀)과 나의 생각과의 너무나도 동떨어진 격차를 조정해 보려고 나는, 시란 도대체 무엇인가 하고 새삼스럽게 생각해 보고는 한 일까지 있었다.[30]

---

28 '힙'의 의미를 지지, 지탱과 연계시키는 것에 관해서는 이영준, 「꽃의 시학-김수영 시에 나타난 꽃 이미지와 '언어의 주권'」, 『국제어문』 Vol.64, 국제어문학회, 157쪽.

29 김유중, 『김수영과 하이데거』, 민음사, 2007, 414쪽.

30 김수영, 앞의 책, 98쪽.

위 인용문에서 볼 수 있듯이, 김수영은 박인환의 시를 높게 평가하지 않았다. 이런 평가에는 시란 당대적인 의미를 지니면서 동시에 전통의 재해석, 즉 전통의 다시쓰기가 가미되어야 한다고 믿는 김수영의 신념이 내재되어 있다. 김수영에게 모더니즘 시란 전통의 다시쓰기이며 재건이다. 기존의 전통을 파괴하고, 어떻게 새로운 전통을 창출할 수 있을까하는 김수영 식의 자문자답이 모더니즘 논의에 내재되어 있는 것이다. 따라서 그는 박인환이 전통을 의식하지 않고 허무주의 경향에 몰두하였다고 판단한 듯하다. 「연극하다가 시로 전향」에서 그의 시 「묘정의 노래」에 관한 박인환의 비판을 되새기는 것도 여기에 기인할 것이다.

1
남묘(南廟) 문고리 굳은 쇠문고리
기어코 바람이 열고
열사흘 달빛은
이미 과부의 청상(靑裳)이어라

날아가던 주작성(朱雀星)
깃들인 시전(矢箭)
붉은 주초(柱礎)에 꽂혀 있는
반절이 과하도다

아아 어인 일이냐
너 주작의 성화(星火)
서리 앉은 호궁(胡弓)에
피어 사위도 스럽구나

힌아(寒鴉)가 와서

그날을 울더라
밤을 반이나 울더라
사람은 영영 잠귀를 잃었더라

2
백화(白花)의 의장
만화(萬華)의 거동의
지금 고요히 잠드는 얼을 흔드며
관공(關公)의 색대(色帶)로 감도는
향로의 여연(餘烟)이 신비한데

어드메에 담기려고
칠흑의 벽판(壁板) 위로
향연(香烟)을 찍어
백련(白蓮)을 무늬 놓는
이 밤 화공의 소맷자락 무거이 적셔
오늘도 우는
아아 짐승이냐 사람이냐.

— 김수영, 「묘정(廟庭)의 노래」 전문

박인환은 이 시를 "낡았다" 라고 비판한 바 있다. 김수영은 이 시에 대한 박인환의 비판에 마음의 상처를 입었다. 그래서 굳이 당대 『시인부락』의 편집자 조연현 탓을 한다. 김수영이 1965년에 쓴 「연극하다가 시로 전향-나의 처녀작」에서 굳이 20여 년 전에 받은 박인환의 비판을 상기하는 것은 박인환에게 반박하지 못한 자기 자신을 탓하고 있는 것이다. 실제로 그는 이 작품을 자신의 주요 작품으로 여기지 않았다. 그러나 이런 자기혐오의 기제는 자기 자신에게 리비도가 투영되는 대신, 그 혐오를 촉발시킨 박인환에게 돌아가고 있다.

김수영이 “내 눈에는 ‘목마’도 ‘숙녀’도 낡은 말이다. 네가 이것을 쓰기 20년 전에 벌써 무수히 써먹은 낡은 말들이다”라며 박인환을 비판하는 대목에서 자신의 시를 낡았다고 평가한 박인환에게 되갚은 김수영의 심리를 감지할 수 있다. 그러나 「목마와 숙녀」와 『등대로』를 겹쳐 읽는다면, 「목마와 숙녀」는 전후 한국의 죽음과 같은 세계와 그 세계를 초월하는 예술 속 가치를 일깨우는 상호텍스트적인 시임을 알 수 있다. 김수영의 낡았다는 평가는 사실상 일면적이다. 여성주의에 대해 간과하였기 때문에 「목마와 숙녀」를 저평가할 수밖에 없었다.

「목마와 숙녀」는 결혼으로 표상되는 사회적 관습에 저항하는 자유로운 예술의 영혼에 관한 시이다. 여자에게 결혼이 최대의 일이라고 생각하는 빅토리아식 관습에 얽매인 램지 부인에 반해, 연로한 식물학자 윌리엄 뱅크스와 결혼하지 않고 예술에 자신의 삶을 투영하는 릴리의 자의식에 초점이 맞추어져 있는 것이다. 이 시는 가부장적 남성 등장인물에게서 벗어나 주체적으로 삶을 살고자 했던 릴리의 예술을 동경하는 태도를 보여준다. 김수영은 박인환의 「목마와 숙녀」가 지닌 여성과 예술에 관한 시적 형상화를 간과한 면을 드러낸다.

5. 박인환과 김수영, 그리고 버지니아 울프

한국 모더니즘 시사에서 박인환과 김수영의 시인으로서의 위상은 쉽게 바뀌기는 힘들다. 그럼에도 정전 형성에서 변화의 가능성이 제기될 수 있는 이유는 박인환의 보유한 여성주의 관점에서 볼 때 김수영이 비판받을 소지가 많다는 점이다. 물론 조영복이 지적한 바대로 김수영 시의 여성성은 위악적인 면일 수도 있다.[31] 하지만, 김수영이 굳이 '여편네, 아내' 등을 시어로 하여 위악적인 비유를 사용한 사실은 충분히 비판 가능한 지점일 것이다.

유종호의 지적처럼 김수영의 시는 상당 부분 상징과 은유의 과잉을 줄이고 산문의 직언 형태를 띤 것이 많다.[32] 형식적인 측면에서 김수영의 시를 분석하면서 그의 행갈이 방식(enjambment)에 산문정신이 가미되어 있다는 기존 연구 역시 이를 반증해준다.[33] "시에서 욕을 하는 것이 정말 욕이 되는 것은 아니지만, 하여간 문학의 악의 언턱거리로 여편네를 이용한다는 것은 좀 졸렬한 것 같은 감은 없지 않다"라며 김수영 스스로가 고백하듯 기표와 기의가 결합된 시어 기호의 다면체적인 특성은 일상어와는 현격히 구분된다. 그렇지만 비록 은유, 비유라고 하여도 시인 스스로도 졸렬함을 느끼는, 떳떳하지 못한 비유인 것은 사실이다. 이는 그가 선배시인으로 평가한 이상(李箱)과 비교해볼 때 극명하게 드러난다. 이상의 위악적 글쓰기가 일반적인 문학 장르의 범주를 막론하고 상징과 은유의 거미줄로 점철되어 있어 여성혐오의 비판에서 상대적으로 자유로운 해석이 가능한 데 반해, 김수영의 직언적 시어는 결코 비판에서 자유롭지 못하다. 그러기에 스스로 반성하는 모습도 드러내는 것이다. 이에 반해 박인환의 시에서는 여성 해방의 목소리가 드러나지는 않지만, 죽음에 저항하는 여성 예술가에 대한 외경이 드러난다.[34] 버지니아 울프가 세계문학사에서 정전에 오르기 이전『등

---

31 조영복, 「김수영, 반여성주의에서 반반의 미학으로」, 『여성문학연구』 6, 2001, 32~53쪽.

32 유종호, 『시란 무엇인가』, 민음사, 1995, 83쪽.

33 한수영, 「현대시 운율 연구 방법에 대한 검토」, 『한국시학연구』, No.14, 2005, 75~95쪽.

34 박인환은 시에서 자기 주관이 드러나는 반면, 산문의 세계에서 자기 주관은 거의 드러나지 않는다. 박인환 산문의 비평 불가능성에 대하여 오문석, 「박인환의 산문정신」, 맹문재 편, 『박인환 깊이 읽기』, 서정시학, 2006, 66~78쪽.

대로」를 인생과 예술과 관련된 수작으로 판단한 부분, 나아가 그녀의 예술 지향을 높게 평가한 부분이 박인환의 시에 촘촘히 상호텍스트화되어 있다. 즉 박인환은 당대 남성 지식인들이 받는, 결코 자유로울 수 없는 비판인 여성주의의 문턱에서 상대적으로 자유로운 시인이다. 김수영이 여성주의 시각에서 비판을 피하기 어려웠다면, 박인환은 여성주의 문학이 나름의 흐름을 타고 있는 현 세태에서 충분히 높은 가치를 받을 수 있는 자격을 지닌 시인인 것이다.

그 결정적인 이유는 박인환은 김수영과 같이 자기 대상을 향한 나르시시즘이 결여되어 있기 때문이다. 김수영이 박인환을 비판하는 대목에서 알 수 있듯이 김수영은 자신만이 박인환을 정확히 파악하고 있다는, 시인으로서의 나르시시즘을 내세웠다. 그가 초현실주의 화가 박일영을 굳이 거론하는 이유도 사후 박인환에 대한 평가에 기인한다. 이는 박일영에 대한 찬사로 해석될 수도 있지만, 실제로는 박인환 사후, 그의 명성을 무너뜨리기 위한 장치로 보인다. 김수영 시인의 명성이 높이 올라간 지금, 이런 김수영의 박인환 비판은 다소 이해하기 어려우나, 자신의 명성이 박인환과 등가이거나 그리 높지 못했던 시기, 김수영의 박인환 비판은 나름 절박한 그의 콤플렉스의 발로이자 시세계의 차이에 관한 숨김없는 토로였던 것이다.

김수영은 자신과 박인환의 관계에 애착을 느끼는 동시에 그 애착을 자신에 대한 나르시시즘으로 연계시키고 있는 것이다. 여성주의의 시각에서 김수영을 비판할 수 있는 지점은 이 대목이다. 김수영은 자신의 자의식이 상당히 견고하다. 그래서 타인이 자신을 비판하는 목소리에 상당히 민감하며 부정적이다. 그 자아비판의 목소리를 자기 자신이 내는 것은 상관없다. 「어느 날 고궁(古宮)을 나오면서」에서 들려주는 자기혐오의 목소리는 자신의 과오를 자책하면서도, 그 과오의 자책은 자신만이 할 수 있음이 드러난다. '설렁탕집 돼지 같은 주인년' 따위는 자신의 시세계에 감히 침범할 수 없다는 화자의 나르시시즘이 강하게 드러나는 것이다.

그렇기 때문에 여성주의 시각에서 김수영을 비판할 수 있는 지점은 설령 시인이 자기혐오를 보임에도 자기혐오에 다다르는 시어 기호로 젠더 불평등한 시어를 사용하고 있다는 점이다. 그는 소통을 거부한 채 자기혐오를 통해 자기 자신을 통렬하게 반성하고 있다. 이런 김수영의 남성으로서의 나르시시즘, 자기우월감을 여성주의 문학의 시각에서 충분히 비판할 수 있다. 여성주의는 가부장제의 폐해를 지적하여 텍스트의 가치를 사장하는 것이 아니라 텍스트 해석의 가능성을 보다 풍부하게 넓히는 사유 방식인데,[35] 김수영의 시각은 유연하기보다는 상당히 자기 주관적인 견고한 나르시시즘에 사로잡혀 있기 때문이다.

앞으로 한국문학 연구에서 여성주의 문학의 시각은 점차 확장되고 전경화될 것이다. 김수영의 몇몇 시는 일단 표면적으로 여성혐오를 띤 시어 기호를 사용하고 있다는 점에서 연구자들의 의구심에서 쉽게 벗어나지 못할 것이다. 문학 연구자 가운데 여성주의 시각을 지닌 연구자들의 비중이 점차 늘어나면서 기존 남성주의 연구자들이 만들어낸 김수영의 신화에는 점차 결로가 생길 것이며, 그 결로에서 김수영이 평가 절하한 박인환의 가치가 새로이 조명받을 수 있다. 특히 1950년대 비평에서 버지니아 울프의 『등대로』를 끌어낸 시인의 안목은 그의 여성관이 단지 신경질적이며 지나치게 민감하다고 오해받는 여성의 그것을 재현하는 것과는 거리가 먼, 남녀 두 이성을 예술의 가치로 포괄할 수 있는 양성성의 가능성을 지니고 있음을 보여준다. 따라서 박인환의 문학세계는 다시 평가될 것이며, 그 결정적인 동인으로는 전반화된 여성주의 시각을 꼽을 수 있다.

---

35 리타 펠스키, 『근대성의 젠더』, 김영찬 · 심진경 역, 자음과모음, 2010.

김수영이 중역한 파스테르나크

— 문화의 뿌리에 대한 숙고

1. 들어가며

김수영(1921~1968)은 비교문학적 시각으로 연구가 상당히 많이 축적된 한국 현대시인이지만, 김수영 문학과 러시아 문학과의 연관성은 상대적으로 소략하게 논의되었다. 김수영이 보인 동시대의 러시아 문학에 대한 관심은 주로 번역을 통해 이루어졌는데 러시아어를 읽지 못하는 그는 영문 번역을 중역(重譯)하여 소개하거나 논평하는 방식을 택하였다. 김수영은 러시아에서 출생한 아일랜드 시인 조지 리비(George Reavey, 1907~1976), 러시아 문학 영국인 번역자 만야 하라리(Manya Harari, 1905~1969), 미국 시인 배빗 도이치(Babette Deutsch, 1895~1982), 옥스퍼드대학 교수 모리스 보우라(C.M. Bowra, 1898~1971)의 영문 해설과 영문 시 번역을 토대로 하여 한국어로 중역하고, 잡지 『엔카운터(*Encounters*)』, 『파르티잔 리뷰(*Partisan Review*)』에 영문으로 실린 러시아 문학 해설을 읽으면서 파스테르나크(1890~1960)와 당대 러시아/소련 문학과 사회를 이해하려 하였다.[1] 파스테르나크는 셰익

1 일례로 그는 시냐프스키 텍스트 독해에 관해 "여기에 실린 부분은 이 『티호미로프』의

스피어를 번역하면서 리비, 보우라를 비롯한 영문학자들과 문학적 교분을 나누었기 때문에,[2] 김수영이 이들 영문 번역자의 글을 중역한 것은 번역자로서 사실 당연한 귀결로 보인다. 김수영이 번역한 파스테르나크 텍스트에는 러시아 문학의 특성뿐만 아니라 당대의 영문학, 냉전 시기 한국문학이 공유하는 문제의식이 교차하는 것이다.

김수영은 러시아어를 읽을 수 없었기 때문에 영어를 통해 러시아 문학을 이해하고 소개하였다. 즉 러시아 문학의 영역(英譯)을 중역한 것이다. 일찍이 그는 일본어 중역은 창피한 일로 생각하여 한사코 거부한 바 있다. 그는 "이 소설의 텍스트가 없고, 일본 잡지에 번역된 것을 가지고 있어, 그것이 뜨악해서 번역을 못하고 있다. 원본이면 된다. 일본 말 번역은 좀 떳떳하지 못하다. 이것이야말로 사대주의라면 사대주의일 것이다"[3]라며, 노먼 메일러(Norman Mailer, 1923~2007)의 영문 원작을 일역을 통해 한국어로 중역하는 일을 거부했다. 일문과 한국어 사이에 굳이 번역이 필요하지 않다는, 다시 말해 일문 번역을 통해 경제적 이득을 취하는 행위는 번역에서 그리 떳떳하지 못하다는 생각이 담겨 있다.

일어와 달리, 그는 영어를 통한 중역은 문제 삼지 않았다. 이는 그의 번역에서 영어가 일본어와는 다른 위상을 보유한 매개언어임을 드러낸다. 그에게 일본어는 외국어라고 말할 수 없는, 모어에 가까운 언어였다면, 영어

실험의 머리말과 제1장이며, 역시 만야 하라리의 영문을 의지할 수밖에 없었다"고 고백한다. 김수영, 『김수영전집 2 : 산문』(2판) , 민음사, 2010, 362쪽. 이 글에서 김수영의 평론, 일기, 시작노트 등 산문은 이 책 2판에서 인용한다. 이후 이 책의 인용은 『김수영전집 2』로 표기한다)

2 Leonid Katsis, "Boris Pasternak and the "Shakespearean Forces" on the "Cultural Front" of the Cold War," *Russian Studies in Literature*, Volume 51, Issue 4, 2015, 59.

3 김수영, 「벽」(1966), 『김수영전집 2』, 113쪽.

는 8 · 15 해방 이후 새로운 시대를 지표하는 언어였다.[4] 물론 그가 선린상고 시절 우수한 영어 성적을 받았으며 1946년 편입한 연희전문 영문과를 3, 4개월 다니다 그만둔 이유에서도 영어에 대한 김수영의 자신감을 읽을 수 있다. 김수영에게 냉전 시기 미국을 통해 들어오는 세계의 소식들은 영어라는 도구를 통해 보다 원활하게 전달되었던 것으로 예상된다.

선행 연구가 지적하였듯이 "일본어는 김수영에게 비애와 슬픔과 자기비하를 일으킬 때 쓰는 용어"[5]로 활용되어 모국어보다 더 가까운 모어로 작동한다.[6] 이는 일본어 속어를 자유자재로 사용하는 그의 언어 습관에서도 확인된다. 반면 영어는 김수영에게 포스트콜로니얼의 지위에 놓인 신비평(New Criticism)의 언어로, 식민지 시기 일본어로 매개된 세계문학을 대체하는 외국어이다.[7] 그는 영미문학, 나아가 서구문학을 이해하는 언어로 영어를 활용하였다. 더글러스 로빈슨(Duglas Robinson)의 표현을 빌린다면, 김수영에게 영어는 해방된 한국의 미래를 위해 새롭고 생산적인 길을 열 수 있는 번역의 도구였던 것이다.[8]

---

4 김수영은 자신이 구사하는 일본어를 "망령의 언어"로 말하기도 한다. 김수영, 「시작노트」, 『김수영전집 2』, 451~452쪽.

5 김응교, 「일본을 대하는 김수영의 시선」, 『민족문학사연구』 No.68, 민족문학사학회, 2018, 91쪽.

6 한수영은 김수영과 일본어를 "이중언어자로서의 전후세대의 특수성을 환기시키고, 그것과 치열하게 고투하는 사유의 과정을 보여주는 상황보고서"로 설명한다. 한수영, 「전후세대의 '미적 체험과 '자기번역 과정으로서의 시쓰기에 관한 일고찰－김수영의 「시작(詩作)노우트(1966)」 다시 읽기」, 『현대문학의 연구』 Vol.60, 한국문학연구학회 2016, 332쪽.

7 이 글에서 "Postcolonial"을 포스트콜로니얼로 번역하는 이유는 김수영의 자기역설적 글쓰기를 '탈식민'으로 국한시켜 평가할 수 없다고 보기 때문이다. 김수영 시를 역설로 풀이한 연구에 관해서는 이승규, 「김수영 시의 역설 의식 연구」, 『韓國文學論叢』 Vol.73, 2016, 1~30쪽.

8 더글러스 로빈슨, 『번역과 제국 : 포스트식민주의 이론 해설』, 정혜욱 역, 동문선,

김수영은 '사대주의' 번역이라고까지 말한 일본어 중역과는 달리, 영문 중역을 부끄러워하지 않았다. 이는 영문으로 매개된 시대의 흐름을 따라가고자 하는 의지의 발로로 보인다. 만주에서 해방을 맞이한 그에게는 영어는 제국주의의 언어라기보다는 일제 식민지 역사를 넘어 냉전 현실을 포괄적으로 바라보기 위한 포스트콜로니얼의 언어로 기능하였다.[9] 따라서 그는 냉전 현실을 첨예하게 드러낸 파스테르나크의 노벨상 수상 거부 이슈에 주목하였는데, 관련된 이슈에 영어로 접근했다. 그가 번역한 다섯 편의 파스테르나크 시는 배빗 도이치(Babette Deutsch)가 편찬하고 번역한 New Directions Paperbook 선집(Selection)에 모두 수록되어 있다. 이 선집은 배빗 도이치를 포함하여 여러 번역자의 번역으로 이루어져 있지만, 김수영이 번역한 시 텍스트는 배빗 도이치가 영역한 시에서 다섯 편을 고른 것이다. 그는 도이치의 영문 번역을 기반으로 파스테르나크를 중역한 것으로 보인다.[10]

국내 학계에서 파스테르나크 수용은 다른 세계문학자들과 마찬가지로 대표작을 중심으로 이루어졌다. 이행선 · 양아람은 파스테르나크가 한국에 수용된 맥락에 집중하여 전후 냉전의 시각에서 『닥터 지바고』가 어떻게 수용되었는지를 계보화하였다.[11] 러시아 문학 전문가 이현우는 파스테르나크가 친숙하게 느껴지는 이유는 국내에 반공 작가로 소개되었다는 점을 지적

2002, 15쪽.

9 *The Empire Writes Back*의 저자들은 '제국의 영어'와 '식민지에서 사용된 영어'의 층위를 '전유'라는 키워드로 구분한다. 김수영은 제국의 영어를 전유하기보다는 세계를 바라보는 창으로 활용하는 데 주목하였던 것 같다. 이는 그가 주장한 '사물을 바로보기'와 관련된 것으로, 다양한 이야기들을 여러 언어를 통해 바라보는 것이 김수영에게 당면한 과제였던 것으로 판단된다.

10 Boris Leonidovich Pasternak, *Safe Conduct: an Autobiography and Other Writings*, Fifth Printing, New York: New Directions Pub. Corp., 1958.

11 이행선 · 양아람, 「보리스 파스테르나크의 한국적 수용과 '닥터 지바고'」, 『정신문화연구』 Vol.40 No.3, 한국학중앙연구원, 2017, 193~224쪽.

한다. "파스테르나크의 『닥터 지바고』는 구소련에서는 공식 출간될 수 없었던 작품입니다. 1980년대 중반 고르바초프의 개혁개방 정책 이후에야 러시아에서 출간됩니다. 즉, 구소련 체재와는 양립되기 어려운 작품이었죠"라는 것이다.[12] 『닥터 지바고』의 후반부에는 주인공 유리 지바고가 빨치산에 끌려가 의료 행위를 수행하면서 어쩔 수 없이 백군과 전쟁을 벌이게 되는 내전이 상당히 자세히 묘사되어 있는데, 이는 한국전쟁이 지닌 내전의 성격과 상당 부분 닮아 있다. 이데올로기로 인한 내전을 비극적으로 묘사하고 있다는 점에서 『닥터 지바고』는 파스테르나크의 다른 서정적 단편들보다 국내에서 활발히 수용될 수 있었을 것이다.

최근에 제출된 연구는 파스테르나크의 노벨문학상 수상 뒤에 미국 CIA(Central Intelligence Agency)의 개입이 있었음을 주장한다.[13] 이러한 관점은 1960년대 한국 문단에서 미국문학이 '미국 국무성 문학'으로 왜곡되어 수용되는 현실을 지적한 김수영의 발언을 상기시킨다. "이러한 새로운 탁류 속에서 미국의 '국무성 문학' '서구문학'의 대명사같이 되었고, 우리 작가들은 외국문학을 보지 않는 것을 명예처럼 생각하게 되었고, 다시 피부에 맞는 간편한 일본문학으로 고개를 돌이키게 되었다"[14]는 그의 비판적 시각을 고려해볼 때, 일본문학이 외국문학에 속한다고 보기 어렵다. 그는 한국문학을 위해서는 외국문학의 자양분도 함께 섭취해야 한다고 보았는데,

---

12 이현우, 『로쟈의 러시아 문학 강의 20세기』, 현암사, 2017, 23쪽.

13 "The operation to print and distribute *Doctor Zhivago* was run by the CIA's Soviet Russia Division, monitored by CIA director Allen Dulles, and sanctioned by President Eisenhower's Operations Coordinating Board, which reported to the National Security Council at the White House." Peter Finn and Petra Couvee, *The Zhivago Affair: The Kremlin, the CIA, and the Battle Over a Forbidden Book*, New York: Pantheon Books, 2014, p.17.

14 김수영, 「히프레스 문학론」(1964), 『김수영전집 2』, 283쪽.

그가 탐독했던 『엔카운터』, 『파르티잔 리뷰』는 사실 CIA의 재정적인 원조를 비밀리에 받은 잡지들이었다. 즉 그는 미국의 국무성 문학을 거부하였지만, 국무성 문학의 자장에서 결코 자유로울 수 없는 포스트콜로니얼의 주체(subject)로서 한계를 태생적으로 안고 있었던 것이다.

이런 김수영이 당대 러시아 문학 소개에 집중한 이유는 냉전 시기 이데올로기 대립에 대한 실증적인 확인 그 이상에 있다. 그는 당대 러시아 문학가들 중에 노벨문학상을 수상한 파스테르나크, 파스테르나크와 동시대에 활약한 일리야 에렌부르크, 망명 작가 안드레이 시냐프스키, 그리고 해방기에 활약한 작가들 예프투셴코, 보즈네센스키, 카자코프 등을 언급한다.[15] 특히 그가 파스테르나크에 관한 평론을 남긴 것은 문화의 뿌리를 탐색하는 데 이 러시아 시인과 나름의 동질성을 느꼈기 때문으로 여겨진다. 김수영은 『닥터 지바고』(1957)가 파스테르나크의 문학세계에서 그리 새로운 작품이 아니라는 점을 지적했다.[16] 파스테르나크의 이전 작품의 답습이며, 종합이라는 것이다. 대신 그는 파스테르나크가 셰익스피어를 번역하면서 남긴 「셰익스피어 번역 소감」을 번역 · 소개하고 파스테르나크가 지은 시 「코카서스(The Caucasus)」 등을 거론하면서 파스테르나크가 번역을 통해 문화적 뿌리를 찾는 여정이 자신이 추구한 뿌리 찾기와 상응한다는 태도를 취한다. 파스테르나크는 스탈린의 대숙청(1936~1938)을 피해 조지아로 이주하며 러시아 문학의 뿌리를 코카서스 지방이나 우랄 산맥 등 대자연에서 찾는다. 김수영은 파스테르나크의 작품 가운데 거의 알려지지 않은 시 「코카

15 예프투셴코에 관해서는 예브게니 예프투셴코, 『나의 소망』, 김학수 역, 中央日報社, 1988 참고.

16 "그러나 『의사 지바고』가, 생명과 죽음의 주제나 미학과 도덕의 주제는 풍부하지만, 파스테르나크의 작품 영역에서 전혀 새로운 어떤 것을 보여주었다고 생각한다면 그것은 잘못이다." 김수영, 「도덕적 갈망자 파스테르나크」, 『김수영전집 2』, 민음사, 2010, 311쪽.

서스」, 「최초의 우랄」 등 자연을 다룬 시를 파스테르나크의 대표 작품으로 소개하는 번역 태도를 취했다.[17]

선행 연구는 일찍이 비교문학적 시각으로 김수영 문학을 바라볼 때, 김수영 문학의 본질에 더 다가설 수 있다는 점을 지적했다. 김현은 김수영이 읽은 동서양의 세계문학 목록을 한번 만들어볼 것을 제안한 바 있다. "나는 차라리 그의 비밀의 상당 부분은 그가 번역을 했든 안 했든 그가 읽은 것 속에 있다라고 말하고 싶다. 그가 무슨 책을, 어떻게 읽었는지를 알아보는 것은 그의 시를 이해하는 데 아주 필요하고 긴요한 일이다. …그의 시, 산문에 나오는 책, 사람 이름의 목록이라도 만들고, 어떻게 그가 그 책이나 사람을 읽었는가를 알아야 한다"고 주장한다.[18] 김수영을 이해하기 위해서는 그가 탐독한 다수의 국내외 문학 텍스트를 겹쳐 읽는 작업이 선행되어야 한다는 것이다.

박지영은 비교문학적 시각을 통해 김수영 시 번역에 접근하였다.[19] 그는 김수영의 번역 텍스트가 김수영 문학 이해에 필수적이라고 보았으며 김수영이 번역하는 자세를 탈식민주의적 관점으로 해석하였다. "중요한 것은 그가 내적으로 우리 문학의 후진성을 인정하는 것과 그럼에도 서구문학을 우리 식으로 번역해내야 한다는 의지 사이의 분열을 인식하고 있었다는 점이다. 바로 이 지점이 탈식민적 기획의 시작이다"라고, 박지영은 주장한다.[20] 그는 김수영의 번역 작업을 우리 식대로 서구문학을 해석하고자 하는

17 파스테르나크의 시 최초의 우랄의 창작 배경에 관해서는 김희영, 「파스테르나크 작품에 나타난 우랄의 형상 : 『류베르스의 어린 시절』을 중심으로」, 『러시아어문학 연구논집』 Vol.50, 한국러시아문학회, 2015, 77~97쪽 참조.

18 김현, 「김수영에 대한 두 개의 글」, 『김현문학전집』 5, 문학과지성사, 2003, 46쪽.

19 박지영, 「김수영 시 연구 : 詩論의 영향 관계를 중심으로」, 성균관대학교 박사학위논문, 2002.

20 박지영, 「번역과 김수영의 문학」, 『살아있는 김수영』, 창비, 2005, 362쪽. 김수영에 대

의지의 발로로 보고 있는데 김수영의 자의적 번역이 과연 일본으로부터 벗어나는 '탈식민'의 방향을 노정하고 있는지는 좀 더 생각해볼 필요가 있다. 일례로 그가 선배시인 이상(李箱)의 이중언어 글쓰기에 관해 철저한 역설을 이행하지 않았다며 불만을 토로한 점을 고려한다면,[21] 김수영에게 저항의 뉘앙스가 강한 '탈식민주의'란 용어는 쉽게 적용할 수 없어 보인다. 무엇보다도 그에게 일본어는 내부(모어)에 가까운 것이어서 외국어의 범주로 작동하지 않는다.

박연희는 김수영의 세계문학 지향에서 유럽과 미국적인 지향을 구분해야 할 것으로 본다. 그는 "김수영에게 세계문학, 곧 서구의 세계성 인식은 프랑스 초현실주의, 또는 그 계보화 과정을 극복하는 데서 출발한다. 달리 말해 비트 제너레이션이 신세대, 저항정신, 자유주의의 표상으로 옮겨질 무렵에 김수영은 '서구'라는 현대성의 좌표마저 '유럽적인 것'에서 미국적인 것으로 과감히 이동시켜놓는다"고 인식했다.[22] 세계문학자로서 김수영을 더 고려해야 하는 지점은 냉전기 러시아 문학에 대한 그의 사유다. 곽명숙은 "후속 연구를 통해 김수영의 여러 텍스트들과 동시대의 서구 문예지들이나 작가들과의 연관성에 대한 검토가 지속된다면 김수영의 정신적 궤적을 보다 구체적으로 그려낼 수 있을 것으로 기대한다"[23]고 지적하였는데,

---

한 글은 아니지만 조희경 역시 이광수, 현진건, 조명희 등이 일본 번역을 매개로 하여 톨스토이, 투르게네프, 체호프 문학을 중역한 것과 식민지 조선의 탈식민주의를 연계하였다. Heekyoung Cho, *Translation's Forgotten History: Russian Literature, Japanese Mediation, and the Formation of Modern Korean Literature*, Cambridge, Massachusetts: Harvard University Asia Center, 2016.

21 김수영, 「시작노트」 6, 『김수영전집 2』, 451쪽.

22 박연희, 「1950~60년대 냉전문화 번역과 김수영」, 『비교한국학』 Vol.20 No.3 국제비교한국학회, 2012, 114쪽.

23 곽명숙, 「김수영의 문학과 현대 영미시론의 관련양상 (2) : 「히프레스 문학론」과 앨런 테이트 번역을 중심으로, 『한국현대문학연구』 제56집, 2018.12, 492쪽.

미국 국무성이 주도하는 한정된 문학이 아니라, 동시대에 다양하게 출판된 다수의 잡지와 단행본은 김수영에게 세계를 바라보는 창이 되어주었던 것이다. 특히 그가 소개하고 번역한 러시아 문인들이 이들 잡지를 통해 수용되었다는 점에서, 『엔카운터』나 『파르티잔 리뷰』 등의 꼼꼼한 분석이 요청된다. 일례로 『엔카운터』에 실린 평론은 『닥터 지바고』를 상세히 분석하고 있다.[24]

러시아 문학자들 가운데 김수영이 『노벨상 문학전집』에 번역, 소개한 파스테르나크는 김수영과 같은 '시인'이자 '번역가'이다. 김수영이 파스테르나크에 주목한 지점은 10여년에 걸친 파스테르나크의 세계문학 번역 작업과 관련이 깊다. 초기 시집으로 명성을 얻은 파스테르나크는 스탈린 숙청기(1936~1938)에 글쓰기의 자유를 잃게 된다.[25] 1933년에서 1941년 사이에 발표한 창작 작품은 시집 『새벽 열차를 타고(*On Early Trains*)』(1941)가 유일하다. 대신 그는 조지아 시인들의 시와 셰익스피어 희곡, 괴테의 『파우스트』, 바이런의 시 등을 번역하는 데 집중하여 『그루지야 시인집』(1946), 『파우스트』(1953), 『셰익스피어 비극집』(1953) 등 수많은 번역 작품을 출판하였다.

김수영은 파스테르나크가 수행한 이들 번역 텍스트에 주목함으로써 번역이 문학의 비밀이 될 수 있다는 점을 인지한 듯싶다. 신구출판사 편집위원으로 참여한 『노벨상 문학전집』에서 김수영은 파스테르나크의 초기 단

---

24 Stuart Hampshire, "Doctor Zhivago," *Encounters: an Anthology from the First Ten Years of Encounter Magazine*, Edited by Stephen Spender, Irving Kristol, and Melvin J. Lasky. Selected by Melvin J. Lasky. New York: Basic Books, 1963, pp.291~295.

25 "본격적인 숙청은 레닌그라드의 당 지도자 중의 한 사람으로서 레닌그라드 당 조직의 우두머리였던 키로프가 암살된 1934년 12월에 시작되어, 1936년부터 1938년까지 절정에 달했다…그것은 이전의 억압 대상이었던 백군이나 구체제의 다른 잔재에 대한 것이 아니라, 주로 당원들을 겨냥했다." 니콜라스 V. 라자놉스키 · 마크 D. 스타인버그, 『러시아의 역사 (하)』, 조호연 역, 까치글방, 2011, 765쪽.

편, 파스테르나크의 시 다섯 편, 그리고 평론 「셰익스피어 번역 소감」을 번역 · 소개하고 있는데, 화제작 『닥터 지바고』를 소개하지 않은 점은 주목된다. 김수영은 국내에서 수차례에 걸쳐 경쟁적으로 번역 · 소개된 『닥터 지바고』보다는 그가 번역 · 소개한 파스테르나크의 시와 단편소설, 번역에 관한 평론인 「셰익스피어 번역 소감」이 시인의 문학세계를 이해하는 데 더 요긴하다고 보았다.

김수영은 「시인의 정신은 미지(未知)」(1964.9)에서 『닥터 지바고』보다 파스테르나크의 초기 단편이 더 낫다고 주장한다. "파스테르나크는, 현대의 상황을 대변하려면 시만 가지고는 모자란다 해서 소설을 쓰고 희곡까지 썼지만, 그의 희곡이라는 것이 따분하다. 『유리 지바고』도 그의 초기 단편만 못하다"라는 것이다.[26] '유리 지바고'는 『닥터 지바고』의 주인공 이름으로, 파스테르나크 유일한 소설 『닥터 지바고』를 말하는 것이다. 그는 파스테르나크의 초기 단편인 「하늘의 길(Aerial Ways)」(1924)을 『닥터 지바고』보다 더 윗길로 파악하고 있다.[27]

또한 김수영은 몇몇 독자들이 『닥터 지바고』의 내러티브가 불분명하다고 불평하고 있는 것은 잘못된 지적으로 보았다. 그는 『닥터 지바고』는 시인이 쓴 소설로, 파스테르나크 글쓰기의 본질은 '소설'이 아닌 '시'에 있음을 평론 「도덕적 갈망자 파스테르나크」에서 주장하였다.[28] 이 글은 조지 리비의 선행 연구를 비롯하여 파스테르나크를 다룬 몇몇 글을 읽은 뒤 직접 쓴 평론이다. 『노오벨賞文學全集 제6권』을 살피면 파스테르나크의 시, 소설 수상록을 소개하는 대목은 김수영 역(譯)으로 표기되어 있지만, 「작가의 세

---

26 김수영, 「시인의 정신은 미지(未知)」(1964.9), 『김수영전집 2』, 253~254쪽 참조.

27 김수영은 「공로(Aerial Ways)」(1924)라는 제목으로 번역하였다.

28 김수영, 「도덕적 갈망자 파스테르나크」, 『노오벨賞文學全集 제6권』, 신구문화사, 1964, 258쪽.

계－도덕적 갈망자 파스테르나크」에서는 '김수영'이라는 저자 이름만 표기되어 있어 번역작품과 창작물이 구분된다.[29]

선행 연구는 김수영과 파스테르나크 간의 관련성을 적절히 언급하였지만 텍스트 분석을 통해 두 시인 간의 상관관계를 분석하지 않았으며, 김수영이 파스테르나크를 번역한 이유를 본격적으로 논의하지 않았다. 이 글은 축적된 선행 연구를 바탕으로 하여, 파스테르나크를 독해한 김수영 문학의 특징을 한층 더 살펴보려 한다. 「최초의 우랄」(1916), 「코카서스」(1931) 등의 시는 사실 파스테르나크 문학을 대표한다고 말하기 어려운 작품인데 김수영이 이들 시를 번역하여 선집에 수록한 점은 번역자 김수영이 파스테르나크의 국내 수용에 개입한 지점이다.[30]

나아가 이 글은 파스테르나크가 보인 러시아의 전통, 뿌리에 대한 관심이 김수영의 시 「거대한 뿌리」(1965)에 공유되고 있는 가능성에 주목하려 한다. 김수영은 1958년 노벨문학상 스캔들로 냉전 이데올로기에 희생된 파스테르나크에 주목하였다기보다, 파스테르나크가 관심을 보인 문학 번역을 통한 정신적 뿌리 찾기와 러시아 문학 전통 탐색에서 자신이 지향하는 바와 유사한 지점을 찾은 것으로 보인다. 이 연구는 냉전 체제에서 두 시인이 각 나라의 문학 전통에 어떤 관심을 지니고 있었는지, 그리고 문화의 뿌리를 향한 두 시인의 사유가 시에서 어떻게 형상화되었는지를 살펴보아, 파스테르나크와 김수영이 교차하는 지점을 규명하려 한다.

---

29 위의 책, 207쪽.

30 흔히 파스테르나크의 대표시는 『닥터 지바고』 마지막 장에 위치한 25수로 평가된다. 첫 번째 시 「햄릿」은 김수영의 활동 시기 당시 조지 리비(George Reavey)에 의해 전문이 번역·소개되었다. *The New Russian Poets, 1953~1968: An Anthology*, selected, edited and translated by George Reavey, New York: October House, 1966, pp.4~5.

2. 김수영과 파스테르나크의 시 번역

김수영은 신구문화사에서 발행한 『노벨상 문학전집』에서 파스테르나크의 대표작 『닥터 지바고』를 제외하였다. 파스테르나크가 『닥터 지바고』의 출간으로 1958년 노벨문학상을 수상하였다는 점을 고려한다면 이는 상당히 의외의 결정이다. 노벨문학상 위원회는 1946년, 1954년에 유력한 후보로 파스테르나크를 거론하였지만,[31] 국내에서 파스테르나크는 『닥터 지바고』의 작가로 널리 알려졌기 때문이다. 김수영은 파스테르나크의 주요 작품을 시, 소설, 수상(수필)의 순으로 번역하였으며 마지막에 자신의 해설 「도덕적 갈망자 파스테르나크」를 덧붙였다. 김수영의 파스테르나크 번역 목록은 다음과 같다.

小說 : 空路	(208)
後方	(219)
詩 : 코카서스 外	(230)
隨想 : 셰익스피어 翻譯 所感	(235)
作家의 世界 : 道德的 渴望者 파스테르나크	(252)

김수영은 파스테르나크의 시 가운데서 그의 대표시라고 보기는 어려운 시 「코카서스」(1931)를 목차에 전면화한다. 파스테르나크 연구자들은 파스테르나크의 대표시집을 그의 세 번째 시집인 『삶은 나의 누이』(1922)로 간

31 "먼저 장편소설 『닥터 지바고』의 집필 전에 파스테르나크의 서정시가 이미 1946년과 1954년 두 차례나 노벨상 수상 후보작으로 거론됐다는 점이다." 임혜영, 「지은이에 대해」, 보리스 파르테르나크, 『스펙토르스키/이야기』, 임혜영 역, 지식을만드는지식, 2013, 279쪽.

주하는데,[32] 김수영이 목차에서 전면화한 「코카서스」는 이 시집에 수록되어 있지 않았다. 이 시는 김수영이 참고했다고 밝힌 조지 리비의 파스테르나크 번역서[33]에 실려 있지 않으며, 파스테르나크의 시선집으로 널리 사용되고 있는 대학 교재에도 빠져 있다.[34] 이는 당대 한국의 수용 상황에서도 이채를 띠는 지점인데 1958년 김광섭 번역(영문 중역)으로 출판된 파스테르나크 시집 『서정시집』에서도, 배기열 번역(영문 중역)의 『투라에서 온 便紙』(1958)에서도 위 시는 제외되었다.[35] 이 시는 배빗 도이치가 편찬한 선집(*Safe Conduct: an Autobiography and Other Writings*)에만 수록되어 있어 당시 김수영은 이 책을 통해 위 시를 중역하였던 것으로 보인다. 김수영은 배빗 도이치가 사용하는 비유를 그대로 활용하고 있기에 번역 저본을 따로 밝히지 않았음에도 도이치의 영문 번역을 기초로 번역했음이 확인된다. 그가 파스테르나크의 대표시로 전면화한 작품 「코카서스」는 다음과 같다.

> 이 지방(코카서스－인용자)을 점령하라는 명령을 받은 여단(旅團)의
> 눈으로 이 아름다운 풍경을 바라볼 때,
> 나는 이런 대적할 수 있는 뚜렷한 장애물을
> 가진 사람들이 마냥 부럽기만 했다.

---

32 "그 과정에서 작가의 반낭만주의 방식, 이른바 사실주의 시학이 탄생하는데, 시집 『삶은 나의 누이』는 그러한 방식이 온전히 구현된 첫 작품이었다." 임혜영, 「해설」, 『안전통행증 · 사람들과 상황』, 을유문화사, 2015, 307쪽.

33 *The poetry of Boris Pasternak, 1914~1960*, selected, edited and translated by George Reavey, New York: Putnam, 1960.

34 1964년 이전 출판된 조지 리비의 파스테르나크 개설서 *The Poetry of Boris Pasternak*에 해당 시는 소개되어 있지 않으며, 최근 대학 출판사에서 나온 파스테르나크의 시선집인 *My Sister Life and The Zhivago Poems*(2012), *Second nature: Forty-six Poems*(2003)에도 이 시는 빠져 있다.

35 보리스 파스테르나크, 『서정시집』, 김광섭 역, 문장사, 1958.

오오 우리들이 그들의 행운을 가질 수 있다면! 안
개 속으로 희미하게 보이듯이
시대와는 떨어져서, 우리들의 오늘날이, 우리들의
계획이,
그러한 실질적인 성질의 것이 되어,
이 험준한 절벽처럼 우리들을 찡그린 상을 하고 위
압할 수 있다면 얼마나 좋을까!

그렇게 되면 밤낮으로 우리들의 계획은, 나의 예언
(豫言)의 뒤를 따라, 전진하게 될 것이다,
그 곧은 척주(脊柱)의 발바닥으로 진리(眞理)를 만
들려고
나의 억수같이 쏟아지는 예언을 짓이겨 가면서.

그러면 나하고 언쟁할 수 있는 사람은 아무도 없을
것이고,
별로 시작(詩作)을 할 시간도 필요없을 것이다.
아무한테도 알려지지 않고,
시인(詩人)의 생활이 아닌, 바로 시(詩)를 살게 될 것이니까.

—「코카서스(The Caucasus)」(1931) 부분[36]

임혜영은 이 시를 "미래 시제나 가정법이 사용된 것에서 알 수 있듯, 사회에 동화되려는 바람은 커다란 노력을 요하는 미래의 일인 것으로 드러난다"고 설명한다.[37] 시인 파스테르나크의 삶과 캅카스의 대자연을 일치시킬 수 없다는, 자괴감을 드러낸 시로 본다. 김수영 역시 이상과 현실의 균열에

36 김수영 역, 『노오벨賞文學全集 제6권』, 230~231쪽.

37 임혜영, 『파스테르나크의 작품 세계와 닥터 지바고』, 고려대학교 출판문화원, 2018, 307쪽.

서 시의 마지막 연에 주목한 듯싶다. 김수영은 「만용에게」에서 알 수 있듯이 속물적 생활과 시인(예술)의 삶을 구분한 바 있다. 그는 "시(詩)를 살게 되는" 삶을 늘 꿈꾸지만, 현실적인 경제적인 문제가 다른 한편에 놓여 있음을 자각한다. 파스테르나크가 스탈린 체제의 억압을 피해 코카서스의 대자연에 매료된 시작(詩作)의 자유를 꿈꾸었던 것처럼, 김수영 역시 냉전 체제하에서 소재의 자유를 희구하였다. 김수영은 삶에서 속물적 허위의식을 거부하고 무한한 자유를 꿈꾸었기에, 파스테르나크의 고뇌에 주목하였던 것으로 보인다.[38]

파스테르나크가 조지아의 시인 티치안 타비드제(Titian Tabidze)의 시를 자국화한 방식으로 번역하여 조지아 원문에 능통한 번역자에게 많은 비판을 받았던 것처럼,[39] 김수영 역시 번역자의 입장에서 원시의 문맥을 자유롭게 해석한다. 김수영은 충실한 번역을 취하기보다는 자신의 주관대로 외국어를 해석하는 것을 진정한 번역으로 여겼고 여기에 자신의 시의 비밀이 있다고 고백한다. 파스테르나크 선집에 수록된 시 「나뭇가지를 흔들면서(Waving a Bough)」에서 김수영은 마지막 4연을 영문 번역자 배빗 도이치의 비유를 살려 중역한다.

(1)
애인들은 깔깔대고 웃으면서 실컷 몸을 뒤흔들다가는 (1)

38 김수영이 소설가를 "학교 교사," "고급 속물"로 비판한 대목은 이를 시사한다. 김수영, 「번역자의 고독」(1963), 『김수영전집 2』, 57쪽.

39 언어에 능통하지 않은, 사실상 잘 모르는 파스테르나크는 조지아 시를 상당히 자의적인 방식으로 번역하여 비판을 받았다. Harsha Ram, "Towards a Cross-cultural Poetics of the Contact Zone: Romantic, Modernist, and Soviet Intertextualities in Boris Pasternak's Translations of T'itsian T'abidze," *Comparative Literature* 59(1), January 2007, pp.63~89 참조.

투창(投槍)처럼 제각기 우뚝 선다,
그러나 물방울은 그런 치욕을 남기지는 않을 게다,
제아무리 사나운 말(馬)도 그들을 잡아 떼지는 못할게다. (4)

— 김수영 역, 「나뭇가지를 흔들면서(Waving a Bough)」 부분[40]

(2)
They laugh and try to shake free and
Stand up, each straight as a dart,
But the drop will not leave the stigmas,
Wild horses won't tear them apart.

— Trans. Babette Deutsch(1958).[41]

(3)
Filled with laughter, undo the enigma
Of nondate, to spring up full.
But drops cannot tear the ligament,
Nor part, even if you pull.

— Trans. Andrei Navrozov(2003)[42]

김수영이 저본으로 삼은 배빗 도이치의 영역[43]에만 흔들리는 나뭇가지를 가리키는 "애인들"(1행), 나뭇가지의 꼿꼿한 모습을 형상화한 "투창"(2행), 그리고 "사나운 말(馬)"(4행)과 같은 비유적 표현이 드러난다. 시인 겸 번역

40 『노오벨賞文學全集 제6권』, 235쪽.

41 Boris Pasternak, *Safe Conduct: an Autobiography and Other Writings*, New York: New Directions Pub. Corp., 1958, p.246.

42 Boris Pasternak, *Second Nature: Forty-six Poems*. Trans. Andrei Navrozov, London; Chester Springs: P. Owen: U.S. distributor, Dufour Editions, 2003, p.25.

43 Boris Pasternak, *Safe Conduct: an Autobiography and Other Writings*, p.278.

자 나브로조프(Andrei Navrozov)의 2003년 영역에서도 이런 비유적인 표현을 찾기 어렵다. 이처럼 김수영의 중역은 배빗 도이치의 번역을 기초로 한 것임에 틀림없다.

파스테르나크의 시 「봄」(1918)의 번역 양상에서도 김수영의 번역 태도가 드러난다. 이 시는 앞선 두 시와 달리 조지 리비, 배빗 도이치, 김광섭, 배기열의 번역 등 다수에 걸쳐 소개되었는데, 마지막 연의 번역을 동시대 다른 번역자의 작업과 함께 살펴보자.

(1)
거리의 밤은 텅 비어 있다. 이야기는 별에서부터 시작되다가
중단되었다. 층층이 겹쳐진 떠들썩한 눈들이
인력으로는 가늠할 수 없는 일을 기다리면서
어찌나 당황하고 있던지, 그 한없이 깊은 공허한 눈초리들이 어찌나 당황하고 있던지.

— 김수영 역(1964)[44]

(2)
저녁은 空虛해서 별에서 얘기가 始作되었으나
밑없는 空白을 바라보며 永遠히 알수없는것을
기다리는 소란한 눈동자들이
列지어 混亂해서 阻止되었다.

— 김광섭 역(1958)[45]

(3)
거기 저녁은 텅텅 비어있고,

44 『노오벨賞文學全集 제6권』, 234쪽.
45 보리스 파스테르나크, 『서정시집』, 30쪽.

혼잡스런 隊伍에게로 소란한 隊伍에게로
얘기는 별과 더불어 시작됐다가 끊어지고,
눈, 영원히 알지못할 그 무엇을 기다리는 눈,
그들의 근거없는 응시는 白紙化되다.

— 배기열 역(1959)[46]

(4)

Where the evening is vacant, like an interrupted story,
Ending in asterisks without any sequel
To the suspense of a thousand clamoring eyes,
Bereft of expression and deeply abysmal.

— Trans. George Reavey(1960)[47]

(5)

Where evening is empty: a tale begun by a star
And interrupted, to the confusion of rank
On rank of clamorous eyes, waiting for what they are
Never to know, their bottomless gaze blank.

— Trans. Babette Deutsch(1958)[48]

김수영의 중역[49]은 같은 영문 텍스트(배빗 도이치 번역)을 저본으로 삼았다

---

46 보리스 파스테르나크, 『투라에서 온 편지』, 배기열 역, 進明文化社, 1959, 169쪽. 배기열이 참고로 한 원본은 김수영과 같이 New Direction Co. N.Y. 1958 영역판이다.

47 "Spring," Boris Pasternak, *The Poetry of Boris Pasternak, 1914~1960*, Selected, Edited, and Translated by George Reavey, New York: Putnam, 1960, p.137.

48 "Spring," Boris Pasternak, *Safe Conduct: An Autobiography and Other Writings*. Fifth Printing. New York: New Directions, 1958, p.280.

49 김수영의 시 번역 다섯 편은 모두 New Direction Book에 나온 파스테르나크 선집에 수록되어 있기에 김수영은 *Safe Conduct: an Autobiography and Other Writings*의 시 번

고 밝힌 배기열의 중역과는 다른 시라고 느껴질 정도로 상당히 이질적이다. 그의 시가 지닌 특유의 산문적인, 고백의 문체가 번역에서도 여과되지 않은 채 드러난 것이다. 다른 다수의 번역본을 고려해본다면 파스테르나크의 원시 「봄」은 산문체로 이루어져 있기보다는 담담한 어조로 마무리됨을 알 수 있다. 김수영 번역을 제외한 다른 번역은 내용이 형식의 틀 안에서 마무리되는 반면, 김수영 번역은 내용이 형식을 뚫고 나오려는 느낌이 강하다. 오역에 대한 김수영의 사유를 검토할 필요가 있는데, 원문에 충실하지 않은 번역은 상당히 의도된 것으로 여겨지기 때문이다. 김수영은 충실한 번역을 문자 그대로의 축자적 번역으로 보지 않았다. 일례로 그는 「모기와 개미」에서 호손의 『주홍글씨』를 옮긴 최재서의 번역을 오역투성이라고 비판했다.[50] 그러나 최근 영미문학연구회 번역평가사업단은 최재서의 번역을 "지금까지 출간된 여타 번역본들 가운데 가장 정확하고 충실하여 신뢰할 만한 판본"으로 평가한다.[51] 나아가 사업단은 김수영 번역의 문제점을 다음과 같이 적시해놓았다.

> 김수영 역본은 번역의 질이 고르지 못하다는 점, 그리고 자기만의 독특한 문장구조를 가지고 있어 일반적으로 이해하기 힘든 대목들이 자주 등장한다는 점, 그리고 무엇보다 심각한 것은 원문의 뜻을 전달하려고 문장을 풀어쓰는 과정에서 군더더기가 붙고 중복과 실수가 자주 나와 신뢰도가 떨어진다는 점 등을 지적할 수 있겠다.[52]

역자 Babette Deutsch의 영문 번역을 중역한 것으로 보인다.

50 "우리말 번역은 을유문화사에서 나온 저명한 영문학자인 최모씨가 번역한 것인데 이것이 깜짝 놀랄 정도로 오역투성이다." 김수영, 「모기와 개미」(1966.3), 『김수영전집 2』, 89쪽.

51 영미문학연구회 번역평가사업단, 『영미명작, 좋은 번역을 찾아서』, 창비, 2005, 57쪽.

52 위의 책, 56쪽.

김수영 번역에 대한 이러한 지적은 파스테르나크 번역에도 동일하게 적용된다. 그는 상당히 자기만의 독특한 번역 방식을 취한다. 김수영은 영역된 텍스트에 충실하지 않고 자신의 독특한 산문적 문체로 텍스트를 변형시켜 자국화된 번역을 수행하였다.

그는 당대의 한국인 번역자들과 달리 번역에서 자신의 목소리를 최대한 집어넣는다. 파스테르나크의 『닥터 지바고』가 아닌 「후방(A District behind the Front)」이나 「공로(Aerial Ways)」와 같이 꿈길을 걷는 듯 느껴지는 서정적 소설을 번역했다는 점에서 번역자는 잠꼬대마저 받아들일 수 있는 자유로운 한국 사회를 희구하였던 것은 아닐까?[53] 김수영은 "파스테르나크의 초기 단편이나 딜런 토마스의 단편을 읽으면서 부러운 것은, 그들이 그런 잠꼬대를 써도 용납해주는 사회다. 그런 사회의 문화다"라며 검열과 이데올로기에서 자유로운 창작의 분위기를 상당히 부러워한다.[54]

스탈린 숙청기 이전 소비에트가 파스테르나크에게 창작의 자유를 허용해주었던 것처럼 1960년대의 한국 문단 역시 그러한 자유로움을 폭넓게 가질 것을 촉구한 것이다. 그러나 김수영은 시 「잠꼬대」(훗날 「김일성 만세」로 판별된 시)를 발표할 수 없었다. 그는 1960년 10월 6일 일기에서 "시 「잠꼬대」를 쓰다. 나는 아무렇지도 않게 썼는데, 현경한테 보이니 발표해도 되겠느냐고 한다. 이 작품은 단순히 '언론자유'에 대한 고발장인데, 세상의 오해 여부는 고사하고, 현대문학지에서 받아줄는지가 의문이다. 거기다가 거기다가 조지훈(趙芝薰)도 이맛살을 찌푸리지 않는가?"라며 시 「김일성 만세」를 출판할 수 없던 문단 현실을 아쉬워한다.[55] 조지훈과 같은 서정시인도

---

53 「공로」는 Boris Pasternak, *Safe Conduct: an Autobiography and Other Writings*, Fifth Printing. New York: New Directions Pub. Corp., 1958, pp.148~166에 수록.

54 김수영, 「시인의 정신은 미지」(1964.9), 『김수영전집 2』, 254쪽.

55 김수영, 「일기초(抄)」 2(1960.6~1961.5), 『김수영전집 2』, 503쪽.

출판을 반대하였다는 것이다. 김수영이 꿈꾸었던 사회는 언론과 출판이 완전히 자유로운 사회로, 자유 없이 진정한 문화 전통에 대한 탐색은 왜곡될 수 있다고 믿었던 것이다. 즉 김수영은 당대의 민족주의 이데올로기가 만들어낸, 속물적 전통 형성에 저항하고 있었다. 러시아 시인 파스테르나크가 스탈린의 숙청을 피해 코카서스의 자연을 노래하는 시를 쓰고 창작 대신 번역에 몰두하였듯이 김수영 역시 이데올로기 대립을 피해 자신의 문학관을 추구할 수 있는 자유로움을 소망하였던 것이다. 그는 인위적으로 형성된 전통을 거부하고 전통을 창조하려 하는 어떠한 강박관념으로부터 자유로운 시 창작을 추구하였다. 그의 노작 「거대한 뿌리」는 이런 맥락에서 새로운 해석의 가능성을 제공하고 있다.

3. 문화적 뿌리를 찾아서

허윤희는 김수영의 시 「거대한 뿌리」를 설명하면서 이 시를 다음과 같이 해석한다. "주인과 노예의 관계에서 자신의 노예 됨을 긍정하는 것은 일종의 반동이지만 이러한 노예 됨의 인정을 통하여 노예는 자신의 주인 됨을 이룰 수 있다는 역설을 김수영은 과감히 수용한다. 이러한 존재의 역설을 언어적으로 표현하고자 하는 것이 바로 「거대한 뿌리」가 지향한 시세계인 것이다"[56]라며, 이 시를 포스트콜로니얼의 관점으로 해석한다. 시인은 일본어를 쓰는 노예와 한국어를 쓰는 주인으로 구분되는 이분법의 구도를 탈피하여 '국민국가=언어'의 틀을 뛰어넘는 자기주체성을 추구하려 하였던 것

---

56 허윤희, 「김수영 지우기 - 탈식민주의 논의와 관련하여」, 『상허학보』, 상허학회, 2005, 116쪽.

이다. 이경수 역시 '거대한 뿌리'를 포스트콜로니얼의 맥락에서 해석한다. "우리는 일본이 될 수도 미국이 될 수도 서구가 될 수도 없음을, 못난 모습 일망정 "거대한 뿌리"를 인정하고 끌어안는 자세가 필요함을 비로소 깨달았을지도 모르겠다. 사실 그것은 식민지 지식인의 후예로서 그가 물려받은 이중성이라고 할 수 있다"라며, 그는 현실 수리론의 해석 방식을 취했다.[57] 노예가 주인이 되는 역설이나 현실 수리론의 자각은 모두 포스트콜로니얼 한국을 인식하는 시적 화자의 양가적 면모를 지적한다. 허윤회의 해석이 자생적인 뿌리에서 나온, 저항정신의 입장에서 제출된 탈식민의 입장이라면, 이경수의 지적은 1960년대 냉전 현실을 받아들이는 포스트콜로니얼의 입장이다. 정도의 차이는 있지만, 두 입장은 모두 김수영 시 텍스트가 지닌 양가성을 전제로 김수영이 수행하는 뿌리 찾기가 지닌 다면적이고 복합적인 지점을 확인한다.

「거대한 뿌리」의 시적 화자는 기준이 되는 뿌리의 존재를 갈망하지만, 그는 뿌리가 과연 있는지조차 확신할 수 없다. 화자가 내뱉는 망설임의 어조는 여러 곳에서 반복적으로 확인된다.

> 나는 아직도 앉는 법을 모른다
> 어쩌다 셋이서 술을 마신다 둘은 한 발을 무릎 위에 얹고
> 도사리지 않는다 나는 어느새 남쪽식으로
> 도사리고 앉았다 그럴 때는 이 둘은 반드시
> 이북 친구들이기 때문에 나는 나의 앉음새를 고친다
> 8 · 15 후에 김병욱이란 시인은 두 발을 뒤로 꼬고
> 언제나 일본 여자처럼 앉아서 변론을 일삼았지만
> 그는 일본 대학에 다니면서 4년 동안을 제철회사에서

57 이경수, 「국가를 통해 본 김수영과 신동엽의 시」, 『한국근대문학연구』 6(1), 한국근대문학회, 2005.4, 125쪽.

노동을 한 강자(强者)다[58]

시의 화자는 앉는 다양한 앉는 방식 가운데 어떻게 할지 모르겠다며 고민한다.[59] 남쪽의 방식으로 도사리고 앉아야 할지, 북쪽의 방식으로 도사림을 풀어야 할지, 아니면 일본 여성의 자세처럼 쪼그리고 앉아야 할지 잘 모르겠다며 화자는 푸념한다. 그는 오히려 두 발을 뒤로 꼬고 앉는 수동적 자세에서 적극적이며 공격적인 태도가 나올 수도 있다고 보면서 자세(형식)과 마음가짐(내용)이 분리됨을 이야기한다. 내용과 형식이 불일치하는 시의 언어가 지닌 긴장과 역설을 암시하는 대목이다.[60] 여기에서 긴장과 역설을 심화시키는 시적 대상으로 영국의 여성 여행가 이사벨라 버드 비숍(Isabella Bird Bishop)이 소재로 활용되었다.

나는 이자벨 버스 비숍 여사와 연애하고 있다 그녀는
1893년에 조선을 처음 방문한 영국 왕립지학협회 회원이다
그녀는 인경전의 종소리가 울리면 장안의
남자들이 모조리 사라지고 갑자기 부녀자의 세계로
화하는 극적인 서울을 보았다 이 아름다운 시간에는
남자로서 거리를 무단통행할 수 있는 것은 교군꾼,
내시, 외국인 종놈, 관리들뿐이었다 그리고
심야에는 여자는 사라지고 남자가 다시 오입을 하러

58 김수영, 『김수영전집 1 : 시』(2판), 민음사, 2011, 285쪽.

59 앉는 방식을 언어로 푸는 논리에 관하여 장인수, 「전후 모더니스트들의 언어적 정체성 －박인환, 조향, 김수영의 경우」, 『국제어문학회 학술대회 자료집』, Vol.2011 No.1., 40~58쪽.

60 시적 화자가 예시로 삼은 김병욱은 김수영과 절친한 시인으로 김수영은 김병욱을 「연극을 하다가 시로 전향－나의 처녀작」, 「저 하늘 열릴 때－김병욱 형에게」 등에서 여러 번 언급하였다. 김병욱의 시세계에 관해서는 맹문재, 「김병욱의 시에 나타난 세계 인식 고찰」, 『한국문학이론과 비평』 제60집 2013.9, 387~412쪽 참조.

활보하고 나선다고 이런 기이한 관습을 가진 나라를
세계 다른 곳에서는 본 일이 없다고
천하를 호령한 민비는 한번도 장안 외출을 하지 못했다고……[61]

화자는 19세기 말, 20세기 초 조선의 현실을 인식하는 데 외국인 여행자 비숍의 시선을 빌린다. 당시의 현실을 그린 국내의 수많은 기록들이 있음에도 불구하고 외국인 여성의 눈을 빌려 문화적 뿌리를 탐색하고자 하는 것이다. 시적 화자의 눈에 그려진 19세기 말의 조선은 상당히 이상화된 이국적인 공간이다. "그녀는"(10행)이 아니라, "1893년"(11행)이 행의 서두에 제시된 점에서 과거 시간에 관한 감각이 전면화됨을 알 수 있다. 또한 이 시에 나타난 조선은 남녀가 구획된 공간이기도 하다. 조선은 남녀가 엄격히 구분되어 있으면서, 한번도 서울 외출을 해보지 않은 명성황후가 실세로 나라를 통치하는, 모순과 역설의 나라인 것이다. 비숍은 이러한 관습을 상당히 기이하게 생각하는데, 시적 화자는 비숍이 관찰하는 기이함이란 시각의 연장선상에서 1960년대 한국의 현실을 응시한다.

전통은 아무리 더러운 전통이라도 좋다 나는 광화문
네거리에서 시구문의 진창을 연상하고 인환(寅煥)네
처갓집 옆의 지금은 매립한 개울에서 아낙네들이
양잿물 솥에 불을 지피며 빨래하던 시절을 생각하고
이 우울한 시대를 파라다이스처럼 생각한다
버드 비숍 여사를 안 뒤부터는 썩어빠진 대한민국이
괴롭지 않다 오히려 황송하다 역사는 아무리
더러운 역사라도 좋다
진창은 아무리 더러운 진창이라도 좋다

61 김수영, 『김수영전집 1 : 시』, 285~286쪽.

> 나에게 놋주발보다도 더 쨍쨍 울리는 추억이
> 있는 한 인간은 영원하고 사랑도 그렇다[62]

시적 화자에게 1893년의 조선뿐만 아니라 불과 10여 년 전 서울은 전설 속 상상의 공간으로, 지금의 서울과 연계될 수 없는 파라다이스이다. 이 과거의 공간에 기반을 두고 있는 거대한 뿌리는 "괴기영화의 맘모스"를 뛰어넘는 광활한 망령이자 반동이다. 마치 일본어인 것이다. 대신, 화자가 욕설을 퍼붓는 가치들인－"진보주의자, 사회주의자, 치안국, 동양척식회사, 일본영사관, 대한민국관리" 등은 광활한 망령들로 반동보다 악영향을 미친다. 현존하는 무수한 반동들은 적어도 인지할 수 있는 일상의 세계로 간주된다. 그러나 이데올로기와 시스템이 불러온 허위의식으로 가득한 진보는 그 위험성이 상당히 높다.

시적 화자는 진보주의나 사회주의와 같은 거창한 담론을 거부한다. 그가 무수한 반동이 좋다라는 것은 거대담론에서 의미망을 창출하기보다는, 일상적 사물에 눈을 돌리겠다는 의지로 읽힌다. 박지영은 「거대한 뿌리」를 "당대 통치 주체들이 주장하는 낙관적 미래나, 민족주의자들이 주장하는 혁명에 대한 당위론적인 낙관적인 전망과는 다소 다른 균열의 지점이다"로 보는데,[63] 이 균열의 지점에서 일상성으로의 추구가 나온다. 화자가 반동(reaction)이 차라리 좋다는 외침은 허위의식에 가득한 무분별한 진보(progress)에 대한 거부로서, 당시 냉전 대립이 견인해온 제3공화국의 진보를 화자는 부정하고 있는 것이다.

진보에 대한 거부는 김수영이 파스테르나크에 주목한 이유이기도 하다. '우랄'과 '코카서스'의 대자연은 스탈린이 벌이는 소비에트 이데올로기가

62 위의 책, 286쪽.

63 박지영, 『'불온'을 넘어, '반시론'의 반어』, 소명출판, 2020, 563쪽.

지닌 진보의 허위의식을 상기하는 공간으로 작동하기 때문이다. 김수영과 파스테르나크는 진보 이데올로기가 꿈꾸는 유토피아를 부정한다. 이들은 일상적인 것과 위배되는, 진보로 미화되는 이데올로기의 대두와 전면화에 상당한 경계심을 드러낸다. 파스테르나크가 『닥터 지바고』에서 과잉된 이데올로기가 일상적인 삶을 침범하는 상황을 한결같이 부정적으로 형상화하고 있는 점은 그의 성향을 보여준다. 김수영이 『닥터 지바고』보다 뛰어난 단편이라고 평가한 「하늘의 길」에서는 다음과 같이 직접적인 이데올로기 비판이 나타난다. 이 작품은 15년간 진행된 소련의 혁명에 대해 상당히 냉소적인 면모를 보여준다.

> 하늘에는 길들이 생겼다. 그리고 그 길에는 날마다, 기차처럼 직선으로 돌진하는 리프크네히트(독일의 사회주의 사상가/역주)나, 레닌이나, 그에 맞먹을 만큼 위대한 몇몇 다른 지성인들의 사상이 나타났다. 그것들은, 비록 명칭이 무엇이든지 간에, 어떤 경계도 돌파하고 건널만큼 유능하고 힘찬 길을 새로운 차원에서 터놓았다…이것은 코민테른(국제 공산당, 1919년 모스크바에서 창립된 세계 각국 공산당의 통일된 국제조직/역주)의 하늘이었다.[64]

이 작품에서 하늘의 길은 공허한 길을 의미한다. 15년간 변화된 러시아 사회를 묘사한 이 소설의 마지막에서 사랑하던 남녀는 헤어지고, 장교는 숙청당한 자신의 아들의 최후를 막지 못한다. 파스테르나크는 한 가족의 파탄을 보여줌으로써 소련의 혁명의 전개 과정을 비판적으로 바라본다. 김수영이 이 작품을 파스테르나크 선집에 수록하고 문제작이라고 지적한 이유 역시 이러한 진보 이데올로기가 지닌 허위의식에 대한 고발이었을 것이

---

64 보리스 파스테르나크, 『어느 시인의 죽음』, 안정효 역, 까치, 2014, 245쪽.

다. 파스테르나크와 같이 김수영 역시 박정희 정권이 내세운 진보 이데올로기가 지닌 허위성을 인지하고 있었으며, 진보 이데올로기 앞에 희생될 수밖에 없는 자유의 가치를 소중히 여겼기 때문이다. 더불어 스탈린 체제 이전에 파스테르나크가 자유롭게 자신의 나라에서 진행된 혁명의 가치를 냉소할 수 있었던 그 자유를 김수영 역시 원했던 것으로 여겨진다.

물론 김수영과 파스테르나크의 차이는 명확하다. 김수영은 일본 제국주의와 냉전 시기 미국 문화라는 두 개의 문화적 식민을 경험하였다. 그는 일본어를 현재 한국에서 거부당한 망령의 언어라고 느끼고는 있지만, 모국어는 아님이 확실하며, 영어 실력이 뛰어났다고 하여도 미국 군인들의 말을 매개해주는 통역사의 입장에서 1950년대 전반을 보냈던 것이다. 즉 일본어와 영어는 한국어에 비해 위계를 지닌 언어로, 김수영이 이 언어를 공부하여 한국 현대사의 비극에서 살아남기 위해서 나름의 시간과 노력이 필요했었을 것이다.

나아가 김수영이 다른 번역가의 번역을 공박하는 일이 잦았던 것은 그만큼 그의 번역에 대한 애착이 발현되었다고 보아야 한다. 그의 번역 작업은 자신의 문학예술을 위한 자양분이었기 때문이다. 자신의 시작을 위해 그는 번역 작업을 수행했으며, 따라서 그의 문학 세계관에 위배되는 가독성의 언어로 번역을 하지 않았던 것이다. 독자의 입장에서 김수영의 번역은 김수영의 자의식이 강하게 투영된 언어로, 또다른 창작에 가까웠을 것이다. 그는 한국어, 일본어, 영어를 결합한 순수 언어가 그의 시세계에서 자유의 목소리로 발현되기를 소망했다.

파스테르나크 역시 번역이 그의 문학의 자양분이 된 것은 맞다. 그러나 그의 모국어가 러시아어이며 자신의 모국에 점령된 캅카스 지방의 언어를 번역했다는 점을 주의 깊게 보아야 한다. 파스테르나크는 스탈린 체제하에서 억압에 시달리고는 있었지만, 번역의 대상을 고르는 일에서는 김수영에 비해 상대적으로 자유로웠다. 그가 영어, 불어, 독일어를 번역함과 동시에 조지아어에 관심을 갖게 된 것은 러시아 문학의 뿌리에 대한 숙고 때문이었던 것으로 보인다. 캅카스 지역은 푸시킨, 레르몬토프, 톨스토이 등 파스테르나크가 존경한 러시아의 선배문인들이 문학적으로 영감을 받았으며 형상화한 지역이었다. 파스테르나크가 조지아에 주목한 이유도 이들 선배들의 뒤를 따른 연장선상에 서 있다고 보아야 한다. 일찍이 많은 선배문인들과 함께 어울리고 작업한 파스테르나크였기에 조지아를 다룬 수많은 문학작품을 탐독하고 그에 입각하여 조지아의 자연을 그리고 그 지방의 뛰어난 시를 번역한 것이다. 김수영이 전통이 지닌 일상성을 찾는 데 심혈을 기울였다면 파스테르나크는 선배문인들이 쌓아올린 러시아의 전통을 서정화하는 데 온 힘을 쏟았다. 두 시인은 전통에 대해 관심을 보였다는 공통점이 있지만 시대적 정치적 맥락에 따라 전통에 대한 다른 사유를 보여준다.

따라서 김수영에게 포스트콜로니얼리즘은 식민지의 경험을 통해 일본제국에 대한 기억을 삭제하거나 식민지 이전 전근대 조선을 미화하는 도구가 아니다. 그에게 포스트콜로니얼리즘은 제국과 식민지 간의 이분법적인 관계를 벗어나 복합적 관계를 인정하고 받아들이는 일상적인 가치이다. 김수영의 이러한 태도는 그를 세계문학 담론에서 호출하는 근거가 되기도 한다. 그는 이데올로기의 위선에서 벗어나 자기 주변 사물에 대한 완전히 새로운 시각을 가지길 지향하고 있는 것이다.

김수영의 포스트콜로니얼리즘은 저항과 반항의 뉘앙스를 지니기보다는 개인적, 미시적 자아를 통한 관계로의 회복으로 귀결하는 의미를 지니며, 이는 파스테르나크처럼 서정의 회복과 상통하는 측면이 있다. 파스테르나크는 대자연 앞에 인간이 만든 이데올로기의 투쟁은 무의미하며 결국 서정의 힘이 우리 삶을 좌우한다고 노래했다. 김수영에게 거대한 뿌리는 나 자신의 일상으로 환원되는 것이다. 이데올로기의 허위성을 직시하고 관계적 자아를 추구하고자 하는 지점에서 두 시인의 예술 세계는 교차하고 있다.

4. 나가며

파스테르나크는 스탈린 이데올로기의 허위의식으로 가득한 세계에서 간과된 자연으로 눈을 돌려 이데올로기에 앞서는 자연의 위대함을 시로 노래하였다. 그는 이데올로기가 만들어 낸 길은 하늘의 길, 즉 빈 길에 지나지 않는다는 점을 지적하였다. 김수영이 이 작품을 텅 빈 길, 즉 공로(空路)로 번역한 이유는 이런 뉘앙스를 살린 번역이 아니었을까 한다. 김수영 역시 전통 만들기라는 선택과 배제의 이분법에서 눈을 돌려 거대한 뿌리 찾기는 주변의 보잘것없는 것부터 바라보기라는 역설을 보여주었다. 그는 파스테르나크의 작품 가운데 이러한 전통 찾기의 고뇌가 드러나는 작품을 선택하여 국내에 번역 · 소개하였는데, 이는 번역자로서 자의식을 상당 부분 노출한 것이다. 그에게 번역은 작품 선정부터 자신의 주체적 의사가 표출되는 작업이었던 것이다.

냉전의 시대에 작품을 발표하고 싶은 창작자는 이를 검열하는 문단과 갈등을 빚었다. 파스테르나크는 『닥터 지바고』가 소련 내에서 거부되자 우회하여 이탈리아에서 발표하였으며, 김수영은 끝내 발표하지 못한 「김일성 만세」의 원고를 두고두고 곱씹었다. 두 시인 모두 절대적 자유를 얻지 못하자 우회하여 자신의 목소리를 번역을 통해 드러낼 수밖에 없었다. 억압의 시대에 번역은 파스테르나크와 김수영의 문학을 구원해 준 자유의 길이었던 것이다. 냉전 시기 검열의 문제는 이들 최량의 시인이 직면한 고뇌였으며, 그 결과 그들의 번역태도에서 시를 향한 시인 나름의 고뇌와 자의식이 발현되었던 것이다.

신동엽의 시와 음악

1. 들어가며

김기림(1908~?)은 타고르의 시에서 나타난 센티멘털 로맨티시즘 정서를 비판할 때, 서양의 피아노 대 동양의 피리라는 비유를 사용한다. "서양인의 피아노는 키가 수십 개나 되는데 동양인의 피리는 구멍이 다섯 개밖에 안 된다. 타고어가 그만한 성공을 한 것은 우연하게도 그가 위대한 우울의 시대를 타고난 까닭인가 한다"라는 그의 주장에서, 피아노가 피리보다 표현력이 우월한 악기라는 점이 전제된다.[1] 이와 같은 그의 주장에 다음과 같이 이의를 제기할 수 있다. 건반악기와 목관악기 사이의 우열을 논하는 작업이 과연 가능하냐는 것이다. 대표적인 건반악기인 피아노는 88개의 건반이 7옥타브에 걸쳐 있기에 그 어떤 악기보다도 다양한 음정을 표현할 수 있다.[2] 나아가 목관악기인 피리는 국악이나 인도에서 주요 악기였음은 사실

---

1 김기림, 「동양인」, 『조선일보』, 1935.4.25.(『김기림전집』 2, 심설당, 1988, 161쪽에서 재인용)

2 민은기 · 신혜승, 『Classics A To Z 서양음악의 이해』(3판), 음악세계, 2014, 388쪽.

이지만 동시에 서양에서도 주요 악기(플루트)로 사용되었다. 악기가 배태된 문화, 종류, 소리 등 너무나 이질적인 피아노와 피리의 예시가 과연 타당한 근거를 지닌 비교인지 의문이 든다. 시집 『기탄잘리(*Gitanjali*)』(1910)가 지닌 단조로운 정서를 비판하기 위해, 88개의 키를 지닌 피아노가 동원된 느낌이다.

그럼에도 이러한 예시가 문학 연구 방법론에 기여할 수 있는 요소는 저자가 시(문학)과 음악을 연계시키는 예술 간의 비교를 꾀하고 있다는 점이다. 시와 음악 간의 관련성을 논하는 일은 혹자에 따르면 다소 위험한 비교일 수도 있겠지만,[3] 예술 간의 교류가 더 포괄적으로 논의되는 이 시대에 새로운 사유의 흐름을 이끌 수 있다는 의미를 지닌다. 르네 웰렉과 오스틴 워렌이 위험성을 지적했던 시대는 1940년대, 문학이 독자적인 위치를 선점하고 있었던 시대인 데 반해, 현재는 음악, 문학, 미술 등 예술 간의 상호 교류의 가능성이 지속적으로 논의되는 시대인 것이다. 더구나 위험성을 지적하고 있다는 데에서 시와 음악과의 긴밀한 관련성에 대해 저자들은 상당히 인지하고 있었다. T.S. 엘리엇도 「시의 음악」에서 시의 음악적 정교함과 시대적 지향이라는 두 가지 임무 간의 길항을 지적한다.[4] 에드워드 사이드도 『문화와 제국주의』에서 "대위법적(contrapuntally)으로 연구하기 위한"이라는 음악적 표현을 쓴다. 이 대위법적 연구에 대해 메리 루이스 프랫(Mary Louise Pratt)은 다음과 같이 적절히 지적했다. "즉, 문학과 문화의 형성 과정을 서로 연결지어 연구하고, '제국주의적 편가르기를 횡단하여' 읽기 작업을 수행하고, 헤게모니적 표현 방식과 반-헤게모니적 표현 방식의 상호작용이나, 다양한 매체들 사이의 상호 영향을 연구하는 그런 학제적 확장을

3 르네 웰렉 · 오스틴 워렌, 『문학의 이론』, 이경수 역, 문예출판사, 1989, 182~183쪽.

4 T. S.엘리엇, 「시의 음악」, 『T.S. 엘리엇 문학비평』, 이창배 역, 동국대학교 출판부, 1999, 209쪽.

의미하는 것이다."[5] 문학 연구 방법의 확장에 대위법이라는 음악학의 용어를 사용하고 있다는 점에서 문학 연구와 음악적 방법론의 연관성은 상당히 긴밀하게 조성되어 왔다. 이런 점을 고려해볼 때 김기림의 비유는 한국 문단에서도 예술 간의 관계를 새롭게 조명해볼 수 있는 선구적인 세계문학적 시각을 제시해주었던 것이 아닌가 싶다.

1910년대 타고르 시의 배경음악이 피리였다고 하여, 동양의 문학자들의 배경이 되는 음악이 반드시 동양의 전통음악이라고는 할 수 없을 것이다. 근대 이후 형성된 문학의 복합적인 개념처럼, 한국의 현대시인들은 서양음악에 상당히 높은 이해와 탁견을 보여주었다. 대표적으로 신동엽은 서양음악, 특히 교향곡을 그의 시의 한 요소로 결합시키려는 태도를 보여주었다. 그는 시인으로서 시극과 오페레타를 남김으로써 시의 음악적 측면에 상당한 관심을 표명하였다.

이 글에서는 신동엽의 초기 시로부터 대표작 『금강』(1967)에 이르기까지 그가 서양 클래식 음악의 요소를 시와 어떻게 접목시키고 있는지를 살펴보려 한다. 그는 민족주의적 색깔을 지닌 시인이기는 하지만 전통에 안주한 시인이라 보기는 어려우며, 김수영의 지적처럼 모더니즘 문학의 해독을 받지 않았는지는 모르겠지만,[6] 서양 고전주의 음악의 세계에 상당한 관심을 지닌 듯싶다. 신동엽의 시세계는 때때로 베토벤, 차이콥스키, 슈베르트의 음악을 배경으로 하고 있기에, 그를 서구 문화를 거부하거나 무관심한 시인으로 바라보는 관점은 교정될 필요가 있다.

---

5 찰스 번하이머 외, 『다문화주의 시대의 비교문학 : 미국비교문학회(ACLA) 「번하이머 보고서」』, 이형진 외 역, 푸른사상사, 2022, 115쪽.

6 김수영, 「참여시의 정리」(1967), 『김수영전집 2 : 산문』(2판), 민음사, 2010, 396쪽.

2. 시와 음악 간의 연관성 : 「실연곡」을 중심으로

신동엽은 시와 음악 간의 관계에 천착한 시인으로 일찍이 시 「실연곡」(1951.10)에서 다음과 같은 주석을 남긴 바 있다. "나는 교향곡을 들을 적마다 교향악적 시를 써보고 싶은 충동을 받았다. 그래서 시험을 해보는 것이다"[7]라며 교향악적 시의 가능성을 타진했다. 이런 저자의 주석을 고려한다면, 신동엽은 서양음악 중에서도 광범위하고 거대한 교향곡인 심포니에 상당 부분 매혹되었던 것으로 보인다. 「실연곡」을 교향학적 시로서, 그 가능성을 타진할 수 있는 이유로는 이 시가 4개의 악장으로 구성되는 면을 보이기 때문이다.

> 홍몽(鴻濛)한 황무지에서
> 나는 자연스런 풀처럼 자라났다.
>
> 눈이 오고 꽃이 피고 낙엽이 져도
> 아름다워져만 가는 유현(幽玄)한 대지
>
> 목동의 피리 소리가 달빛에 합류하고
> 천야만야 높은 산맥의 웅자(雄姿)만이
> 부푸는 내 희망을 매혹했다……
>
> —「실연곡」 부분

이 시는 위와 같이 시작한다. 화자는 혼돈 상태의 자연 속에서 "이치나 아취(雅趣)가 알기 어려울 정도로 깊고 그윽하며 미묘"한 상태에 빠져 있다. 여기까지가 교향곡 형식의 1악장에 해당하는 부분인 것으로 보인다.

---

7 신동엽, 『신동엽 시전집』, 강형철 · 김윤태 편, 창비, 2020, 517쪽.

그러다 화자는 한 여성과 사랑에 빠지게 된다.

그러나 어느날, 골짜기에서 눈이 몰려가던 계절
조야한 나의 처녀지 위에는 미의 정령인 양
숭고한 처녀의 모습이 나타나
꿈결처럼 나타나
나의 풋 정열은 미치고 말았다
나의 정(貞)한 심장은 환장하고 말았다

무구한 그 처녀는 나의 품에 안겨 사랑을 고백한 것이다
도도히 흐르는 강물도
별도
달도
두 청솔을 찬미하여
축복의 향연을 베풀었다.

—「실연곡」 부분

"그러나"로부터 새로운 전환을 알리는 2악장이 시작된다. 2악장은 한 숭고한 여성과의 사랑을 그리고 있다. 둘은 에로틱한 사랑을 나누지만 그 사랑은 꿈결과 같은 것으로 끝이 예정되어 있다. 축복된 사랑이 끝나고 예상된 이별이 3악장에서 펼쳐진다.

그러나 어느날
처녀지와 산맥과 나의 희망 속에서
유성이 사라지듯 나의 여신은 사라지고 말았다
무지개처럼 나를 배반하고……

홍몽한 허허벌판에 버림을 받아

황혼을 띠고 나는 고적히 서 있었다 나는 울음마저 잃었었다

—「실연곡」 부분

이후 이 작품을 결론짓는 마지막 4악장이 시작된다. 화자는 과거의 사랑을 잊고 새로운 결의를 다진다.

그러나 그것도 옛날이어라!
나는 산맥 중허리에 오늘 서 있다
천야만야 높은 말랭이 위에보담 큰 굳센 매력이 있다!
많은 사람들의 피 흘리며 더듬어간 비탈길에서
절정(絕頂)을 우러러보는 아껴운 마음은
여린 감상(感傷)을 잊고도 남나니……

세기말의 폭풍이 오늘같이 드센 밤
방탕의 도심지에서
아마 그 처녀의 회한의 흐느낌이 들여오리라
멀리…… 지진의 소리와도 같이…… 멀리
지진의 소리와도 같이.

—「실연곡」 부분

화자는 더 이상 실연의 슬픔에 사로잡혀 있지 않다. 오히려 그를 떠난 여성은 실연을 극복하지 못하는 모습이지만, 화자는 자신의 여린 과거의 감상과 헤어지는 굳건한 모습을 보인다. 1951년 10월이라는 저작 시기를 알리는 이 시는 이와 같은 4단 구성으로 이루어져 있어 교향악이 지닌 4단 구성에 흡사한 모습을 보인다.

1953년 4월 18일 일기에 나타난 도표에서 그는 예술을 이루는 것으로 소프라노, 테너, 알토, 베이스로 대표되는 4성부를 표기한다. 테너에 슈베르

트가 러시아의 시인 푸시킨과 함께, 그리고 베이스에 보들레르, 도스토옙스키와 함께 베토벤이 함께 거론되는 측면이 상당히 흥미롭다.

예술의 성격(개성, 언동, 작품, 사상)

소프라노 : 하이네, 셰익스피어
테너 : 뿌시킨, (슈베르트)
알토 : 풍경화가
베이스 : 보들레르, 도스토옙스키, 베토벤[8]

4성부 가운데 베이스 부분은 주된 멜로디의 배경이 되는 부분으로 보들레르, 도스토옙스키, 베토벤이 공유하는 배경은 우울하고 어두운 전조 정도가 아닐까 싶다. 그가 『금강』에서 언급한 베토벤의 교향곡 5번 〈운명〉을 떠올려보아도 부조화, 불협화음을 이루는 음악적 배경을 형성화하고 있음을 알 수 있다. 그는 4성부의 배치에서 소프라노 · 테너 · 알토 · 베이스가 궁극적으로는 조화를 이루어 하나로 합치되는 문학, 즉 교향악적 문학을 꿈꾸었던 것 같다. 흥미로운 부분은 음역대가 비교적 낮은 알토 파트로 풍경화가가 제시되었다는 점이다. 이들의 합치가 경전화된 것이 시라는 예술 장르인데, 경전(經典)이라는 용어에서 숭고와 승화를 테마로 하는 종교의 영향력이 엿보인다. 위의 표를 보았을 때, 신동엽은 낭만주의의 종합적 성격이 강한 시인으로 신화적인 요소를 짙게 풍긴다. 특히 그의 신화성은 음

8 신동엽, 「1953년 4월 18일」, 『신동엽 산문전집』, 296~297쪽.

악의 활용으로 장엄한 느낌이 가미된다. 풍경화가에 대한 언급은 일회적으로 그치는 데 반해, 음악적 요소는 『금강』에서 지속적으로 제시되기 때문이다. 우리는 시와 음악의 조화를 꿈꾼 한 종합예술가의 의지를 신동엽의 시세계에서 발견할 수 있는 것이다.

이렇기에 신동엽이 앙드레 지드의 소설 『전원교향곡』을 읽고 남긴 인상 깊은 감상은 문학과 음악의 결합과 관련된 면을 보여준다.[9] 나아가 앙드레 지드의 『좁은 문』을 논하는 같은 날의 일기(1953.4.18)에서 여성 주인공 알리사에 관하여 "그대의 이지는 소프라노를 오히려 훌러덩 벗어났노라"라고 찬탄하는 모습을 보인다. 소프라노의 고음역대를 벗어난 만큼 천상에 가까운 지적인 면을 알리사가 보여준다는 것이다. 『좁은 문』에서 알리사는 남성 주인공 제롬이 사랑하는 여성 주인공인데, 제롬과의 속세적 사랑을 택하기보다는 종교적인 가치로 삶을 등지는 영적인 존재이다. 알리사의 희생은 사랑을 선택하여 가족을 등진 자신의 어머니 뤼실 뷔콜랭에 대한 속죄의식에서 비롯된 것으로 여겨진다. 신동엽은 알리사가 보여준 숭고의 정신에 상당히 자극되었던 듯싶다. 그는 1954년 2월의 일기에서도 자신의 삶 속에서 알리사의 부재를 아쉬워한다. "너는 가고 없더라/비인 황무지엔 나만 홀로/갈대처럼 나부끼더라/아리사……"에서 토로하는 것과 같이, 알리사 없이 홀로 남은 자신의 처지를 비관하는 제롬을 자기 자신과 동일시하는 모습을 보인다. 이 대목에서 알리사는 숭고한 가치, 초월과 승화의 영역을 상징하는 인물일 것이다. 성서의 한 구절에서 착안한 지드의 『좁은 문』은 신에게의 귀의와 인간 사이의 사랑 간의 갈등을 주제로 하고 있는 것으로 평가되지만, 신동엽에게 알리사는 부여의 아사녀와 같이, 온갖 사회적

9 "앙드레 지드이 「전원교향악」을 읽었을 때는 책길피가 나 젖노록 흘러나오는 눈물을 막을 길이 없었습니다." 신동엽, 「15 내 마음 끝까지」, 『신동엽 산문전집』, 418쪽.

구속, 위선을 벗은 순수한 "알몸의 여인"으로 자리 잡는다. 죽음 이상의 숭고한 가치를 지닌 캐릭터로 『좁은 문』의 알리사를 투영하여 그의 시가 지향하는 초월과 숭고의 정신을 재차 일깨우는 모습을 보여준다.

3. 교향악으로서의 『금강』

일찍이 『금강』은 다음과 같은 대조적인 평가를 받았다. 김우창은 『금강』의 14장에서 갑자기 등장한 신하늬 캐릭터의 어색함을 지적하면서도 "우리의 현실에 대하여 질문하여 마지않는 뜨거운 관심으로 역사를 용해시키고 우리로 하여금 과거와 현재를 하나의 연속적인 역사적 현실로서 이해하게 한다"고 높은 평가를 보냈다.[10] "역사나 감정의 단순화에도 불구하고 우리에게 전해져 오는 이 시의 진실은 우리의 마음을 감통케 할 충분한 힘을 가지고 있다"면서, 그는 형식보다 내용의 진실성에 높은 점수를 준다.[11] 이에 반해 유종호는 신하늬 캐릭터의 어색함에 불편한 기색을 숨기지 않는다. "반면 신동엽의 혁명적 낭만주의와 혁명에 대한 신앙 고백은 신하늬를 혁명의 순교자로 처리하고 혁명 과업을 신하늬 2세와 그 뒤의 등짐 소년에게 위임한다"면서, "열렬한 신앙고백은 신앙의 공유자에게는 위안이요 감동적일 수 있지만 국외자에게는 지루하고 피곤할 수도 있는 것이다"라며 그는 보다 회의적이고 유보적인 자세를 취하고 있다.[12] 유종호는 이데올로기적 외침에는 상당히 박한 평가를 주고 있으며, 동학농민운동을 혁명으로 해석하는 시인의 자세에도 의구심을 표명한다.

---

10 김우창, 「신동엽의 금강에 대하여」, 『민족시인 신동엽』, 소명출판, 1999, 237쪽.

11 위의 책.

12 유종호, 「뒤돌아보는 예언자」, 『서정적 진실을 찾아서』, 민음사, 2002, 127쪽.

두 평론가 모두 흥미롭게도 전봉준의 의형제로 상정된, 허구적인 신하늬 캐릭터가 어색한 존재임에는 동의한다. 다만 김우창이 시의 내용적인 측면에서 진실성에 주목하며 공감하는 입장이라면, 유종호는 역사를 변용하는 민중주의의 적용은 다소 불편하다는 입장을 내보인다. 또한 유종호는 동학농민운동이 서양의 근대 혁명을 모형으로 하여 과도히 근대화되어 있음이 얼마쯤 반어적이기도 하다고 지적했다.[13] 이러한 지적을 되새겨보아야 할 이유는 신동엽 문학의 외피에 서구문화가 상당 부분 이입되어 있다는 점이다. 그가 전후에 후반기 모더니스트 시인들을 비판적으로 인식했다는 사실이 서구문학과 문화 전반을 부정했다는 의미는 될 수 없다. 그는 반미적인 태도를 종종 노출하기는 했었지만 이는 반전(反戰)의 정치학에서 배태된 것에 가깝다. 서구문화, 특히 고전음악은 그의 예술세계의 하나로 자리매김하고 있었다.

김기림이 일찍이 "「심포니」의 형식이 장편소설과 長詩의 전체적 구도에 얼마나 큰 시사를 주었음은 널리 알려진 일이다"[14]라고 지적하였던 것처럼, 장시 『금강』의 전체적 구도는 교향악(심포니)와 연관된 측면이 있다. 실제로 그는 시적 장치로 베토벤과 차이콥스키의 교향악을 빌려오기도 한다. 『금강』의 12장은 베토벤 교향곡 5번 〈운명〉을 언급하는 것으로 시작하는데, 운명의 격정적인 시작인 네 개의 노트는 이 시의 분위기를 이끄는 데 상당히 기여하였다.

독일, 윈 극장에선
교향곡 「운명」을 연주하는

13 위의 책, 126쪽.

14 김기림, 「예술에 있어서의 정신과 기술」, 『문장』 속간 4권 1호, 1948.10.(『김기림전집』 3, 153쪽에서 재인용)

교향악단원의 손과 귀,
베토벤, 그는 1827년에 죽었던가.
그 음악은 이조 말의 반도 하늘에도
메아리쳐 오고 있었을까.

—『금강』 제12장 부분

화자는 베토벤의 교향곡 5번 〈운명〉을 시작하는 격정적인 선율을 조선 말기 비극적 역사와 연계시킨다. 이런 배치는 동학농민운동을 이끈 지도자 전봉준이 보여준 격정적인 삶의 분위기를 조성하기 위함이었을 것이다. 『금강』의 12장에서는 베토벤의 〈운명〉 교향곡, 베트남의 반프랑스 제국주의 전쟁, 메이지 일본의 서구화, 조선왕조의 봉건 수구에의 강조에 이어 전봉준의 출생, 외양, 성장 등이 조명된다. 즉 12장의 첫 4연은 전봉준의 출생 배경을 이루는 연들이라고 할 수 있는데, 심포니 5번으로 그 막을 열고 있는 데에서 음악의 청각적 효과를 고려하는 구도가 엿보인다. 베토벤의 〈운명〉 교향곡은 인트로 없이 몰아치는 네 개의 음표(따따따 딴~)으로 유명한 작품이다. 특히 이 작품은 호른, 트럼펫 등이 과감히 개입하여 마치 전쟁 속에 놓인 듯한 긴장감과 격정을 이끌어낸다. 베토벤의 이 곡이 상기시키는 전쟁의 요소는, 19세기 말 아시아(베트남, 일본, 조선)에서 벌어진 제국주의 전쟁과 상당 부분 같은 맥락에 놓여 있다고 볼 수 있다.[15]

『금강』에서 교향곡은 다시 한번 등장한다. 전봉건의 동학농민운동이 막 일어나는 배경을 그린 제14장에서 화자는 조선 대중의 굶주림과 혁명을 제정 러시아 시대의 가난과 굶주림, 그리고 뒤이은 러시아 혁명과 연관시키고 있다. 조선시대 말기, 혁명의 필연성을 러시아 혁명을 통해 강화하고 있

15 베토벤 교향곡 5번 C단조 Op.67에 관한 설명으로 최은규, 『교향곡 : 듣는 사람을 위한 가이드』, 마티, 2017, 164~168쪽 참조.

는 것이다. 시인은 그 음악적 효과로 차이콥스키 최후의 교향곡 〈비창〉을 통해 시와 음악을 결합하는 모습을 보인다.

> 모스끄바, 그렇지
> 제정(帝政)과 혁명의 소용돌이 속에
> 뿌쉬낀
> 똘스또이
> 도스또옙스끼,
> 인간정신사(人間精神史)의 하늘에
> 황홀한 수를 놓던 거인들의
> 뜨락에도 눈은 오고 있었을까.
>
> 그리고
> 차이꼽스끼, 그렇다
> 이날 그는 눈을 맞으며
> 뻬쩨르부르그 교외 백화(白樺)나무숲
> 오버 깃 세워 걷고 있었을까
>
> 그날 하늘을 깨고
> 들려온 우주의 소리, 「비창(悲愴)」
> 그건 지상의 표정이었을까,
> 그는 그해 죽었다
>
> —『금강』 제14장 부분

차이콥스키의 〈비창〉 교향곡(Symphony No.6 in B minor, Op.74)은 1893년 10월 29일 상트페테르부르크에서 초연된 그의 마지막 작품이다. 특히 〈비창〉 교향곡의 마지막 4악장은 죽음을 상징하는 것으로 평가된다. 또한 1악장 1주제가 베토벤의 피아노 소나타 8번 Op.13 〈비창〉 1악장의 주제에서 왔다는 점에서,[16] '베토벤-차이콥스키'로 연계되는 죽음 상징을 인유한 시인의 개입을 인지할 수 있다. 〈비창〉 교향곡의 주제인 죽음은 동학농민운동을 이끌었던 민중 지도자들의 죽음, 나아가 민주주의의 비극적 죽음을 암시한다.

이처럼 시인이 『금강』의 효과를 위해 음악적 요소를 활용하고 있다는 점에서 시인이 시의 음악성에 지속적으로 관심을 쏟은 사실을 드러낸다. 1951년 시 「실연가」에서 시작된 시와 음악과의 관계성에 대한 시인의 관심은 그의 대표작 『금강』에서 그 정점에 다다랐다. 특히 교향곡이 지닌 장엄한 정서와 거시적인 구조는 장시의 집필에 하나의 영감을 주었기에 시인은 무려 26장으로 구성된 장시 『금강』을 집필할 수 있었던 것이다.

4. 나가며

신동엽은 인류가 종합예술의 찬란한 시대를 가지게 될 것이라고 예견하였으며, 종합예술의 형태는 시, 악, 무, 극의 보다 높은 조화율의 형태로서 나타나게 될 것임을 주장했다. 이를 감안할 때, 시인 신동엽은 자신의 작품 가운데 후대에는 시와 극을 결합한 시극과 시, 악, 무, 극을 결합한 오페레타가 더 한층 높은 평가를 받을 것임을 기대한 듯싶다. 즉 그가 1951년에 토로한 교향악적 시는 그의 일생을 둔 거대한 목표였던 것으로 보인다. 이러한 목표는 『금강』(1967)에서 비로소 성취의 가능성을 찾게 되는 것이다.

신동엽을 높이 평가했던 김수영도 그의 시에서 "죽음의 음악"을 들었던 만큼, 베토벤과 차이콥스키, 슈베르트 등 죽음을 주제로 한 교향곡을 감상

16 위의 책, 393쪽 참조.

한 뒤 신동엽의 시를 읽으면 그 주조에 깔리는 정서와 거시적 구조가 지닌 필연성을 한층 더 이해할 수 있다. 『금강』이 지닌 교향악적 요소를 감안한다면, 왜 그가 거시적인 구조를 지향하며 시를 창작하고 발표해왔는지를 이해할 수 있을 것이다. 전후 한국 현대시사에서 시와 음악의 결합 가능성으로 장시 『금강』은 하나의 좋은 예시가 된다. 『금강』의 유구한 흐름만큼 장시의 거시적인 구조가 지닌 의의는 문학과 음악 예술 간의 결합을 통해 확보될 수 있었던 것이다.

김지하와 베이다오의 시세계에 나타난 니체적 사유

— 교량을 통한 영원회귀를 꿈꾸며

1. 들어가며

김지하(1941~2022)과 베이다오(北島, 1949~)는 1970~80년대 한 · 중의 권위주의 정권에 저항했다는 문학사적 위치에서 상당한 유사성을 보인다. 그들이 활동한 공간에는 차이가 있었지만, 시대적으로 유사하다. 김지하와 베이다오는 반독재투쟁으로 이름을 널리 알린 동아시아의 시인으로, 그들 모두 국내를 넘어서 국제적인 지명도를 획득하였다.

김지하는 1941년에 전남 목포에서 남로당원 아버지로부터 태어났다. 아버지가 공산주의자라는 사실은 젊은 시절의 김지하를 상당히 고뇌하게 한 주제였다. 그의 시와 산문에서는 현실에 생존하기 위해 남로당원이었던 아버지가 드러내는 좌절감과 굴욕감이 생생하게 드러난다. 시인이 아버지를 향한 애증의 면모는 일관되게 나타나며, 이는 그가 드러낸 권위를 향한 저항정신과도 어느 정도 관련이 있다. 그의 저항정신은 선배시인 김수영에게, 1970년대 유신정권에게, 그리고 1990년대 운동권 세력에게도 되풀이되는 모습을 보인다.

베이다오는 중국 모더니즘 가운데 몽롱시(朦朧詩)를 이끌었던 대표적인 시인으로 평가된다. 천쓰허는 몽롱시 창작에 대해 다음과 같이 평가한다.

> 특히 현대시의 표현 형식 면에서 문혁 시기 지식청년들의 지하시(地下詩)를 원류로 하는 '몽롱시(朦朧詩)'의 창작은 5 · 4 신문학운동 중의 현대시 전통과 결합하여 시 언어의 미학 원칙을 쇄신하였고, 시 영역에서 개인 언어의 작용을 회복시켰다. 이러한 것들은 비록 표현 기교상의 탐색이지만, 모두 90년대 문학에서의 서사 언어의 변화와 개인 입장의 출현에 상당한 영향을 끼쳤다.[1]

중학 시절의 베이다오는 1966년 문화대혁명 발발 당시 홍위병으로 참여하였다. 그는 문화대혁명의 체험이 그를 1980년대의 시인으로 만들었다고 회고하고 있다.[2] 그는 1970년대부터 작품 활동을 시작했다. 1978년 지하문예지 『오늘(今天)』을 창간하고 편집하였는데 창간호에 실린 그의 대표작 「대답(回答)」은 천안문 광장 벽보에 붙여져 널리 알려지게 된다. 「대답」이 유통되는 과정은 「타는 목마름으로」가 유신정권에 반대하는 저항시가 된 사례와 상당 부분 유사하다. 「타는 목마름으로」는 1975년 2월 17일 『동아일보』에 "저항시인 김지하씨가 구속 전 피신처서 쓴 시"라고 소개되었지만, 많은 독자들은 그 이전에 시를 접한 것으로 회고한다. 이처럼 「대답」과 「타는 목마름으로」는 지면으로 출판되기 이전 독자들의 심금을 울렸고 이들 시인을 저항시의 대표주자로 자리매김하게 하는 효과를 낳았다.[3]

---

1 천쓰허, 『중국당대문학사』, 노정은 · 박난영 역, 문학동네, 2008, 51쪽.

2 자젠잉, 『80년대 중국과의 대화』, 이성현 역, 그린비, 2009, 149쪽.

3 물론 김지하를 저항시인으로 읽는 독법만 있는 것은 아니다. 장문석은 일본에서 발행된 시화집 『심야』를 소개하면서 도미야마 다에코가 보여준 "동아시아 근대의 역사적 경험에 유의"한 읽기를 실행한다. 장문석, 「현해탄을 건넌 '타는 목마름' -1970년대 일본과 김지하라는 텍스트」, 『상허학보』 58, 상허학회, 2020, 151쪽.

베이다오는 1989년 6 · 4 천안문 운동으로 인해 사실상 망명 생활을 강제당했다. 민주투사 웨이징성(魏京生)의 투옥에 반대하는 연명부를 작성한 것이 결정타가 되었다. 그 후 숱한 외국 생활을 하다가 2020년대 현재 홍콩에서 디아스포라의 삶을 살아가는 시인이다.[4] 김지하는 비록 감옥에서 많은 시간을 보냈지만 한 국가에서 삶을 줄곧 영위하였던 반면, 베이다오는 고향을 상실하고 전 세계를 떠다닌 디아스포라 시인이다. 따라서 두 시인의 비교가 다소 난항에 부딪히는 지점은 디아스포라적인 감각에 놓여 있다. 베이다오가 세계 곳곳을 유랑하면서 보여준 디아스포라의 감각과 고아의식은 1970년대 감옥에서 상당히 많은 시간을 보낸 김지하의 시세계에서는 거의 나타나지 않기 때문이다. 따라서 이 글은 1989년 망명을 시작하기 이전에 발표된 베이다오의 초기 시를 다루고자 한다. 문학잡지 『오늘』 1기에 수록된 「대답」을 비롯하여 그의 초기 시 「감전(觸電)」, 「끝이냐 시작이냐(結局或開始)」를 다룰 것이다.

두 시인의 삶 사이에 직접적으로 연관된 부분은 없다. 1970~80년대 발표된 김지하의 저항시와 베이다오가 망커(芒克, 1951~)와 함께 편집한 『오늘』 잡지와 몽롱시의 맥락도 상이한 대목이다.[5] 그러나 비교문학 본연의 가

---

4 베이다오와 몽롱시에 관한 선행 연구는 다음을 참조할 수 있다. 정우광, 『뻬이따오의 시와 시론』, 고려원, 1995; 정우광, 「危機의 詩學」, 『중국문화연구』 Vol.0 No.31, 중국문화연구학회, 2016, 255~277쪽; 한국중국현대문학학회, 『중국 현대문학과의 만남 : 중국현대문학의 인물들과 갈래』, 동녘, 2006; Dian Li, "Paradoxy and Meaning in Bei Dao's Poetry," *Positions: East Asia Cultures Critique*, Volume 15, Number 1, Spring 2007, pp.113~136; 윤정선, 「억눌렸던 감정과 정서의 분출 통로, 朦朧詩(몽롱시)」, 『中國學論叢』 22, 2007, 189~211쪽; 이미옥, 『김수영과 베이다오의 참여의식 비교연구』, 박문사, 2016; Michelle Yeh, "Misty poetry," *The Columbia Companion to Modern Chinese Literature*, edited by Kirk A. Denton. New York: Columbia University Press, 2016, pp.286~292.

5 『금천(今天)』 시 연구로 권선유, 「『今天』(1978~1980) 詩 硏究」, 이화여자대학교 석사학

치는 서로 이질적으로 보이는, 아주 멀리 떨어져 있는 두 문학자 혹은 문학 작품의 교량이 되어 문학의 보편성을 일깨워주는 데 있다. 이질적인 문학 작품들 간의 이음새를 찾아 보여줌으로써, 독자는 인류의 특수성과 보편성을 더 깊이 천착할 수 있게 된다. 이는 일찍이 니체가 『차라투스트라는 이렇게 말했다』에서 주었던 일깨움이기도 하다. 니체는 인간의 역할을 교량으로 은유했다. "사람은 짐승과 위버멘쉬 사이를 잇는 밧줄, 심연 위에 걸쳐 있는 하나의 밧줄이다. 저편으로 건너가는 것도 위험하고 건너가는 과정, 뒤돌아보는 것, 벌벌 떨고 있는 것도 위험하며 멈춰 서 있는 것도 위험하다. 사람에게 위대한 것이 있다면 그것은 그가 목적이 아니라 하나의 교량이라는 것이다. 사람에게 사랑받을 만한 것이 있다면, 그것은 그가 하나의 과정이요 몰락이라는 것이다."[6] 『차라투스트라는 이렇게 말했다』의 번역자는 사람을 '과정'과 '몰락'으로 번역했는데, 이를 풀어보면 사람은 올라가는 중(over-going)이요, 동시에 몰락하는 중(down-going)인 것이다. 즉 사람은 정지된 상태가 아니라 서로를 이어주고, 연계시켜주는 매재(vehicle)의 역할을 한다. 그 매재가 추구하는 은유가 지닌 본의(tenor)는 인류가 추구하는 보편적 가치와 연계된다.

김지하와 베이다오는 위버멘쉬의 과정을 따르고자 한 시인으로 보인다.

위논문, 2018 참조.

6 니체, 『차라투스트라는 이렇게 말했다』, 정동호 역, 책세상, 2012, 20쪽; "Mankind is a rope fastened between animal and overman – a rope over an abyss. A dangerous crossing, a dangerous on-the-way, a dangerous looking back, a dangerous shuddering and standing still. What is great about human beings is that they are a bridge and not a purpose: what is lovable about human beings is that they are a *crossing over* and a *going under*." F. Nietzsche, *Thus Spoke Zarathustra: A Book for All and None*, edited by Adrian Del Caro, Robert B. Pippin, translated by Adrian Del Caro. Cambridge; New York: Cambrige University Press, 2006, p.7.

그들은 인간의 정신적이며 육체적 한계를 인지하고 있었다. 그들은 저항과 저항을 연결하는 '교량'의 역할에 충실한 면을 보인다. 즉 그들은 자의 반, 타의 반으로 두 대립적인 가치 속에 자신의 존재 위치를 확보한 시인이다.

나아가 두 시인은 아폴론적인 것과 디오니소스적인 것의 두 대조적인 가치의 충동을 상당히 잘 조절하는 면모를 보이고 있다. 니체가 『비극의 탄생』에서 이야기한 이 두 대조적인 것에 대한 가치가 김지하와 베이다오의 시세계에서 여실히 드러나고 있는 모습을 보여준다. 니체의 저작 『비극의 탄생』은 "예술의 발전은 아폴론적인 것과 디오니소스적인 것의 이중성과 결부되어 있다"[7]라는 문장으로 시작된다. 저자는 아폴론적인 것과 디오니소스적인 것의 차이를 설명하고 그 차이가 어떻게 결부되어 있는지를 줄곧 논의한다. 이러한 이질적인 가치에 대한 결합과 갈등은 여러 시인들의 시 작품에서 다루어져 왔는데, 김지하와 베이다오의 시 작품에서도 이질적인 것의 상호 갈등과 결합이 엿보인다.

서로 달라 보이는 이들 두 시인에게 니체의 교량으로서의 공통된 역할은 무엇이었을까? 두 시인의 사유는 니힐로 통용되는 허무의 극복과 현실을 무한 긍정하는 영원회귀로 연계될 수 있다. 이 글의 2장에서는 김지하의 초기 시 「타는 목마름」을 분석하며, 유사하다는 지적을 받았던 폴 엘뤼아르(Paul E'luard, 1895~1952)의 시 「자유(LIBERTE')」와의 상관성을 검토한다. 김지하의 시 텍스트는 결정본 『김지하 시전집』(솔, 1993)에 의거하며, 시집 『애린』(1986) 발표 이전의 민중지향적이며 서정적인 시세계를 주로 다루려고 한다. 3장에서는 베이다오가 망명을 떠나기 이전, 초기 시에 나타난 니체의 사유를 살펴본다. 그리고 나서 두 시인에게 공통적으로 나타난 니체의 사유를 검토할 것이다. 이들 시인은 상당히 다양한 스펙트럼을 보이

7 프리드리히 니체, 『비극의 탄생』, 박찬국 역, 아카넷, 2011, 47쪽.

는 시작(詩作) 세계를 보여주고 있기에, 비교의 대상을 권위주의에 저항하는 정신이 주로 드러난 초기 시로 국한하였다. 두 시인은 니체의 사유를 숙지하고 있었기에 인간의 무한한 욕망과 필멸의 존재인 인간의 육체가 지닌 한계 사이에서 나름의 균형 지점을 설정할 수 있었던 것이다.

2. 김지하와 폴 엘뤼아르의 시세계

김지하는 대표적인 초기의 평론 「풍자냐 자살이냐」(1970.7)에서 선배시인 김수영(1921~1968)과 자신의 차이를 이야기한다. 그는 이 평론을 김수영 시의 한 구절을 인용하며 시작하고 있는데, 그 인용은 너무나도 명확한 오류를 범하고 있다. 이러한 오류는 의도적인 것으로 보인다.

> 누이야
> 풍자가 아니면 자살이다
>
> 이것은 김수영(金洙暎) 시의 한 구절이다. 이 시구 속에 들어 있는 딜레마, 풍자와 자살이라는 두 개의 화해할 수 없는 극단적 행동 사이의 상호 충돌과 상호연관은 오늘 이 땅에 살아 있는 젊은 시인들에게 그들의 현실인식과 그들의 시적 행동에 있어서 매우 중요한 관건적인 문제의 하나로 되고 있다.[8]

작고한 김수영과 살아 있는 젊은 시인인 김지하의 차이는 상당히 명확하며, 김지하는 그 차이에 대해 날카롭게 자각하고 있었다. 그의 평론 「풍자

---

8 김지하, 『타는 목마름으로』(創批詩選 33), 創作과批評社, 1982, 141쪽.

나 자살이냐」는 2년 전에 작고한 김수영의 시의 한 구절 「풍자냐 해탈이냐」를 오독한 것이다. 그런데 이런 오독이 왜 발생했는지에 대해 김지하는 설명하지 않는다. 「풍자냐 자살이냐」의 제목에다가 "제목의 김수영 시구는 오독이었다. 본래의 풍자냐 해탈이냐로 교정할까 했으나 내용의 변경이 요구되겠기에 그대로 둔다"와 같은 간단한 각주만을 남기고 있을 뿐이다.[9] 즉 이러한 오독은 김지하가 김수영과의 차이를 드러내기 위해, 의도적으로 만든 오독으로 보인다. 김수영의 시 「누이여 장하고나」에 나오는 한 구절인 "풍자냐 해탈이냐"에서 해탈이 자살(自殺)로 바뀐 것은 상당히 자의적인 변형이다. 그리고 이러한 자의적 변형에 대해 김수영 시구에 대한 오독이라는 변명은 그리 타당해 보이지는 않는다. 김수영의 시 「누이여 장하고나」 전문은 다음과 같다.

> 누이야
> 풍자가 아니면 해탈이다
> 너는 이 말의 뜻을 아느냐
> 너의 방에 걸어 놓은 오빠의 사진
> 나에게는 〈동생의 사진〉을 보고도
> 나는 몇 번이고 그의 진혼가를 피해 왔다
> 그전에 돌아간 아버지의 진혼가가 우스꽝스러웠던 것을 생각하고
> 그래서 나는 그 사진을 10년 만에 곰곰이 정시(正視)하면서
> 이내 거북해서 너의 방을 뛰쳐나오고 말았다
> 10년이란 한 사람이 준 상처를 다스리기에는 너무나 짧은 세월이다
>
> 누이야
> 풍자가 아니면 해탈이다

9 위의 책.

네가 그렇고
내가 그렇고
네가 아니면 내가 그렇다
우스운 것이 사람의 죽음이다
우스워하지 않고서 생각할 수 없는 것이 사람의 죽음이다
8월의 하늘은 높다
높다는 것도 이렇게 웃음을 자아낸다

누이야
나는 분명히 그의 앞에 절을 했노라
그의 앞에 엎드렸노라
모르는 것 앞에는 엎드리는 것이
모르는 것 앞에는 무조건하고 숭배하는 것이
나의 습관이니까
동생뿐이 아니라
그의 죽음뿐이 아니라
혹은 그의 실종뿐이 아니라
그를 생각하는
그를 생각할 수 있는
너까지도 다 함께 숭배하고 마는 것이
숭배할 줄 아는 것이
나의 인내이니까

「누이야 장하고나!」
나는 쾌활한 마음으로 말할 수 있다
이 광대한 여름날의 착잡한 숲속에
홀로 서서
나는 돌풍처럼 너한테 말할 수 있다
모든 산봉우리를 걸쳐 온 돌풍처럼

당돌하고 시원하게
도회에서 달아나온 나는 말할 수 있다
「누이야 장하고나!」

— 김수영, 「누이야 장하고나!」(1961.8.5) 전문[10]

김수영의 원시 어디에도 자살이라는 시어 기호는 없다. "풍자가 아니면 해탈이다"라는 표현도 두 차례나 반복된다. 오빠인 시적 화자가 누이에게 고백하는 내용으로 보인다. 여기서 오빠는 가부장적인 아버지를 의식하고 있다. 가부장적인 아버지가 그에게 끼친 공포심과 그가 도망쳐 나온 도시에서의 공포심을 연계하는 듯한 모습을 보여준다. 풍자가 불가능한 사회라면, 그 사회의 악에서 해탈하는 것도 하나의 방법이라고 말하는 듯하다. 그렇다면 왜 김지하는 해탈을 자살로 바꾼 것일까? 두 단어의 함의는 완전히 다르다. 김지하는 해탈과 자살을 뒤바꿔어 선배시인 김수영의 시를 나름의 관점으로 비틀고 있다.

김지하와 가까운 교분을 나누었던 조동일이 훗날 술회하고 있듯이 김수영은 김지하 시의 가치를 높이 평가하지 않았다. 조동일은 『창작과 비평』에서 김지하의 시 몇 편을 게재 불가시킨 장본인이 김수영이라고 회고한다. 김수영이 김지하의 시를 평가하면서 "인민군의 군가이지 무슨 시냐고 했다는 것이다."[11] 조동일은 "김수영 특유의 소심함을 지나칠 정도로 나타낸 피해 망상증이라고 할 수 있는 반응이다"라며 불편한 기색을 감추지 못했다.[12] 김지하 역시 「풍자냐 자살이냐」에서 이미 고인이 된 김수영에게 상당히 비판적이다. 다음과 같은 대목은 김지하의 김수영 비판을 여지없이

10 김수영, 『김수영전집 1 : 시』(2판), 민음사, 2011, 235~237쪽.
11 조동일, 「1960년대 문학활동을 되돌아보며」, 『월간문학』, 2005.9, 38쪽.
12 위의 책.

드러낸다고 하겠다.

> 올바른 민중 풍자는 바로 이렇게 긍정과 부정, 애정과 비판, 해학과 풍자, 오락과 교양이 적절하게 통일된 것이어야 한다. 김수영 문학의 풍자에는 시인의 비애는 바닥에 깔려 있으되 민중적 비애가 없다. 오래도록 엉켰다 풀렸다 다시 엉켜오면서 딴딴한 돌멩이나 예리한 비수로 굳어지고 날이 선, 민중의 가슴속에 있는 한의 폭력적 표현을 풍자라고 한다면, 그런 풍자는 김수영 문학에선 찾아보기 힘들다. 이것은 바로 그가 민중으로서 살지 않았다는 점에 그 중요한 원인이 있다. 바로 이것이 그의 한계다.[13]

김지하는 김수영과 자신의 차이를 민중으로 구별했다. 김수영 시세계가 민중이 아닌 소시민의 모습으로 민중을 관찰하고 있다면 자신의 시세계는 민중 속으로 들어가서 그들을 직접 대변하고 있다는 주장이다. 그는 이 평론에서 자신이 바라보는 민중관을 제시했다. 그가 생각하는 민중은 상당히 이질적인 가치가 상충하는 복합적 존재이다. 민중시인이라는 것이 어떤 시인인가라는 점에 대해 이 평론은 상당히 세심히 논의하고 있다. 물론 그 세심함은 선배시인 김수영이 지닌 소시민 의식에 대한 비판에 있지만, 김수영의 문학관을 비판하면서 자신이 생각하는 민중이란 어떤 존재인지를 상당히 구체적으로 논의하고 있는 것이다.

> 저항적 풍자의 밑바닥에서는 올바른 민중관이 자리잡고 있어야 한다. 민중 속에 있는 부정적 요소도 단순히 일률적인 것만은 아니다. 올바르지 않지만 결코 밉지 않은 요소도 있고, 무식하지만 경멸할 수 없는 요소도 있다. 그리고 겁은 많지만 사랑스러운 요소도, 때묻고 더럽지만 구수

13 김지하, 앞의 책, 154쪽.

하고 터분해서 마음을 끄는 요소도, 몹시 이기적이긴 하나 무척 익살스러운 요소도 있는 것이다.[14]

김지하가 민중을 이야기하는 방식은 사실 민중 속에서 민중을 인식하는 것과는 차이가 있어 보인다. 그는 이 평론에서 시인이 민중 속으로 들어가야 한다고 이야기한다. 그렇지만 민중이 지닌 이질적인 것의 가치를 평가하고 논의하는 데에서는 민중 바깥에서 민중을 인식하고 있는 사유 방식을 드러낸다. 그는 민중이 지닌 이 복합적이며 미묘한 이중성을 논의하면서도 민중은 과연 무엇인지 그 본질을 정의하려 들지 않았다.[15] 사실 이는 정의하는 것의 무의미함을 주장한 니체의 사유를 상기시켜주는 대목이기도 하다.

김지하를 대표적인 민중시인으로 자리매김하게 해준 시는 단연 「타는 목마름으로」일 것이다. 이 시에서 민주주의는 몰래 쓰는 염원의 대상으로 전경화된다.

신새벽 뒷골목에
네 이름을 쓴다 민주주의여
내 머리는 너를 잊은 지 오래
내 발길은 너를 잊은 지 너무도 너무도 오래
오직 한 가닥 있어
타는 가슴속 목마름의 기억이
네 이름을 남몰래 쓴다 민주주의여

14 위의 책, 150쪽.

15 김지하가 드러난 민중의식에 대한 선행 연구로 김정현, 「70년대 텍스트에 나타난 '민중'의 형성과 그 결절지점–김지하, 고은, 신경림을 중심으로」, 『한국현대문학연구』 56, 2018, 91~129쪽; 최서윤, 「시인의 '지게꾼' 되기는 가능한가?–김지하의 1970년대 문학사적 난제(conundrum)에 대한 일 고찰」, 『현대문학의 연구』 70, 2020, 323~371쪽 참조.

아직 동트지 않은 뒷골목의 어딘가
발자국소리 호르락소리 문 두드리는 소리
외마디 길고 긴 누군가의 비명소리
신음소리 통곡소리 탄식소리 그 속에 내 가슴팍 속에
깊이깊이 새겨지는 네 이름 위에
네 이름의 외로운 눈부심 위에
살아오는 삶의 아픔
살아오는 저 푸르른 자유의 추억
되살아오는 끌려가던 벗들의 피 묻은 얼굴
떨리는 손 떨리는 가슴
떨리는 치떨리는 노여움으로 나무판자에
백묵으로 서툰 솜씨로
쓴다

숨 죽여 흐느끼며
네 이름을 남몰래 쓴다
타는 목마름으로
타는 목마름으로
민주주의여 만세

— 김지하, 「타는 목마름으로」 전문

이 시는 시집 『타는 목마름으로』(1982)에 수록되어 있기는 하지만, 그가 1970년대 감옥에서 쓴 것으로 알려진 작품이다. 그리고 이 시 「타는 목마름으로」는 폴 엘뤼아르의 시 「자유」와 유사하다는 문제가 제기되기도 한 작품이다. 김지하는 시 「자유」와의 상호 관련성을 두고 관계가 없다고 일소에 부쳤지만, "쓴다"는 텍스트의 반복[16]은 두 시가 그럼에도 어느 정도 관

16 "쓴다"에 주목하여 이 시를 분석한 연구로 이강하, 「김지하의 시 「타는 목마름으로」에

련성을 지니고 있지는 않은지 의구심이 들게 한다. 엘뤼아르의 이 시가 제2차 세계대전 당시 식민화된 프랑스를 배경으로 했다는 점에서 감옥에서 쓴 것으로 알려진 김지하의 「타는 목마름」과 상당 부분 관련이 깊지 않은지를 타진하게 하는 것이다. 두 시는 분명 억압과 저항이라는 측면에서 공통분모가 있다.

내 초등학교 공책 위에
내 책상과 나무 위에
모래 위에 눈(雪) 위에
나는 네 이름을 쓴다

내가 읽은 모든 페이지 위에
모든 백지 위에
돌 피 종이 또는 재 위에
나는 네 이름을 쓴다

…(중략)…

부서진 내 은신처 위에
무너진 내 등대 위에
내 권태의 벽 위에
나는 네 이름을 쓴다

되찾은 건강 위에
사라진 위험 위에
회상 없는 희망 위에

나타난 "쓴다"의 의미－시 장르의 문자적 상상력의 관점에서」, 『批評文學』 68, 2018, 162~188쪽 참조.

나는 네 이름을 쓴다

그 한마디 말의 힘으로
나는 내 생을 다시 시작한다
나는 너를 알기 위해 태어났다
네 이름을 부르기 위해

자유여.

— 폴 엘뤼아르, 「자유」 부분[17]

주지하다시피 "쓴다"라는 표현은 두 시에 공통되는 지점이다. 이 시에서 쓴다는 행위는 발화할 수 없는 억압 상태에서 최소한의 저항을 표상한다. 타는 목마름의 상태에서도 외칠 수 없기 때문에 화자는 쓸 수밖에 없는 것이다. 쓰기가 최소한의 저항 정신으로 나타난다는 점에서 두 시에는 공통된 부분이 존재한다.

그러나 엘뤼아르 시와 김지하 시의 차이는 분명히 보인다. 엘뤼아르 시가 정적인 분위기를 일관되게 유지하면서 마지막에 자유로의 외침에 방점을 찍고 있다면, 김지하의 시는 쓴다는 행위를 상당히 동적인 분위기로 이끌고 있다. 각 시의 마지막 행인 "네 이름을 부르기 위해/자유여"와 "민주주의여 만세"의 뉘앙스 차이는 명백한 것이다. "민주주의여 만세"는 당시의 학생운동가들이 외쳤던 구호일 것이다. 시인은 시의 함축적 의미와 구호적 측면을 적절히 결합시켰다. 조동일이 회고한 것처럼, 김수영은 김지하 시가 지닌 이런 구호적 성격을 선호하지 않았다. 그러나 구호적 성격은 당대 사회가 요청하여 발화된 부분이었다. 베이다오의 초기 시에서도 이러

17 폴 엘뤼아르, 『엘뤼아르 시 선집』, 조윤경 역, 을유문화사, 2022, 258~262쪽.

한 구호적 발화는 종종 나타난다. 저항정신의 발현이 구호적 발화를 고취시키는 모습을 보여준다.

3. 베이다오 시에 나타난 아폴론적인 충동과 디오니소스적인 충동

베이다오의 시와 산문에서 니체에 관한 언급이 직접 드러나지는 않는다. 그러나 문화대혁명(1966~1976)의 폐해를 겪은 그의 시세계 속에는 아폴론적인 충동과 디오니소스적인 충동의 상호 긴장이 드러나며, 시인은 이 상호 긴장을 역사적 현장감과 결부하여 저항 정신을 극대화한다. 시 「감전」에서는 서로 다른 두 충동이 충돌하여 시적 화자의 내면이 파괴되는 상황이 그려진다.

나는 보이지 않는 사람들과
악수를 한 적이 있었다, 외마디 비명과
내 손은 화상을 당했고
낙인이 남겨졌다
내가 보이는 사람들과
악수를 할 때는, 외마디 비명과
그들의 손이 화상을 당했고
낙인이 남겨졌다.
다시는 나는 감히 다른 사람들과 악수를 할 수 없었다
항상 내 손을 등뒤로 감추어 놓을 뿐
그러나 내가 기도를 올릴 때면,
하늘에, 두 손 모아
외마디 비명과

내 가슴 깊은 곳에
낙인이 남는다

— 베이다오, 「감전(觸電)」 전문[18]

이 시에서 시적 화자는 두 별개의 그룹과 맞닥뜨린다. 하나는 '보이지 않는 사람들'이며, 다른 하나는 '보이는 사람들'이다. 화자는 이들과 만날 때, 상처를 주고받게 된다. 시적 화자는 상처를 주기도, 상처를 받기도 하는 것이다. 인간이란 누구에게나 상처를 주고받는 존재일 수밖에 없는 점을 화자는 지적한다. 상처를 주고받는 것을 임의로 피하려 한다면 상처는 자기 자신에게로 돌아온다. 타인을 향한 기도조차 마음의 상처로 되돌아오는 것이다.

화자는 인간 자신의 공격성을 받아들일 것을 노래하고 있다. 인간은 짐승으로서 본연의 공격성을 어쩔 수 없이 지니고 있음을 이 시는 지적하는 것이다. 마치 전기에 감전될 때 고통 속에서 색다른 희열을 느낄 수 있는 것처럼, 친밀감의 표현인 악수의 행위에도 증오의 공격성이 내재되어 있는 것이다. 즉 우리 모두는 서로에게 애증의 대상이 될 수밖에 없음을, 그런 인간의 한계를 인지하며 서로의 상처를 이해하며 받아들일 것을 시적 화자는 촉구한다.

베이다오가 중국 전역에서 유명해지고, 그 결과 그를 망명의 길로 걷게 한 시발점이 된 시는 1976년 4월, 1차 천안문 사태에 벽보에 붙어 민중의 가슴을 들끓게 한 「대답」이다. 그는 문화대혁명 시절 마오쩌둥 휘하의 충실한 홍위병이었지만, 상산하향(上山下鄕) 운동으로 인해 강제노동을 당하면서 점차 문혁이 지닌 허황됨을 인식하게 된다. 허황된 이데올로기에서

18 베이다오, 『北島詩選』, 정우광 역, 문이재, 2003, 82쪽.

탈피하여 자유의 소중함을 경험하게 되는 것이다. 따라서 독재자의 감언이설을 절대 믿지 말라는 시를 남겨, 일약 사회주의 체제의 억압 속에서 자유민권을 대변하는 위치에 설 수 있었던 것이다.

비열은 비열한 자들의 통행증이고
고상은 고상한 자들의 묘지명이다
보라, 저 금도금한 하늘에
죽은 자의 일그러져 거꾸로 선 그림자들이 가득 차 나부끼는 것을

빙하기는 벌써 지나갔건만
왜 도처에는 얼음뿐인가?
희망봉도 발견되었건만
왜 사해(死海)에는 온갖 배들이 앞을 다투는가?

내가 이 세상에 왔던 것은
단지 종이, 새끼줄, 그림자를 가져와
심판에 앞서
판결의 목소릴 선언하기 위해서였단 말인가

너에게 이르로니, 세상아,
난—믿—지—않—아!
설사 너의 발 아래 천 명의 도전자가 있더라도
나를 천 한 번째로 세어다오

난 하늘이 푸르다고 믿지 않는다
난 천둥의 메아리를 믿지 않는다
난 꿈이 거짓임을 믿지 않는다
난 죽으면 보복이 없다는 것을 믿지 않는다

만약 바다가 제방을 터뜨릴 운명이라면
온갖 쓴 물을 내 가슴으로 쏟아 들게 하리다
만약 육지가 솟아오를 운명이라면
인류로 하여금 생존을 위한 봉우리를 다시 한번 선택케 하리다

새로운 조짐과 번쩍이는 별들이
바야흐로 막힘 없는 하늘을 수놓고 있다
이들은 오천 년의 상형문자이고
미래 세대의 응시하는 눈동자들이다

— 베이다오, 「대답」 전문[19]

시의 1, 2연에서는 중국 현실에 대한 시적 화자의 부정적인 인식이 암시되고, 3, 4, 5연에서는 그러한 현실에 대한 시적 화자의 도전적인 목소리가 드러난다. 마지막 6, 7연에서는 정치적 변혁을 꾀하고자 하는 의도와 그를 통해 다가올 미래에 대한 희망이 강조되고 있다.

이 시는 전체적으로 니체의 사유인 영원회귀를 담고 있다. 빙하기는 지나간 시대지만, 시적 화자가 당면한 시대는 빙하기 못지않게 자유가 꽁꽁 얼어붙은 현실이다. 15세기 포르투갈의 바르톨로메우 디아스는 희망봉을 발견하여 지구가 둥글다는 사실을 입증하였지만, 시적 화자의 현실 속에는 수천의 배들은 지구가 둥글다는 사실, 즉 존재의 다원성을 거부하고 죽음의 낭떠러지로 미끄러져 내리고 있는 상황이다. 이런 절망적인 상황에서 시적 화자는 심판받기를 거부하고 되려 판결을 내린다. 화자는 문화대혁명의 잔재를 뒤로하여 절대주의적이며 획일적 가치를 더는 믿지 않겠다고 선언한다. 화자는 이 선언이 역사의 전환점이 될 것을 선언한다. 화자는 오천 년 전 상형문자로 이루어진 시로 자신의 사유를 표현했던 고대 문명의 선

19 위의 책, 32~33쪽.

조들과 미래의 후예들이 응시하는 눈동자를 병치시킴으로써 현재의 상황에 응답할 것을 소망하고 있는 것이다. 바다가 제방을 무너뜨려도 새로운 땅이 다시 샘솟아 날 것을 시적 화자는 확신한다. 순환의 힘으로 현재의 어려움을 이겨내고자 하는 시적 화자의 굳은 의지가 표출된 것이다.

4. 김지하와 베이다오 시에 나타난 어린아이의 은유

앞서 언급하였듯이 김지하와 베이다오는 니체적 사유를 공유하고 있는데, 여기에 대한 대표적인 예시가 어린아이에 대한 은유이다. 특히 김지하의 시세계에서 '아이'는 원초적 가치를 지칭하는 긍정적인 의미로 판단된다.

흘러가지 않겠다
눈보라치는 저 바다로는
떠나지 않겠다

한치뿐인 땅
한치도 못될 이 가난한 여미에 묶여
돌아가겠다 벗들
굵은 손목 저 아픈 노동으로 패인 주름살
사슬이 아닌 사슬이 아닌
너희들의 얼굴로 아픔 속으로
돌아가겠다 벗들

눈 내리는 바다
혼자 숨어 태어난다

미친 가슴을 찢어 활짝이 열고
나는 아이처럼 울부짖는다
돌아가겠다.

— 김지하, 「바다에서」 부분

살아 있는 힘의 동결
살아 있는 민중의 거센 힘의
동결, 전진하는 싸움의 동결
빛나는 근육의 파도와
쏟아져 흐르는 땀의 눈부심과
외침과 쇳소리들의 동결
뜨거운 대낮의 햇빛 아래서의
동결, 표정과 노여움과 용기의 동결
사랑의 동결, 부재(不在), 꽉 찬
부재(不在), 그러나 동결은 나이를
먹는다 기마상이 금이 가듯이
동결은 늙어 어린이
처럼 부드러워진다
다시금 움직이려 한다
굳게 다문 입술에 미소가 번진다
육체의 이 살아 있는 육체
의 기쁨이 샘솟는다
소리가 시작되려고 한다
말은 울려고 한다
발굽이 움직인다 말갈기가
움직인다
아아 그러나 햇빛 탓인가
더욱 강렬한 저 햇빛 탓인가?
바람 탓인가?

훈훈한 사(四)월의 바람
탓인가? 착각이었던가?

— 김지하, 「기마상」 부분

두 시에서 공통된 항목으로 여겨지는 아이의 은유는 새로운 시작을 의미한다. 「바다에서」의 맨 마지막 행에 보이는 아이의 울부짖음은 새로운 생명의 탄생을 의미한다. 화자는 혼자 숨어서 바다에서 태어났지만, 민중들의 아픔이 있는 땅으로 다시 돌아가겠다고 선언한다. 두 번째 시 「기마상」에서 어린이는 다시 움직이는 동력이다. 쇠를 녹여 만든 기마상이 영원하지 않은 것처럼 영원한 것은 없다. 기마상이 지닌 동력은 민중들의 함성과 함께 다시 시작된다. 이처럼 김지하의 시에서 아이의 은유는 새 생명의 시작으로, 기마상에 생긴 금에 착안하여 새로운 시적 사유를 보여주고 있는 것이다.

어린아이의 은유를 통해 새로운 출발을 염두에 두는 것은 김지하와 베이다오가 보여주는 공통된 사유이다. 앞에서 살펴본 베이다오의 시 「대답」이 중국 민중이 지닌, 집단적인 저항 동력에 가치를 두었다면, 「끝이냐 시작이냐」는 제목에서부터 니체의 영원회귀의 사유가 어린아이의 비유를 통해 드러난다. 시 「끝이냐 시작이냐」는 민주화 투쟁 중 처형당한 자신의 친구를 위한 시로, 시인은 투쟁이란 끝이 아닌 시작임을 니체가 말한 영원회귀의 순환 고리로 드러내고 있는 것이다.

일생 중
나는 여러 번 거짓말을 했다
그러나 언제나 성실히 지켜왔다
어렸을 적 했던 언약만은
그러므로, 이 어린애의 마음을

용납지 못하는 세상은
아직도 나를 용서치 못하고 있다

나는, 여기 서 있다
살해당한 한 사람을 대신하여
다른 선택은 없다
내가 쓰러지는 곳에선
다른 사람이 설 것이다
내 어깨 위는 바람이고
바람 속에 별들이 희미하게 빛나고 있다

아마 언젠가
태양은 시들은 화환으로 변할 것이다
불굴의 전사들의
산림처럼 자라나는 묘비들 앞에
놓여지기 위해
까마귀들, 이 밤의 파편들
떼를 지어 어지럽게 흩날리고 있다

— 베이다오, 「끝이냐 시작이냐」[20] 부분

베이다오의 친구 위루어커는 1970년 베이징의 인민광장에서 인민해방군에 의해 처형당했다. 베이다오는 친구를 잃은 슬픔을 이 시를 통해 노래하고 있는데, 처연한 복수의 감정이 절제된 상태로 표현되었다.

이 시의 마지막 3연에서 '나'는 "어린애의 마음"이 되고자 한다. 니체는 『차라투스트라는 이렇게 말했다』에서 어린아이의 은유를 활용한다. 니체에게 어린아이란 새로운 창조를 의미하는 은유이다. "나 이제 너희에게 정

---

20 위의 책, 43~44쪽.

신의 세 변화에 대해 이야기하련다. 정신이 어떻게 낙타가 되고, 낙타가 사자가 되며, 사자가 마침내 어린아이가 되는가를."[21] 니체는 『』중 「세 변화에 대하여」 장에서 '낙타' → '사자' → '어린아이'로의 변화를 설명하면서, "어린아이는 순진무구요 망각이며, 새로운 시작, 놀이, 제 힘으로 돌아가는 바퀴이며 최초의 운동이자 거룩한 긍정"이라고 이야기한다.[22] 즉, 시적 화자는 죽은 친우의 죽음을 어떠한 편견 없이 어린아이의 마음으로 바라보고자 한다. 그리고 그 저항은 설령 자신이 순교한다고 해도 제3의, 제4의 인물이 그 자리를 대신하는 것으로 되풀이될 것이다. 순환하는 투쟁의 역사는 이승을 떠난 바람, 그리고 하늘의 별들이 증명해줄 것이다.

이 시에서 '태양'은 마오 이후 억압된 중국 사회(post-Mao China)를 의미한다. 그 태양이 꺼지기 위해 순교자들의 죽음은 "산림처럼" 무성히 자라날 수 있는 거름이 되어줄 것이다. 그들의 죽음은 밤의 파편들처럼 지속될 것이다. 밤은 무수한 파편을 지속적으로 산출해낼 수 있는 무한의 공간으로, 여기서의 무한은 끝이 없는 긍정의 의미를 생산한다. 무한한 밤의 파편들로 태양을 시들게 하려는 시적 화자의 의지가 영원회귀의 역동성과 가미되어 새로운 저항의 에너지를 불러일으키려 하는 것이다.

5. 나가며

니체는 아폴론적인 충동과 디오니소스적인 충동이라는 두 대립적 충동을 지속적으로 순환시켜, 두 충동 간의 긴장 상태를 위버멘쉬가 되려는 의

21 니체, 『차라투스트라는 이렇게 말했다』, 38쪽.
22 위의 책, 40쪽.

지로 승화한다. 그는 승화의 과정을 혼인의 은유로 설명한다. 니체에게 혼인은 아이를 낳기 위한 의지이다. 부모는 결합하여 아이를 낳음으로써 자신의 순수한 과거를 떠올리며 다시 어린아이로 재탄생할 수 있는 전환의 계기를 맞이할 수 있다.

김지하와 베이다오는 서로 교류한 적이 없었으며 그들이 겪었던 역사적 현실도 이질적이었다. 김지하는 독재정권이 주도한 산업화 시대의 한국 사회에서 민주적 저항정신을 일깨워주었다. 베이다오는 공산화된 중국에서 태어났지만 그 체제를 견디지 못하고 디아스포라의 신세가 되어 세계 여러 나라들을 경험했다. 김지하가 산업화 시기 개발독재의 한국 사회를 온몸으로 경험하고 부딪쳐 나갔다면, 베이다오는 다양한 디아스포라 경험을 통해 그의 삶을 다채롭게 보낸 세계문학의 시인이다. 김지하는 감옥에서, 베이다오는 유랑으로 많은 시간을 보냈다. 그럼에도 두 시인을 연결할 수 있는 근거는 니체의 자기 극복적 사유와 어린아이의 비유였다. 극기를 추구하고 삶의 유한성에서 벗어나기 위해 두 시인 모두 니체의 사유를 자신의 시에 적극 활용하게 된다. 김지하는 풍자(엘리트)와 민중, 남성과 여성과 같은 두 대조적인 가치의 변증법적 승화를 통해 '새로운 생명 문화를 창조하려고 노력했다. 1980년대 이후 『애린』에서부터 시작된 김지하의 생명 추구에 관해서는 그 치열한 논의를 검토하기에는 새로운 지면이 필요할 것이다. 다만 억압된 1970년대 독재시기에 발표된 그의 초기 시편과 산문에서 두 대조적인 충동을 조절하고자 하는 균형 감각을 엿볼 수 있다.

독재 치하의 억압은 김지하에게 아폴론적인 충동과 디오니소스적인 충동의 순환적 결합을 일구어냈다. 그는 민중의 여러 측면에서 이들 대조적인 것의 가치를 찾으려 했다. 베이다오에게는 중국 사회의 억압과 퇴보가 저항 의지를 불러일으켰다. 베이다오는 아폴론적인 충동과 디오니소스적인 충동의 대립적이면서 상호 보완의 기제를 그의 시에서 지속적으로 병치하여 이를 부딪치게 함으로써 억압에 맞설 에너지를 창출하려 했다. 그는 김지하처럼 다가올 새로운 생명문명을 위한 변증법적 승화를 노래하기보다는 억압의 외부 세계와 자아의 내면 의지를 병치시킴으로써 끊임없이 니체식 하강과 상승을 반복한다. 그는 처형당한 전우를 위해, 함께 투쟁한 민주화 열사를 위해, 그리고 자신처럼 추방당한 디아스포라의 망명자를 위해 끊임없는 저항의 목소리를 냄으로써 태양을 시들게 하려는 노력이 영구히 지속될 것임을 다짐한다. 김지하와 베이다오의 시에는 비열함과 고상함이, 굴종과 저항이, 삶과 죽음이 병렬적으로 그리고 순환적으로 배치되어 절망적 현실과 미래에 대한 희망이 동시에 표출되고 있는 것이다.

결론

세계문학과의 '분리된 연관'으로 현대시 읽기

세계문학과의 '분리된 연관'으로 현대시 읽기

지금까지 1920년대에서 1980년대에 이르는 한국 현대시 텍스트와 서구 문학, 한·중·일 동아시아 문학 텍스트를 비교하여 한국문학이 지닌 보편적 성격을 규명해보았다. 세계문학자를 꿈꾸었던 이들 한국 현대시인들에게 문학이란 한국뿐만 아니라 세계를 바라보는 보편적인 창이다. 그들은 한국의 사회 현실을 형상화하거나 묘사할 때 이질적으로 보이지만 겉으로 공유 지점이 있는 외국문학 텍스트를 찾아 이를 비교·대조하면서 외국문학의 텍스트가 한국문학에 어떤 도움을 줄 수 있는지를 모색한다. 영향과 수용 대신 한국문학 텍스트와 시인이 참조한 텍스트를 1 : 1 관계로 대등하게 놓은 '상호'라는 용어에서 볼 수 있듯이, 이 글은 상호텍스트성을 통해 비교가 가능한 부분과 비교가 불가능한 부분을 살펴보고, 비교가 불가능한 몇몇 지점에도 불구하고 비교를 통해 얻을 수 있는 새로움을 모색함으로써 한국 현대시 문학이 지닌 보편적 가치를 창출하려 하였다.

비교문학과 세계문학을 둘러싼 여러 논의에서 프랭크 모레티는 다소 파격적으로 원거리 읽기(distant reading) 개념을 제시하였다. 그는 한 텍스트를 꼼꼼히 읽는 기존의 독법을 두고, 여러 텍스트를 놓고 거시적으로 살필 독법이 필요하다는 것을 제시하였다. 이에 반해 데이비드 댐로쉬는 전통적인 꼼꼼히 읽기 방식을 옹호하는 입장을 취하는데, 꼼꼼히 읽기를 수행하면서도 굴절된 읽기 방식에 따른 세계문학 독법이 가능하다는 관점을 취한다. 이들은 원거리 읽기(distant reading)과 근거리 읽기(close reading)이라는 서로 다른 독해 방식을 주장하면서도 세계문학이 지닌 거시적 시야를 지닐 것을 강조하고 있는데, 사실 이들의 주장은 서로 상충되는 것이 아니라 양립시켜야 할 최량의 대조적 가치인 것이다. 텍스트 하나하나를 꼼꼼하게 읽으면서 거시적인 문학 지도를 그려나가는 것이 이 시대가 요청하는 독해 방식일 것이다. 한국 현대시 읽기도 국민국가의 경계를 넘어 이러한 거시적 시야가 필요한 시대가 도래하였다.

18세기 말 괴테는 세계문학(world literature) 개념을 새로이 제시하였다. 당시 괴테는 독일어권 문학이 유럽 무대로 한층 더 나아가야 할 시기라고 믿었다. 불문학과 영문학에 의해 상대적으로 소외되어 있는 독일어 문학을 강조하기 위해 그는 그리스 문명의 힘과 가치를 소환하였으며 독일어 문학이 그리스 문명의 후계자가 될 수 있는 가능성을 타진하였다. 그리스 로마 문명을 잇는 서구 문명의 적자가 기존의 불문학이나 영문학이 아닌 독일문학이 될 수 있는 가능성을 엿본 대담한 시도였다.

괴테는 기존 질서에 균열을 내기 위해 세계문학이라는 틀을 새롭게 빌려왔으며 독일문학이 이 세계문학으로 성장하기를 기원하였다. 새삼스럽게 중국의 재자가인 소설에 나타난 윤리의식을 언급한 이유도 이들의 정신을 받아들인 독일문학이 프랑스, 영국 문학과는 다른 노선으로 나아갈 비전을 제시한 것이다.

괴테의 이러한 시도는 한국문학이 지닌 위치를 재고하는 데 참조점이 될 수 있다. 한국문학이 서구문학, 나아가 한중일 동아시아 문학 가운데 형성된 위계질서에 균열을 내기 위해서는 기존 질서를 답습하는 과거 '비교문학의 영향관계'의 틀은 이제 지양할 필요가 있다. 전통적인 영향관계에 대한 질문은 수정되어야 한다.

일례로 한국문학에는 왜 동아시아 내에서 노벨문학상을 수상한 가와바타 야스나리나 오에 겐자부로의 미학, 모옌의 장대서사에 필적할 만한 문학 작품이 없는가?라는 질문은 이제 그 질문의 전제 조건을 바꾸어야 할 것이다. 한국문학이 지닌 주변적 위치를 강조하기보다는 한국문학도 충분히 보편적인 주제의식을 다루고 있으며, 그 보편적 의식은 한국이라는 국민국가를 넘어 세계의 독자 다수가 공감할 수 있는 의식이라는 지표를 제시할 필요가 있다. 이러한 가능성은 최근 한류와 같은 문화의 측면에서 충분히 그 전복 가능성을 찾아 볼 수 있다.

최근 한국음악과 드라마 붐이 한국문화를 바라보는 전 세계적 시야에 다소 간의 균열을 내고 있음이 발견된다. 한국문학을 K-pop, K-drama로 이야기하는 한류 현상과 같이 K-문학과 같은 새로운 용어로 지칭하고자 하는 다소 과감한 시도도 이와 같은 목적의식에서 비롯된 것이라고 여겨진다. 서구문학뿐만 아니라 동아시아 문학의 헤게모니에서 다소 열세에 놓여 있었던 한국문학은 서구문학, 나아가 같은 시대의 동아시아 문학과 대등하게 겹쳐 읽기를 시도하면서 새로운 패러다임 속에서 이해되고 향유되어야 할 것이다. 다양한 한류 문화 현상이 세계무대에서 향유되고 소비되고 있는 이 시점에서 한국문학의 새로운 지평 획득을 위한 노력이 요청된다.

이 연구서에서 검토되고 논의된 시인들은 한국 근대시사와 현대시사의 정전에 속한 문인들이다. 개별 시인에 대한 연구는 상당 부분 진행되고 축적되어 왔으며 연구사 나름의 맥락도 견고하게 형성되었다. 그러나 우리는 이들 시인의 시를 다른 언어의 문학작품과 겹쳐 읽을 때 새롭게 발생되는 해석의 가능성을 염두에 두어야 할 것이다. 혹은 이들 작품이 다른 언어로 번역되어 더 많은 독자들에게 향유되고 국내 독자와 다른 맥락에서 이해될 수 있는 가능성 역시 염두에 두어야 할 것이다. 이들의 시를 기존의 국민문학사 내의 독법이 아닌 세계문학과의 '분리된 연관'으로 읽어나갈 때 한국 현대시가 미처 드러내지 못했던 보편적인 가치가 한층 더 두드러지게 드러날 것이다. 그 보편적 가치의 탐색을 통해 시인이 꿈꾸었던 사유에 한 발 더 다가설 수 있다.

참고문헌

1. 기본자료

김기림, 『기상도』, 창문사, 1936.
———, 『태양의 풍속』, 학예사, 1939.
———, 『바다와 나비』, 신문화연구소, 1946.
———, 『문학개론』, 신문화연구소, 1946.
———, 『시론』, 백양당, 1947.
———, 『새노래』, 아문각, 1948.
———, 『바다와 육체』, 평범사, 1948.
———, 『문장론신강』, 민중서관, 1950.
———, 『시의 이해』, 을유문화사, 1950.
———, 『김기림전집』 6, 김학동 · 김세환 편, 심설당, 1988.
김소월, 『진달래꽃』, 매문사, 1925.
———, 『김소월전집』, 김용직 편, 서울대학교 출판부, 2001.
———, 『진달래꽃』, 김인환 편, Human & Books, 2011.
———, 『(正本)素月 全集』 下, 김종욱 편, 명상, 2005.
김수영, 『김수영전집 1 : 시』(2판), 민음사, 2011.
———, 『김수영전집 2 : 산문』(2판) , 민음사, 2010.
———, 『김수영전집 1 : 시』(3판), 이영준 편, 민음사, 2018.
———, 『김수영전집 2 : 산문』(3판), 이영준 편,민음사, 2018.
김수영 역, 『노오벨賞文學全集 제6권』, 신구문화사, 1964.
김　억, 『오뇌의 무도』, 조선도서주식회사, 1921.
———, 『(岸曙)金億全集』 1-5, 박경수 편, 韓國文化社, 1987.

김지하, 『타는 목마름으로』(創批詩選 33), 創作과批評社, 1982.
———, 『(결정본)김지하 시전집 : 1963~1986』, 솔, 1993.
———, 『김지하 전집 3』, 실천문학사, 2002.
박용철, 『박용철 전집 II』, 깊은샘, 2004.
박인환, 『사랑은 가고 과거는 남는 것 : 박인환 전집』, 문승묵 편, 예옥, 2006.
———, 『박인환전집』, 맹문재 편, 실천문학사, 2008.
———, 『박인환 문학전집』, 엄동섭 · 염철 편, 소명출판, 2015.
신동엽, 『껍데기는 가라』, 미래사, 1996.
———, 『신동엽 시전집』, 강형철 · 김윤태 편, 창비, 2020.
———, 『신동엽 산문전집』, 강형철 · 김윤태 편, 창비, 2020.
이　상, 『이상선집』, 김기림 편, 백양당, 1949.
———, 『(증보) 정본 이상문학전집』 1-2, 김주현 편, 소명출판, 2009.
———, 『이상(李箱) 전집』 1-4, 권영민 편, 태학사, 2013.
———, 『꽃 속에 꽃을 피우다』, 신범순 편, 나녹, 2017.
이상화, 『이상화전집 : 빼앗긴 들에도 봄은 오는가』, 이기철 편, 문장사, 1982.
주요한, 『아름다운 새벽』, 朝鮮文壇社, 1924.
———, 『(주요한 문집) 새벽 1』, 서울 : 요한기념사업회, 1982.
황석우, 『자연송』, 박문서관, 1929.
———, 『황석우 전집』, 김학동 · 오윤정 편, 국학자료원, 2016.

신문

『국도신문』, 『독립신문』, 『동아일보』, 『자유신문』, 『조선일보』, 『조선중앙일보』, 『태양신문』

연속간행물

『폐허』, 『백조』, 『개벽』, 『조선일보』, 『동아일보』, 『詩苑』, 『中央』, 『문장』, 『철필』, 『대조』, 『동광』, 『동명』, 『시와 소설』, 『삼천리』, 『신동아』, 『신가정』, 『여성』, 『신여성』, 『중앙』, 『조광』, 『인문평론』, 『문예월간』, 『문장』, 『춘추』, 『문학』, 『자유문학』, 『조선문단』

연속간행물(日本)

『思想』, 『詩と詩論』, 『新潮』, 『英文学研究』, 『英語青年』

2. 단행본

강진호 편, 『한국문단이면사』, 깊은샘, 1999.
계희영, 『藥山 진달래는 우련 붉어라 : 金素月의 生涯』, 文學世界社, 1982.
구모룡 외, 『파시즘 미학의 본질』, 예옥, 2009.
구인모, 『한국 근대시의 이상과 허상』, 소명출판, 2008.
구중서 · 강형철 편, 『민족시인 신동엽』, 소명, 1999.
권명아, 『역사적 파시즘 : 제국의 판타지와 젠더 정치』, 책세상, 2006.
권보드래, 『연애의 시대 : 1920년대 초반의 문화와 유행』, 현실문화연구, 2003.
권영민, 『한국현대문학사 1』, 민음사, 2002.
———, 『이상 문학의 비밀 13』, 민음사, 2012.
———, 『문학, 시대를 말하다』, 태학사, 2012.
권영민 편, 『한국의 문학비평 1 : 1896~945』, 민음사, 1995.
김동리, 『김동리 전집 7. 평론 : 문학과 인간』, 민음사, 1997.
김문주 편, 『주요한 시선』, 지식을만드는지식, 2014.
金炳傑 · 金奎東 편, 『親日文學作品選集』 1, 실천문학사, 1986.
김병철, 『한국근대번역문학사연구』, 을유문화사, 1988.
김명인 · 임홍배 편, 『살아있는 김수영』, 창비, 2005.
김　억, 『김억 평론선집』, 김진희 편, 지식을만드는지식, 2015.
김용권, 「엘리엇 시의 번역－1930년대, 40년대를 중심으로」, 『T.S. 엘리엇 詩』, 한국T.S.엘리엇학회 편, 도서출판 동인, 2006.
김용직, 『한국근대시사』 上－下, 학연사, 2002.
———, 『해방기 한국 시문학사』, 한학문화, 1999.
김욱동, 『근대의 세 번역가 : 서재필 · 최남선 · 김억』, 소명출판, 2010.
———, 『포스트모더니즘』, 민음사, 2004.
김유중, 『김기림』, 문학세계사, 1996.
———, 『한국모더니즘문학의 세계관과 역사의식』, 태학사, 1996.

———, 『김수영과 하이데거』, 민음사, 2007.
———, 『김기림 시선』, 지식을만드는지식, 2012.
———, 『김기림 연구』, 월인, 2022.
김윤식, 『근대 한국문학 연구』, 일지사, 1972.
———, 『한국근대문예비평사연구』, 일지사, 1976.
———, 『한국근대문학양식논고』, 아세아문화사, 1980.
———, 「전체시론」, 『한국근대문학사상사』, 한길사, 1984.
———, 『한국근대소설사연구』, 을유문화사, 1986.
———, 『김윤식선집 1 : 문학사상사』, 솔, 1996.
———, 『김윤식선집 5 : 시인 · 작가론』, 솔, 1996.
———, 『일제 말기 한국 작가의 일본어 글쓰기론』, 서울대학교 출판부, 2003.
———, 『최재서의 『국민문학』과 사토 기요시 교수』, 역락, 2009.
김영민, 『1910년대 일본 유학생 잡지 연구』, 소명출판, 2019.
김예리, 『이미지의 정치학과 모더니즘』, 소명출판, 2013.
김예림, 『1930년대 후반 근대인식의 틀과 미의식』, 소명출판, 2004.
김재용, 『협력과 저항』, 소명출판, 2004.
———, 『세계문학으로서의 아시아문학 : 구미 오리엔탈리즘과 아시아 오리엔탈리즘을 넘어서』, 글누림, 2012.
김재홍, 『이상화』, 건국대학교 출판부, 1996.
김종석, 「'문혁 세대'를 넘어선 성숙한 '저항시인,' 베이다오」 고려대학교 중국학연구소 편, 『길 없는 길에서 꾸는 꿈』, 뿌리와이파리, 2019, 169~193쪽.
김춘수, 『김춘수 시론전집 II』(김춘수전집 3), 현대문학, 2004.
김학동, 『비교문학론』, 새문사, 1990.
———, 『金起林評傳』, 새문사, 2001.
———, 『김소월평전』, 새문사, 2013.
———, 『이상화평전』, 새문사, 2015.
———, 『황석우 평전』, 서강대학교출판부, 2016.
김학동 편, 『김소월』, 서강대학교 출판부, 1995.
김　현, 『김현문학전집』 5, 文學과 知性社, 1992.
김환태, 『김환태전집』, 문학사상, 1988.
김흥규, 『문학과 역사적 인간』, 창작과비평사, 1980.

대구문인협회 편, 『이상화전집 : 빼앗긴 들에도 봄은 오는가』, 도서출판 그루, 1988.
도진순, 『강철로 된 무지개』, 창비, 2017.
맹문재 편, 『박인환 깊이 읽기』, 서정시학, 2006.
문덕수, 『한국모더니즘시연구』, 시문학사, 1981.
———, 『한국현대시인론』, 보고사, 1996.
———, 「김기림 문학의 영향관계 고찰」, 정순진 편, 『김기림』, 새미, 1999.
문혜원, 『한국 현대시와 모더니즘』, 신구문화사, 1996.
박용철, 『박용철 전집 II』, 깊은샘, 2004.
박지영, 『'불온'을 넘어, '반시론'의 반어』, 소명출판, 2020.
박지향, 『슬픈 아일랜드』, 기파랑, 2014.
박철희, 『한국근대시사연구』, 일조각, 2007.
방민호, 『문명의 감각』, 향연, 2003.
———, 『일제말기 한국문학의 담론과 텍스트』, 예옥, 2011.
———, 『서울문학기행』, 아르테, 2017.
백기만 편, 『씨뿌린 사람들 : 慶北作故藝術家評傳』, 사조사, 1959.
백　철, 『新文學思潮史』, 신구문화사, 1983.
상허학회 편, 『1920년대 문학의 재인식』, 깊은샘, 2001.
—————, 『한국문학과 탈식민주의』, 깊은샘, 2005.
서준섭, 『한국 모더니즘 문학 연구』, 일지사, 1988.
———, 「김기림의 시비평이론과 '시의 사회학'에 대하여」, 『문학극장』, 박이정, 2002.
서정주, 『미당 서정주 전집 13 : 시론』, 은행나무, 2017.
손정수, 『개념사로서의 한국근대비평사』, 역락, 2002.
송기한 · 김외곤 편, 『해방공간의 비평문학』 1-2, 태학사, 1991.
송　욱, 『시학평전』, 일조각, 1963.
신두원 편, 『한국 근대문학과 민족-국가 담론 자료집』, 소명출판, 2015.
신범순, 『노래의 상상계』, 서울대학교 출판문화원, 2011.
영미문학연구회 번역평가사업단, 『영미명작, 좋은 번역을 찾아서』, 창비, 2005.
이경아, 『신경림 시의 연희성 연구』, 푸른사상사, 2016.
임형택, 「한민족의 문자생활과 20세기 국한문체」, 『한국문학사의 논리와 체계』, 창작과비평사, 2002, 428~458쪽.

신동엽, 『껍데기는 가라』, 미래사, 1996.
신범순, 『한국현대시사의 매듭과 혼』, 민지사, 1992.
———, 『한국 현대시의 퇴폐와 작은 주체』, 신구문화사, 1998.
———, 「문학적 언어에서 가면과 축제」, 『언어와 진실』, 국학자료원, 2003.
———, 『이상의 무한정원 삼차각나비』, 현암사, 2007.
———, 『노래의 상상계 : '수사'와 존재생태 기호학』, 서울대학교 출판문화원, 2011.
양애경, 『한국퇴폐적낭만주의시연구』, 국학자료원, 1999.
오성호, 『낯익은 시, 낯설게 읽기』, 이학사, 2014.
오세영, 『한국낭만주의시연구』, 일지사, 1997.
———, 『한국현대시인연구』, 월인, 2003.
———, 『한국현대시 분석적 읽기』, 고려대학교 출판부, 2004.
오윤정, 「물질적 상상력과 귀수성의 시학-신동엽론」, 『한국 전후 문제시인 연구 1』, 예림기획, 2007.
유종호, 『시란 무엇인가』, 민음사, 1998.
———, 『서정적 진실을 찾아서』, 민음사, 2002.
———, 『한국근대시사 : 1920~1945』, 민음사, 2011.
윤범모 외, 『나혜석, 한국 근대사를 거닐다』, 푸른사상사, 2011.
윤영애, 『파리의 시인 보들레르』, 문학과지성사, 1998.
윤정묵, 『예이츠와 아일랜드』, 전남대학교 출판부, 1994.
이광래, 『미셸 푸코』, 민음사, 1999.
이광수, 『이광수전집 20』, 삼중당, 1963.
이기철 편, 『이상화전집 : 빼앗긴 들에도 봄은 오는가』, 문장사, 1982.
이동하 편, 『木馬와 淑女와 별과 사랑 : 박인환 평전』, 문학세계사, 1986.
이명찬, 『1930년대 한국시의 근대성』, 소명출판, 2010.
이미순, 『김기림의 시론과 수사학』, 푸른사상사, 2007.
이미옥, 『김수영과 베이다오의 참여의식 비교연구』, 박문사, 2016.
이승원, 『김기림』, 한길사, 2008.
이영걸, 『영미시와 한국시 II』, 한신문화사, 1999.
이옥순, 『식민지 조선의 희망과 절망, 인도』, 푸른역사, 2006.
이정수, 『(마돈나 詩人)李相和』, 내외신서, 1983.

이창배 편, 『영미詩 걸작선』, 동국대학교 출판부, 1998.
이현식, 『일제 파시즘체제하의 한국 근대문학비평』, 소명출판, 2006.
이현우, 『로쟈의 러시아 문학 강의 20세기』, 현암사, 2017.
임형택, 『한국 문학사의 논리와 체계』, 창작과비평사, 2002.
임 화, 『임화문학예술전집 3 : 문학의 논리』, 신두원 편, 소명출판, 2009.
임혜영, 『파스테르나크의 작품 세계와 닥터 지바고』, 고려대학교 출판문화원, 2018.
정기인, 『한국 근대시의 형성과 한문맥의 재구성』, 고려대학교 민족문화연구원, 2020.
정끝별, 『파이의 시학』, 문학동네, 2010.
정동호, 『니체 : 『차라투스트라는 이렇게 말했다』 해설서』, 책세상, 2021.
정병조 편, 『이양하 교수 추념문집』, 민중서관, 1964.
정순진, 『김기림문학연구』, 국학자료원, 1991.
——— 편, 『김기림』, 새미, 1999.
정우광, 『뻬이따오의 시와 시론』, 고려원, 1995.
정주아, 『서북문학과 로컬리티 : 이상주의와 공동체의 언어』, 소명출판, 2014.
조영복, 『문학으로 돌아가다』, 새미, 2004.
———, 『1920년대 초기 시의 이념과 미학』, 소명출판, 2004.
———, 『문인기자 김기림과 1930년대 '활자-도서관'의 꿈』, 살림, 2007.
———, 『넘다, 보다, 듣다, 읽다 : 1930년대 문학의 '경계넘기'와 개방성의 시학』, 서울대학교 출판문화원, 2013.
———, 『시의 황혼 : 1940년, 누가 시를 보았는가?』, 한국문화사, 2020.
주요한, 『불놀이』, 미래사, 1996.
———, 『주요한 시선』, 김문주 편, 지식을만드는지식, 2014.
천이두, 『한의 구조 연구』, 문학과지성사, 1993,
최원식, 「'리얼리즘'과 '모더니즘의 회통」, 『문학의 귀환』, 창작과비평사, 2001.
최은규, 『교향곡 : 듣는 사람을 위한 가이드』, 마티, 2017.
최재서, 『최재서평론집』, 청운출판사, 1961.
한국 중국현대문학학회, 『중국 현대문학과의 만남 : 중국현대문학의 인물들과 갈래』, 동녘, 2006.
허문명, 『김지하와 그의 시대』, 블루엘리펀드, 2014.
홍정선 편, 『김팔봉 문학전집 : II. 회고와 기록』, 문학과지성사, 1988.

황동규 편, 『김수영 전집 별권 : 김수영의 문학』, 민음사, 1983.
고바야시 히데오, 『고바야시 히데오 평론집』, 유은경 역, 소화, 2003.
구리야가와 하쿠손, 『근대문학 10강』, 임병권 · 윤미란 역, 글로벌콘텐츠, 2013.
권오엽 역주, 『고사기 (상)』, 충남대학교 출판부, 2001.
니콜라스 V. 랴자놉스키 · 마크 D. 스타인버그, 『러시아의 역사 (하)』, 조호연 역, 까치글방, 2011.
더글러스 로빈슨, 『번역과 제국』, 정혜욱 역, 東文選, 2002.
라빈드라나드 타고르, 『기탄잘리』, 장경렬 역, 열린책들, 2010.
―――――――, 『내셔널리즘』, 손석주 역, 글누림, 2013.
루스 베네딕트, 『국화와 칼』, 김윤식 · 오인석 역, 을유문화사, 2001.
레이 초우, 『디아스포라의 지식인』, 장수현 · 김우영 역, 이산, 2005.
르네 웰렉 · 오스틴 워렌, 『문학의 이론』, 이경수 역, 문예출판사, 1989.
리타 펠스키, 『페미니즘 이후의 문학』, 이은경 역, 여이연, 2010.
――――, 『근대성의 젠더』, 김영찬 · 심진경 역, 자음과모음, 2010.
밀란 쿤데라, 『참을 수 없는 존재의 가벼움』, 이재룡 역, 민음사, 2015.
발터 벤야민, 『발터 벤야민 선집 4』, 김영옥 · 황현산 역, 도서출판 길, 2010.
버지니아 울프, 『등대로』, 이미애 역, 민음사, 2014.
―――――, 『자기만의 방』, 이미애 역, 민음사, 2017.
버트런드 러셀, 『게으름에 대한 찬양』, 송은경 역, 사회평론, 2005.
베이다오, 『한밤의 가수』, 배도임 역, 문학과지성사, 2005.
―――, 『北島詩選』, 정우광 역, 문이재, 2003.
샤를 보들레르, 『파리의 우울 : 보들레르 散文詩集』, 윤영애 역, 민음사, 1996.
―――――, 『악의 꽃』, 윤영애 역, 문학과지성사, 2003.
―――――, 『악의 꽃』, 김인환 역, 문예출판사, 2018.
보리스 파스테르나크, 『서정시집』, 김광섭 역, 문장사, 1958.
―――――――, 『투라에서 온 편지』, 배기열 역, 進明文化社, 1959.
―――――――, 『닥터 지바고』, 박형규 역, 열린책들, 2009.
―――――――, 『삶은 나의 누이』, 임혜영 역, 지만지 고전선집, 2010.
―――――――, 『스펙토르스키/이야기』, 임혜영 역, 지식을만드는지식, 2013.
―――――――, 『어느 시인의 죽음』, 안정효 역, 까치, 2014.
―――――――, 『안전 통행증 · 사람들과 상황』, 임혜영 역, 을유문화사, 2015.

알베르 까뮈, 『페스트』, 김화영 역, 민음사, 2011.
앤드류 마블, 『앤드류 마블 시선집』, 김옥수 역, 한빛문화, 2016.
어빙 배빗, 「譯者のことば」, 『ルーソーと浪漫主意 上』, 최재서 역, 改造社, 1939.
에드먼드 윌슨, 『악셀의 성』, 이경수 역, 문예출판사, 1997.
엘리자베스 D. 하비, 『복화술의 목소리』, 정인숙 · 고현숙 · 박연성 역, 문학동네, 2006.
예브게니 예프투셴코, 『나의 소망』, 김학수 역, 中央日報社, 1988.
우에노 치즈코, 『여성혐오를 혐오한다』, 나일등 역, 은행나무, 2012.
우에노 치즈코, 『내셔널리즘과 젠더』, 이선이 역, 박종철출판사, 2000.
윌리엄 버틀러 예이츠, 『1916년 부활절』, 황동규 역, 솔출판사, 1995.
————————, 『켈트의 여명』, 서혜숙 역, 펭귄클래식코리아, 2010.
————————, 『예이츠 시선』, 허현숙 역, 지식을만드는지식, 2011.
————————, 『예이츠 서정시 전집 1』, 김상무 역, 서울대학교 출판문화원, 2014.
이사벨라 버드 비숍, 『한국과 그 이웃나라들』, 이인화 역, 살림, 1994.
이에나가 사부로, 『근대 일본 사상사』, 연구공간 '수유+너머' 일본근대사상팀 역, 소명출판, 2006.
자넷 풀, 『미래가 사라져갈 때 : 식민 말기 한국의 모더니즘적 상상력』, 김예림 · 최현희 역, 문학동네, 2021.
자젠잉, 『80년대 중국과의 대화』, 이성현 역, 그린비, 2009.
줄리아 크리스테바, 『시적 언어의 혁명』, 김인환 역, 동문선, 2005.
지그문트 프로이트, 『정신분석학의 근본 개념 : 프로이트전집 11』, 윤희기 · 박찬부 역, 열린책들, 2013.
찰스 번하이머 외, 『다문화주의 시대의 비교문학 : 미국비교문학회(ACLA) 「번하이머 보고서」』, 이형진 외 역, 푸른사상사, 2022.
천쓰허, 『중국당대문학사』, 노정은 · 박난영 역, 문학동네, 2008.
테오 W. 무디 · 프랭크 X. 마틴 편, 『아일랜드의 역사 : 도전과 투쟁, 부활과 희망의 대서사시』, 박일우 역, 한울, 2009.
토릴 모이, 『성과 텍스트의 정치학』, 임옥희 · 이명호 · 정경심 역, 한신문화사, 1994.
팸 모리스, 『문학과 페미니즘』, 강희원 역, 문예출판사, 1999.

폴 엘뤼아르, 『엘뤼아르 시 선집』, 조윤경 역, 을유문화사, 2022
프리드리히 니체, 『선악의 저편 · 도덕의 계보』, 김정현 역, 책세상, 2003.
————————, 『비극의 탄생』, 박찬국 역, 아카넷, 2011.
————————, 『니체전집 15 : 우상의 황혼』, 백승영 역, 책세상, 2011.
————————, 『비극의 탄생 · 반시대적 고찰』, 이진우 역, 세상, 2011.
————————, 『니체전집 13 : 차라투스트라는 이렇게 말했다』, 정동호 역, 책세상, 2012.
피터 게이, 『모더니즘』, 정주연 역, 민음사, 2015.
하기와라 사쿠타로, 『우울한 고양이』, 서재곤 역, 지식을만드는지식, 2008.
해럴드 블룸, 『영향에 대한 불안』, 양석원 역, 문학과지성사, 2012.
호미 바바, 『문화의 위치』, 나병철 역, 소명출판, 2012.
I.A. 리차즈, 『시와 과학』, 이양하 역, 을유문화사, 1947.
——————, 『문학비평의 원리』, 이선주 역, 동인, 2005.
T.S. 엘리엇, 『이창배전집 3 : T.S. 엘리엇 문학비평』, 이창배 역, 동국대학교 출판부, 1999.
W.B. 예이츠, 『윌리엄 버틀러 예이츠 자서전』, 이철 역, 한국문화사, 2018.

芥川龍之介, 「文芸的な,余りに文芸的な」, 『芥川龍之介全集』 第九巻, 岩波書店, 1978.
伊藤整 等編, 『日本現代文学全集 第67』, 東京 : 講談社, 1968.
春山行夫, 「ポエジー論の出発」, 『モダニズム50年史－詩と詩論』, 北村信吾 編, 東京 : 吟遊編集部, 1979.
————, 『詩と詩論 : 現代詩の出發』, 東京 : 冬至書房新社, 1980.
————, 『春山行夫詩集』, 吟遊社 : 発売元教育企画出版, 1990.
金杉恒弥, 『イエイツ詩抄』,東京 : 啓明閣, 1928.
柄谷行人, 『定本柄谷行人集 第一巻 : 日本近代文学の起源』, 東京 : 岩波書店, 2004.
川端康成, 『川端康成集』, 東京 : 集英社, 1967.
———— 外, 「モダーニズ文學及び生活の批判」, 『新潮』 1930.2.
小林秀雄, 『小林秀雄全集 : 第一巻』, 東京 : 新潮社, 2001.
————, 『小林秀雄全文芸時評集』 上, 東京 : 講談社文芸文庫, 2011.
国分隼人, 『将軍様の鉄道 : 北朝鮮鉄道事情』, 東京 : 新潮社, 2007.

『神戸開講１００年の歩み』, 神戸市, 1967.
厨川白村, 『近代の恋愛観』, 改造社, 1922.
———, 「恋愛観ー再び恋愛を説く」, 『厨川白村集第五巻：恋愛観と宗教観』, 厨川白村集刊行会, 1926.
尾島庄太郎, 『薄昏薔薇：詩集』, 東京：泰文社, 1928.
———, 「ビザンチィウムへ船出して」, 『イエイツ詩集』, 東京：北星堂書店, 1958.
佐伯彰一, 『物語芸術論：谷崎・芥川・三島』, 東京：中央公論社, 1993.
佐野学, 「共同被告同志に告ぐる書」, 『佐野学著作集 第一巻』, 東京：佐野学著作集刊行会, 1957-8.
山宮允, 『現代英詩鈔：訳註』, 東京：有朋館書店, 1917.
土居光知, 『文學序說』, 岩波書店, 1927.
横光利一, 『定本横光利一全集』 第十三巻, 東京：河出書房新社, 1982.
丸山眞男, 『現代政治の思想と行動』, 未来社, 1979.
遠山茂樹, 今井清一, 藤原彰, 『昭和史』, 東京：岩波書店.
Woolf, Virginia. 大沢実 譯, 『灯台へ』, 東京：雄鶏社, 1949.

Adorno, Theodor W., *Minima Moralia: Reflections from Damaged Life*, Trans. E. F. N. Jephcott, London: Verso, (1951), 1978.
Ahamed, Liaquat, *Lords of Finance: the Bankers who Broke the World*, New York: Penguin Press, 2009.
Albright, Daniel, *Untwisting the Serpent: Modernism in Music, Literature, and Other Arts*, University Of Chicago Press, 1999.
Allen, Graham, *Intertextuality*, New York: Routledge, 2008.
Aristotle. *Poetics,* Trans. Malcolm Heath, Penguin Books, 1996.
Arnold, Matthew, *Culture and Anarchy*, Oxford: Oxford UP, 2006.
Auden, W.H., *The Collected Poetry of W. H. Auden*, New York: Random House, 1945.
Bakhtin, Mikhail, *Rabelais and His World*, Trans. Helene lswolsky, Bloomington: Indiana UP, 1984.
Baudelaire, Charles, *Les Fleurs du mal*, Edited by Jacques Crépet, Georges Blin, Paris: Librairie José Corti, 1968.
Bazin, Nancy Topping, *Virginia Woolf and the Androgynous Vision*, Rutgers University

Press, 1973.

Bloom, Harold, *A Map of Misreading*, Oxford: Oxford UP, 1975.

―――――, *The Anxiety of Influence: A Theory of Poetry* (second edition), New York: Oxford UP, 1997.

Bosworth, R.J.B., *Mussolini's Italy: Life under the Fascist Dictatorship* 1915~1945, Penguin Books, 2005.

Brooks, Cleanth, *Modern Poetry and the Tradition*, New York: Oxford UP, (1939) 1965.

Casanova, Pascale, *The World Republic of Letters*, Trans. M. B. DeBevoise, Cambridge: Harvard UP, 2004, pp.1~44.

Chassé, Patrick, *The Abby Aldrich Rockefeller Garden: A Visitor's Guide*, David Rockefeller, 1996.

Cho, Heekyoung, *Translation's Forgotten History: Russian Literature, Japanese Mediation, and the Formation of Modern Korean Literature*, Cambridge, Massachusetts: Harvard University Asia Center, 2016.

Culler, Jonathan, *The pursuit of Signs: Semiotics, Literature, Deconstruction*. Ithaca, NY: Cornell University Press, 1981.

Damrosch, David, *What is World Literature?* Princeton and Oxford: Princeton UP, 2003.

Donald Richie, "Forward," Yasunari, Kawabata. *The Scarlet Gang of Asakusa*, Trans. Alisa Freedman, University of California Press, 2005.

Eliot, T.S., *Collected Poems 1909~1962*, London: Harcourt Inc, 1963.

―――――, *Selected Prose of T. S. Eliot*, Edited by Frank Kermode, New York: A Harvest Book, 1975.

Ellmann, Richard, *The Identity of Yeats*, London: Faber and Faber, 1983.

Encounters: an Anthology from the First Ten Years of Encounter Magazine, Edited by Stephen Spender, Irving Kristol, and Melvin J. Lasky. Selected by Melvin J. Lasky. New York: Basic Books, 1963.

Encyclopedia of Nationalism: Fundamental Themes Volume 1, Edited by Motyl, Alexander J., San Diego, San Francisco, New York: Academic Press, 2001.

Foucault, Michel, "Noetzsche, Genealogy, History," *The Foucault Reader*, Edited by

Paul Rabinow, New York: Pantheon Books, 1984.

Harvey, Elizabeth D., *Ventriloquized Voices: Feminist Theory and English Renaissance Texts*, London: Routledge, 1992.

Influence and Intertextuality in Literary History. Edited by Jay Clayton & Eric Rothstein, Madison, Wis.: University of Wisconsin Press, 1991.

Gide, André, *Return From The USSR*, Trans. Dorothy Bussy, New York: Alfred A. Knopf, 1937.

Golley, Gregory, *When Our Eyes No Longer See: Realism, Science, and Ecology in Japanese Literary Modernism*, Cambridge: Harvard UP, 2008.

Greenberg, Jonathan Daniel, *Modernism, Satire and the Novel*, New York: Cambridge UP, 2011.

Hulme, T.E., *Speculation: Essays on Humanism and The Philosophy of Art*, Edited by Herbert Read, London: Kegan Paul, Trench, Trubner & CO., LTD., 1936.

I.A. Richards Essays in his Honor, Edited by Reuben Brower, Helen Vendler, and John Hollander, New York: Oxford UP, 1973.

Jeffares, Norman A., *New Commentary on the Poems of W. B. Yeats*, Stanford: Stanford UP, 1984.

Joyce, James, *Ulysses: The Complete and Unabridged Text as Corrected and Reset in 1961*, New York: Vintage International Edition, 1990.

Kojiki, Trans. Donald L. Philippi, Princeton: Princeton UP, 1969.

Lawrence, D.H., *Studies in Classic American Literature*, Edited by Ezra Greenspan, Lindeth Vasey and John Worthen, Cambridge: Cambridge UP, 2003.

Lewis, C. Day, *The Poetic Image*, New York: Oxford UP, 1948.

Lippit, Seiji Mizuta, "Japanese Modernism and the Destruction of Literary Form: the Writing of Akatagawa, Yokomitsu, and Kawabata," Ph.D. dissertation, Columbia University, 1997.

Lukas, Georg, "Realism in the Balance"(1938), *Aesthetics and Politics*, Trans. Rodney Livingstone, London: Verso, 1994.

F. Nietzsche, *Thus Spoke Zarathustra: A Book for All and None*, Edited by Adrian Del Caro, Robert B. Pippin, Translated by Adrian Del Caro, Cambridge; New York: Cambrige University Press, 2006.

Marx, Karl, *The 18th Brumaire of Louis Bonaparte*, New York: International Publishers, 1852.

Melas, Natalie, *All the Difference in the World: Postcoloniality and the End of Comparison*. Stanford: Stanford UP, 2007.

Moi, Toril, *Henrik Ibsen and the Birth of Modernism: Art, Theater, Philosophy*, Oxford UP, 2006.

Ovid, *Metamorphoses XII*, Edited by D. E. Hill, Warminster: Aris & Phillips Ltd, 1999.

O'Casey, Sean, *The Plough and the Stars*, New York: Faber and Faber, 2001.

Pasternak, Boris Leonidovich, *Safe Conduct: an Autobiography and Other Writings*, Fifth Printing, New York: New Directions Pub. Corp., 1958.

——————————, *Second Nature: Forty-six Poems*, Trans. by Andrei Navrozov, London and Chester Springs: Peter Owen, 2003.

——————————, *My sister life and The Zhivago poems*, Trans. by James E. Falen. Evanston, Ill.: Northwestern University Press, 2012.

Paxton, Robert O., *The Anatomy of Fascism*, New York: Knopf, 2004, p.200.

Peter Finn & Petra Couvee, *The Zhivago Affair: The Kremlin, the CIA, and the Battle Over a Forbidden Book*, New York: Pantheon Books, 2014.

Plutarch, *Lives of the Noble Greeks*, Edited by Edmund Fuller, New York: International Collectors Library, 1959.

Pratt, Mary Louise, *Imperial Eyes: Travel Writing and Transculturation*, London: Routledge, 1992.

Richards, I.A., *Principle of Literary Criticism*, New York: Harcourt, Brace & World, INC., 1925.

——————, *Coleridge on Imagination*, London: Kegan Paul, Trench, Trubner, 1934.

Safire, William, *Lend Me Your Ears: Great Speeches in History*, W. W. Norton, 1997.

Sandburg, Carl, *The Complete Poems of Carl Sandburg*, New York: Harcourt Brace Jovanovich, 1971.

——————, *The Letters of Carl Sandburg*, Edited by Herbert Mitigang, New York: Darcourt Brace, 1968.

Schmid, Andre, *Korea Between Empires 1895~1919*, New York: Columbia UP, 2002.

Selassie I, Haile, *My Life and Ethiopia's Progress*, Vol. II, Oxford: Oxford UP, 1976.

Shelley, P.B., "Preface," *Prometheus Unbound: A Lyrical Drama*, Edited by Lovell B. Pemberton, Kessinger Legacy Reprints, 1896.

Silverberg, Miriam, *Erotic Grotesque Nonsense: The Mass Culture of Japanese Modern Times*, Berkeley: University of California Press, 2006.

Sontag, Susan, "Against interpretation," *Against Interpretation and Other Essays*, Anchor Books, 1990.

Soviet Literature: An Anthology, Edited and Translated by George Reavey & Marc Slonim, New York: Covici Friede, 1934.

Spain: a History, Edited by Raymond Carr, Oxford UP, 2000.

Sullivan, Michael, *In Search of a Perfect World: A Historical Perspective on the Phenomenon of Millennialism and Dissatisfaction with The World As It Is*, Author House, 2005.

The Cambridge Companion to W. B. Yeats, Edited by Marjorie Howes and John Kelly, Cambridge: Cambridge UP, 2006.

The Columbia Companion to Modern Chinese Literature, edited by Kirk A. Denton. New York: Columbia UP, 2016.

The New Russian Poets, 1953~1968: An Anthology, selected, edited and translated by George Reavey, New York: October House, 1966.

The Poetry of Boris Pasternak, 1914~1960, Selected, Edited, and Translated b George Reavey, New York: Putnam, 1960.

Thomson, J. Arthur, *Introduction to Science*, New York and London, 1911.

Thornber, Karen Laura, *Empire of Texts in Motion: Chinese, Korean, and Taiwanese Transculturations of Japanese Literature*, Cambridge: Harvard UP, 2009.

Tindall, William York, *A Reader's Guide to Dylan Thomas*, New York: Octagon Books, 1973.

Tyler, William J., *Modanizumu: Modernist Fiction from Japan 1913~1938*, Honolulu: Univ. of Hawai'i Press, 2008.

Valery, Paul, *The Art of Poetry*, Trans. Denise Folliot, London: Routledge & Kegan Paul, 1958.

Woolf, Virginia, *To the Lighthouse*, London: Penguin Books, 1964.
Yeats, W.B., *The Collected Poems of W. B. Yeats*, New York: Macmillan, 1956.
————, *Explorations*, New York: Macmillan, 1962.
————, *The Collected Poems of W. B. Yeats*, Edited by Richard J. Finneran, New York: Scribner Paperback Poetry, 1996.
————, *The Yeats Reader: A Portable Compendium of Poetry, Drama, and Prose*, Edited by Richard J. Finneran, Scribner Poetry, 2002.

3. 논문

곽명숙, 「김수영의 문학과 현대 영미시론의 관련양상」, 『국어국문학』 No.184, 국어국문학회, 2018, 373~398쪽.
———, 「김수영의 문학과 현대 영미시론의 관련양상 (2) : 「히프레스 문학론」과 앨런 테이트 번역을 중심으로, 『한국현대문학연구』 제56집, 2018.12, 463~496쪽.
권보드래, 「신여성과 구여성」, 『오늘의 문예비평』, 2002, 186~198쪽.
권선유, 「『今天』(1978~1980) 詩 硏究」," 이화여자대학교 석사학위논문, 2018.
권영민, 「〈사뿐히 즈려밟고 가시옵소서〉의 의미」, 『새국어생활』 VOL.8 NO.4, 국립국어연구원, 1998, 203~212쪽.
권유성, 「1920년대 초기 황석우 시의 비유 구조 연구」, 『국어국문학』 142 국어국문학회, 2006, 243~270쪽.
———, 「한국 근대시의 경계 넘어서기와 정치적 상징의 형성」, 『배달말』 Vol.52, 배달말학회, 2013, 173~196쪽.
고봉준, 「일제말기 신세대론 연구」, 『우리어문연구』 36집, 우리어문학회, 2010.1.30., 505~534쪽.
구인모, 「한국의 일본 상징주의 문학 번역과 그 수용 : 주요한과 황석우를 중심으로」, 『국제어문』 45, 국제어문학회, 2009, 107~139쪽.
김규동, 「영원한 나의스승 시인 김기림」, 『광장』, 1988.1, 142쪽.
김문주, 「김수영 시의 성(性)의 정치학」, 『우리어문연구』 45집, 2013, 371~392쪽.
김병익, 「한글 쓰기의 진화－모국어 문화의 정치적 의미」, 『문학과 사회』 25(3),

305~317쪽.

김석준, 「김기림의 과학적 시학 : 시의 사실을 중심으로」, 『한국시학연구』 24호, 2009.3, 95~119쪽.

김승구, 「김기림 수필에 나타난 대중의 의미」, 『동양학』 제39輯, 단국대학교 동양학연구소, 2006.2, 53~70쪽.

김예리, 「김기림 시론에서의 모더니티와 역사성의 문제」, 『한국현대문학연구』 31집 2010. 8, 203~242쪽.

———, 「김기림의 예술론과 명랑성의 시학 연구 : 알레고리와 배치의 기술을 중심으로」, 서울대학교 박사학위논문, 2011.

———, 「시적 주체의 탄생과 경성 아케이드의 시적 고찰 : 30년대 모더니즘 문학과 장 콕토 예술의 공유점에 대해서」, 『민족문학사연구』 Vol.49 No. [2012], 256~290쪽.

김용권, 「예이츠 시 번(오)역 100년 : "He wishes for the Cloths of Heaven"을 중심으로」, 『한국예이츠 저널』 Vol.40, 2013, 153~184쪽.

김용직, 「1930년대 김기림과 『황무지』 – 金起林의 비교문학적 접근」, 『한국현대문학연구』 1호, 1991, 261~278쪽.

김용희, 「김수영 시에 나타난 분열된 남성 의식」, 『한국시학연구』 4, 2001.5.김우조, 「타고르의 조선에 대한 인식과 조선에서의 타고르 수용」, 『印度研究』 Vol.19 No.1, 한국인도학회, 2014, 39~67쪽.

김은철, 「주요한의 삶과 시의 대응양식」, 『한국문예비평연구』 Vol.25, 한국현대문예비평학회, 2008, 29~57쪽.

김응교, 「일본을 대하는 김수영의 시선」, 『민족문학사연구』 68, 2018, 91~128쪽.

김재용, 「구미 중심적 세계문학에서 지구적 세계문학으로」, 『실천문학』 Vol.100, 실천문학사, 2010, 28~42쪽.

김준환, 「김기림은 스티븐 스펜더의 시를 어떻게 읽었는가?」, 『비평과 이론』 제2권 1호, 2007, 봄/여름, 81~127쪽.

———, 「스펜더가 김기림의 모더니즘에 끼친 영향 연구」, 『현대영미시연구』 제12권 1호, 2006 봄, 75~104쪽.

———, 「김기림의 『황무지』와 『비엔나』 읽기 : 『기상도』의 풍자적 장치들」, 『T.S.엘리엇연구』 제18권 1호, 2008, 31~71쪽.

김정현a, 「니체사상의 한국적 수용 – 1920년대를 중심으로」, 『니체연구』 제12집,

2007.
——, 「1930년대 한국지성사에서 니체사상의 수용」, 『범한철학』 제63집, 범한철학회, 2011년 겨울.
김정현b, 「70년대 텍스트에 나타난 '민중'의 형성과 그 결절지점-김지하, 고은, 신경림을 중심으로」, 『한국현대문학연구』 56, 2018, 91~129쪽.
김지선, 「『창조』에 나타난 초기 주요한 시 고찰-시적 자아의 양상을 중심으로」, 『동아시아문화연구』 Vol.49, 2011, 한양대학교 동아시아문화연구소, 323~345쪽.
김 훈, 「박인환 시의 분석적 연구」, 『江原人文論叢』 Vol.9 강원대학교 인문과 학연구소, 2001, 59~84쪽.
김희영, 「파스테르나크 작품에 나타난 우랄의 형상 : 『류베르스의 어린 시절』을 중심으로」, 『러시아어문학 연구논집』 Vol.50, 한국러시아문학회, 2015, 77~97쪽.
맹문재, 「김병욱의 시에 나타난 세계인식 고찰」, 『한국문학이론과 비평』 제60집 2013.9, 387~412쪽.
문혜원, 「김소월 시의 여성성에 대한 고찰」, 『한국시학연구』 No.2, 한국시학회, 1997, 78~97쪽.
——, 「나와 가족, 내 안의 적과의 싸움」 『작가연구』 5, 1998.5, 228~236쪽.
민은기 · 신혜승, 『Classics A To Z 서양음악의 이해』(3판), 음악세계, 2014.
박경수, 「주요한의 상해 시절 시와 이중적 글쓰기의 문제」, 『한국문학논총』 68, 2014.12, 443~483쪽.
박상천, 「김기림의 소설연구」, 『동아시아 문화연구』 Vol.8, 漢陽大學校 韓國學硏究所, 1985, 301~319쪽.
박슬기, 「애도의 시학과 공동체-김억과 김소월의 우정」, 『상허학보』 47, 2016, 7~37쪽.
박연희, 「1950-60년대 냉전문화 번역과 김수영」, 『비교한국학』 Vol.20 No.3 국제비교한국학회, 2012, 101~139쪽.
박유미, 「박인환의 〈木馬와 淑女〉 구조 분석」, 『용봉인문논총』 32, 2003, 71~102쪽.
박윤우, 「상해 시절 주요한의 시와 민중시론」, 『한중인문학연구』 Vol.25, 한중인문학회, 2008, 203~221쪽.
박지영, 「김수영 시 연구 : 詩論의 영향 관계를 중심으로」, 성균관대학교 박사학위논문, 2002.

박현수, 「상해시기 주요한의 시의 불연속성과 상해시학」, 『2019년 한국어문학연구소 국제학술대회 자료집 : 기미년 독립운동과 상하이로 간 사람들』, 2019.8.9, 32~44쪽.

박희진, 「한국 강단에서의 버지니어 울프 수용과 전망」, 『영미문학교육』 Vol.6 No.1, 한국영미문학교육학회, 2002, 3~13쪽.

배순정, 「T.S. 엘리엇과 F. 니체의 관계」, 『T.S. 엘리엇 연구』, Vol.24 No.2, 2014, 27~65쪽.

백낙청, 「2000년대의 한국문학을 위한 단상」, 『창작과비평』 2000년 봄호.

봉준수, 「영미 모더니즘과 흄」, 『인문언어』 Vol.10, 2008, 247~280쪽.

서영채, 「둘째 아들의 서사－염상섭, 소세키, 루쉰」, 『민족문학사연구』 Vol.51, 2013, 8~42쪽.

서준섭, 「한국 근대 시인과 탈식민주의적 글쓰기」, 『한국시학연구』 Vol.13, 2005, 7~49쪽.

서지영, 「근대시의 서정성과 여성성」, 『한국근대문학연구』 No.13, 한국근대문학회, 2006, 35~64쪽.

———, 「근대적 사랑의 이면 : '정사'(情死)를 중심으로」, 『한국문화』 49, 서울대학교 규장각한국학연구원, 2010, 297~319쪽.

소래섭, 「시혼과 하나가 된 감각」, 『작가세계』 Vol.24 No.4, 작가세계, 2012, 27~33쪽.

신범순. 「주요한의 「불노리」와 축제 속의 우울(1)」, 『(계간)시작』 Vol.1 No.3, 천년의 시작, 2002, 206~220쪽.

———, 「1930년대 시에서 니체주의적 사상 탐색의 한 장면(1)」, 『인문논총』 제72권 제1호, 서울대학교 인문학연구원, 2015.2.

심선옥, 「김소월의 문학 체험과 시적 영향」, 『한국문학이론과 비평』 Vol.15, 한국문학이론과비평학회, 2002, 35~64쪽.

안영수, 「1930년대 영국 문인들의 이념적 갈등」, 『경희대학교 논문집』 제십구집 인문 · 사회과학편, 1990, 15~37쪽.

양동국, 「동경과 상해 시절 주요한의 알려지지 않은 행적」, 『문학사상』 제330호, 2000.4, 249~271쪽.

유성호, 「김수영과 박인환이라는 비대칭의 기억」, 『근대서지』 No.10, 근대서지학회, 2014.

윤정선, 「억눌렸던 감정과 정서의 분출 통로, 朦朧詩(몽롱시)」, 『中國學論叢』 22, 2007, 189~211쪽.

이강하, 「김지하의 시 「타는 목마름으로」에 나타난 "쓴다"의 의미－시 장르의 문자적 상상력의 관점에서」, 『批評文學』 68, 2018, 162~188쪽.

이경수, 「국가를 통해 본 김수영과 신동엽의 시」, 『한국근대문학연구』 Vol.6 No.1, 한국근대문학회, 2005, 115~153쪽.

이경하, 「北島詩 硏究」, 이화여자대학교 석사학위논문. 1997.

이미경, 「金起林 모더니즘 文學 연구 : 「近代性」의 의미변화를 중심으로」, 서울대학교 석사학위논문, 1998.

이승규, 「김수영 시의 역설 의식 연구」, 『韓國文學論叢』 Vol.73, 2016, 1~30쪽.

이영준, 「내가 쓰고 있는 이것은 시가 아니겠습니까? 자유를 위한 김수영의 한국전쟁」, 『사이』 3, 2007, 255~304쪽.

———, 「꽃의 시학－김수영 시에 나타난 꽃 이미지와 언어의 주권」, 『국제어문』 64, 2015, 155~191쪽.

이은애, 「김환태 비평론에 나타난 '언어인식' 연구」, 『한국근대문학연구』 23호, 한국근대문학회, 2011, 87~119쪽.

이주열, 「주요한의 시적 언어 운용 방식 : 일본어 시를 중심으로」, 『批評文學』 No.40, 韓國批評文學會, 2011, 237~266쪽.

이행선 · 양아람, 「보리스 파스테르나크의 한국적 수용과 '닥터 지바고'」, 『정신문화연구』 Vol.40 No.3, 한국학중앙연구원, 2017, 193~224쪽.

임규찬, 「리얼리즘과 모더니즘을 둘러싼 세 꼭지점」, 『창작과 비평』 2001년 겨울호.

임지연, 「여성혐오(misogyny) 시의 가능성과 불가능성」, 『서정시학』 27.1, 2017, 16~34쪽.

장문석, 「현해탄을 건넌 '타는 목마름'－1970년대 일본과 김지하라는 텍스트」, 『상허학보』 58, 2020, 97~162쪽.

장석원, 「주요한 시의 발화특성 연구」, 『1920년대 문학의 재인식』, 깊은샘, 2001, 259~286쪽.

장유승, 「조선후기 서북지역 문인 연구」, 서울대학교 박사학위논문, 2010.

장인수, 「전후 모더니스트들의 언어적 정체성－박인환, 조향, 김수영의 경우」, 『국제어문학회 학술대회 자료집』 2011.1, 2011, 40~58쪽.

전미정, 「에코페미니즘으로 본 황석우의 시세계」, 『여성문학연구』 12, 한국여성문학학회, 2004, 215~236쪽.

정기인, 「朱耀翰 문학 연구」, 서울대학교 대학원, 2006.

정우광, 「危機의 詩學」, 『중국문화연구』 Vol.0 No.31, 중국문화연구학회, 2016, 255~277쪽.

정우택, 「근대 시인 李相和」, 『泮橋語文硏究』 10, 1999, 295~321쪽.

———, 「1920년대~1930년대 동인지의 동향과 특성」, 『(계간)시작』 Vol.18 No.2, 2019, 25~32쪽.

정용호, 「김수영 시에 나타나는 이분법적 사유의 극복양상 : 김수영 시의 여성성을 중심으로」, 『語文學』, Vol.130, 2015, 229~259쪽.

정인숙, 「남성작 여성화자 시가에 나타난 목소리의 의미 – '복화술의 목소리' 이론에 의한 비교 검토를 중심으로」, 『한국문학이론과 비평』 Vol.21, 한국문학이론과 비평학회, 2003, 97~115쪽.

정주아, 「한국 근대 서북문인의 로컬리티와 보편지향성 연구」, 서울대학교 박사학위논문, 2011.

정한모, 「20년대 시인들의 세계와 그 특성」, 『문학사상』 1973.10, 316~333쪽.

정효구, 「자유와 사랑의 어두운 저편」, 『현대시사상』, 1996 가을, 172~191쪽.

조강석, 「이상의 두 갈래 시적 영향 관계에 대한 소고(小考)(1) – 김수영의 경우」, 『한국현대문학연구』 제32집, 2010.12, 135~163쪽.

조두섭, 「황석우의 상징주의시론과 아나키즘론의 연속성」, 『우리말 글』 14, 우리말글학회, 1996, 541~554쪽.

———, 「1920년대 한국 상징주의시의 아나키즘과 연속성 연구」, 『우리말 글』 26, 우리말글학회, 2002, 331~386쪽.

조동일, 「1960년대 문학활동을 되돌아보며」, 『월간문학』, 2005.9, 24~42쪽.

조연정, 「1930년대 문학에 나타난 '숭고'에 관한 연구 : 주체의 '윤리'를 중심으로」, 서울대학교 박사학위논문, 2008.

조영복, 「동인지 시대 시 해석에 대한 몇 가지 문제」, 『한국학보』 25.4, 1999.

———, 「김수영, 반여성주의에서 반반의 미학으로」, 『여성문학연구』, No.6, 2001, 32~53쪽.

———, 「「김기림의 예언자적 인식과 침묵의 修辭」 – 일제밀기와 해방공간을 중심으로」, 『한국시학연구』 Vol.15, 2006, 5~35쪽.

최서윤, 「시인의 '지게꾼' 되기는 가능한가?－김지하의 1970년대 문학사적난제(conundrum)에 대한 일 고찰」, 『현대문학의 연구』 70, 2020, 323~371쪽.

최윤정, 「1930년대 "낭만주의"의 탈식민성 연구」, 서강대학교 박사학위논문, 2008.

최진석, 「아나키의 시학과 윤리학－신동엽과 크로포트킨」, 『비교문학』, 한국비교문학회 No.71, 2017, 117~152쪽.

한명희, 「김수영 시에 나타나는 여성에 대하여」, 『전농어문연구』 11, 1995.

한수영, 「현대시 운율 연구 방법에 대한 검토」, 『한국시학연구』, No.14, 2005, 75~95쪽.

———, 「전후세대의 '미적 체험과 '자기번역 과정으로서의 시쓰기에 관한 일고찰－김수영의 「시작(詩作)노우트(1966)」 다시 읽기」, 『현대 문학의 연구』 Vol.60, 한국문학연구학회, 2016, 313~354쪽.

한승민, 「하기와라 사쿠타로와 황석우의 시 속에 나타나는 상징주의적 유사성」, 『人文學硏究』 10, 관동대학교 인문과학연구소, 2006, 225~240쪽.

허윤회, 「김수영 지우기－탈식민주의 논의와 관련하여」, 『상허학보』 Vol.14, 상허학회, 2005, 103~132쪽.

———, 「서정주 초기 시의 극적 성격」, 『상허학보』, 『상허학보』 Vol.21, 상허학회, 2007, 223~253쪽.

허주영, 「"1910~20년대의 상징주의 수용 양상과 실패 요소 분석－황석우 초기 상징시에 나타난 상징을 중심으로」, 『국제어문』 73, 국제어문학회, 2017, 103~137쪽.

허혜정, 「황석우의 시와 시론에 나타난 워즈워스의 흔적 연구」, 『동서 비교 문학저널』 No.16, 한국동서비교문학학회, 2007, 287~313쪽.

홍은택, 「타고르에 대한 불편한 진실」, 『악어 : 시인들이 함께 만드는 계간 시평』 50, 시평사, 2012, 183~192쪽.

———, 「타고르 시의 한국어 번역의 문제」, 『국제어문』 Vol.62, 국제어문학회, 2014, 265~293쪽.

데이비드 맥칸, 「과연 뜰까? 만해(萬海)의 〈나룻배와 행인〉에 대한 단상」, 『국어국문학』 139, 2005, 61~74쪽.

横山景子, 「주요한의 일본어시」, 『한민족어문학』 35권, 韓民族語文學會, 1999, 83~126쪽.

阿部知二, 「感性の文学と知性の文学」, 春山行夫 編輯, 『詩と詩論』 13, 東京 : 厚生閣書店, 1932, p.47.
――――外,「「驚く」文壇・モダニズムに就てその他」,『新潮』1930.11., p.88.
安藤一郎・高村勝治,「W.B.Yeats－現代詩合評」,『英語青年』Vol. XCIX, No.9. 東京：研究社, 1953, pp.416~419.
春山行夫,「事実の芸術より秩序の芸術へ」,『詩と詩論』8, 厚生閣書店, 1930, pp.49~57.
川端康成 外,「モダーニズ文學及び生活の批判」,『新潮』1930.2., p.141.
波潟剛,「昭和モダンと文化翻訳――エロ・グロ・ナンセンスの領域――」,『九大日文』, 2009. 3.
斎藤勇,「日本には大規模の長詩があるか」,『日本学士院紀要』36(1), 1979, pp.1~14.
佐治秀壽,「英文学に於ける長篇詩及び小説」,『英文学研究』第拾巻, 日本英文学会編, 1930, p.598.
東北帝国大学 編,『東北帝国大学一覧. 昭和１１年度』, 東北帝国大学, 昭11至14, p.213.

Allison, Jonathan. "W. B. Yeats, Space, and Cultural Nationalism," *ANQ: A Quarterly Journal of Short Articles*, Notes and Reviews, 14:4, Fall 2001, pp.55~67.
Ching, Leo. "Book Review," *The journal of Asian Studies* Volume 70, Issue 2 May 2011, pp.600~602.
de Fremery, Wayne, and Sanghun Kim. "Reprinting "Azaleas": A Meditation on Volume and Volumes," *Azalea: Journal of Korean Literature & Culture*, Volume 8, 2015, pp.366~402.
Farwell, Marilyn R. "Virginia Woolf and Androgyny," *Contemporary Literature*, vol. 16, no. 4, University of Wisconsin Press, Autumn 1975, pp.433~451.
Glenn, Paul F. "Nietzsche's Napoleon: The Higher Man as Political Actor," *The Review of Politics* Vol.63 No.1, (Winter, 2001), pp.129~158.
Irwin, William. "Against Intertextuality," *Philosophy and Literature* Vol. 28 No. 2, October 2004, pp.227~242.
Katsis, Leonid. "Boris Pasternak and the "Shakespearean Forces" on the "Cultural Front" of the Cold War," *Russian Studies in Literature* Volume 51, Issue 4, 2015, pp.52~87.

Li, Dian. "Paradoxy and Meaning in Bei Dao's Poetry," *Positions: East Asia Cultures Critique*, Volume 15, Number 1, Spring 2007, pp.113~136.

Jameson, Fredric. "Third-World Literature in the Era of Multinational Capitalism," *Social Text* No.15, Autumn 1986, p.80.

Machacek, Gregory. "Allusion," *Publications of the Modern Language Association of America* Vol. 122, No. 2, March 2007, pp.522~536.

Medina, Jenny Wang. "At the Gates of Babel: The Globalization of Korean Literature as World Literature," *Acta Koreana* vol. 21, no. 2, 2018, pp.395~421.

Moretti, Franco. "Conjectures on World Literature," *New Left Review* 1, January-February 2000, pp.54~68.

Pound, Ezra. "Imagisme," *Poetry: a Magazine of Verse* V.I 1912-13, New York: A M S Reprint Company, 1966, p.199.

Ram, Harsha. "Towards a Cross-cultural Poetics of the Contact Zone: Romantic, Modernist, and Soviet Intertextualities in Boris Pasternak's Translations of T'itsian T'abidze," *Comparative Literature* 59(1), January 2007, pp.63~89.

Sen, Amartya. "Tagore and His India," *The New York Review of Books*, 1997.6, pp.55~63.

Seshagiri, Urmila. "Orienting Virginia Woolf: Race, Aesthetics, and Politics in To the Lighthouse," *Modern Fiction Studies*, Volume 50, Number 1, Spring 2004, pp.58~84.

Takeshi, Saito. "English Literature in Japan: A Brief Sketch," 『英文學研究』 第八卷, 帝大英文學會編, 1928. pp.344~357.

Waite, Geoff. "Nietzsche's Baudelaire, or the Sublime Proleptic Spin of his Politico-Economic Thought." *Representations*, no. 50, Spring 1995, pp.14~52.

수록 글 발표지면

주요한과 예이츠의 초기 시에 대한 숙고

김한성, 「주요한과 예이츠의 초기 시에 대한 숙고 : 정체성의 균열을 중심으로」, 『比較文學』 79, 2019, 5~31쪽.

황석우의 시에서 나타난 여성 형상화

김한성, "Between Motherhood and Modernity: Re-reading Hwang Sŏg-u's Poetry from the Perspective of Feminism and World Literatur," 『동서비교문학저널』 67, 2024, 59~78쪽.

이상화 시에서 드러난 남성 화자의 자기분열

김한성, 「이상화 시에서 드러난 남성 화자의 자기분열: 「그의 수줍은 연인에게」(To his Coy Mistress)와 「어느 마돈나에게」(A une Madone)와의 비교를 중심으로」, 『比較文學』 76, 2018, 5~32쪽.

한국 낭만주의 · 모더니즘 시단에 나타난 세대 간의 갈등

김한성 · 최정아, "The Genealogy of Korean Modernism in Poetry: Focus on Translations of W. B. Yeats," *Acta Koreana* 21.2 2018, pp.553~574.

이상의 「오감도 시제 1호」 다시 읽기

김한성, 「한국 근대문학 자료의 목록화에 대한 시론(試論) – 상호텍스트성과 양층언어현상을 중심으로」, 『한국어와 문화』 21, 2017, 31~50쪽.

김기림의 『기상도』와 T.S. 엘리엇의 『황무지』의 상호텍스트성

김한성, 「『기상도』(1936)와 『황무지』(1922) 비교 : 쇠바퀴(Wheel)의 상호텍스트성을 중심으로」, 『한국현대문학연구』 38, 2012, 147~178쪽.

김기림, T.S. 엘리엇, 니체

김한성, 「김기림, T.S. 엘리엇, 니체－김기림의 「아프리카 광상곡」과 엘리엇의 『황무지』에 나타난 니체의 영원회귀 모티프 비교」, 『한국현대문학연구』 46, 2015, 121~154쪽.

김기림의 글쓰기에 나타난 반파시즘의 기치

김한성, "Against "Fascism" in Korean Liberation Space (1945~1950): Focusing on Kim Kirim's Writings for Peace," *Asian Journal of Peacebuilding* 8.2, 2020, pp.291~308.

김수영이 중역한 파스테르나크

최정아 · 김한성, "The Roots of Culture: Kim Suyŏng's Take Translation of Boris Pasternak," *Journal of World Literature* volume 7, no. 2, 2022.5., pp. 234~252.

찾아보기